The Mystery Collection

DEEP WATERS

ささやく水

ジェイン・アン・クレンツ／中村三千恵 訳

二見文庫

DEEP WATERS

by

Jayne Ann Krentz

Japanese language paperback rights arranged

with

Jayne Ann Krentz ℅ The Axelrod Agency,

Chatham, New York

through Tuttle-Mori Agency, Inc., Tokyo

ささやく水

主要登場人物

チャリティ・トゥルイット……ウィスパリング・ウォーターズ・コーヴの書店店主
ビー・ハットフィールド……カフェ店主
ロイ・ヤプトン（ヤッピー）……回転木馬の店主
ラディアンス・バーカー……ネイルサロン店主
テッド・ジェナー……Tシャツショップ店主
ニューリン・オウデル……チャリティの書店スタッフ
グウエンドリン・ピット……カルト教団〈ヴォイジャーズ〉教祖
リック・スウィントン……教団幹部
レイトン・ピット……不動産屋。グウェンドリンの元夫
ジェニファー・ピット……レイトンの妻
フィリス・ダートムア……コーヴの町長
ハンク・タイバーン……警察署長
メレディス……チャリティの妹
デイヴィス……同　弟
ガリック・キーワース……シアトルの実業家
ヘイデン・ストーン……コーヴの桟橋の元地主
エライアス・ウィンターズ……ヘイデンの遺産相続人

プロローグ　チャリティ

海は自由を約束してくれるかに見えるが、そこには大いなる危険がひそんでいる。

――『水の道にて』ヘイデン・ストーンの日記より

シアトルでも指折りの高級ビジネスクラブのガラス張りのフレンチドアを入ったところで、チャリティ・トゥルイットはパニックに陥った。電気に打たれたようにびくりとした。胸がどきどきする。息をするのも苦しい。吹きだす汗に、おそろしく高級なシルクの赤いドレスが台なしになりそうだった。ずいぶんと贅沢《ぜいたく》なブランド品だが、さいわい、定価で買ったわけじゃない。身内で営むデパートのオートクチュール売場に飾ってあったままでだ。

チャリティは晴れの日のために用意されたプライベートラウンジの前で立ちすくんだ。やっとの思いで深呼吸する。気をしっかり持つこと。顔に出してはならない。入口でぐずぐずしていたら、あちらの着飾った客たちにどう思われるか。わざともったいぶった登場をしようとしているとか？　ほんとは、パニックのあまり逃げだしそうになっているのに。

二十四のときから会社を経営してきただけあって、自分を抑えることには長《た》けている。内心は不安でどうにかなりそうなのに、無理やり笑顔を浮かべた。

ふいにパニックに襲われたのはこれがはじめてじゃない。この四カ月というもの、どんどんひどくなるばかりで、眠りは妨げられるし、たえずぴりぴりしている。これはひょっとして頭がどうにかなってしまったんじゃないか。

まずは医者のもとに、それからセラピストのもとに駆けこんだ。専門的な話はしてくれたが、ほんとうのところは聞けなかった。

これといった理由のない、逃走または逃避の反応と呼ばれるものでしょう、とセラピストは言った。人間がみな洞窟に暮らし、夜な夜な大きな生き物に怯《おび》えていたころに先祖返りしている。通常はストレスが大きな要因となる。

けれど今夜、この場で、ふいにほんとの理由に思いあたった。なにが、というより誰がきっかけでこんなパニックに陥るのか。その名はブレット・ロフタス、ロフタス・アスレティックギア社のオーナーだ。大柄で、背丈は一八〇センチをゆうに超える。三十歳にして、いまだにかつてのフットボール代表選手時代の体格をとどめている。しかもブロンドに青い瞳、気さくで、むかしながらの西部劇のヒーローを思わせるところがある。それよりなにより、莫大な成功をおさめ、じつに好感の持てる男性でもあった。

彼のことは好きだが、愛してはいない。彼を愛するなんて一生無理に決まっている。そのうえ、どうもいやな予感がする。妹のメレディスのほうが、おおらかで、気のいいブレットとはお似合いなんじゃないか。むかしから勘はさえていた。パニックに襲われたからといって、そうそう鈍るものじゃない。

あいにく、今夜、ロフタス帝国の跡継ぎと婚約発表することになっているのは、メレディスではなく、チャリティだった。

この結婚は個人的なものでもあり政略的なものでもある。あと数週間もすれば、ロフタス・アスレティックギアは、同族経営のトゥルイット・デパート・グループと合併し、トゥルイット・ロフタス社となる。

新会社は北西部最大級の小売業者になるだろう。万事うまくいけば、二年以内には好調な環太平洋市場に進出することになっている。

若くして背負わされた家族や仕事に対する責任を果たすため、腕に抱かれるたび不安をあおられる男性と結婚することになろうとは。

あの大きな体でキスされると息が詰まりそうになる。でもそれはブレットのせいじゃない。こっちに問題がある以上、なんとかするしかない。

問題は解決するのが責任というもの。そういうことならお手のものだ。采配を振るうこと、どんな危機が起ころうと乗りきること、それを期待されてきたのだから。

チャリティは両手が震えた。息をしようにもできない。このままでは倒れてしまう。よりによって、北西部きっての有力者たちのまん前で。

ぶざまにもオリエンタル調のラグに突っぷす姿が脳裏をよぎった。友人、会社の仲間、競合相手、ライバル、なによりも選りすぐりの地元メディア数社が、呆然としてまわりを取り囲んでいる。

「チャリティ？」

名前を呼ばれてびくりとした。振り向いた拍子に、シルクの赤いドレスが足首にまつわりつく。チャリティは妹のメレディスを見上げた。

はるか上に顔があった。

二十九歳になるチャリティは、メレディスより五つ年上だが、背丈はせいぜい一六〇センチしかない。今夜のように九センチの赤いハイヒールで決めても、身長一七〇センチあまりのメレディスの目の高さにはこない。メレディスにまでハイヒールを履かれては。

均整のとれた体にみごとなストロベリーブロンドの髪をなびかせ、メレディスはいつもほれぼれするほど美しい。今夜はまた、完璧なおしゃれをしているとあって、なおさらだ。妹のような着こなしのできる女性はまずいない。チャリティはせつない思いに駆られた。

くっきりした目鼻立ちにどことなく洗練された雰囲気、メレディスならばプロのモデルとしてもやっていけるだろう。実際、大学時代にはトゥルイット・デパートのファッションショーでモデルをつとめたこともある。だが、ファミリービジネスに対する素質と愛着がまっすぐにマネジメントの道へと駆りたてた。

「大丈夫なの？」メレディスは淡い翡翠《ひすい》色の瞳を心配そうに細めた。

「大丈夫」チャリティはすばやくあたりをうかがった。「デイヴィスは？」

「バーに。ブレットと話しこんでいるわ」

バーとのあいだには人が立ちはだかっている。頭越しに見るのは無理なので、隙間からのぞいた。ちらりと弟の姿が見えた。

デイヴィスはメレディスより一歳半上で、さらに一〇センチほど背が高い。根っから小売業に向いていたこと、それにトゥルイット・グループに限りない情熱を抱いていたことで、進むべき道はやはり決まった。チャリティは最初から彼の能力を見抜いた。半年前、身びいきとの陰口をよそに、副社長に昇格させることにした。つまるところ、これはファミリービジネスなのだ。かくいうチャリティも異例の若さで社長になった。

デイヴィスの髪は妹とそっくりの人目を引く色合いで、目も同じように淡い緑をしている。髪や目の色と背丈は、父親のフレッチャー・トゥルイットから受け継いだものだ。チャリティにとっては継父にあたる。

チャリティの鳶《とび》色の髪と薄茶色の瞳は母親譲りだった。じつの父親の記憶はほとんどない。サムソン・ラプフォードというプロのカメラマンだったが、チャリティが三歳のときに妻子を捨て、世界じゅうの火山や熱帯雨林の写真を撮りに出かけた。そして、南米の山にしか生息しない珍種のシダを接写しようとして、転落死した。

チャリティにとっての父親といえば、フレッチャー・トゥルイットしかいない。それもいい父親だった。五年前にふたりが亡くなってからというもの、父になりかわって弟や妹のために家族の財産を守ろうとがんばってきた。父のためにも母のためにも。

人の位置がわずかに変わり、またバーが視界に入った。ブレット・ロフタスが見える。抑えた照明にお日さまのような髪がきらめき、タキシードを着た肩がいつにもましてがっしりと見えた。北欧神話の神を善良な人間にしたとでも言えばいいか、デイヴィスの隣でいかにもゆったりとくつろいでいる。

チャリティは身震いした。またしても息苦しさがつのる。手のひらがじっとりと汗ばんだが、まさか高価なドレスで拭くわけにもいかない。

デイヴィスも大柄だが、ブレットは巨漢だ。ブレット・ロフタスにひょいと抱きあげてもらえるなら、トゥルイット・グループのクレジットカードを喜んで差しだす、そんな女性が会場には掃いて捨てるほどいるだろう。悲しいかな、チャリティはそのひとりではない。

現実を目のあたりにしてショックを受けた。急に、いやというほど思い知った。このまま婚約することはできない。たとえ弟や妹のためだろうと、できないものはできない。この五年間、そのために身も心も捧げてきたのであろうと。

「シャンパンでも飲んで、チャリティ」メレディスが腕をつかむ。「さあ、ブレットやデイヴィスのところへ行きましょう。そういえば、このところちょっとようすがおかしかったわね。働きすぎなのよ。合併と婚約の話をいっきに進めようとしたのは、あんまりだったのかもしれない。あとは結婚式とハネムーンの日取りを決めることね」

「あんまりよ」パニックはもう限界に達していた。ここから脱出しなければ気が狂ってしまう。逃げるしかない。「ええ、あんまりよ。退散しなきゃ、メレディス」

「え?」メレディスはこちらを向いた。びっくりした顔をしている。

「いますぐ」

「落ち着いて、チャリティ。なにを言っているの？　逃げだすわけにはいかないでしょう。ブレットがどう思う？　ましてやこれだけのお客さまをご招待しておきながら」

罪悪感とがちがちの義務感がチャリティをさいなんだ。一瞬、不安とせめぎあい、理性にねじ伏せられた。

「そうよ」と喘ぐように言う。「まだ逃げだすわけにはいかない。ブレットに話をつけないことには」

メレディスは警戒心をあらわにした。「話って？」

「こんなの無理だってこと。やってはみた。やってはみたのよ。こうするのがみんなのためだと自分に言い聞かせた。でも、だめ。ブレットはいい人すぎる。これじゃ申し訳ないわ」

「なにが申し訳ないのよ？　チャリティ、それじゃわからない」

「彼に話をするしかない。わかってくれることを祈るわ」

「どこかふたりきりで話のできる場所に行ったほうがよさそうね」メレディスはせかすように言った。「お手洗いはどう？」

「そんな必要はない」チャリティは額をぬぐった。その姿はなにやら水辺のカモシカを連想させた。気もそぞろだ。たえず茂みをうかがっては、ライオンに注意する。「なんとか、ここから出ていくまでは頑張る」

ひとえに意志の力で、チャリティはパニックと闘った。危機に瀕したデパートの陣頭指揮を引き受けたときも、やはりこうして意志の力を奮いたたせた。バーに向かって人の群れをかきわけていく。両側から鋭い視線が浴びせられた。

ブレットとデイヴィスがその姿に目をとめた。デイヴィスはさも弟らしく満面の笑みを浮かべ、乾杯というように上機嫌でワイングラスを上げた。

「ようやくお出ましだね、チャリティ」彼は言う。「たぶんオフィスで足止めを食らっているんだろうと思っていたよ」

ブレットは愛しげに微笑んだ。「すばらしくきれいだ。重大発表の覚悟はできてる?」

「いいえ」チャリティはありのままに答えた。そしてブレットの前で足をとめた。「ブレット、ほんとに、ほんとにごめんなさい。でもこんなの無理」

ブレットは眉をひそめた。「無理って?」

「わたしには。わたしにはあなたは向いてない。あなたにもわたしは向いてない。あなたのことは大好きよ。いい友だちだし、ビジネスパートナーとしてもうまくやっていけると思う。だけど、結婚は無理なのよ」

ブレットは目を白黒させた。デイヴィスは口をあんぐり開けてこちらを見ている。メレディスはショックに目を見開いている。チャリティはまわりの客がしんとしたのにおぼろげながら気づいた。招待客がいっせいにこちらを振り向く。

「ああ、どうしよう。予想以上に大変なことになりそう」チャリティはつぶやいた。「ほんとにごめんなさい。ブレット、あなたはすてきな人よ。燃えるような恋をして結婚するのがふさわしい、友情やビジネスのためじゃなくて」

ブレットはおもむろにグラスを置いた。「わからないな」

「さっきまでわたしもそうだった。ブレット、この婚約は無理なの。どちらにとってもいいことじゃない。愛しあっているわけじゃないんだもの。わたしたちは友だちだし仕事仲間でもある。でも、それだけじゃだめなのよ。わたしにはできない。できると思ったけれど、やっぱり無理なの」

誰もなにも言わない。いまでは部屋じゅうの視線がチャリティにくぎづけになっている。またぞろパニックがよみがえった。

「ああ、もうだめ。行かなきゃ」やおらきびすを返すと、メレディスに行く手をさえぎられた。「どいて。お願いだから」

「チャリティ、こんなのどうかしてる」メレディスは姉の肩をわしづかみにした。「こんなふうに逃げだしていいはずない。どうしてブレットと結婚したくないだなんて？　彼は完璧よ。わかってる？　非の打ちどころもない」

チャリティは息が詰まりそうだった。われながら自分のしでかしたことにたじろいだが、ここまでくればもう後戻りはできない。罪悪感、怒り、恐怖がすさまじい勢いでつのっていく。

「大きすぎるんだもの」どうすることもできずに、お手上げのしぐさをした。「わかるでしょ？　彼とは結婚できないのよ、メレディス。だって大きすぎるんだもの」

「気はたしか？」メレディスは心持ちチャリティの肩を揺すった。「ブレットは素晴らしい、素晴らしい人よ。あなたほど恵まれた女性はまずいないのよ」

「そんなに素晴らしいと思うなら、あなたが結婚すれば?」すっかり自制心を失い、チャリティは妹の手を振りほどいた。そしてまっすぐ人込みのなかに突き進んでいった。

呆気にとられた客たちが左に右によけ、通り道をつくる。チャリティはオリエンタル調のカーペットを駆け抜け、ラウンジのフレンチドアを出た。

ゆったりした、古式ゆかしいロビーもそのまま素通りする。ドアマンが驚き、飛びあがって正面玄関のドアを開けた。チャリティは猛然と通り抜け、九センチヒールの危なっかしい足取りで、階段を駆けおりた。外に出るころにはすっかり息が切れていた。

八時を五分ほどまわった夏の宵《よい》のこと、シアトルの繁華街はまだ薄暮に包まれていた。そのときちょうど縁石にタクシーが乗りつけた。

タクシーの後部座席のドアが開く。顔なじみの中年カップルが降りてきた。ジョージとシャーロット・トレイナー。取引先。招待客。重要人物。

「チャリティ?」ジョージ・トレイナーが目をみはった。「どうした?」

「ごめんなさい、その車に乗りたいの」チャリティはトレイナー夫妻を押しのけ、後部座席に飛び乗った。ばたんとドアを閉める。「行って」

タクシー運転手は肩をすくめ、車を発進させた。「どちらまで?」

「どこでもいい。かまわない。とにかく行って。お願いだから」どこからともなく、広々とした大海原の光景が頭に浮かんだ。自由。脱出。「いいえ、待って。行きたいところがあった。

「海辺に連れてって」

「了解」

ほどなく、チャリティはシアトルの海岸に突きだした観光客向けの埠頭に立っていた。エリオット湾から吹きつける風が、赤いシルクのドレスの裾《すそ》をはためかせ、胸のなかを満たした。これでようやく自由に息がつける。つかのまのあいだでも。

手すりを握りしめ、そのまま長いこと立ちつくした。オリンピック山脈の向こうにいよいよ日が沈んで空を炎の色に染めあげたとき、チャリティはいやでも現実と向き合わなければならなかった。

二十九歳にして燃えつきてしまった。

誰もがようやく仕事の絶頂期を迎えようというときに、こっちは燃えかすになろうとしている。ファミリービジネスに貢献できるものはなにひとつ残っていない。トゥルイット・デパート・グループの社長室に戻ることはもうない。あのオフィスに足を踏み入れるかと思っただけで虫酸《むしず》が走る。

罪悪感と羞恥心にさいなまれ、うんざりと目を閉じた。もう耐えられそうにない。この五年間、両親がスイスでスキーのさなかに雪崩《なだれ》で死んでからというもの、重責を果たそうとがんばってきた。

弟や妹の遺産を守るために全力を尽くした。だけど、これまでかろうじて持ちこたえてきたことも限界に達した。

もうトゥルイットに戻ることはできない。そもそもあの会社を経営したいなんて思ったこともない。ブレット・ロフタスのもとにも戻ることはできない。あのクマのような体で抱きしめられると、パニックを起こしてしまう。

こうなったら逃げるしかない。でないと気が狂ってしまう。

気が狂う。

チャリティは暗い水面をじっとのぞきこんだ。これがそのむかし神経衰弱と呼ばれていたものなのだろうか。

プロローグ　エライアス

復讐と深海には大いなる共通点がある。真に危険だと気づくころには呑みこまれ、溺れているやもしれぬ。

――『水の道にて』ヘイデン・ストーンの日記より

エライアス・ウィンターズは男の顔を食い入るように見た。破滅に追いこんでやるはずが、その顔を見てようやく悟った。この数年間はなんだったのか。こんな男に復讐したところでなんの満足感も得られない。それは火を見るよりも明らかだ。

「それで、ウィンターズ？」ガリック・キーワースのたるんだ顔が苛立ちでこわばった。「そっちが会いたいと言ったんだ。当社のアジアでの業務に関してなにか話があるとかで」

「ああ」

「聞かせてもらおう。そっちは一日じゅう油を売っていようと勝手だが、こっちは会社というものがあるんだ」

「手間は取らせない」エライアスは手元の薄い封筒をちらりと見た。

白い封筒のなかには、キーワース・インターナショナル社を窮地に追いこみ、ことによっては命取りとなりかねないような情報が入っていた。三年越しの周到な計画のたまものだ。夜な夜な、あるゆる可能性を想定し、暇さえあれば戦術を練るのに明け暮れた。

ようやく準備万端ととのった。

環太平洋諸国では名の知れた大手貨物輸送業者、キーワース・インターナショナルも、封筒におさめられた情報がもとで、あと数週間のうちに膝を屈することになるだろう。この騒ぎに火をつけたが最後、キーワースはまず失地回復することはできまい。

エライアスは十六のときから培った精神力で敵をじっとうかがった。ガリック・キーワースの人生において、キーワース・インターナショナルほど重要なものはない。

妻とは何年も前に別れた。再婚する気は毛頭ない。息子のジャスティンとの仲はぎくしゃくしている。しかも息子のほうは、ここシアトルで貨物輸送のライバル会社を設立しようと躍起になっている。友人といえば、ひとたび経営難に陥っていると聞こうものなら離れていってしまうような輩《やから》ばかりだ。語りぐさのミクロネシアの木彫りのコレクションにすら、満足感を覚えることはない。もっとも、コレクションを始めたのは金に余裕があったからで、もともと興味があったというわけではない。

会社はキーワースの独壇場だ。古代エジプトのファラオもかくやという尊大さで、現代版ピラミッドというべき宝の山を構築し、ひとりで君臨している。

だが、キーワースの壮大なピラミッドも支えとなる礎《いしずえ》が崩れた。あとは復讐というどす黒い水が堰《せき》を切ったように流れるだけだ。そのためには封筒の秘密をもう何週間か寝かせるように仕向けなければならない。

あとはキーワースのオフィスから立ち去るだけでいい。赤子の手をひねるようなものだ。

「五分だけだぞ、ウィンターズ。言いたいことがあるなら言ってくれ。十一時半から会議なんだ」ガリックは豪勢なグレーの革張りの椅子にふんぞり返った。そして厚ぼったい手で高価な象眼細工の万年筆をもてあそんだ。

その手は上品な万年筆にはそぐわない。それをいうなら、オフィス自体にもそぐわない。せっかくの洗練された雰囲気がぶち壊しだ。

五十代半ば、でかい図体をして、あつらえもののスーツを着ているが、太った首が見ぐるしい。

ガリックの隙のない目がこちらをとらえる。この男を意気消沈させるなど、いたって簡単なことだ。お膳立てはすべてととのっている。

「五分もいらない」エライアスは口を開いた。「一、二分もあればすむはずだ」

「そいつはいったいどういう意味だ？　おい、ウィンターズ、いいかげんにしろ。おまえが評判の男だからというので、わざわざ会ってやることにしたのに」

「おれが誰だか知っているのか？」

「あたりまえだ」ガリックは万年筆を放り投げた。「環太平洋貿易の立役者。シアトルで海外貿易にかかわっている連中なら、誰でもご存じさ。おまえにはコネというものがある。ほかには誰も足場が持てないようなところで優位に立っている。海外投資家をころりとまいらせるコンサルティングをやっていることもご存じだよ」そこでいぶかしげに目を細める。

「しかも噂《うわさ》では、少々変わったところがあるらしい」

「おれの人生がみごとに要約されている」エライアスは立ちあがった。つややかな幅広の机の上にそっと封筒を置く。「なかを見てくれ。そうすれば――」とひと呼吸おき、次の言葉にわびしい慰めを覚えた。「悟りの境地にいたるだろう」

返事を聞くまでもなく、エライアスはドアへと歩いていった。冷たい底なし沼に引きずりこまれるような気分だ。やはりヘイデン・ストーンの言うとおりだった。無駄にした歳月。二度と取り戻すことのできない歳月。

「これはなんだ?」エライアスが戸口まで行ったとき、ガリックは声を張りあげた。「なんのまねだ? わが社の環太平洋業務について重要な話がある、おまえはそう言っただろうが」

「全部封筒のなかだ」

「まったく、変わり者という噂はほんとだな」

封筒を破る音がした。ちらりと振り返ると、ガリックは五ページにわたる書類を封筒から取りだすところだった。「ひとつだけ訊きたいことがある」

ガリックは無視した。険しい顔で書類の一ページめをにらみつける。大きな顔が怒りと狼《ろう》狽《ばい》にゆがんだ。「クロイとズィラーとつきあいがあったことを知ってるのか?」

「なにからなにまで」エライアスは答えた。キーワースはまだ自分がなにを手にしているかわかっていない。だがじきにわかることになる。

「こいつは機密情報じゃないか」ガリックは顔を上げ、猛然と挑むような目で見た。「おまえにはこんな契約がらみの情報をつかむ権利はない」

「オースティン・ウィンターズという名の男を覚えているか?」エライアスはやんわりと訊いた。

「オースティン・ウィンターズ?」ガリックの目に驚きと不安の色がにじんだ。「オースティン・ウィンターズなら、同姓同名の男とむかし知り合いだった。もう二十年も前のことだ。太平洋の島で」ようやくわかってきたのか、目つきが厳しくなった。「まさか親戚だとでも言うんじゃないだろうな」

「息子だ」

「そんなはずはない。オースティン・ウィンターズには女房すらいなかった」

「父はニヒリ島に移る数年前に離婚している」

「しかし、子どもがいたなんて話は聞いたこともない」

父が友人や知り合いにさえ隠していたことはショックだった。ガリックがなにげなく口走った言葉に動揺したが、長年の鍛錬により、素知らぬ顔をとおした。

「息子がいたんだよ。あんたが父の飛行機に妨害工作を働いたのは、おれが十六のときだ。飛行機の残骸が回収された翌日、ニヒリに着いた。あんたはすでに島を去っていた。真相を突きとめるにはずいぶんかかったよ」

「オースティン・ウィンターズの死をわたしのせいにしようというのか」ガリックはやおら立ちあがった。血色のよい顔をわなわなと震わせている。「わたしはあの墜落事件とはなんの関係もない」

「あんたは燃料管を切断した。本土から交換部品を取り寄せるには何カ月もかかると知りながら。父にはあの飛行機しかなかった。飛べないとなると、契約は果たせない。何週間も身動き取れなければ、商売はだめになる。あんたはそれを知っていた」

「嘘八百並べやがって」ガリックのたるんだ頬が上気した。「なんの証拠もないくせに」

「証拠を挙げるまでもない。なにがあったかはわかっている。父の会社の整備士が目撃していたんだよ。燃料管の異常が発見された朝、あんたが格納庫から出ていくところを。あんたは父の新規の輸送契約を横取りしたかった。いちばん手っ取りばやいのは、納期に間に合わせないようにすることだ」

「オースティンはあの日ぜったいに飛ぶべきじゃなかった」ガリックは拳を握りしめた。

「とても飛べる状態じゃないと整備士にも言われていた」

「父は燃料管を継ぎあわせ、一か八かの賭けに出た。すべてはあの契約にかかっていたからだ。納品に失敗すれば、元も子もない。だが、セスナが一〇〇マイル上空に達したところで、燃料管がひび割れた。父は賭けに負けた」

「わたしのせいじゃない、ウィンターズ。誰もオースティンを無理やりあのおんぼろセスナに乗せたわけじゃない」

「水というものについて考えたことはあるか、キーワース？」

「水とこれとなんの関係がある？」

「またとない物質だ。驚くほど澄んでいて、なにもかも透けて見える。おれはいま、その水に目を凝らしている。あんたがピラミッドに鎮座しているのが見える。海底に横たわる父のセスナの残骸でできたピラミッドに」

ガリックは目を剝《む》いた。「気でも狂ったか」

「機体の破片がそろそろ朽ちてきたんじゃないか？　いずれは残骸の山ごとあんたの足元で崩れるだろう。そうなれば、ピラミッドは崩壊し、あんたは海に放りだされる。おれの父がそうだったように」

「噂どおりだな。雲の上にでもいるつもりか？」

「だが、わざわざ手を下すまでもない。すべては起こるべくして起こる。それがわかるまでなぜこんなに時間がかかったのか」

ガリックは怒りと不安がないまぜになっているようだった。「こんなたわごとはもうたくさんだ。おまえにもな。さっさと出ていけ、ウィンターズ」

「手元の書類を読めば、キーワース、災いがすぐそこまで迫っていることがわかる。あんたは父の飛行機に妨害工作を働いたが、おれはあんたの環太平洋諸国業務に妨害工作を働くのはやめにした。執行猶予ってやつだな。そっちがどう出るか、お手並み拝見といこう。ウィンターズは腰抜け野郎だと自分に言い聞かせる？　計画を実行に移す根性もないと？　または水をのぞきこみ、自分の打ちたてた帝国の残骸を目にする?」

「出ていけ。警備員を呼ぶぞ」

エライアスは贅沢なオフィスを出てうしろ手にドアを閉めた。

エレベーターでロビーに降り、外に出て、フォース・アヴェニューで立ちどまる。七月最後の週、シアトルは雨降りだった。

歩道を歩きだす。沿道の店のショーウインドウにその姿が映った。

澄みきった水面に過去がくっきりと見える。けれど、未来をおおう海は鉛色にどんよりとくすんでいる。未知の海に求めるべきものはなにも残されていないのかもしれない。

それでもやはりなにかを求めていくしかない。それしかない。選択肢はちゃんともうひとつあったのだ。いまになってそれに気づいた。

無意識のうちに、彼は角を曲がりマジソン・ストリートを海辺に向かって歩いていた。エリオット湾を眺めるうち、心が決まった。

ヘイデン・ストーンの遺産を受け継ぐことで、新しい人生を始めよう。クレイジー・オーティス桟橋と呼ばれる埠頭、それにチャームズ・アンド・ヴァーチューズという小さな雑貨屋。どちらも州北部の小さな町、ウィスパリング・ウォーターズ・コーヴにあった。

1

眼力のある者だけが人生という深海にひそむものを察知することができる。軽率な者、または真に勇気のある者だけが、あえてその秘部に目を向ける。

――『水の道にて』ヘイデン・ストーンの日記より

薄暗い店の奥で彼は待ち受けていた。自分の張りめぐらした巣でじっとたたずむクモ。なにか静謐《せいひつ》な感じが全身にみなぎっている。獲物が至近距離にやってくるまでひたすら待つタイプ、とチャリティは思った。

「ミスター・ウィンターズ？」チャリティは入口で戸惑い、クリップボードを手にしたまま、チャームズ・アンド・ヴァーチューズの陰鬱《いんうつ》な店内をのぞきこんだ。

「ミズ・トゥルイット」エライアス・ウィンターズの声がレジ台の暗がりから響いた。「いらっしゃい。遅かれ早かれ現われるような気がしていた」

埠頭にある洞窟じみた古い店にくぐもった声がしたが、チャリティには一言一句聞きとれた。好奇心と警戒心がないまぜになって体を駆けめぐる。彼の声は海のように深く、危ない魅力がつい心をそそる。慎重に敷居をまたぎ、怖いようなうれしいような気持ちを振り払おうとした。ここにはあくまで仕事できたのだから。

「お邪魔させていただくわ」ときびきびした口調で言った。

「かまわない」

「わたしはウィスパーズの店長よ、埠頭の反対側にある書店の」

「知っている」

なにげない言葉のようでいて意味深長だった。なんだか呼びだされたような気分だ。意表をつかれ、言葉も出ない。

迷いが生じたら経営者モードを全開にすること。大企業という熾烈《しれつ》な競争社会から離れて一年になるが、必要とあればむかしの勘を取り戻すことができる。肝心なのはただちに主導権を握ること。チャリティは咳払いした。

「クレイジー・オーティス桟橋の商店主組合会長として、この機会にぜひともわが組合にお入りいただこうと思って」

「ありがとう」

エライアス・ウィンターズの口調はとくに感動したふうでもない。かといって、無感動というのとも違う。ヴェルベットのような、もの柔らかな声には、超然とした落ち着きがあった。もしかして精神安定剤をごっそり飲んだとか？　まずありえない。鎮静剤を大量に服用していれば、こんなに落ち着いた態度はとても取れない。

チャリティは足を踏みだした。床板がきしんだ。ひなびた埠頭の下で波の打つ音が、静寂を破る。もう一歩踏みだすと、床がうめくような音をあげた。ほこりが宙に舞う。

チャームズ・アンド・ヴァーチューズに入るたび、幽霊屋敷や古い墓地を連想する。前店主、ヘイデン・ストーンに何度か進言したとおり、ほこりを払い、照明を明るくすれば、この店も見違えるようになるのに。

エライアスはレジ台の奥に立ったまま、身じろぎひとつしない。電灯の弱光と高窓から漏れる薄明かりにすっぽり包まれていた。顔は見えない。というより、レジ台のうしろにアンティークの大きな占い道具が置かれ、姿そのものがよく見えない。

エライアス・ウィンターズがチャームズ・アンド・ヴァーチューズを開店させたのは、三日前の月曜日、八月一日のことだ。店舗の立ち並ぶ埠頭を行き交う姿を何度か見かけたが、これまではあくまで見かけるにすぎなかった。その姿が頭から離れず、好奇心をあおった。なんとなく、彼の背が高すぎないのがうれしかった。一八〇センチを若干下まわるぐらいか。男性の身長はかえってそれぐらいのほうがいい。それに体つきも筋骨隆々というわけじゃない。なのに、優美な力強さにあふれ、神々しいまでのオーラを放っている。歩き方もただ歩くのではなく、悠然とした足取りだ。

彼はいつ見ても、長袖の黒っぽいプルオーバーにジーンズを穿き、革ひものようなものをベルトがわりにしていた。ほとんど黒に近い髪は、三十代半ばとおぼしき男性にしては、やや長めだ。

昨日、チャリティは店員のニューリン・オゥデルに用事を言いつけた。ヘイデン・ストーンの飼っていた小憎らしいオウムのクレイジー・オーティスをチャームズ・アンド・ヴァーチューズの新米店主に押しつけようとしたのだ。ウィンターズはどうせなにも知らない。クレイジー・オーティスは住み慣れた環境を恋しがっています、ニューリンにはそう言うように教えこんだ。それもまんざら嘘じゃない。ヘイデンがシアトルで不帰の客となったとき、オーティスは深刻な鬱状態に陥った。看病にあたったのは、ほかでもないチャリティだ。かといって、ろくに感謝されるわけでもなかったが。

ニューリンがクレイジー・オーティスのかごを下げて埠頭の端まで行くあいだ、チャリティは生きた心地がしなかった。エライアスにてっきり断わられるものとばかり思っていたのだ。けれど、つくづくほっとしたことに、ニューリンは手ぶらで帰ってきた。

ニューリンはエライアスを〝ちょっと変わってる〟のひとことで片づけた。ニューリンという若者はもともと無口なたちだ。さいわい、本や雑誌を売ることには長《た》けている。

「桟橋の店主全員にかかわる仕事上の問題でお話ししたいこともあって」チャリティはてきぱきと言葉を継いだ。

「お茶でもどう？」

「お茶？」

「ちょうどティーポットに入れたところだ」取っ手のない丸いカップをふたつ、エライアスはすすけたレジ台の上に置いた。「極上のキーマン茶。シアトルのアバーウィック・ティー・アンド・スパイスという店でわざわざ取り寄せさせた」

「そう」チャリティはお茶を飲む男性というのははじめてだった。シアトルの知り合いはこぞってエスプレッソかラテを飲んでいた。ここウィスパリング・ウォーターズ・コーヴでは、ふつうのコーヒーが好まれていた。いや、少なくとも以前はそうだったが、数軒先のカフェ店主、ビー・ハットフィールドが三カ月前に町内初のエスプレッソマシンを設置してからは、状況が一変した。「ええ、ありがとう。ぜひいただくわ」

「ココニモドッテキテワタシトイッショニヤレ」薄暗い店内に低い声がこだました。

いてもたってもいられず、チャリティは散らかった店内をやみくもに歩きだした。まわりをちらりとうかがったが、墓場のごとき静寂に水をさすような客はどこにもいない。ヘイデン・ストーンがこの店を切り盛りしていたころもやはりこんなふうだった。

ヘイデンが二カ月前に亡くなってから、店は閉められたままだった。ヘイデンは旅先のシアトルで心臓発作に倒れた。シアトル在住の名も知らぬ共同経営者によって葬儀がしめやかに営まれた。チャリティをはじめとする桟橋の店主らが風変わりな家主の死去を知ったのは、すべてが終わったあとのことだった。

クレイジー・オーティス桟橋の店主連はヘイデンの死を悼んだ。ちょっと変わったところはあるものの、ヘイデンは情け深い地主だった。

素性はあまり知られていない。ヘイデンは自分の世界に生き、周囲の人たちとは疎遠だった。けれど、失礼とか薄情とかいう言葉とも無縁だった。人畜無害の変人としてみんなから受け入れられていたのだ。

ところが、その彼に死なれ、埠頭の店主たちはいきなり経済的な危機に直面した。これがチャリティの経営者としての勘を呼び覚ました。もう一年も眠りの状態にあったものだ。サナギが蝶になるように、羽を振り広げ、太陽の下で羽ばたいた。埠頭の店主たちが総崩れになる前に立ちあがることにした。

作戦としては店主たちが共同戦線を組むことだ。ということは、チャームズ・アンド・ヴァーチューズの新しい店主も仲間に引き入れなきゃいけない。

乱雑な陳列台のあいだを、チャリティはまなじりを決して歩いていった。夏の陽光が高窓からかすかに漏れ入るものの、長年のほこりでガラスは曇っている。

陳列台に山積みされた風変わりな商品には、ほこりがうずたかく積もっていた。チャリティは鼻に皺《しわ》を寄せた。新しい店主も片づけにはいっこう無頓着らしい。あいかわらず商品が台の上にでたらめに積まれている。整然とした陳列方法など望むべくもない。

片隅には奇妙な彫刻細工が高々と積まれている。その横の梱包用の木箱には真鍮《しんちゆう》製のベルや笛があふれていた。カラフルな衣装にエキゾチックな顔立ちの小さな人形が、どきりとするほどいかめしい表情をして、箱からこぼれ落ちている。壁にはプラスチックのお面がかかり、意地悪な目つきでこちらをにらんでいた。その下の台には、あぶりだしインクのペン、手品用の煙の出るチューブ、知恵の輪などがごっそり載せてある。

店内全体がこの調子だった。遠い土地の怪しげなしろものがチャームズ・アンド・ヴァーチューズの棚を埋めつくしていた。フィリピン製の手編みのかごの隣には、香港製のゼンマイ仕掛けの昆虫。東南アジア製のプラスチックのミニ恐竜の横には、メキシコ製のゴムのミミズ。陳列台の上には安物のブレスレット、オルゴール、偽物の軍の勲章、造花が散乱している。

ほこりっぽいこの雑貨屋に並んだ商品を形容するにはひとことで足りる。がらくた。この店に活気を取り戻したければ、それなりの精力と熱意を傾けなくちゃならない。歓迎のしるしにフェザーダスターでもプレゼントしよう。それとなく彼も気づいてくれるかもしれない。

ヘイデン・ストーンはいったいどうやって生活していたんだろう。チャームズ・アンド・ヴァーチューズのあがりや埠頭の家賃といってもたかが知れている。彼はいたって質素な暮らしをしていたが、それでも税金は払わなきゃならないし、食べるものも買わなきゃならない。きっとほかの不労所得でもあったのだろう。

「ミルクも砂糖もないけど」エライアスが言った。

「いいの」チャリティはあわてて答えた。「お茶にはなにも入れないから」

「おれも。いいお茶というのは、まじりけのない水のように澄んでいる」

そのせりふを聞いて記憶がよみがえった。「ヘイデン・ストーンもよく同じようなことを言っていたわ」

「彼が?」

「ええ。水について禅問答みたいなことをぶつぶつ言っていたものよ」

「禅問答?」

「ほら、禅でやるようなこと。そういえば、いまではほとんど忘れられてしまった古代思想だかを勉強したそうよ。彼のほかにはひとりしか生徒がいなかったって」

「ヘイデンは生徒どころじゃない。師匠だ」

「知り合いなの?」

「うん」

「そう」チャリティはなおも虚勢をはろうとした。クリップボードを魔よけのように体の前で抱え、精いっぱい晴れやかな笑顔を浮かべた。「じゃあ、仕事の話ね。あなたも桟橋にいらしたばかりで落ち着かないことでしょうけど、あいにく賃貸契約の問題が急を要するものだから」

「賃貸契約?」

「店主が一致団結して新しい地主のファー・スィーズ社と交渉にあたろうというの。あなたにも仲間に加わっていただきたい。みんなで共同戦線を組めば、交渉力も大いに増すわ」

エライアスは簡素な茶色のティーポットを持ちあげた。やけに堅くるしい、それでいて流れるような手つきだ。「ファー・スィーズとなんの交渉を?」

「賃貸契約の更新」チャリティはエライアスがお茶を注ぐしぐさにほれぼれと見入った。「ご存じとは思うけど、この埠頭を所有していたのは、水門から船台から車地にいたるまで、ヘイデン・ストーン、つまりはこの店の前店主なの」

「それは承知している」高窓から射しこむひと筋の光が、エライアスの横顔をちらりとかすめた。鷹のくちばしを思わせる鼻と気性の激しそうな頬骨が照らしだされる。

チャリティは深く息を吸い、クリップボードをぎゅっと握りしめた。「これまでにわかったところでは、ヘイデンが亡くなったとき、栈橋の所有権は自動的にファー・スィーズという会社に移された」

シッシッという声に話の腰を折られた。耳慣れた声。レジ台の奥に一瞥《いちべつ》をくれると、つややかな羽をしたオウムが、止まり木のてっぺんにふてぶてしい態度でとまっていた。

「オーティス、元気？」

クレイジー・オーティスはこちらの足からあちらの足へと重心を変え、威嚇するように首を下げた。ガラス玉のような目が意地悪げにきらめいている。「ヘッヘッヘッ」

エライアスは好奇のまなざしを向けた。「なにか敵意が感じられる」

「いつもこう」チャリティは渋い顔をした。「こっちが頭にくるのをわかってやっているの。しかもあれだけ尽くしてあげたのに。少しは感謝の念を示してくれてもよさそうなものを」

オーティスがまた意地の悪い鳴き声をあげた。

「ヘイデンが亡くなったあと、わたしが彼を引き取ったのよ。それはそれは落ちこんでいた。ふらふら歩きまわるし、羽根は抜けるし、食欲は落ちるし。ひどいありさまよ。とても放っておくわけにはいかなくて。昼間は奥の事務所のコートラックにとまらせておいた。夜は寝室にかごを置いてね」

「彼もきっと感謝している」

「ふん」チャリティがにらみつける。「彼は感謝という言葉の意味を知らないのよ」

クレイジー・オーティスは止まり木を横歩きし、あてつけがましくはしゃいでみせた。

「あなたはどれだけ運がよかったことか、オーティス。わざわざ面倒を見ようなんて人は、ほかには誰もいなかったのよ。なにも知らない観光客に売りつけてやろうかと言った人もひとりやふたりじゃなかった。ある人なんか、名前は言わないでおくけど、動物の収容施設に電話して引き取ってもらおうとしたんだから。でも、心やさしいわたしはとてもそんなまねさせられなかった。住むところ、食べるものを提供し、ヤッピーの回転木馬にまで無賃乗車させてあげたのよ。お返しになにをくれた？　意地の悪い鳴き声だけよ」

「ヘッヘッヘッ」オーティスが短い羽根をばたつかせる。

「落ち着け、オーティス」エライアスは長い指を突きだし、頭をちょこちょこかいた。「そのうち恩返ししなきゃな。彼女には借りがあるんだ」

クレイジー・オーティスはうなり声をあげたものの、高笑いはやめた。エライアスに撫でられるうち、目を半開きにして、陶然とした表情になる。

「驚き。彼が対等に扱った人間といえば、ヘイデン・ストーンだけよ。あとは足元の古新聞同然の扱いね」

「昨日、ニューリンが連れてきたあと、オーティスとふたりでじっくり話し合った。この店で一緒にやっていこうということになった」

「これでひと安心。じつを言うと、あのときは断わられるんじゃないかと思ったの。どう考えても、あなたにそこまでの責任はないもの。チャームズ・アンド・ヴァーチューズを引き継いだからといって、クレイジー・オーティスの面倒まで見なきゃならないことはない」

エライアスはしげしげと見た。「きみにもそんな責任はない。だが、きみはオーティスを引き取り、二カ月ものあいだ、住まいを提供した」

「ほかにどうしようもなかったわ。ヘイデンはオーティスを猫かわいがりしていたし、わたしはヘイデンが好きだったし。ちょっと変わってはいたけどね」

「ヘイデンが好きだったからといって、オーティスの面倒を見なきゃならないことはない」

「あいにく、そういうことになったの」チャリティはため息をついた。「なんていうか、クレイジー・オーティスは埠頭では家族みたいなものだから。ひときわ不愉快な家族、ってところね。いっそ屋根裏部屋にでもうっちゃっておきたかったけど、そこはやっぱり家族。よく言うじゃない？　家族は選べない。あるがままに受け入れるしかない」

「わかるよ」エライアスはオーティスから手を離し、ティーポットを持ちあげた。

「べつに飼わなくてもいいのよ」とっさにその言葉が口をついて出た。「さほど愛嬌があるわけでもないんだし」

「きみの言うとおり、家族なんだ」

「オーティスのようなオウムは、寿命が長いのよ。何年も責任を負わされるはめになるわ」

「わかっている」

「じゃあいいわ」チャリティは気をよくした。エライアスの気持ちは変わりそうにない。

「オーティスの件はこれで決まり。今度はファー・スィーズとの問題ね」

「うん？」

「埠頭の家賃は九月中に再交渉することになっているの。今日は八月の四日。早急に行動しないことには」

「どういう行動に出ようと？」エライアスはティーポットを置いた。

「さっきも言ったとおり、共同戦線を組んでファー・スィーズと交渉にあたりたいの」気がつけば、彼の手に見入っていた。いかにも興味をそそる手。男らしい、頼もしい手。

「共同戦線？」エライアスはチャリティがあわてて顔を上げるのを見逃さなかった。

「そう。共同で」目と目が合った。嵐のさなかの海の色、うら寂しいスティールブルーの瞳。クリップボードをぎゅっと握りしめる。「すぐにもファー・スィーズと連絡を取るつもりよ。ウィスパリング・ウォーターズ・コーヴでなにが起こっているか、向こうに悟られる前に、妥当な家賃で長期契約を結びたいの」

「なにが起こっている？」エライアスはかすかに口元をゆがめた。「じきに宇宙からの訪問者がやってくる話はさておき」

「ということは、もうヴォイジャーズのメンバーと出会ったのね？」

「道を歩いていればいやでも会う」

「たしかに」チャリティは肩をすくめた。「町議会にすれば迷惑な話よ。ヴォイジャーズはウィスパリング・ウォーターズ・コーヴのイメージを悪くするというのが、もっぱらの見方よ。でも、町長が言うように、あのカルト集団もどっちみち八月半ばにはいなくなるでしょう」

「なにが起こる?」

「知っているくせに」チャリティはにやりとした。「リーダーのグゥエンドリン・ピットが弟子たちに言うには、十五日の真夜中に異星からの宇宙船がやってきて、銀河の長旅に連れだしてくれるんですって。旅のあいだは、みんなして純粋なセックスと悟りの境地にあずかれるそうよ」

「両者を兼ねることはできないと聞いているが」

「ええ、まあ、宇宙人にはきっとお手のものなのよ。おわかりのとおり、町議会としては、その夜なにごとも起こらなければ、ヴォイジャーズも騙《だま》されたと気づいて、十六日の朝方にはウィスパリング・ウォーターズ・コーヴを出ていってくれるだろうというの」

「おれの経験からして、あからさまに間違っているという証拠を突きつけられようと、人間というのは自分の信念にしがみつくものだ」

「まあ、あの人たちがこのあたりに居座ることになったとしても、わたしもほかの店主たちもかまわないけど。ヴォイジャーズはわりと感じのいい人ばかりだから。ちょっと浮世離れしているにせよね。何人かはうちの店のお得意さんよ。この二カ月で超常現象や精神世界の本でひと儲けさせてもらったわ」

ブルーと白の長衣に鮮やかなはちまきをしたカルト集団、ヴォイジャーズはこの町の名物となった。グゥエンドリン・ピットとその弟子たちは、七月初旬にやってきた。眺めのよいキャンプ場跡地に、トレーラーやモーターハウス、キャンピングカーなどが雑然と居座っている。

町長のフィリス・ダートムアもはじめはヴォイジャーズを敵視していたが、追いだし作戦があえなく失敗すると、あきれるほど楽観的になった。地元紙が景観を損なうと社説で非難するたび、どうせ八月半ばには解散するのだからとふれてまわる。

「ヴォイジャーズはたしかに地方色に彩りを添えてくれる」エライアスは取っ手のない、小さなカップをチャリティに渡した。

「ええ、でも、町が観光客向けに描こうとしている高級なイメージには合わないわ」チャリティはお茶をすすった。温かい液体を舌の上で転がす。鮮烈、微妙、爽快。口のなかに広がる味わいをしばし堪能した。彼はお茶というものがよくわかっている。

「おいしい?」エライアスが食い入るように見ていた。

「とっても」チャリティはカップを台に置いた。「キーマンはやっぱりひと味違うわね」

「うん」

「じゃあ、また仕事の話。じつは、わたしたち埠頭の店主が契約問題で焦っているのは、この町のイメージとやらのせいなの」

「続けて」エライアスはお茶を口に含んだ。

「町長や町議会は、この埠頭に気取った店やアンティークギャラリーを並べ、美術専門の特選街にしようというの。高級志向のテナントを呼び寄せたいわけよ。でもそのためにはいまの店を立ち退《の》かせるよう、桟橋の所有者を説得しなきゃいけない。わたしたちはお世辞にも流行の先端をいっているとは言えないから」

　エライアスは陰気な店内を見渡した。「わかるな。それで、ファー・スィーズも町議会の立ち退き計画に同調すると？」

「もちろん。ファー・スィーズはシアトルでも大手の会社よ。幹部の頭には損得勘定しかない。高級品を扱う画商に店舗を貸せば、相手は法外な家賃にも応じる余裕があるんだもの、このチャンスに飛びつくわ。または、桟橋そのものを売却するともかぎらない」

「ファー・スィーズについてわかっていることは？」

「それがあまり。どうやら環太平洋貿易にかかわるコンサルティング会社のようね。二、三週間前にヘイデン・ストーンの弁護士から手紙がきて、今後、家賃はファー・スィーズに払うよう指示されたわ」

「ファー・スィーズ側とは話をしたのか？」

「まだよ」チャリティは不敵な笑みを浮かべた。「これは戦略の問題」

「戦略？」

「チャームズ・アンド・ヴァーチューズの新しい持ち主がやってくるまで、行動は控えるのがいちばんだと判断したから」

　エライアスが静かにお茶をすする。「つまり現時点では、すべてファー・スィーズに対する憶測のもとに行動していると?」

それとなく非難のこもった口調にチャリティはかちんときた。「この場合、ファー・スィーズは大企業ならどこでもやりそうな手段に訴えると考えるのが無難よ。商業地の不動産を新たに取得した企業としては、当然、極力高額の家賃収入を得ようとする。または、桟橋を売却することにでもしたら、最高の提示額をね」

「水面に映る敵の姿を観察するときは、その水があくまで清らかであることを確かめなければならない」

チャリティは居心地悪げに彼を見た。「ますますヘイデン・ストーンにそっくり。そんなに親しい間柄だったの?」

「うん」

「だからチャームズ・アンド・ヴァーチューズを譲り受けることになったのね?」

「ああ」エライアスの目は無表情だ。「この店は遺産だ。自宅ももらった」

「わたしの口からこんなことを言うのはしのびないけど、ミスター・ウィンターズ、ファー・スィーズと賃貸契約の再交渉をしないことには、せっかくの遺産もすぐに手放すことになるかもしれない。こうしてあなたに来ていただいたからには、急いで行動に移らないと。町議会や、地元の不動産業者のレイトン・ピットが、ファー・スィーズに直接接触する可能性が高いから」

「エライアス」

「え？　ああ、エライアス」チャリティは口ごもった。「わたしのことはチャリティと呼んで」

「チャリティ」お茶を飲む要領で、その名を舌の上で転がす。「いまどき珍しい名前だ」

「エライアスなんていう名前の人もあまりいないわね。さて、じゃあ、二、三分お時間をいただいて、ファー・スィーズとの交渉計画について説明させてもらおうかしら。わたしたちと手を組むのがいかに大切か、きっとわかっていただけるはずよ」

「うん」

「ええ？」

エライアスはなんとも優雅なしぐさで片方の肩を上げた。「チャームズ・アンド・ヴァーチューズの新店主として、きみたちと手を組むのに越したことはないと思う。さっき言っていた――なんだったか――ああ、そうだ、共同戦線とやらで。共同戦線に参加するのはこれがはじめてなものでね。作戦のほどは？」

チャリティの顔がほころんだ。「それが単純なの、ほんとに。わたしは商店主組合の会長だから、ファー・スィーズとの実際の交渉はわたしがやらせていただくわ」

「交渉ごとはかなりの経験が？」

「ええ、じつを言うと、そうなの。ウィスパリング・ウォーターズ・コーヴに移ってくるまで実業界にいたから」

「チャリティ・トゥルイット」エライアスの目がきらりと光った。「どこかで聞いた名前だと思った。シアトルのトゥルイット・デパートの？・」

「ええ」チャリティは反射的に身がまえた。「それじゃ、先手を打って、そちらの訊きたいことを箇条書きにしてお答えするわ。はい、わたしは同社の元トップでした。はい、いまは弟と妹があの会社を経営しています。はい、わたしはウィスパリング・ウォーターズ・コーヴにとどまるつもりでいます」

「わかった」

「トゥルイット・デパートの経営にはもうかかわってないけど、あそこで学んだことは忘れたわけじゃない。あなたの経歴のほうがまさっているというなら、ファー・スィーズとの折衝役は喜んでお譲りするわ」

「きみが最適だと信じて疑わないよ」エライアスの口調はやさしかった。

チャリティは恥ずかしくなり、クリップボードをレジ台に置いた。「ごめんなさい。ついかっとしてしまって。ただ、去年の夏、トゥルイットを去ることにしたのは、その、いろいろと込みいった事情があって」

「わかった」

チャリティはその顔をまじまじと見たが、表情は読み取れなかった。婚約破棄や神経衰弱の噂が耳に入っているのだろうか。それはなさそうだ。好奇心や関心といったものは、みじんも見られない。だけど、それを言うなら、感情というものがいっさい見られない。それでも強引に話を進めることにした。

「埠頭は一等地よ。店を守るには闘うしかないの」

「賃貸契約の交渉はうまくいくよ」

「信任投票ありがとう」チャリティはクレイジー・オーティスをちらりと見た。「うまくいかなければ、みんなして新しい場所を探すことになる。あなたもそのひとりよ、オーティス」

「ヘッヘッヘッ」オーティスは止まり木を横歩きし、端まで行った。そしてエライアスの肩に飛び移る。

チャリティはひるんだ。オーティスに腕に乗られたときのことが思い出された。エライアスは頑丈な爪が深緑のプルオーバーに食いこんでも涼しい顔だ。

「もう一杯どう？」

「いえ、もうけっこうよ」チャリティは腕時計に目をやった。「午後、ファー・スィーズに電話することになっているの。今日にも賃貸契約の交渉を始めようと思って。あなたも幸運を祈ってて」

「おれは運は信じない」エライアスはなにやら考えこんでいるふうだった。「流れはたえず川に注ぎ、やがては海に注ぐ。旅のさまざまな地点で水はいろいろと姿を変えるが、それでもやはり、水であることに変わりはない」

ニューリンの言ったとおり、とチャリティは思った。エライアス・ウィンターズはちょっと変わっている。彼女は愛想笑いを浮かべた。「すてき。いいカルマだかなんだか祈ってて。

とにかく、この件には組合員のみんなが絡んでいるの。わたしがうまく切り抜けなければ、埠頭の店主たちが困ったことになる」

「きみならうまく切り抜けられる」

「その意気ね」チャリティはきびすを返そうとして、ほかにも用事があったことを思い出した。「忘れるところだった。月曜の晩、店を閉めたあと、店主たちが埠頭に料理を持ち寄ってパーティーを開くことになっているの。あなたにも来ていただきたいわ、もちろん」

「ありがとう」

「来てくれるの？」

「うん」

「よかった。ヘイデンは一度も来てくれなかった」チャリティはクリップボードのメモに目を走らせた。「煮込み料理がまだないわね。お願いできるかしら？」

「肉が入ってなくてもかまわないなら」

チャリティは笑った。「いまちょうど言おうと思っていたところ。店主のなかにはベジタリアンもいるの。あなたもすんなり溶けこめるわよ」

「これはおもしろいことになりそうだ」

理由は訊かないことにした。なんとなく訊かないほうがよさそうな気がした。こっちは単なる社交辞令のつもりで言った。エライアスのほうはどうだったのか。彼の言うことはなにからなにまで謎めいている。ヘイデン・ストーンと話をするときも、やはり同じ思いに駆られた。気軽に、楽しく話をするというわけにはいかない。

チャームズ・アンド・ヴァーチューズの暗がりから太陽の下に出ると、どっと安堵感がこみあげてきた。店が軒を連ねる広い道を足早に通りすぎ、風通しも日当たりもよいウィスパーズの店内に入る。

ニューリン・オゥデルが、棚に置きかけた新着の週刊誌から顔を上げた。瘦せこけた顔は葬式帰りかと思うほど辛気くさい。ニューリンにすれば、それがふつうなのだが。

二十四歳になる彼は、がりがりに瘦せていた。ヤギのような顎ひげに細縁の眼鏡。茶色の直毛はおそらく自分で刈ったにちがいない。耳のあたりに不揃いな毛が垂れていた。

「どう?」ニューリンは例によって言葉少なに訊いてきた。

チャリティは小さな店の入口で立ちどまった。いつものことながら、ニューリンに対して憐れみの念がこみあげてくる。彼を雇ったのは一カ月前のことだ。仕事を求めてどこからともなく現われた。ウィスパリング・ウォーターズ・コーヴにやってきたのは、女友だちのそばにいるためだ。彼女はアーリーン・フェントンといい、ヴォイジャーズのメンバーだった。ニューリンはウィスパーズで働くかたわら、アーリーンをなだめすかしてカルト集団から脱退させようとしている。

説得工作はこれまで失敗に終わり、ニューリンはひとまず静観することにした。八月十五日になれば、アーリーンも目が覚めるだろうと。

チャリティはそうなることを心の底から願っていた。ニューリンの献身ぶりは微笑ましくもあるし、大仰なところはドン・キホーテのようでもある。けれど、チャリティはひそかに心配していた。その日の真夜中になっても、アーリーンが正気に戻らなければ、どうなることか。この二ヵ月間、ふさぎこんだオウムの介抱に明け暮れ、傷心のニューリン・オゥデルの相手まではしていられなかった。

「あなたの言うとおりだったわ、ニューリン。エライアス・ウィンターズはちょっと変わってる。ヘイデン・ストーンの友だちだったらしいから、わからなくもないわね。でもよかった。新しい賃貸契約の交渉に際して、彼もほかの店主たちに同調してくれるそうよ」

「ファー・スィーズに電話する？」

「いますぐ。うまくいくように祈ってて」

「ファー・スィーズに賃貸契約で色をつけてくれと頼みこむには運だけじゃだめだよ。ピットや町議会がもう渡りをつけてたらどうする？　埠頭は貴重な不動産だと」

「そんなに否定的なこと言わないの、ニューリン。クレイジー・オーティス桟橋の所有者が誰か、町議会がまだ知らないことに望みをかけているんだから。こっちだってつい二、三週間前に知ったばかりなのよ。埠頭のみんなには黙っててと言ったけど」

「誰も口を滑らしたりはしないと思う」

「だといいけど」チャリティは奥の部屋のドアを開け、段ボール箱の山を縫うようにして、机にたどり着いた。

腰を下ろし、電話に手をやる。すかさずファー・スィーズ社の番号を押す。ヘイデン・ストーンの弁護士が店主宛てによこした書類に記されていたものだ。

受話器の向こうで妙な音がした。カチッといったかと思うと、ようやく呼びだし音が鳴る。転送電話なのだろうか。じりじりしながら、相手が受話器を取るのを待った。

聞き覚えのある声がした。

「チャームズ・アンド・ヴァーチューズです」エライアスが応えた。

2

浅い海は時には浅い答えしか提示してくれない。しかし深い海は深い問いをたたえている。

――『水の道にて』ヘイデン・ストーンの日記より

五分もしないうちに二度めの運命の激流がエライアスを襲った。チャリティがチャームズ・アンド・ヴァーチューズのドアを開け、猛然とこちらにやってくる。

やはりはじめて会ったときに覚えたあの予感めいたものは、思い過ごしではなかった。エライアスは魅せられたように見つめていた。彼女が陳列台のあいだを憤然とこちらに向かってくる。わざわざこうなることを実証するために仕掛けたようなものだ。やはり間違いない。深い海へと押し流されていくようだ。

まずい。まったくもってまずい。

しかし、妙に心をそそられる。

「あなたはいったい何者なの、エライアス・ウィンターズ？　これはいったいなんのまね？」チャリティが詰めよった。

エライアスは時間を確かめようとしたが、手元を見るわけにはいかない。腕時計は十六のときにはずした。それでも、とにかく自制心というものを取り戻さなければならない。彼女のたっぷりした鳶色の髪から無理に目をそらした。おりよく壁のひしゃげた鳩時計が目に入った。

「約一分四十五秒というところか、二、三秒の誤差はあるにしろ。早かったな、ミズ・トゥルイット。ひじょうに早かった。埠頭の端から端まで走ったのか?」

「わざわざはかってたの?」

止まり木で大きな種をかじっていたクレイジー・オーティスが、甲高い声で笑う。

「静かに、オーティス」エライアスがやさしく命じた。

オーティスは黙ったが、目が意地悪げにきらめいている。前足でつかんだ種がとびきり派手な音をたてて割れた。

チャリティの生きいきした茶色の瞳もまぎれもなくきらめいていた。だが、喜んでいるわけでもなければ意地悪なわけでもない。ただひたすら怒っている。

一〇センチ以上も背が低いくせに、上目づかいにこちらをにらみつけている。ふっくらと柔らかそうな唇は、頑固にぎゅっと結ばれていた。華奢《きゃしゃ》な頬のあたりに、まぎれもない温かみが感じられる。

エライアスは胃が締めつけられるようだった。自分の反応が理解できない。とらえどころのない、彼女のなにかが注意をくぎづけにする。

「ミスター・ウィンターズ」

「エライアス」

「ミスター・ウィンターズ、わたしは説明がほしいの。それもいますぐ。あなたはなにかをたくらんでる、明らかにね」

「おれが？」

「質問に質問で答えるのはやめて。ずるくて、卑劣で、受動・攻撃型の人格そのものよ」

「おれを相手にするとき、ひとつだけ確かなことがある、チャリティ。おれは攻撃的な気分になったとき、受け身の態度はいっさい取らない」

「あらそう？　そういうことにしときましょう。それでもやっぱりずるくて卑劣。言っとくけど、ミスター・ウィンターズ、わたしはずるさと卑劣さに関しては知りつくしているの。これでも実業界で揉《も》まれたんだから」

「肝《きも》に銘じておこう」エライアスはやんわりと言った。

ガーゼ地の白いコットンドレスが、ゆるやかに丸みをおびたふくらはぎのあたりではためいている。ついさっき挨拶にやってきたときは、遠慮がちに、そよそよと足にまつわりついていた。いまのチャリティは怒っている。本人もドレスも風にあおられるままになっている。

体の奥底でみだらな欲望が湧き起こり、エライアスは動揺した。意志の強い、魅力的な女性がサマードレスとサンダルに身を包んだ姿は、いつ見ても好ましいものだ。だが、今日の反応はどう考えても度を越している。いったいどうしてしまったのか。

もっとも、そこまで自分に厳しくすることはないのかもしれない。女性との関係は途絶えて久しい。悲願の復讐計画が最終段階に入ってからというもの、ほかにはなにも目に入らなくなった。おかげでセックスに対する欲望も寸断されてしまった。

そのあげくヘイデン・ストーンが死に、すべてが一変した。ヘイデンが死んでから、荒れ狂う海に投げだされたようなものだった。なにをやってもいつもの調子が出ない。心のバランスが崩れてしまった。チャリティ・トゥルイットにこれほど強い気持ちを抱いたのも、そのいい例だ。

いつもならば興味をそそられる類《たぐ》いの女性ではない。これまではフィルム・ノワールに登場するような醒《さ》めたタイプに惹かれた。ひとくせもふたくせもありそうな、洗練された女。服は黒系。待ったなしの環太平洋貿易業界でうごめく、有力なブローカーもしくは陰の実力者。コネやつてを目当てに近づいてくる女もいた。自分並みに有力な男を連れて歩くことで悦に入る女。危険な匂いにそそられる女。セックスという取引の条件がなんであれ、利害はかならず一致した。

だがチャリティはそのかぎりではない。直感的にわかる。へたに関係を迫ったとしても、まずすんなりとはいかないだろう。あれこれ要求してくるに決まっている。これまでずっと避けてきたことだ。

「ファー・スィーズとは関係があるの、ないの?」チャリティがいきまく。

エライアスは目の前のレジ台に両手をついた。「このおれがファー・スィーズ」

「冗談なの?」

「いや」そこでふと考えこむ。「冗談なんかひとつも知らない」

「じゃあ、会社自体はどこにあるの？」

「会社自体？」

チャリティはお手上げのしぐさをした。「秘書やら事務員やら部長やら取り巻きやらなんやら」

「秘書なら二、三ヵ月前に転職した。わざわざ後任を入れようとも思わない。事務員も部長もいない。頼りになる取り巻きもついぞできなかった」

「笑いごとじゃないわ」

「言っただろう、おれは冗談は言わない」

「嘘はついてないとするなら、どうして埠頭の所有者であることをひた隠しにしたの？」

「むかし学んだ。商談はぜったいに自分のほうからはしない。公然たる取引と率直な物言いという清らかな泉の水は、往々にして弱さの表われと誤解される。相手のほうからやってくるように仕向けるように教えられた」

チャリティはレジ台のまん前で立ちどまった。「自分が優位に立ちたいということね。おっしゃることはよくわかったわ。けど、ご参考までに、わたしは詐欺まがいの経営コンサルタントに大枚はたいて、道教による商売なんていうセミナーを受けたことは、ただの一度もない。わたしはむかしながらのやり方で商売するほうが性に合ってる。正直に言って、ウィンターズ。あなたはほんとにクレイジー・オーティス桟橋の所有者なの？」

「ああ」エライアスは大きな茶色の瞳をじっと見た。怒りの下に強い警戒心が透けて見える。そういえば、トゥルイットはロフタス・アスレティックギアとかいう会社と合併に失敗したあと、収拾のつかない状態になったという噂を聞いた。トゥルイットのCEOが突如として辞任したとか。前CEOは神経を病んでいたというのがもっぱらの噂だ。トゥルイットもロフタスも環太平洋貿易には絡んでいない。そのせいで、あのときはさして気にもとめなかった。

「それで？」

「ヘイデン・ストーンが遺したのはチャームズ・アンド・ヴァーチューズだけじゃない。埠頭をまるごと遺してくれた」

「おまけに崖沿いの家まで」チャリティはいぶかしげに目を細めた。「相当な財産だこと。なんでまたそこまで？」

エライアスは慎重に言葉を選んだ。「前にも言ったかもしれないが、ヘイデンはおれの友人でもあり師匠でもあった。おれは彼の力添えでファー・スィーズを設立した」

「わかった。ファー・スィーズはずばりどんな会社？」

「コンサルティング会社」

チャリティは胸の下で腕組みした。「どんなコンサルティング？」

「環太平洋貿易にかかわるビジネスマンの橋渡しや助言を行なう」過去形で言うべきだった。かつての仕事に戻ることはあるのだろうか。もうないだろう。このごろなにかにつけてそうだが、あの仕事もだんだんと疎遠になっていくように思える。「ウィスパリング・ウォーターズ・コーヴは、環太平洋貿易の前哨地としてはいまひとつ冴えないわ」

エライアスは微笑した。「いや、そんなことはない」

「それで、あなたはここでなにをやってるの？」

「疑り深いたちなんだな、チャリティ」

「この状況じゃ、疑り深くなるのも当然よ。さっきまで、あなたはてっきりわたしたちの仲間で、ファー・スィーズとの交渉に一致団結してのぞんでくれるものとばかり思っていたのに」

「ちゃんと警告しただろう。水面に映る敵の姿を観察するときは、その水があくまで清らかであることを確かめなければならない」

「はい、はい、お聞きしましたとも。わけのわからない話はもうけっこう。思想的な話が聞きたければ、テッドのところに行くわ」

「テッド？」

「テッド・ジェナー。回転木馬の隣でテッズ・インスタント・フィロソフィー・Tシャツという小さなお店をやっている。あなたも見たことあるでしょう」

エライアスは埠頭の端で風にたなびくTシャツのラックを思い出した。Tシャツには、真面目なものから粗野なものまでさまざまな文句や標語が印刷されている。「気がついていた」

「そうであることを願いたいわね。毎日、通りかかるんだもの。それはそうと、みんなのお店に立ち寄って、自己紹介ぐらいはしてもいいんじゃない？」

「きみにはしたところだ」

チャリティはさもうんざりした顔で天井を仰いだ。「どうでもいいわ。本題に戻りましょう。わたしが埠頭の賃貸契約の話をしたとき、あなたはほんとのことを言わなかった。そちらの言い分は？」

「訊かれもしなかった」

チャリティが両手を宙に放つ。「あなたがファー・スィーズだなんて思いもしなかったのよ」

「水面に映る姿について正しい問いかけをしなかったからといって、水の透明度に変わりはない」

チャリティはじろりとにらんだ。「ごちゃごちゃ言ってないで、肝心な話をしてちょうだい。あなたが自分で言うような人物だとするなら、ほんとうのことを言って。埠頭の賃貸契約はどうするつもり？」

「九月の満了日をもって現行の賃貸料で更新する」

チャリティは口をあんぐり開けた。並びのいい、小さな白い歯がのぞく。彼女はすぐに口を閉じた。「どうしてそんな？　町議会がクレイジー・オーティス桟橋をウィスパリング・ウォーターズ・コーヴの再開発の目玉にしようとしていることは、話したはずよ」

「おれにもわからない」

「もう一度言ってもらえる?」

エライアスは肩をすくめた。「答えようがない。それもあってウィスパリング・ウォーターズ・コーヴに来たんだ。答えを見つけるために」


明白な答えを得るには、明白な問いを発しなければならない。それができない。自分の真の顔を見ようと水面をのぞきこむたび、ひどくゆがんだ姿がちらりとのぞくだけだ。

エライアスはヘイデン・ストーンから教わった一連の古武術をなめらかに終えた。見ためには簡単そうな動きはタル・ケック・チャラと呼ばれている。ヘイデンが師匠をつとめていた古代思想を肉体で表現したものだ。タル・ケック・チャラとは、水というエネルギーの流れにおいて、心と身体のバランスが取れた状態をいう。

エライアスの手首に巻かれた革ひもはその象徴であり、タル・ケック・チャラという言葉はそれにちなんでつけられた。タル・ケック・チャラは生きる術《すべ》でもあり武器でもあるのだ。

エライアスが動きを終えると、腕から革ひもがするするとほどけた。革ひもはうなりをあげてそばの木の枝に巻きつく。枝はがんじがらめになったが、まっぷたつに折れるほどではない。自分を制すること、それこそがタル・ケック・チャラのすべてだ。

エライアスはいずまいを正し、革ひもを取りにいった。今日の鍛錬はどうだったか。呼吸は深いが荒くはない。入り江から吹きつける風で肩の汗はすでに乾きつつある。激しい運動だったが、疲労困憊《こんぱい》というわけではない。それでこそいい。なにごともやりすぎはタル・ケック・チャラの基本原理にそぐわない。

無意識のうちに、革ひもを腰の定位置に締めなおしていた。ふだんはジーンズのベルトがわりにしている。肝心なときにすぐ取りだせないようでは用をなさない。

崖の上を家に向かって歩く。ヘイデン・ストーンが晩年の三年間を過ごしたところだ。庭まで着くと門を開け、ヘイデンの手がけた閑静な庭園に足を踏み入れた。庭の中心には、静謐《せいひつ》な水をたたえる池がある。

エライアスはポーチの階段を上がり、新居のドアを開けた。ヘイデンに教わったとおり、そこで足をとめ、住まいのエキスを五感に染みわたらせる。すべて申し分ない。

素足で床板の上を歩いた。ヘイデン・ストーンの家には椅子というものがない。ほかにも家具はほとんどない。クッションふたつ、ローテーブル、麻のマット、居間にあるのはそれだけだ。水の入った厚手のガラスボウルが、ローテーブルのまんなかに置いてあった。壁にはなにもかかっていない。

部屋に色を添えるものといえば、クレイジー・オーティスだけだった。それでじゅうぶんだ。派手な羽毛が地味な室内によく映える。

オーティスはケージのてっぺんにとまり、頭をひょいひょい動かしては、羽根を広げてみせた。

「おれはちょっとシャワーを浴びてくる。そのあとで食事にしよう、オーティス」

「ヘッヘッヘッ」

エライアスはひと部屋きりの寝室に入った。フトン式のベッドと緻密《ちみつ》な彫刻を施したチェストがあるだけだ。キッチンとバスルームには必要最低限のものしか備わっていない。だが、基本の二文字こそが肝心なのだ。

西海岸でも東海岸でも、インテリアデザイナーや建築家は、さかんにミニマリズムと騒いでいるが、ヘイデン・ストーンはこの小さな家で本物のミニマリズムを実現した。単純さのなかに秘められた複雑さは、タル・ケック・チャラの鍛錬を積んだ者でなければ、とうてい見極めることができない。

エライアスのシアトルの家もこれとよく似ていた。場所はワシントン湖のほとりにあった。ガリック・キーワースと話をした直後、あの家は売ってしまった。惜しいとは思わない。タル・ケック・チャラは、ものごとに執着することを戒めている。または、人間に執着することも。十六のときから、ヘイデンだけは例外だった。なのにヘイデンは逝ってしまった。

エライアスはバスルームに入り、ジーンズを脱いで、シャワーの下に立った。ヘイデンとの思い出が浮かんでは消える。ふいに十六歳のときの光景が頭をよぎった。父親が死んで数カ月後のことだった。

「食事のときになんで床に座らなきゃならないんだよ?」エライアスはローテーブルのクッションの上で足を組んだ。

「椅子は必要ないと思い知るため」ヘイデンは奇妙な手製の道具でソバを口を運んだ。それはフォークでもありナイフでもある。精巧な食器であると同時に便利な武器でもあった。「椅子がなくとも快適に過ごせることがわかれば、同様に、ほかのものがあまりなくとも快適に過ごせることがわかる」

「銃撃されたあとに運びこまれた僧院で習ったんだ？」

「ほかにもいろいろと」

エライアスにはお馴じみの話だった。ヘイデンは三十五歳まで傭兵をつとめていた。類いまれな才能も魂も金のためなら誰にでも売る乱暴者。世界のあちこちで小競り合いの火種がくすぶる世にあって、客にこと欠くことはまずなかった。

彼はそうした戦闘のひとつで重傷を負う。太平洋の片隅で繰り広げられた小規模の内戦だった。そして瀕死の状態で仲間に置き去りにされる。

ヘイデンはエライアスに語った。あのままジャングルでのたれ死にすることを覚悟した。かといって、生きながらにして野獣に食いちぎられるのはたまったものではない。そこで自害しようと銃に弾をこめた。最期に引き金を引くくらいの余力は残っているはずだ。

だが、自分に言い訳をしてはその瞬間をずるずると引き延ばした。

日が暮れるか、痛みが堪えられなくなるか、いざ腹をすかせた野獣が現われるまで待とう。しかし、生存本能は予想以上に強かった。夜が来て、痛みがひどくなり、茂みからは思わせぶりな葉ずれの音が聞こえてくる。それでもなお頭に銃弾をぶちこむことはできなかった。

なにかがその手をとめる。

夜が明けてまもなく、彼は修行僧に発見された。

「僧院にはどれくらいいたの？」エライアスはソバをいじくりながら訊いた。だんだんとコツがつかめてきたものの、手つきはまだぎこちない。

「タル・ケック・チャラの館には五年間いた。あの館はいまではこの心のなかにある」ヘイデンは澄んだつゆにソバをつけ、口に運んだ。そして音もたてずに咀嚼《そしゃく》する。「午後の鍛錬は上出来だったな」

「だんだんうまくなってきた気がするよ。すんなりいくようになったというか」エライアスはソバを自分のボウルに突っこんだ。つゆがテーブルに飛び散り、思わず顔をしかめる。ヘイデンと暮らすようになるまでは、ハンバーガーやピザに夢中だった。いまは肉を食べると思っただけで、胃がむかむかしてくる。「ぼくもヘイデンみたいにタル・ケック・チャラがうまくなれるかな？」

「ああ。たぶん、もっとうまくなれる。おまえはわたしよりも若くして鍛錬を始めた。おまえの体は基本原理にうまく合う。生まれながらに才能があるんだろう。腹に弾丸のかけらが残っているでもなし」

エライアスはその顔をじっと見た。ヘイデンはプロの傭兵だったときのことをほとんど口にしない。「ああ、そうだね」

「だが、タル・ケック・チャラの武術を学んでも、池をのぞきこんで真実が見えるようになるとはかぎらない」

「またその話？　父さんを殺したやつをあきらめさせようという魂胆なら、やめたほうがいいよ、ヘイデン。ぼくはいつかあのセスナに妨害工作を仕掛けたやつを見つけだしてみせる。そのときには、かならず報いを受けてもらう」

「感情に濁る水に真実は見えない。自分の心を制するよりも復讐のほうが大事かどうか、いつか決めなければならない日がくる」

「わからないな。復讐しても自分の心を制することはできるはずだろう？」

ヘイデンは思慮深いまなざしでじっと見た。「おまえには格別の信頼をおいているよ、エライアス。頭もいいし、能力もある。やがては真の流れをその目でしっかりと見据えることができるようになるだろう」

ようやく復讐の真の姿が見えた。エライアスはタオルで体を拭くと、洗いたてのシャツとジーンズに手をかけた。だが、自分自身の真の姿はまだ見えていない。

彼はキッチンに行って食事の用意をした。ヘイデンの思い出がまたしてもよみがえる。今度はそっと頭から追いやり、料理という創造的な作業に没頭した。

三十分後、テーブルの前のクッションに腰を下ろした。温かいライス、ワカメのスープ、野菜のカレー。ふと気づくと、復讐もビジネス戦略も頭になかった。こんなことは久しぶりだ。そう、ヘイデンの葬式以来はじめて新たな目標ができた。

チャリティ・トゥルイットとベッドをともにすること。

「一筋縄ではいかないぞ、オーティス。直感的に思ったんだ。チャリティはヘイデンがつねづね注意していたような高級な女だよ。そういう女性を惹きつけるには、男は高い代償を払うことを覚悟しないと」

「ヘッヘッヘッ」

かなりの犠牲を払ってでも彼女の気を惹くしかない。犠牲となるのは、間違いなくこの身。

チャリティがハーブ入りのクスクスとグリーンレンティルのサラダをピクニックテーブルに置いたとき、埠頭の端に集まった人たちが急にしんとなった。チャリティは期待でぞくぞくするのを抑えることができなかった。まわりのひそひそ声を聞くまでもなく、誰がやってきたのかわかった。

けれど、たまたまそちらのほうを見なければ、エライアスがやってくるのに気づく者はいなかっただろう。くたびれた感じのブーツを履いているが、板張りの桟橋に足音はまったく響かない。店舗の影を音もなく歩かれたのでは、その姿は目につきにくい。

チャリティは彼が覆いをかぶせたボウルを持っているのを見て心が躍った。気づいてくれるのを待っていたとでもいうように、彼がこちらを向く。そして首をわずかにかしげて挨拶してみせた。チャリティははっと息を呑んだ。そんなはしたない音をたてたのは、ほかならぬ自分だと気づき、恥ずかしくなった。

「おでましよ」ラディアンス・バーカーがかすれた甘い声でささやく。

ラディアンスは本名をローンダといい、声も地声ではない。それでも全体の雰囲気にぴったりだった。チャリティはひそかにネオ・ヒッピーと呼んでいる。ラディアンスにとっては痛恨の極みというか、伝説的な六〇年代のフラワーチルドレンとなるには、生まれるのが遅すぎた。けれど、自分ではあの時代の精神的生まれ変わりと信じていて、服装もそれらしい格好をしている。今夜はサイケデリックな柄のドレスにビーズの長い首飾り。腰まである髪は、花をちりばめたヘッドバンドでとめてある。

「この話はどうも臭う」ロイ・ヤプトン、通称ヤッピーが断言した。「ヘイデン・ストーンも変わり者だったが、少なくともまともにつきあってくれた。今度のやつはどうかねえ」

「すべてを握っているのはあちらよ」ビー・ハットフィールドが口を開く。「だから言葉には気をつけることね、おばかさん」

ヤッピーもビーも六十をとうに超えている。それぞれが二十年以上にわたって桟橋で店を営んでいた。ふたりの関係は誰にも覚えがないほどむかしから続いている。なぜいまだに結婚しないのか、なぜわざわざ単なる友だちのふりをするのか、誰にもわからない。

「なにをこしらえてきてくれたことやら」テッド・ジェナーが訊くともなしにつぶやき、太鼓腹をぼりぼり掻いた。三LサイズのTシャツでさえ窮屈そうだ。「腹へったな」

そのシャツは自分の店、テッズ・インスタント・フィロソフィー・Tシャツの売り物だ。今日は胸元にこう書いてある。〝おれもいかれているが、あんたも間違いなく狂っている〟。

「また始まった」ラディアンスはテッドの太った体をおかしそうに見た。「あなたはいつも腹へったばかり。だから言ってるじゃない。ベジタリアンに転向すれば、痩せるって」

「ほんの二、三キロ痩せるために、死ぬまで木の実や干しぶどうばかり食べさせられたんじゃ、割に合わないね」テッドがほがらかに答える。「そりゃ、チャリティのつくってくれるのは絶品だが、やっぱりごめんだな、あんなウサギの餌みたいなもんは」

ふたりの言いあいは延々と続いた。誰もほとんど聞いてはいない。みんなの目はエライアスにくぎづけだ。しかもどう声をかけていいものかわからない。新参者とはいえ、先週までは仲間のひとりだった。今週は地主なのだ。

契約更改はまだすんでいない。契約満了まではまだ二カ月あり、そのあいだにエライアスの気が変わるともかぎらない。それがみんなの頭にあった。

チャリティは商店主組合会長としてこの場をおさめることにした。エライアスがこちらにやってくると、こぼれんばかりの笑顔を浮かべる。

「お料理はあそこのテーブルに置いてちょうだい」と威厳をこめて言った。むかしよく使った手だ。トゥルイット・デパート・グループが経営危機に瀕したとき、ここぞとばかりに押しかけてきた債権者たちを前にして、待ったなしで学ばされた。だからこそ、当時の過剰な重圧を乗りきることができたのだ。エライアスにもその手を使おうとした。「みんなと会ったことは？」

エライアスはまわりをちらりと見て、ビーのポテトサラダの隣にボウルを置いた。「いや」

チャリティはあわてて紹介した。「ロイ・ヤプトン、回転木馬の店主よ。ビー・ハットフィールド、ウィスパリング・ウォーターズ・カフェの店主。ラディアンス・バーカー、ネイルズ・バイ・ラディアンスの店主よ。テッド・ジェナー、彼はTシャツのお店をやってる。あと、ニューリン・オゥデルにはもう会ったわね。ニューリンはうちのお店で働いてる」

「どうも」ニューリンが小さな丸眼鏡越しに見た。「オーティスは？」

「元気だ」エライアスはみんなに向かって礼儀正しく会釈した。それから栈橋の手すりにもたれると、足を交差させ、腕を組んだ。

チャリティは顔をきっと上げ、白黒つけることにした。「みんなにも話したんだけれど、あなたはいまの賃貸料のままで契約を更新してくれるのね？」

エライアスはうなずいた。そんなことはどうでもいいといった感じだ。

ヤッピーが眉をひそめた。「本気か、ウィンターズ？」

「ああ」エライアスが穏やかに答える。

「ふう」ビーがナプキンであおいだ。「正直言って、それを聞いてひと安心。チャリティの話では、町議会の計画をご存じとのことだったから。ウィスパリング・ウォーターズ・コーヴをカリフォルニアのカーメルみたいな芸術家村にしようというね」

エライアスは入り江に目をやり、思案に暮れた。「そうはならないだろう」

テッドが渋い顔をした。「油断するなって。わが輝ける町長、フィリス・ダートムアが言うには、町議会はクレイジー・オーティス栈橋の新名称をいくつかひねりだしてるそうだ。

もっと高級な響きのするやつがいいんだとさ。インディゴだとかサンセットだとか」

チャリティはうんざりだった。「いかにもありきたり。個性もなにもあったものじゃない」

「チャリティはこの春からダートムア町長や町議会と定期的に一戦交えてるの」ラディアンスが横から口をはさむ。「みんなで月一回の町議会に繰り出すんだけど、話をするのはチャリティにお任せ。彼女はそういうのお手のものだから」

「へえ」エライアスはチャリティに目を向けた。「クレイジー・オーティス桟橋はこの埠頭に合っている。わざわざ変える理由がわからない」

「あなたも同じ意見でよかった。でもご忠告までに、名前はもちろんのこと、この桟橋をひとつたりとも変えないようにさせるには、かなりの圧力がかかることになるわ」

「なんとかするさ」

身も蓋《ふた》もない言い方にどうしていいのかわからない。チャリティはほかのみんなを見渡した。「じゃあ、まずは食べることにして、話はそれからにしない？」

「いいね」テッドが即応した。「なに持ってきてくれたんだい、ウィンターズ？」

「冷たい茶ソバとピーナッツのたれ。辛いのがお好みなら、薬味のワサビもある」

チャリティは呆然として見た。

「やっぱりか」テッドがぶつぶつ言う。「シアトルからまたもグルメなベジタリアンがおいでになった。シアトルの人間はもう立入禁止にしたほうがいいかもな。これじゃ郷土料理がだめになっちまう」

ラディアンスが目を丸くした。「ハンバーガーキャセロールやマッシュルームスープ・グレイヴィが絶滅の危機に瀕しているというの？　いかす」

ビーが笑った。「うかうかしていられないわよ、チャリティ」

ラディアンスはくっくっと笑った。「チャリティの料理は最高なの」とエライアスに説明する。「テッドはさっきから不満たらたらだけど、そのテッドでさえ彼女のつくったものは気に入ってる」

「このあたりじゃ、ウサギの餌としては最高だね」テッドも口をそろえ、ピクニックテーブルのほうへ歩いていった。

「そのとおり」ヤッピーがテーブルのところへ行き、エライアスのボウルの覆いをはずした。緑色の麺を見て、満足げな笑みが漏れた。「それにしても、こいつはほんとに強力なライバル登場ってとこだな」

ヤッピーの発言に続いて、屈託のない笑い声があがった。みんながテーブルのまわりに群がるころには、張りつめた空気もなごんでいた。

ほどなくチャリティはベンチに座り、エライアスの茶ソバを手にしていた。夏の夕暮れが入り江にやわらかく垂れこめている。沈みゆく夕日が空をとろけた黄金の色に染めあげていた。

エライアスがそばに座った。手元の皿を見ると、クスクスとレンティルサラダが載っている。なんとなくうれしかった。

単調な唱和の声が響いてきた。調子っぱずれな笛の音と太鼓の音も一緒に聞こえてくる。

「あれはなに？」エライアスは尋ねた。

「ヴォイジャーズ」ラディアンスが答えた。「毎晩、日が沈むと祈りを唱えてる。崖沿いのあなたの家からはたぶん聞こえないでしょうね。でも、風に乗って入り江の向こうから埠頭まで聞こえてくることがあるの」

「頭が変なんだ」テッドが茶ソバを口いっぱいにほおばって言う。

ラディアンスが眉をひそめた。「古式ゆかしい風習なのよ」

エライアスはちらりと彼女を見た。「古式ゆかしい風習？」

「むかしの人はああいうことをやっていたものよ」

エライアスはチャリティのサラダを口に運ぼうとして、途中で手をとめた。「むかしとは？」

チャリティはひそかにほくそ笑んだ。

ラディアンスはうやうやしいほどの口調でささやいた。「六〇年代」

「ああ」エライアスは神妙な面もちでうなずいた。「そのころか」

ふとチャリティと目が合い、彼は悠々と片目をつぶってみせた。チャリティはどきりとしてフォークを取り落としそうになった。

「冬になったら、ヴォイジャーズがいつまであの変な風習を続けるか、見ものだな」ヤッピーが憮然《ぶぜん》として言う。「十一月にあれをやろうものなら、ケツが凍っちまう」

「十一月にはもういないわよ」とビー。「町長が言うとおり、宇宙船が約束どおりにやってこなければ、みんなして退散するでしょう」

ニューリン・オゥデルがとっさに顔を上げた。細縁の丸眼鏡の奥で目が怒りに燃えている。

「あの夕方の唱和もばかばかしい儀式にすぎないんだ。グゥエンドリン・ピットが自分の計略に箔《はく》をつけようとして考えだしたことだ」

「まあまあ、ニューリン」テッドがなだめた。「これまでのところ、ピットは法に触れるようなことはやってない。いいか、やつらがなにかよからぬことでもやってみろ、町議会が飛びつくに決まってる。尻尾をつかんだが最後、すぐさま警察署長をよこすだろう」

「言えてる」ヤッピーがうなずいた。「ヴォイジャーズがやってきてから、町議会はことあるごとにやつらを追っ払う口実を探してきた。レイトン・ピットが意外に冷静だったのには驚いたね。ふつうなら大騒ぎするところだろう。ヴォイジャーズの使ってるキャンプ場は、あいつに半分利権があるっていうのに」

エライアスは考えこんだようすでクスクスを口に運んだ。「不動産業者のレイトン・ピット、カルト集団リーダーのグゥエンドリン・ピット、両者にはつながりがあるのか？　偶然、名字が同じだけなのか」

「偶然じゃないわ」ビーが答える。「レイトンは町いちばんのお金持ち。グゥエンは彼の奥さんだった。ふたりで一緒にピット不動産を経営していたの。だけど、レイトンは一年前にグゥエンと離婚して、店で働いていたジェニファーという不動産管理士と再婚した。それはもうすさまじい修羅場が繰り広げられたものよ」

エライアスはチャリティのほうを見た。「それで、ピットの前妻が今年の夏、宇宙船のカルト集団を引き連れて現われたというわけか？」

「んん」チャリティは味のよい茶ソバを飲み下した。「妙な話でしょ？」

「グゥエンはなにかたくらんでいるとも」ヤッピーは思案のはてにつぶやいた。「ひと儲けしようという魂胆にちがいない。あの女はむかしから金儲けがうまかった。彼女を捨てるとは、ピットもばかな野郎だね。離婚してから商売も左前になってしまって。不動産売買にかけては、ジェニファーはグゥエンの足元にも及ばない」

「ひとつだけ言っとく」ニューリンは炭酸飲料の缶を力まかせに握りしめた。缶は皺くちゃになった。「グゥエンドリン・ピットはこんなまねをしてただじゃすまされない。みんなの人生をめちゃくちゃにしておいて。ぼくのアーリーンもあのカルト集団に有り金残らず渡したんだ。グゥエンドリン・ピットは誰かが始末すべきだ」

3

もっとも危険なのは、安全だと思われている浅瀬に逆巻く浪《なみ》である。
――『水の道にて』ヘイデン・ストーンの日記より

「状況が上向いてきたわ、デイヴィス。新しい地主は契約を更新してくれるそうよ」

チャリティは左の耳と肩のあいだに受話器をはさみ、今朝届いたばかりの本の箱を両手で開けた。競合店はまだないものの、最新作はまっ先に棚に並べるにかぎる。店の規模にかかわらず、サービスの良さこそが客の心をつかむにはいちばんなのだ。この単純な信条のもとにトゥルイット・グループを救ったのだし、それをウィスパーズにあてはめていけない理由はどこにもない。

「契約はもうすませた?」デイヴィスは例によって現実的なことを訊いた。

「いえ。九月に書面を交わすまではなにごとも油断できないと言いたいのね。だけど、彼はちょっと型破りなところがあるから。どう見ても実業家の発想じゃないわ。これで危機は脱したかもしれない」

「クレイジー・オーティス栈橋に関する町議会案を知りつつ、なおかつ現行の賃貸料で契約を更新しようというのか？」デイヴィスは疑わしげだった。

「彼の話ではね」チャリティはエリザベス・ローウェルのロマンス小説の新刊が二十部入っているのを見て微笑んだ。人気作家の最新作は指折り数えて待っている読者が多い。

「どんなやつが地主になったんだよ、チャリティ？　仙人じゃあるまいし」

「ちょっと違うわね。それよりはおソバみたいな人」

「ソバ？　だらんとした？」

チャリティは思わずにやりとした。「そうじゃなくて、デイヴィス。人生は水のようだけど水が濁っているとよく見えないって感じの人」

「それじゃよけいにわからないよ」

「ほんと、説明するのがちょっと難しくて」エライアスがやってきてから十日たち、チャリティは前にもまして彼のことが気にかかるようになっていた。好奇心や彼を思う気持ちは日に日につのるばかりだ。「とにかく、賃貸契約のこと。さっきも話したとおり、まだ確定というわけじゃない。だけど、あなたもわたしの勘がよくあたることはわかっているでしょ。ウィンターズは来月になっても心変わりしないような気がするの」

「新しい地主の名前はウィンターズというのか？」デイヴィスは声を荒らげた。

「そうよ。エライアス・ウィンターズ」

「驚いた」デイヴィスはひゅーっと口笛を吹いた。「まさかファー・スィーズ社のエライアス・ウィンターズのことじゃないだろうね？」

「本人よ。知り合いなの？」

「じかには知らない」デイヴィスが口ごもる。「だけど、噂は聞いているよ。ものすごく地味だが、ものすごく影響力がある。環太平洋諸国に重要なつながりを持ってる。有力な知り合いもいる」

「コンサルタントだというようなことを言っていたけど」

「ある一定の地域で商売を手がけようとする場合、彼に頼めば門戸が開けるとの話だ。相当の報酬でね。門戸を閉めることもできる、わかるとは思うけど」

「なるほど。どうしてわたしには聞き覚えがなかったのかしら」

「彼は環太平洋専門だから。姉さんがいたころは、トゥルイットは環太平洋貿易にはかかわっていなかっただろう。だけど、最近、業務拡張についてメレディスと話していたところなんだ。いくつか可能性を探っていたところ、ウィンターズの名前が浮上してね」

「ふうん」

「ファー・スィーズは見たところひとりでやってる。ウィンターズは独自の活路を見いだしたようだな。ほかの人間なら見向きもしない、辺鄙《へんぴ》な地域の商談を手がける。誰もわざわざ学んだりしないような言語を二、三しゃべる。クライアントは人目を忍ぶ富豪。裏で大金を動かすような輩だよ。ほんとにあのエライアス・ウィンターズを相手にしているのかい？」

「自分ではそう言ってる。なにかまずいの？」

「ぼくにもよくわからない。だけどだよ、これまでに聞いた話では、彼は間違っても小さな町の埠頭で雑貨屋を営むような男じゃない。油断するなよ、チャリティ。ぼくの見たところ、あの男は姉さんになにか隠している」

「たとえば?」

「さあ? ひょっとしたら、海外の顧客がウィスパリング・ウォーターズ・コーヴに乗りこもうとしているのかもしれない」

「だからエライアスがその地ならしをしていると?」

「状況から見てそれしか思いつかないね。だとすれば、金が絡んでる。それもかなりの額の」

「前の地主のヘイデン・ストーンから埠頭を相続したと聞いたわよ」

「そうかもしれないし、そうじゃないかもしれない」

「つまり、エライアス・ウィンターズは海外の顧客のためにヘイデン・ストーンから埠頭を買ったということ?」チャリティは不安に駆られた。なぜそれを思いつかなかったのだろう。長いこと実業界から離れていたので、勘が鈍ってしまったのだろうか。「それでヘイデンは心臓発作を起こしたときシアトルにいたのかもしれない。取引の最終段階に入っていた。だけどなぜエライアスは嘘をついたの?」

「頭を使えよ、チャリティ。埠頭はほんの手始めにすぎない。ウィンターズが海外投資家向けに選りすぐりの物件を物色しているとすれば、最終的な狙いはウィスパリング・ウォーターズ・コーヴ周辺の地価を引きあげることにあるんじゃないか」

「ここの土地は相続したものであって、埠頭はエリザベス・ローウェルの本を指でこつこつ叩いた。「ここの土地を買い占めるつもりなら、なるべくひそかに買収を進めようとするでしょうね。埠頭は相続したものであって、さしあたりどうこうするつもりはない、そんなふうに見せかけておけば、住民の注意をそらすことができる」

デイヴィスが苦笑する。「町議会は芸術家村をもくろんでいると言ったね。まったく、これから大変なことになるぞ。ウィンターズが暗躍するとなると。彼の顧客には世界的なリゾート開発業者が名を連ねている。海沿いの土地は格好の物件だよ」

チャリティはそうなったときのことを考えた。町議会はクレイジー・オーティス桟橋を高級な観光地に改造しようと躍起になっている。なのに、金にあかせた海外投資家がウィスパリング・ウォーターズ・コーヴをけばけばしいリゾート地にしようともくろんでいるとなれば、町長も町議連も目を剝くだろう。

「ウィスパリング・ウォーターズ・コーヴに乗りこむとなれば、どこの会社だろうと、必要な土地をできるだけ安く買い叩こうとするよ。噂が広まれば、地元の人間もひと儲けしようと値段を釣りあげるだろうからね」デイヴィスが追い打ちをかけるように言う。「ことが知られる前に有能な先兵を送りこんで大きな区画を買わせるのが常套手段さ」

クレイジー・オーティス桟橋は海辺に面した優良物件。難なく一大リゾートの中心となる。

「エライアス・ウィンターズが海外投資家の先兵をつとめているんじゃないかと？」

「そう考えるのが妥当だろうね、ウィンターズについて耳にしたことをかんがみれば」

「でも、顧客のために埠頭がほしかったんだとすれば、なぜいまの賃貸料のままで契約を更新することにしたわけ？」チャリティは声がうわずっているのに苛立った。なにも感情的になることはないのに。これはビジネス。かつては大の得意だった。

「ぼくの予想が正しければ、三、四年計画ということになる」

「となると、もう一年契約を更新したからといって、たいしたことはない」とむっつりして言う。「誰が裏で糸を引いているにしろ、あと一年は着工しない」

「まさに。ほかの店子《たなこ》にはもうしばらく伏せておいたら？　そのほうが目立たなくていい」

「そういうことだったのね。この埠頭で賃貸契約を結ぶとしたら、少なくとも三年、いえ五年契約にしたほうがいいということだわ」

「まあまあ」デイヴィッドは楽天的だ。「大丈夫。埠頭がどうなろうと、姉さんにはあの本屋を切り盛りする経営手腕があるんだ。それどころか、一大リゾート地のおかげで大幅な増益が見込まれるかもしれない。休暇にきている連中はよく本を読むからね。姉さんは安泰だよ」

だけど、ビーやヤッピーやラディアンスやテッドにはそんな才覚はない。実業界で大物と呼ばれるような存在とはかけ離れている。この一年で商売の腕が上がったのはたしかだが、大手の開発業者が忽然《こつぜん》と埠頭に現われたら、あんな小さな店などひとたまりもない。

「ありがとう、デイヴィス。メレディスにもよろしくね」

「わかった。そろそろ顔を見せにきてくれてもいいころだろう？」

「そのうちね」

「楽しみだ」デイヴィスはちょっと間をおいた。「埠頭の本屋にはまだ飽きてない？」

「もちろん」

「メレディスと賭けをしているんだ。ぼくは姉さんがあと半年でシアトルに舞い戻ると踏んでいる」

「あなたの負けということになるわね、デイヴィス」

「どうかな。ところで、チャリティ、最後にもうひとつ」

「ええ？」

「忠告。ウィンターズには気をつけること。噂によると、彼は大物なだけじゃなく、勝者でもある。いつもね」

「誰しもいつも勝つとはかぎらないわよ、デイヴィス」

チャリティはじゃあねと言って電話を切った。しばらく、壁の大部分を占めるミステリ小説の背表紙を見るともなしに眺めていた。

どうしてこんなに落ちこむのだろう。実業界の大物の出方はわかっている。デイヴィスはそれを口に出してはっきりと言ったにすぎない。こちらもはじめから疑ってかかるべきだったのに。

本音はエライアス・ウィンターズにわざと騙されたなんて信じたくない。この十日間、彼がだんだんと自分で言うとおりの人物に思えてきたところだ。ウィスパリング・ウォーターズ・コーヴに答えを求めにきた男性。

わたしとなにか似たところのある男性。

夕食後、キッチンのスクリーンドアを軽くノックする音がした。チャリティはびくりとした。テーブルにつき、際限なくある役所の書類を書いているところだった。ちょうど署名をしようとしたところで、最初の文字を書き損じた。ミミズののたくったような字になった。ペンを投げだし、立ちあがる。くるりとドアのほうを向いた。暗い影が階段にぬっと現われた。

「誰?」

「ごめん、怖がらせるつもりはなかった」エライアスがスクリーンドアの向こうからじっとこちらを見ている。薄暗がりのなかで目が光った。

とっさの恐怖が安堵に変わった。「怖がってはないわ。ただ足音がしなかったから」過剰反応してばかみたいと思いながら、ドアのほうへ行った。「先月、ちょっとした事件があったのよ。町議会の定例会で留守にしていた晩、誰かにうちのなかをめちゃくちゃにされたの。それでまだちょっと神経過敏になっているのね」

「ウィスパリング・ウォーターズ・コーヴに犯罪事件があるとは知らなかった」

「ないわよ。少なくとも、都会の基準からすれば。警察署長のハンク・タイバーンは、避暑客の仕業じゃないかと言ってる。だけど、証明のしようがなくて。とにかく犯人がもうこのあたりにいないことを祈るのみよ。そこでなにをやってるの？　なにかあったの？」

「いや。散歩に出たんだ。ちょっときみのところに寄って、見どころたっぷりの芝居見物に誘おうかと思って」

「お芝居？　なんのお芝居？」いまにもスクリーンドアを開けたくてたまらない。

「夕暮れの祈りというミュージカル。興味があるなら、今夜は最前列の席が取れるんだが」

チャリティはわれ知らず微笑んだ。「あれなら評判はさんざんだけど」

エライアスが肩をすくめる。「クレイジー・オーティスと話をするよりはましだ。彼は眠そうだった」

「だから退屈してここにくることにしたわけ？」と口に出したとたん、言わなければよかったと後悔した。

「気が向いただけだ」エライアスは片手を上げた。顔は影になっていて、表情が読み取れない。「書類を書いているほうがよければ……」

チャリティはひるんだ。「ちょっと待ってて。鍵を取ってくる」

彼女がドアから離れた拍子に、エライアスはキッチンのテーブルと椅子に目をとめた。

「そいつはあそこのセス・ニュー・アンド・オールド・ファニチュアマートで買ったやつじゃないな？」

チャリティは高価なヨーロッパふうのテーブルにちらりと目をやった。「ええ。シアトルから持ってきたの。部屋を荒らされたとはいえ、冷蔵庫の食べものが床に投げ捨てられたり、床に卑猥《ひわい》な文句を書かれたりするだけでよかった。家具までは壊されずにすんで」

ジーンズのポケットに鍵を入れ、厳重に戸締まりを確認すると、エライアスのいる外に出た。夏の宵はまだ暑さをとどめている。なにも言わず、ふたりはうねうねした崖沿いの泥道を海辺に向かって歩いた。

チャリティは週に何回か散歩するのを日課としている。これもまた燃えつき症候群から立ちなおるための自己流の治療法だ。もう何カ月もパニックの発作に襲われたことはない。とはいえ、リック・スゥイントンにデートを無理強いされそうになったときは、一瞬、パニックに陥った。

ウィスパリング・ウォーターズ・コーヴに移り住むとまもなく、不安の嵐はおさまった。けれど、散歩や習い覚えたストレス封じの方法は欠かさず行なっている。気は心というではないか。

入り江から吹きつける風が肌に心地よかった。いつものことながら、気分爽快になるし頭もすっきりする。今夜はいつにもまして効果てきめんのようだ。エライアスが隣で音もなく歩いているのが痛いほど意識される。指を触れられたわけでもないのに、その体にみなぎる熱気と力が静かにつたわってくる。

「さっきはきつい言い方をしてごめんなさい」チャリティはようやく口を開いた。「厭味よね、退屈したから来たんでしょうなんて。失礼だったわ」

「かまわない」

どうしようかと悩んだが、思いきって打ち明けることにした。「今日、弟からおもしろい話を聞かされたの」

ほの暗い光に、エライアスの口元が皮肉げにゆがむのが照らしだされた。「どうやらこのおれが話題になったようだな」

チャリティはため息をついた。「正直に言うと、そうなの。デイヴィスはあなたのこともファー・スィーズのことも聞いたことがあるそうよ。でも、まだ会ったことはない」

「おれも弟さんのことは聞いたことがある。会ったことはない」

「あなたには気をつけるように言われたわ。小さな町で雑貨屋を営むような人じゃないって。おそらく海外の大物投資家に雇われてウィスパリング・ウォーターズ・コーヴにやってきたんだろう、弟はそう言うの」

エライアスは崖っぷちの木立を食い入るように見つめていた。「おれがここに来た理由は商売とはなんの関係もない。弟さんの仮定は誤った前提のもとに立てられている」

「言い換えれば、弟は濁った水を見ている?」

「きみもヘイデンの感化を受けたようだな」

チャリティは顔をなごませた。「ヘイデンのことは好きだった。だけど、彼のことをよく知るまでにはいたらなかった。なにか近寄りがたい雰囲気があったから。自分だけの世界に生きていたというか」

「きみの言うとおりだ。たしかにそうだった。おれの知るかぎり、あの世界に入るのを許されたのは、このおれだけだ」

暗い声にひそむなにかがチャリティの気を惹いた。「彼はあなたにとって友人以上の存在だったんじゃない？　それに、師匠以上の存在でもあった」

「うん」

彼女はゆっくりと息を吐いた。同情の念に常識も警戒心もついえた。「彼が亡くなってまだ二カ月だもの。それは寂しいはずよ」

エライアスは一瞬、黙りこんだ。「おれが最期を看取った。救急治療室に運びこんで。彼は時間の無駄だと繰り返した。もうすぐ死ぬんだし医者にはどうすることもできないと。だが、おれに病院に運ばせるしかないとわかっていた。でないと、おれが一生悔やむことになるからだ。ほんとはおれの家で静かに息を引きとりたかったんだ」

「でもあなたは救急治療室に運んで、そこで彼は息を引きとったのね？」

「うん」エライアスは入り江に目を馳《は》せた。「穏やかな最期だった。心が落ち着いていた。調和が取れていた。彼は生きてきたように死んだ。最期の言葉は、おまえが自分自身を解放する術《すべ》は与えた。その術を使うかどうかはおまえ自身にかかっている」

「なにから解放するの？」

また、一瞬の間があった。「復讐に対する欲求」

チャリティはまじまじと見た。「誰に対して？」

「話せば長くなる」

「よければ聞かせてもらうけど」

　エライアスはしばらくなにも言わなかった。チャリティは答えるつもりがないのかと思った。けれど、彼はやっと重い口を開いた。

「おれが十歳のときに両親は離婚した。おれは母親に引き取られた。母は……鬱病を患っていた。おれが十六になった翌月、母は自分の命を絶った」

「まあ、そんな、エライアス。お気の毒に」

「おれは祖父母のもとで暮らすことになった。ふたりとも悲嘆に暮れたままだった。もともと母が病気になったのも父のせいだと思っていた。それで母が死んだあと、攻撃の矛先がおれにも向けられるようになった。おれは父が迎えにきてくれるのを待った。父からはなんの連絡もなかった」

　チャリティは胸に熱いものがこみあげてきた。「お父さんはどこにいらしたの？」

「ニヒリという島で小さな貨物空輸の会社を営んでいた」

　チャリティが眉をひそめる。「聞いたことがないわ」

「知っている人はほとんどいない。太平洋に浮かぶ孤島。そのうち、祖父に頼みこんでニヒリまで行かせてもらうことにした。話は簡単についた」

「お父さんはどうなさったの？」

「父にはライバルがいた。ガリック・キーワースという名の男」

　エライアスがまた黙りこんだので、チャリティもなにも言わなかった。ただ待つしかない。

「キーワースは父の飛行機に妨害工作を働いた。父もそれを承知していた。だが、いずれにせよ、飛び立った。父の乗った飛行機は海上で墜落した」

チャリティは二の句が継げなかった。まさか人殺しの話になるとは思ってもみなかった。

「事実だとすれば、そのキーワースという男に復讐をもくろむのも無理はないと思う」

「話はそんなに簡単じゃない。えてしてそういうものだ。父はその日飛行機の燃料管に問題があることを知っていた。だが一か八かで飛ぶことにした。契約を履行しなければならなかったからだ。おれはぜったいに認めたくなかったが、父は命懸けの決断をした」

チャリティはぴんときた。「命を賭けるばかりか、あなたを置き去りにすることにもなるわね?」

「そうともいえる」エライアスはにこりともしない。「ヘイデンにも何度か同じことを言われたよ」

「判断を誤ったお父さんにも落ち度はあったのかもしれないけど、言わせてもらえば、それでガリック・キーワースの罪が帳消しになるわけじゃない。なるわけないわ」

「ああ、そうだ。話をはしょると、おれは父が墜落した数日後にニヒリに着いた。滑走路で出迎えてくれたのはヘイデンだった。彼には彼なりの理由があって、おれを引き取るのが自分の責任と心得た。その理由はよくわからずじまいだったが。おれは彼に育ててもらった。恩返しのしようもないほど世話になった。大人になることを教えてもらった。事業を始めるのに手を貸してもらった」

チャリティは涙が出そうになるのをぐっとこらえた。「なるほどね。お父さんの飛行機に妨害工作を仕掛けた男のほうは？」

「身元を割りだすのに長いことかかった。正体を突きとめたあと、やつの帝国を崩壊させる方法を何年もかけて考えた。その矢先、ヘイデンが死んだ」

「それで状況が変わった？」

「ことごとく。ヘイデンに別れを告げたあと、キーワースという男を違う観点から見てみた。前には見えなかったことが見えてきた。ひとつは、キーワースが自分の罪の代償を払っていたこと。やつがいま手にしているものはすべてあの破壊工作のもとに築かれたものだ。やつは自分でもそれがわかっている。それが心を蝕んでいる。それが原動力にもなれば、やがては身の破滅を招くことにもなる。やつはすでに自分でも気づかないほどの代償を払っている。おれはやつに自分で建てた監獄にこもってもらうことにした」

チャリティは深々とため息をついた。「ずいぶんと達観しているのね。ほんと、抽象的とでも言うか。悪気で言ったんじゃないのよ。だけど、ちょっと信じられない。復讐にあっさり背を向け、キーワースを正義という運命の手に委ねるなんて」

エライアスは眉を上げた。「なかなか鋭いな。おっしゃるとおりだよ。だがおれは聖人君子じゃない。ここにくる前、キーワースに会いにいった。書類を見せてやったよ。やつの環太平洋での業務に支障をきたす、いや、それどころか破滅に追いこみかねない情報を握っているという書類をね。背を向けたのは、そのあとだ」

チャリティは一瞬、言葉を失った。「じゃあ、生きるも死ぬもあなたしだいだということを思い知らせたうえで、自由にしてあげたと?」

「それぐらいはしてやることにした、せめても」

彼女がまた深く息をつく。「かなり微妙ね。あまりにも微妙かもしれない。キーワースはあなたに計画を実行するだけの勇気がなくて単に手を引いたと考えるんじゃないかしら。または、怖じ気づいたとか」

「それはない」エライアスが淡々と答えた。「おれは長いことやつを観察したうえで行動に出た。やつのことはよくわかっている」

「あなたに弱みができたことで重圧になおさら拍車がかかるというの?」

「たぶん」エライアスは片手で軽く打ち消すようなしぐさをした。「あるいは違うかもしれない。それはどうでもいい。キーワースのことはもういいんだ」

「だって、何年もかけて策略を練ったのに?」

「おれの計画したような復讐は時間がかかる」

チャリティは風になびく髪を目から払った。「ここにくる直前にキーワースと対面したの?」

「うん」

「ふう。この数カ月、いろいろな目に遭ったのね。友人のヘイデンは亡くなる、キーワースとは対決する、仕事はがらりと変わる、新しい場所に引っ越す」

エライアスは好奇のまなざしを向けた。「なにが言いたい?」

「いまストレス度をはかる心理テストを受けたら、かなり高い結果が出るだろうなと思っただけ」

「心理テストなんか受ける予定はない」

「ええ、そうでしょうね」ふいにエライアスが心理テストにのぞむ姿が思い浮かび、吹きだしそうになった。「そのかわり、あなたならきれいに澄んだ水をのぞきこんでいるわよ」

「そのほうが効果がある」

チャリティは横目で見た。「ちょっと訊いていい?」

エライアスが背筋をただした。「うん」

「どうしてわたしにこんな話をしてくれたの? 第一印象では、強くて寡黙《かもく》な人に見えたのに」

彼は微笑んだ。「まだ疑っている?」

「警戒している、と言ったほうがいいわ。疑うには被害妄想の気があるもの。まだそこまではいってないと思うけど」

「わかった。警戒している。きみの質問に答えよう。おれが私生活の一端を披露したのは、それと引き換えにきみからいただきたいものがあるからだ」

「ほらね。そうくると思った」うまくしてやられたとばかり、チャリティは怒りをたぎらせた。

それぐらいなんともない。わざわざ散歩に誘うからにはなにか裏があると思っていた。エライアスは隠れた動機でもなければ他人に打ち明け話などするような人じゃない。

「聞かせてもらおうじゃないの」と喧嘩腰で言った。「なにがお望み？　賃貸契約のことなら、時間の無駄よ」

「賃貸契約のことなんかどうでもいい。おれがほしいのはきみと近づくチャンスだけだ」

チャリティはぴたりと動きをとめ、彼のほうを向いた。「もう一度言ってくれる？」

「ちゃんと聞こえたはずだ」これ以上自然なことはないかのように、崖沿いの夜の散歩が決まりごとになっているかのように、エライアスは手を差しだして彼女の手を取った。「今度はおれが質問する番だ」

4

忍び寄る嵐が海面を鈍色《にび》に変える。水面にはっきりと映るのは危険しかない。

——『水の道にて』ヘイデン・ストーンの日記より

チャリティはエライアスの力強い手に思わず緊張した。力が強い。考えていた以上に力強い。それでいて、ブレット・ロフタスとつきあっていたころのような圧迫感は覚えない。先月、グウェンドリン・ピットの右腕、リック・スウィントンに言葉巧みに誘われそうになったときのように、逃走または逃避の反応に駆られることもない。

少なくともこれで男性に触れられてもパニックの発作に襲われることはないとわかった。つくづくほっとした。

天にも昇る心地だ。ついに治った！　ひとりでに口元が緩んでしまう。

すると、体のなかがなんともいえずぞわぞわした。恐怖や不安とも違うが、やはり心が騒ぐことにはかわりない。

ややあってそれが焦《こ》がれるほどの欲望であることに気づいた。笑顔が消え、はっと息を呑むと、自分の気持ちの正体に気づいた拍子にあやうくつまずきそうになった。本気で異性に惹かれるとはつまりこういうことだったのだ。

「大丈夫？」エライアスはためつすがめつした。

「ええ」なんてこと。ほんとに息が切れてきた。「ええ、大丈夫。小石につまずいちゃって。この時間になると暗くてよく見えない。じきにまっ暗になるわ」

エライアスは妙な顔をしたが、なにも言わなかった。

これまで心から好きと言えた男性は、ひとりかふたりしかいない。時間がなくてそれどころではなかった。両親が雪崩で死んでからというもの、人生は自分のものではなくなった。トゥルイットを次代に残すことで頭がいっぱいだった。そのあげく、気の毒にもブレットにおかしな恐怖心を抱くことになった。

そんなこんなで、これほど心ときめくような体験はまずしたことがない。どうかこれもまたパニックの前ぶれなんてことにはなりませんように。どうかこの男性に対しては。ばかげた恐怖症はもうたくさん。こんなにいい気分なのに。

なにが心をかき乱すかといえば、この親密な感じ。まるでエライアスの持つエネルギーを味見させてもらっているようなものだ。向こうも少しはぞくぞくしてくれているのだろうか。彼にキスしたらどんな感じがするだろう。

今度は違う。しばらく考えた末に思った。かなり違う。常軌を逸している。そう、例の宇宙船が異星人を引き連れてやってくるという話ではないが。

「いいわ、あなたの番よ」気を取りなおして言う。「ご質問は？」

「ヘイデンが言っていた。きみが一年前にあの書店を開業すると、それだけでクレイジー・オーティス栈橋に活気がよみがえった」

チャリティは顔をしかめた。「それは買いかぶりよ。この町はここ数年だんだんと観光客が増えてきた。多少は注目されるようになったということよ。埠頭には自然と人が集まる。あとは観光客や地元の人たちが足をとめてくれるようなものを提供するだけでよかった」

「彼はこうも言っていた。きみに感化され、ほかの店主たちも前の年より商売に身を入れるようになった。彼らはきみに助言を求めにやってくる。たとえば、ビーがエスプレッソマシンを設置したのも、きみの説得があってのことにちがいないと」

「わたしは何年か実業界にいたから有利なの」とあらためて言う。「もともと商売に向いていたわけじゃないけど、たしかに多少のことは学んだわ。ほかの人が相談にきてくれれば、なんとか力になってあげようと思う。でもほんとは、こっちのほうがはるかにお世話になっているのよ」

「どんなふうに？」

チャリティは口ごもった。どう言えばいいのだろう。「はじめてここにやってきたとき、わたしは完全に燃えつきていた」ちらりと彼の横顔を盗み見る。「たぶん噂は耳に入っているでしょ？」

「少しは」

彼女は大きく息を吐いた。「まあ、噂はほとんど真実よ。ブレット・ロフタスというそれはいい人と婚約することになっていた夜、信じられないほど恥ずかしいまねをしてしまったの。パニックに陥るというね。それもシアトルのお歴々の面前で。なんて言うか、ブレットが大きすぎるからといってそれは彼のせいじゃないんだし……あの、気にしないで」

「大きすぎる？」エライアスの口調は妙にあいまいだった。

「ええ、そう」チャリティは力なく手を振った。「背が高すぎる。体格がよすぎる。体じゅう。わたしにとっては、そういうこと」それはこじつけというものだ。セラピストによると、ブレットが大きいことはほんとの問題じゃない。あいにく、こちらの頭が対人関係の恐怖を彼の背丈と結びつけてしまうのだ。その結果、重度の恐怖症となった。

「わかった」エライアスはますます妙な口調になった。

「彼に会ったことはある？」

「ないね。だが見かけたことはある。得意先のビジネスクラブの昼食会でスピーチをしていた」

「ほかの女性ならきっとうまくいくはずよ」チャリティは早口に言う。「たとえば、わたしの妹とか。女って、その、大きい男性をあがめることが多いのよね」

「そう聞いた」

「でもブレットの相手をするたび……まあ、そういうこと。とにかく耐えられなかったの。彼はそれはもう寛大で。わたしがこうなのはストレスのせいだと言ってくれた。ほんとに気まずいったらないわ」

「そうだな。気まずい」

「だけど、つまるところ、考えたのは、あれ……あれを……」顔がまっ赤になり、夕闇が濃くなったのがほとほとありがたかった。「やること。定期的に、ということよ。結婚したらやるように……つまり、あんなに大きい男性だと、その、とにかくあんまりだわ」

「想像はつくよ」

彼女は咳払いした。「いずれにしろ、何カ月がかりかの合併話もお流れになった」

「きみはトゥルイット・デパート総裁の座を降りた」

「ええ。弟や妹にはなんの前ぶれもなしに、あっさり見捨てたというわけ。何週間かセラピーを受けて、もう実業界には戻れないと悟った。だから引っ越すことにしたの。ワシントン州のどこかにしようと目星をつけた。そしてここにした」

「それでどうなった？」

「おかしなこともあるものよ」と顔をほころばせる。「とりあえず休養したわ。崖沿いのこの道をしょっちゅう散歩した。料理も再開した。それである日、本が読みたくて探しにいったら、ウィスパリング・ウォーターズ・コーヴには書店が一軒もないことに気がついたの。埠頭に行ってヘイデンにその話をした。そうしたら店舗を貸してくれてね。それから二、三カ月もしないうちに、じゅうぶんまともな精神状態に戻っていたのよ」

「どう言うか」エライアスはじっと考えこんでから言った。「きみほどの経営手腕があれば、ウィスパーズは立派な専門店に成長するだろう。町議会案が通ったとしても、怖いものはなにもない。得るものばかりだ」

「わたしはこのままでいい。ゆっくりと、着実にやっていくほうがいいの。急激な業務拡張は危ない。墜落したら火だるまよ。それに、むかしのように高望みはしない。こぢんまりとした商売が好きなのよ。それが天職なんだと思う。お客さまと顔なじみになれるし。とても心が満たされるものがあるの」

「だが、きみの店の行く末とほかの店の行く末を結びつける理由はどこにもない。なぜそんなことをする？　なぜ商店主組合を結成する？　なぜ町長や町議会を敵にまわす？」

矢継ぎばやに訊かれ、チャリティは戸惑った。「商店主組合のみんなは友だちなの。わたしがはじめてウィスパリング・ウォーターズ・コーヴに来たとき、両手を広げて迎えてくれた。寛大で面倒見がよくて、みんなよき隣人なのよ」

「つまりはお返しのため、クレイジー・オーティス桟橋で踏んばる手助けをしようというわけか？」

「せめてそれぐらいは。みんなに会ったでしょう？　洗練された実業家と呼べるような人は誰ひとりとしていない。大企業の前にはひとたまりもないわ」

「たしかに」

「ほかにはどこも行くあてがないから、結局は埠頭にたどり着いた。みんな仲間なのよ。おたがいに必要としあってる。ヘイデンはそれがわかっていたんだと思うの」

エライアスは苦笑した。「ヘイデン自身、高級志向に走ることには興味がなかった」

「わたしはとにかく埠頭の店主たちにチャンスをあげたいの。町が観光客を呼び寄せるようになっても、あの場所にいられるような」

「ヤッピーやテッドたちが並みいる画商と太刀打ちできるようになるとでも思っているのか？」

「必要に迫られれば」チャリティは肩をすくめた。「でもどうかしら。高級店の話はまず実現しないだろうし」

「とりあえず、きみは埠頭の面々と運命をともにしようというわけか」

チャリティはその顔をしげしげと見た。「あなたもそう。ファー・スィーズのやろうとしていることが嘘でないとすれば、の話だけど」

調子っぱずれな笛の音と一心不乱な唱和が高く低く響き、チャリティの挑発に乗ろうにもエライアスは出ばなをくじかれた。

「ショーが始まったようだ」木立を抜けながら彼は言う。

チャリティはあたりを見まわした。そこはもうキャンプ場跡地のはずれだった。さまざまなキャンピングカーが入り江を見下ろす崖の上に寄りかたまっている。どことなく古代エジプトを彷彿《ほうふつ》とさせる絵柄をあしらった車もある。架空の未来図やとっぴな宇宙の構図を描いたものもあった。

人の姿は見えない。グウェンドリン・ピットの弟子たちは残らず浜辺に降りていた。

かなり前のことだが、崖のまわりに柵が張りめぐらされた。キャンプ場をぐるりと取り囲んでいる。出入り口は二カ所、まんなかと端にある。どちらも細い道に通じ、それが岩場の砂浜へと延びていた。

騒々しい祈りの声があたりに満ちている。たわんだ柵越しに見下ろすと、ヴォイジャーズのメンバーが波打ち際に集まっていた。ざっと二十人はいるだろうか。この一週間で数が増えた。薄暗がりのなかにも、風になびく青と白のガウンや派手なビーズのついたヘアバンドは目につく。それがこのカルト集団の制服だ。

一団は輪になり手をつないでいる。太鼓と笛の音色に合わせ、体が左右に揺れる。太陽が山の向こうに沈むと、錆《さび》色の残照も消え失せた。一番星が瞬く。祈りの声がひときわ高くなる。太鼓のリズムもひときわ速くなる。

ひとりの人物が輪から躍り出、号令がわりに両手を高々と掲げた。あたりがしんとなった。ヴォイジャーズのメンバーたちはありがたげにつぶやきながら、そちらを向いた。

「あれがグゥエンドリン・ピットよ」チャリティはエライアスに説明した。

「知っている。この前、食料品店で挨拶された」

「ほんと？　この一カ月で彼女と言葉を交わしたことは数えるほどしかないわ。彼女は自分の構想にのめりこんでいるようだけど、わたしにはどうも胡散《うさん》臭くて。やり手の不動産業者が、宇宙人相手のカルト指導者と化す、そんなの信じろというほうがどうかしている」

「ごもっとも」エライアスは神妙な顔で浜辺の女に見入った。「彼女はラディアンス・バーカーと趣味が似ているようだな」

彼の言うとおりだった。グゥエンドリン・ピットは、ラディアンスがネイルサロンに飾っている六〇年代のポスターからそのまま抜けだしたようだ。

グゥエンドリンが両手を挙げたとき、袖がめくれ、幅広の金属製のブレスレットがいくつものぞいた。けれど、かっちりした人工的なブロンドのショートヘアと高価な靴が、不動産屋の片鱗《へんりん》をとどめている。グゥエン・ピットがビジネススーツに身をかため、ブリーフケースを下げている姿を想像するのはさほど難しいことじゃない。

年のころは四十代後半、とりたててきれいなわけではないが、顔立ちに芯の強さが感じられる。きっとしたたかなところがあるのだろう。いずれにしろ、彼女は追いつめられている。ぴりぴりしているのがわかる。

「わが友よ、あと五日」グゥエンドリンは崖の上まで響くよく通る声で言った。「あと五日もすれば偉大なる宇宙船がやってくる。約束の日の午前零時はすぐそこまできている。あのお方たちは輝かしい威光に包まれてご光臨になる」

「彼女は商売上手なんだろうな」

「わが友よ、悟りが待っている」グゥエンドリンは朗々たる声を響かせた。「比類なき性の真実と宇宙の原理がわれらのものとなる。高度な宇宙人の科学によって肉体は完璧なものとなる。寿命は果てしなく延び、われらに知るべく運命づけられたことがすべて明らかになる」

どっと雄叫びがあがった。

「あれは相当に怒りをためこんでいる」エライアスが穏やかに言う。

チャリティは思わず彼の顔を見た。「どうしてわかるの？」

「よほど頭にきてなければ、これほどのことはできない」

先ほど聞かされた仇敵を破滅に追いこむ計画が思い出された。エライアスはそれが頭にあったのだ。こちらもそのことを肝に銘じておいたほうがいい。体の奥がうずくような気持ちはたしかに見ものだけれど、この男性に関しては軽はずみなまねはできない。

「ひょっとしたら彼女は本気で信じこんでいるのかもしれない」チャリティはつぶやいた。「ほんとに宇宙船がやってくると信じていることだってありえるわ」

エライアスは浜辺の光景に見入った。「その説に乗ろうというなら、あの埠頭を売ってあげてもいい。違うとも、彼女は気がふれたわけじゃない、目的がある。それがなんなのか、興味深いところだ」

「権力？」

「それもあるかもしれない。だが、それがすべてじゃない。権力行使のためにカルト集団を率いたいだけなら、宇宙船の到着日をこれほど間近に設定することはなかっただろう」

「わたしもそれは思った。ヴォイジャーズは先月ここにやってきたばかりよ。八月十五日といえばあと五日しかない。宇宙船が姿を見せなければ、彼女は面目まる潰れだわ」

エライアスはブーツの足先を柵にかけた。手はしっかりとチャリティの手を握りしめたまま
だ。「到着日になにか意味があるはずだ」

「みんなはお金のためだと思ってる。ニューリンが言うには、恋人のアーリーンやほかのメンバーたちは虎の子の貯金を彼女に渡したんだそうよ」

「この手のことはそれが常套手段だ。だが、なぜ弟子たちをウィスパリング・ウォーターズ・コーヴに連れてきたんだろう。ここにはいやな思い出があるはずだが」

「屈辱的なね」チャリティはますます考えこんだ。「なんといっても、新しいピット夫人がいるのよ。グゥエンとジェニファーは食料品店や郵便局で鉢合わせしたはずだわ。どう考えても、気まずいわよ」

「グゥエンの前夫、あの不動産屋は、よろしくやっているのか？」

「まさか」チャリティは眉根を寄せた。「レイトンはすっかり困っているわ。かといって、無理に出ていけと言うわけにもいかないし。彼女もあのキャンプ場の利権を半分持っているんだもの。だからつとめて無視しようとしてる」

「それでピット第二夫人は？　反応はどう？」

「ジェニファーとはあまりつきあいがないの。みんなそう。出身はカリフォルニアよ」

エライアスはふっと笑った。「大いに納得がいく」

「わたしの見たところ、彼女はひとまず冷静な態度を取っているわ。とにかく十五日まで待つしかないと思っているんじゃないかしら。でも、彼女だって大変よ」

「ピット第一夫人が町はずれでカルト集団を率いる一方、ピット第二夫人は地域の顔役の新妻として足場をかためようとしている。またとないことだ」

「ほんと」

「ふたりが離婚したとき、きみはここにいた？」

チャリティは首を横に振った。「離婚騒ぎはわたしがくる少し前に起こったの。だけど、おおかたの噂話は知ってる、ラディアンスのおかげでね」

「ラディアンスとこれとどういう関係がある？」

チャリティは含み笑いをした。「ピット第二夫人の爪のお手入れをしているから。彼女もほんとはジェニファーに感謝しているのよ。この町でおしゃれなネイルサロンを開くのにずいぶんと協力してくれたから。ジェニファーが長い完璧な爪、いかにもカリフォルニアっぽい赤い爪をして現われるまで、みんなせいぜい爪切りを使うぐらいだった」

「離婚の噂というのは？」

チャリティはその顔をしげしげと見た。「ねえ、あなたっていかがわしい噂話に首を突っこむようなタイプには見えないけど」

「情報収集」エライアスが静かに言う。「いわば趣味だね」

「へえ。まあ、ラディアンスによれば、ことが発覚したのは去年の初夏のことだそうよ。グウェンドリンが客を連れてミスター・ロッシターの空き家に赴いたときのこと。岬に近い、かなり辺鄙《へんぴ》なところにあるんだけれど、そこに足を踏み入れたら、ジェニファーとレイトンがそろってベッドにいたというの」

「とんでもないな」

「ええ。ラディアンスは言ってた。レイトンとジェニファーは見つかる数週間前からロッシターの別荘で逢瀬を重ねていたって」

「グゥエンにとっては災難だな。それで夫に騙されていたとわかるとは」

「ほんとにね。先月、グゥエンとヴォイジャーズのメンバーが町にやってきたとき、どれだけ噂が再燃したことか」

エライアスは浜辺に目をやり、グゥエンドリンが十五日の件について熱っぽく語るのを見守った。「グゥエンドリン・ピットの原動力はむかしながらの権力や欲得を超えたところにあるような気がする」

ふと気づけばあっという間に夜の帳《とばり》が降りていた。キャンピングカーのまわりに長い影ができている。「権力やお金以外になにが彼女をここまで駆りたてたというの？」

エライアスの謎めいた目が浜辺からチャリティへと向けられた。「おれがガリック・キーワースになにをしようとしていたか。それがわかっていれば訊くまでもないだろう」

「復讐？　でもそれじゃ筋が通らない。どうしてこれが――」と空いた手でヴォイジャーズやキャンプ場を指してみせる。「復讐になるの？」

「さあね。おれはただ、世のなかには権力や金以外の動機もあると言っているだけだ」

入り江の風向きが変わった。そよ風が袖にまつわりつく。チャリティは目元に垂れる髪を払った。「宇宙船が登場しなかった翌朝には答えがわかるかもしれないわね」

「たぶん」エライアスの謎めいた視線はじっと彼女の顔に注がれている。

「ひとつだけたしかなことがある」チャリティは言葉を継いだ。

「なに?」

彼女はうんざりしたように鼻に皺を寄せた。「グゥエン・ピットの動機はあいまいかもしれない。だけど、あの低俗な右腕、リック・スゥイントンに関しては、火を見るよりも明らかね。彼はお金目当てよ。なんならわたしの店を賭けてもいい」

「スゥイントンにはまだ会ったことがない」

「会わなくてさいわいよ」と身を震わせた。「虫酸が走りそう」

エライアスがじっと見る。「実感がこもっているな」

「それはもう。ヴォイジャーズがここにやってきてまもなく、わたしは彼に言い寄られたんだから。ここは独身女性にはあまり喜ばしいところじゃないけど、彼とつきあうほど捨て鉢になってはいない。断わったら、後悔するぞですって」

エライアスは動きをとめた。「脅された?」

「そういうわけでもないんだけど。ただ拒否すれば後悔することになると言われただけ」チャリティは微笑んだ。「信じて、後悔なんかしてないわ」

「あいつから目を離さないようにするよ」エライアスは彼女の手をぎゅっと握りしめた。

「ところで、もうひとつ重大な質問がある」

ヴェルベットのようになめらかで低い声に、背筋がぞくりとした。「なんなの?」

「ずっと考えていた」ひときわやわらかな声がした。「きみの唇はどんな味がするのか」

チャリティはじっと見返した。「もう一度言ってくれない？」

「この十日間ずっと考えていた」エライアスはやさしいながらも有無を言わさぬ手つきで彼女を抱き寄せた。

チャリティは彼の目を見た。そこには抑えた欲望が宿っている。しょせんはこうなる運命だったのだ。今夜、彼がドアをノックしたときから、この瞬間を待っていた。

また体がかたくなる。パニックに陥るんじゃないかとつい身がまえてしまう。けれど、こみあげるのはぞくぞくするような期待感ばかりだ。

エライアスは絶妙な大きさをしている。

彼は片足を柵にかけたまま、チャリティを引き寄せた。エライアスの太腿のあいだに立たされたとき、なまめかしいショックが体を駆け抜けた。

背後で聞こえる波の音とグゥエンドリン・ピットの熱弁がだんだん遠のいていく。まわりのことはなにひとつ目に入らない。エライアスのかたく引きしまった体だけが意識された。その体は熱をおびている。チャリティは魔力のように吸い寄せられた。

あらためて自分に言い聞かせた。エライアスが打ち明け話をしてくれたからといって信用できるわけじゃない。ほんとの話かどうかさえもわからない。なにしろとらえどころのない、利口な男性なのだし。そのうえ、ちょっと変わり者ときている。

デイヴィスの忠告が頭のなかでこだました。〝ウィンターズには気をつけること。噂によると、彼は大物なだけじゃなく、勝者でもある。いつもね〟。

けれど、エライアスに触れられると、神経が麻痺してしまう。近づけば近づくほど、もっとそばにいたくなる。

彼が頭をかがめて唇を求めてきたとき、一瞬にして悟った。エライアスとのキスはこれまでとはまったく違う。熱く、セクシーで、信じられないほど満たされた心地になる。

ぷっくりしたつぼみがいっきに花開いたようだった。エライアスの筋肉質の腿が腰をぐいぐい締めつける。両腿のあいだで身動きも取れない。チャリティは両手を彼の首にまわし、唇を開いた。

エライアスはうめいた。彼は全身を震わせた。

チャリティはとめどなくこみあげる感覚にわれを忘れた。エライアスのキスは夜の帳よりも暗く謎めいている。神秘の色と幾重もの不可思議な意味に満ちている。このキスを探るには一生かかるだろう。喜びと興奮がつのるなか、はかりしれないほどの深みに落ちていった。

「だめだ」エライアスは首を左右にねじり、ふいに口を離した。そして大きく息をついた。

チャリティは驚いて顔を上げた。暗闇にぎらぎらした目が光る。怖いような表情だ。呼吸は乱れ、マラソンでもしたかのように見える。

「ごめん」彼はつぶやいた。「これじゃあまりにも性急すぎる。こんなつもりはなかった。こんなに急ぐつもりは。せかしたくはなかった」

「いいのよ、ほんと」そう言って彼の頬に触れると、ぎゅっと歯を嚙みしめるのが感じられた。力づけてあげたいという母性本能が頭をもたげた。「わたしはちっともかまわない」

エライアスは戸惑ったような、ほとんど呆然とした表情を浮かべた。長いことチャリティの顔を見つめたあげく、押し殺したようなうめき声を漏らすと、もう一度唇を重ねてきた。そしてよもやと思われるようなことをした。より濃厚なキスを求めてきたのだ。もどかしげに両手を彼女の体にまわし、猛々しくいきり立ったものをなおもその腰にすり寄せてくる。片手を横腹に滑らせたかと思うと、親指がじわじわと胸のふくらみへと伸びてきた。

今度はチャリティがおののく番だった。

どこか遠くでまた唱和が聞こえる。けれどもうどうでもいい。いまはエライアスのことしか頭にない。彼の手はなおも胸へと忍び寄ってきた。服越しに熱い手の感触がつたわってくる。

ふいに押し殺したような悲鳴が聞こえたが、チャリティはほとんどうわの空だった。無意識のうちに聞こえないふりをしたが、エライアスがやぶからぼうに唇を離した。

「いまのはなに？」と顔を上げ、耳を澄ます。

チャリティはまばたきし、頭のなかをすっきりさせようとした。エライアスは性欲同様の本能を喚起されたようだ。

途方に暮れ、チャリティはあとずさった。

また悲鳴があがる。

今度はチャリティにもはっきりと聞こえた。女性の声、怒りとも恐怖ともつかぬ声。「触らないで。彼女に言うわよ。ぜったいに言ってやる！」

「あっちだ」エライアスは言った。「奥のキャンピングカー」

彼はチャリティから手を離すと、敏捷《びんしょう》な身のこなしでくるりと向きを変えた。キャンピングカーのあいだを足音もたてず、大股に歩いていく。

目指すはキャンプ場の奥にとめられた栗色と白のキャンピングカーだった。

「離してったら！　グゥエンドリンに言うわよ！」

チャリティはだしぬけに駆けだし、エライアスのあとを追った。

追いつくころには、彼はキャンピングカーの階段を駆けあがっていた。金属製の扉を勢いよく開け、なかに飛びこむ。

大型の車内から驚いたような叫び声があがる。そのあとに男の怒鳴り声がした。

「なんのまねだ？」男がわめく。「手を離さんと警察を呼ぶぞ」

チャリティはふと立ちすくんだ。開いた扉からひとりの人物がよろけながら出てきた。すぐにリック・スゥイントンだとわかった。

いつもの伊達男ぶりは見る影もない。いい気味だと思った。実際、階段の上で足をふらつかせている姿はいかにもぶざまだ。

リックは足を踏みはずし、転落した。大きなうなり声をあげて地べたに尻もちをつく。

エライアスが戸口に現われた。こちらは落ち着き払っている。

チャリティは心配そうにエライアスを見た。「大丈夫？」

彼が意外そうな顔で見返す。「うん。こいつがなかの女性を襲おうとしていた」

「くそっ」リックはぺっと泥を吐き、上体を起こすと座りこんだ。茶色の巻き毛を目から振り払い、憤然とエライアスをねめつける。「警察を呼ぶぞ。いいな？　おまえを訴えてやる」

「それはちょっと難しいだろう。月曜日に宇宙船がくるまでに訴訟を起こし、判決を下そうというのか」エライアスはゆっくりと階段を降りてきた。「だが、やってみるがいい」

顔立ちの整った、若い女性が、戸口に立っていた。ヴォイジャーズのガウンの襟元をしっかりとつかんでいる。

「アーリーン」チャリティは驚きに目をみはった。「なんてこと。大丈夫だった？」

「ええ、大丈夫」キャンプ場の薄暗い明かりのなか、アーリーンは怒りで顔をまっ赤にしていた。ヘアバンドがほどけ、肩まである砂色の髪がひどく乱れている。フードつきの長衣の合わせ目をととのえながら、彼女はリックをにらんだ。「リック・スゥイントン、もうわたしに手を触れないで。わかったわね？　もう二度と」

「けがはない？」チャリティはキャンピングカーの階段に駆け寄った。

「たちの悪い男のわりには、手荒なまねはしなかった」アーリーンは目をぱちくりさせた。

「こんなところでなにをしてるの、チャリティ？」

「エライアスと散歩していたら、あなたの悲鳴が聞こえたのよ」

リックはやっとのことで立ちあがり、ブランドものの黒いチノパンの臀部《でんぶ》を払った。ヴォイジャーズの青いシルクの長衣はへそのあたりまではだけ、やはり泥をかぶっている。首のまわりにいくつも巻かれたゴールドのチェーンが鈍い光にきらめく。彼は不機嫌そうにチャリティをにらんだ。「よけいなまねしやがって。みんながみんなおまえのようにセックスの問題を抱えているわけじゃない。正常なやつだっているんだ」

エライアスは階段を降りながらチャリティに目をくれた。「おふたりは知り合いなのか?」

「リック・スゥイントンよ」と彼女は答えた。「グゥエン・ピットの右腕」

エライアスは蔑むような目で見た。「握手は省略しよう、スゥイントン。その腕をへし折ってやりたくなる」

リックは眉根を寄せた。「後悔することになるぞ、どこの誰か知らんが」

「名前はウィンターズ。エライアス・ウィンターズだ。訴状を出すときは綴《つづ》りを間違うんじゃないぞ」

「ふざけるな」

「こちらはアーリーン・フェントン」チャリティはアーリーンの肩にそっと手をまわした。

「ニューリンのお友だち」

エライアスが会釈する。

「ああ、いけない、ニューリン」アーリーンははっと顔を上げた。目が大きく見開かれている。「チャリティ、このことは彼には言わないと約束して。いたずらに取り乱すだけよ。わかるでしょう?　彼はただでさえ気が気でないの。わたしが宇宙船に乗っていってしまうことを思うと」

「いったいなにがあったの?」

「リックに言われたの。宇宙船が来たらどうなるか、じきじきに知らせておきたいことがあるって」アーリーンが小声でつぶやく。「きみは最初に接触する人間に選ばれた。だから異星人とやりとりするための秘密の暗号を教えてやる」

「ばかな」リックは怒りをたぎらせた。「そっちのほうがちょっかい出してきたんだ。この町じゃ六十以下の女はみんなそうだ。いざ誘いに乗ってやると、手のひらを返したように聖女ぶる。男をもてあそぶにもほどがある。おまえと同じだな。男をその気にさせておきながら、どれちょっと味見してやるかと思えば、レイプだとわめきやがる」

「もうひとこと言ってみろ」エライアスがやんわりと言った。「味見どころの話じゃなくなるぞ」

アーリーンがきっと顎を上げる。「嘘ばっかり、リック・スウィントン。わたしはずっと今度の旅の準備をしてきたのよ、グウェンドリンに言われたとおりに。セックスが肉体を超えた純粋なものになる、そういう高い次元に向けてわたしたちみんなが準備することになっていたはずよ」

「そりゃそうだが」リックは歯切れが悪い。

「それに」アーリーンはたたみかけるように言った。「誰かと遊ぶにしても、相手はあなたじゃない。わたしにはれっきとした恋人がいるんだし、宇宙船に乗りこむときがくれば、かならず一緒に来てもらうつもりよ。ついでに言っておくと、グウェンドリンのいない隙になにがあったか知れたら、あなたなんかさっさと追放だわ」

「生意気なロききやがって」エライアスが暗がりで動くとリックはあとずさった。「寄るな、ウィンターズ」

「ふん、ほっとけば」アーリーンが吐き捨てるように言う。「わたしは大丈夫。もう二度とふたりきりにならないようにするから。言わせてもらえば、変態なのよ。あのモーターホームのなかがどうなっているか、見てみるといいわ。自分ではあれでセクシーなつもりなの。まあ、月曜の夜になれば、それもこれもどうでもよくなるけど」

「言えてるな」リックはやおら背を向けると、キャンピングカーのあいだをもったいぶって歩いていった。

チャリティはアーリーンを軽く抱きしめた。「ほんとに大丈夫？」

「大丈夫」アーリーンは深々とため息をついた。「リックは卑劣でこずるいの。グゥエンドリンの補佐役であるのをいいことにして、ヴォイジャーズの女性メンバーに片っぱしから手をつけてる。だけど、わたしにまで手を出してきたのははじめて」

エライアスが身動きした。「グゥエンドリンに知れたら、やつは追放されると言ったね。そういうことなら、彼女に話してみてはどうだ？」

「それが、彼女はいま頭のなかがいっぱいなの」アーリーンは不安げなようすを見せた。「メンバーのほとんどが夕方の唱和のときしか会えない。あとは自分のモーターホームにこもって月曜の夜の準備をしてる。瞑想や勉強の邪魔をしていいのはリックだけよ」

「なんならおれが彼女の気を惹いてあげてもいい。お安いご用だ」

「彼女には面倒かけたくない」アーリーンが間髪入れずに言う。「リック・スゥイントンなんかどうでもいい。あんなやつ、宇宙人がやってきたときに置いてきぼりをくらったとしても驚かないわ」

「心配いらない。スゥイントンは十五日の午前零時になっても宇宙船には搭乗しないだろう。ほかの誰もね」

アーリーンは肩をそびやかした。「どうやらあなたは信じていらっしゃらないようね。だけど、みんなおのずと真実を学ぶことになるわ。とにかくニューリンにはなんとかわかってもらえるといいんだけど。彼をあとに残していくなんて耐えられない」

チャリティはその肩を軽く叩いた。「ニューリンはあなたのことを心配しているのよ、アーリーン。もしうまくいかなかったとしても、彼はちゃんとあなたのことを待っていてくれるから」

アーリーンの目に涙が光った。彼女は手の甲でぬぐった。「でもわたしと一緒に銀河の旅に出てほしい。あとに残れば、わたしが戻るころには、寿命が尽きて土に返ってる」

エライアスはアーリーンをじっと見た。「過ぎゆく嵐に水面がひずみ、なにひとつ真実が見えないこともある」

アーリーンは目をぱちくりさせ、穴の開くほど彼の顔を見た。「え？」

チャリティがまた肩を抱く。「気にしないで、アーリーン。エライアスはちょっとわけのわからないところがあるの。彼のせいじゃない。そういうふうに育てられたの。さあ、トレーラーハウスまで送っていくわ」

「そこまでしてもらわなくても。ほんと、大丈夫だから」アーリーンはチャリティに不安げなまなざしをよこした。「ニューリンにはなにがあったか言わないわよね？」

チャリティはためらった。「そうしてほしいなら」

「ほんとはどうしてほしいかと言えば、ニューリンにわたしと一緒に宇宙船に乗ってほしい」アーリーンはうしろを向くと、闇のなかに遠ざかっていった。


「月曜日の晩になにも起こらなくても、あまり落ちこまないでほしいわ」ほどなくチャリティはエライアスと家路をたどりながら言った。

「ニューリンが慰めてくれるさ」

投げやりな言い方に、チャリティははっと横を向いた。暗くて表情まではうかがえない。

「エライアス？」

「うん？」

「ほんとに大丈夫？　リックに殴られたわけじゃないわね？」

「おれは大丈夫」

チャリティは少し気が楽になった。「アーリーンを助けてくれてどうもありがとう」

返事はなかった。エライアスはしきりと物思いにふけっている。

こういうときは立ち入ってはいけない。チャリティは口をつぐみ、夜の入り江の音に耳を澄ませた。はりつめた沈黙があたりを包む。

家に着くと、鍵を取りだしポーチの階段を上がっていった。エライアスはあとを追おうとはしない。階段の下に立ちつくし、彼女が玄関の鍵を開けるのを待っている。

チャリティはドアを開けて振り向いた。なかに入ってと言ったら、どんな顔をされるだろう。ポーチの明かりがその顔にくっきりとした陰影を刻んでいる。ひどくよそよそしく、近寄りがたい雰囲気がある。自制心を取り戻したのだ。これではお茶なりお酒なりを勧めても断わられるのがおちだろう。

「夜の散歩に誘ってくれてありがとう」つとめて明るい声で言った。「おもしろかったわ、お世辞じゃなくて」

「チャリティ？」

戸口でびくりとした。「ええ？」

「怖がらせてしまった？」

予想だにしない質問だった。「怖がらせる？　つまり、リック・スウィントンとつかみあいになったことが？　ばか言わないで。怖いはずあるもんですか。モーターホームから叩きだしてくれてせいせいしたわ。地べたに尻もちついたのは自業自得。アーリーンの言うとおりだわ。彼は卑劣漢なのよ」

「スウィントンの話をしているんじゃない」

「あら」

「おれたちの話をしているんだ」エライアスは消え入りそうな声で言った。

チャリティはロの渇きを覚えた。これでわかった。彼はふたりの交わしたあの熱烈なキスのことを言っているのだ。体が震えるほどのキス、思い出すだけで満足感がこみあげてくる。彼があえて認めたからというわけじゃないけれど。

急にひどく心が弾んだ。ひどくセクシーな気持ち。それこそうわついた気分。胸の下で腕組みし、ドアに肩をもたせると、いかにも世慣れた雰囲気を漂わせた。

「怖がってるふうに見える？」

「いや」

チャリティは微笑んだ。「なにをたくらんでるの、エライアス・ウィンターズ？」

「わからない？」

「わたしを啓蒙する」

エライアスは彼女の目をじっと見据えた。そのまなざしには笑いのかけらもない。エライアスにとっては真剣勝負なのだ。チャリティはちょっと気が引けた。

「きみと関係を持とうとしている」

呆気に取られ、しばらく開いた口がふさがらなかった。「あなたははっきりしないタイプだと思っていたのに」

「それはいい意味か悪い意味なのか？」

チャリティは必死で落ち着こうとした。このぐらいのことで泡を食うのは癪《しやく》だ。むかしの重役スタイルで乗りきることにした。

「ご返事は追って連絡いたします」

エライアスはうなずき、なにも言わずにその言葉を受け入れた。「おやすみ、チャリティ」

「おやすみなさい」チャリティはすごすごと狭い玄関に引っこみ、念入りにドアを閉めると鍵をかけた。そしてぐったりとドアにもたれた。

ほどなく、窓辺に行きブラインドの隙間から外をのぞき見た。だが、エライアスの姿を見送るには遅かった。彼はすでに夜の闇に消えていた。

5

火山は海の奥底でふつふつと煮えたぎる。

――『水の道にて』ヘイデン・ストーンの日記より

チャリティは怖がらなかったが、こっちはそれこそ度肝を抜かれた。

二日たってもなおエライアスはあの岸壁でのキスのことを考えずにはいられなかった。単に水の具合を確かめてみたかっただけだ。浅瀬につかってみよう。相手を好ましく思う気持ちは向こうも同じか調べてみよう。それがまさか荒波に揉まれ、沖まで流されようとは思いもしなかった。

何年ものあいだ、心身ともにくる日もくる日も鍛練を積み、最大限の平常心と自制心を養ったのに、すべては一瞬にしてふいになった。冷静に振る舞うのもこれまでだ。

庭の池のそばで一時間ほど考えにふけり、冷たいシャワーを浴び、ウィスキーを一杯ひっかけ、水曜日の晩以来の悶々とした気持ちをなだめようとした。もう一度チャリティの家に行って、ドアをノックし、ベッドに連れこみたい。つい誘惑に負けそうになる。

怖い。とてつもなく怖い。

だがもう自制心を取り戻した、はずだ。タル・ケック・チャラを二日間みっちりやったおかげで、平常心がよみがえった。

多少は。

エライアスはレジ台の奥に立っていた。クレイジー・オーティスがその横で止まり木にとまっている。目線の先にはチャリティがいる。クリップボードを手にして、足の踏み場もない店内をこちらに向かって歩いてくる。

こういう女性になにか求めるには注意が必要だ。今朝はばかなことに商売上の助言なんてものを求めてしまった。

そのときはしてやったりと喜んだ。これでまた彼女と一緒にいられる。レジ台奥の狭くるしい事務所にふたりきりでこもり、彼女にお茶を淹れてやる。その光景が頭をよぎった。ところが、彼女のほうは大まじめにとらえていた。この店に磨きをかけることにしゃかりきになっている。

二日前のやむにやまれぬキスが尾を引こうと、彼女はまず顔に出さないだろう。〝ご返事は追って連絡いたします〟、関係を持ちたいと言ったときの答えがそれだった。まるでこちらの弱さを察知し、自分が主導権を握っているのだと言わんばかりに。

危険だ。しかし受けて立つしかない。

「ヘイデンの仕入台帳と発注記録を探さないと」チャリティはふと〝スパイ・ペン――透明インクで秘密のメッセージを書こう〟と記されたペンの束から一本つまみあげた。「いったいどでこんなものを調達してきたのかしら」

「事務所に分厚い注文台帳があるよ」

エライアスはしなやかなうなじの曲線に見とれた。バリケードのようなレジ台を出て、あの感じやすい首のつけねに指を触れたら、どういうことになるか。無性にやってみたい。その衝動にあらがった。遂げられることのない欲望の炎を封じこめようにも、火勢はいっこうに衰えない。抑えれば抑えるほどなおさら燃えあがる。

タル・ケック・チャラは自制心こそがすべてなのに。

「あの古いファイリングキャビネットの帳簿を調べてちょうだい。得意先の納品書があるはずよ」チャリティは透明インクのペンをわきに置き、彫刻細工の小箱の山に積もったほこりを吹き払った。「ニューリンに予備のフェザーダスターを持ってこさせるわ。清潔な店こそ人目を惹くというものよ」

「どうかな」エライアスは占いのブースのてっぺんにびっしり積もったほこりを見やった。

「ほこりがあったほうが雰囲気が出ると思うな」

「ばかばかしい」チャリティが両手を払う。「だらしないお店に見えるだけだわ。それに、ここは照明もほんとになんとかすべきね。これじゃ洞穴みたい」

「昨日の午後、子どもが何人かやってきた。この不気味な感じがお気に召したと見える」

「とにかく肝心の売り物がお客さまによく見えないんじゃ、商売にならないわ」チャリティは小さな箱を取りあげ、留め具をもの珍しそうにいじった。

「あ、チャリティ、気をつけろ。その箱のなかには——」

「誤解しないで。チャームズ・アンド・ヴァーチューズのような店には神秘的な雰囲気があったほうがいいという発想にはわたしも賛成よ。だけど、それも程度の問題。とくにあの奥にある古めかしい卓上スタンドは——きゃあああ！」

ふさふさした、大きなクモが箱から飛びだした。

「いやっ！」と悲鳴をあげ、箱ごと放り投げた。

「ヘッヘッヘッ」クレイジー・オーティスが枝の上を横歩きし、意地悪げに目を光らせた。

「おれは忠告しようとしたけどね」エライアスはレジ台を出て通路を歩きだした。「びっくり箱だよ。なかにバネ仕掛けのクモが入っている」

チャリティはすぐに立ちなおった。「知ってればこんなものいじらなかったのに」とクモを箱に押しこめ、念入りにふたを閉じる。「こんなもののどこがいいのか、わたしには一生かかってもわからない」

「子ども騙しだよ」

「とにかく、さっきから言っているように、なるべく早急にしゃれた照明器具を取りつけることね。でもその前にやることがある。ほこりを払うこと」そう言うなり、小さなくしゃみをした。

「考えておこう」エライアスは彼女がサマードレスのポケットからティッシュを取りだすのを見守った。「チャリティ、今夜、おれのところで食事をしないか？」

鼻にティッシュをあてたまま、彼女は目を見開いた。「食事？」

そのとき、ドアがばたんと開いた。エライアスは思わぬ邪魔が入ったのに苛立ち、店の入口をちらりと見た。こういうときにかぎって客がくる。

赤ら顔の男性が入口に立っていた。折り目正しいスラックスを穿き、白いシャツのボタンがはちきれそうになっている。足元には灰褐色のヌバックの靴。やけに大きなカラーレンズの眼鏡の奥に決然とした目がのぞいた。福々しい手に高価な革のブリーフケースが握られている。左手の小指にはダイヤモンドのはまったスクエアリングが光り、店のまんなかにいてもそれとわかるほど大きい。

チャリティは鼻をかむとすばやく振り返った。「あら、こんにちは、レイトン。どうしてここに？　エライアス・ウィンターズと面識は？　エライアス、こちらはレイトン・ピット。ピット不動産の社長よ」

エライアスは無愛想に会釈した。

「ウィンターズ」レイトンは壁に鳴り響くような威勢のいい声で言った。「よろしく」と肉厚の手を差しだし、こちらに向かってくる。

エライアスはいやいやながら握手したが、すぐに手を引っこめた。いやな予感がしたとおり、レイトンの手はじっとりと汗ばんでいた。型どおりの挨拶が終わるや、ジーンズでこっそり手を拭いた。拭き終わったところで、チャリティの愉快そうな目と合った。

「チャリティ」レイトンは彼女のほうを向いた。「やあ。いい天気じゃないか。夏のわりには寒かったからな。しばらくこの天気が続いてくれるといいんだが」

「商売のためにも」チャリティはお愛想を言った。

「そう、そう」レイトンはまたエライアスに向きなおった。「ウィンターズ、きみこそわたしが会いたかった男だよ。ちょっと時間を割いてもらえまいか？　商売のことでじつにおもしろい話があるんだがね」

「急ぎの話？」エライアスが訊く。「いまチャリティにこの店をやっていくコツをうかがっているところなんだ」

レイトンはにっこりとウィンクし、忍び笑いを漏らした。「商売にかけてはコンサルティングなど必要なかろうに」

チャリティは時計に一瞥をくれ、大げさに驚いてみせた。「大変、もうこんな時間。エライアス、わたしもう行かなきゃ。ニューリンが外でお昼を取るんだった。そのあいだわたしが店番することになってるの。ヴォイジャーズのキャンプ場からアーリーンがやってくるそうだから」

「今夜の件」エライアスがにこりともせずに言った。

彼女は輝くような笑みを返した。「たまたま、今夜は空いてるわ」

「六時半」間髪入れずに言う。「迎えにいく」

「わざわざけっこうよ。ひとりでちゃんと行けるわ。うちからそう遠くないんだし」チャリティはレイトンに目を向けた。「またね、レイトン」

レイトンは快活に会釈した。とはいえ、エライアスとの話で頭はいっぱいのようすだった。

「またな。せいぜいこの天気を楽しむことだ」

エライアスはチャリティが店から出ていくのを名残り惜しげに見送った。今日もまたあのひらひらしたコットンドレスを着ている。戸外の陽光がセクシーな脚の線を浮かびあがらせた。

「さて、ウィンターズ、ぼちぼち用件に入るとするか?」

エライアスは突然の訪問客に勘弁してくれという気分だった。「不動産の話なら、おれにはもう家がある」

「わかってる。崖沿いにあるヘイデン・ストーンの古い家だろう」レイトンは顔をしかめた。

「いや、もっといい条件で同じような眺望のところがあるにはあるんだが」

「けっこうだ。おれにはあの家が合っている」

「そりゃ、もちろん。どっちみち、今日はその話で来たんじゃない」

「なんの話だ?」

レイトンは人目をはばかるようにドアのほうをうかがった。そしてまたウィンクする。男と男の秘密の話とでもいうのか、歯を剝きだしてにんまりとした。「あんたが何者かはわかってる、ウィンターズ。なぜこの町にいるのかも、だいたい察しはつく」

「これはまた偶然だな。おれも自分が何者かわかっている。しかもなぜここにいるかもわかっている。話というのがそのことなら、こっちはやることがあるんだ」

「まあ、まあ、まあ」レイトンは手を振った。「落ち着けよ。悪気はまったくない。ただ、この町で内情に通じてるのはあんただけじゃない、そのことをわかってほしかったまでさ」

「内情？」

「率直に言おう」レイトンは顔を近づけてきた。口臭防止用のミントキャンディの臭いがあたりに漂った。「この半年のうちに海外からの金がウィスパリング・ウォーターズ・コーヴに流れこんでくることになってる。世界的に名のとおったリゾートやスパの経営会社がここに施設をつくりたがってる。ハワイにつくったのと同じような物件を建てようとしているわけだ。もっとも、日光浴というよりはゴルフに力点をおいているがね」

エライアスはミントの不快な臭いを嗅がずにすむよう、息を詰めた。「それは事実なのか？」

「とぼけなくていい」

ふと崖上でのキスが頭をよぎった。「と言われても、とぼけるのは得意だ」

「そうだろ、そうだろ」またウィンク。「わたしはユーモアのセンスのあるやつが好きでね」

「いままで誰にもそんなものがあると非難されたことはない」

「みんながみんなしゃれが好きなわけじゃないからな」レイトンの額に汗がにじんだ。「おたがいに手のうちを明かそう。あんたがファー・スィーズというコンサルティング会社を経営していることはわかってる。いったいどんなコンサルティングをやっているのかもね。あんたがこんな小さな町にいる理由はただひとつしかない」

「どんな理由?」

レイトンは訳知り顔で見た。「あんたはウィスパリング・ウォーターズ・コーヴに乗りこんできた海外リゾート開発業者のさきがけだ」

「なるほど」

「心配するな」レイトンはまるまるとした手を挙げた。大きなダイヤモンドがきらりと光る。「こっちは束縛するつもりはない。質問もいっさいしない。あんたのような立場のやつは目立ってはまずいからな。だが、正直言って、あんたのような人間がいつ現われてくれるかと思っていたよ」

「そうなのか?」

「もちろん。あんたの客はいよいよ行動を起こそうとしている。この件にかかわってるのはあんただけじゃない、そのことをわかってもらいたくてね。わたしも一枚絡んでいる。というか、近々絡むことになる」

「へえ」

レイトンがにじり寄り声をひそめるたび、ミントの口臭が強くなった。「まだ詳しい話はできない。あんたと同じで、もう少々ことを伏せておかなきゃならないもんでね。だが、来週早々には気軽に話せるようになる。結局のところ、話が動きだしたら、あんたが取引することになるのは、このわたしだということさ。それを覚えておいてくれ」

「忘れようがない」

レイトンは含み笑いをした。「まったくだ。さてと、そろそろおいとまするか。約束があってね。すべてが明るみに出る前に、この大がかりな構想にあんたも加わってもらいたいと思ったまでだ。じゃあ、この天気を楽しみたまえ。このへんじゃ、たいてい夏は二、三週間しかもたないときてる」

「肝に銘じておこう」

「話はまた」レイトンは背を向け、断固とした足取りで出口へと歩いていった。利権がらみの男。立役者。

クレイジー・オーティスが止まり木を行きつ戻りつし、低くすごんでみせた。

エライアスはレイトンが店を出るのを待って、受話器を取りあげると、シアトルの馴じみの番号にかけた。

低くまろやかな女性の声がした。「ソーグッド、グリーン、エスタリッジでございます」

法律事務所の共同経営者の名字をおごそかに列挙する。

「クレイグ・ソーグッドを」

「お名前は？」

「エライアス・ウィンターズ」

「お待ちください」

クレイグ・ソーグッドが受話器の向こうに出た。「どうした、エライアス？」

弁護士事務所にふさわしい、洗練された豊かな声だった。代々の資産家に生まれ、尊いソーグッド家の伝統にしたがい法曹界に進むことにした、言うなればそんなような声。じつはワシントン州東部の農場育ちであることは、ほんのひと握りの人間しか知らない。エライアスはそのひとりだ。

「野暮用だが時間はあるか？」

「野暮用ぐらいなんとでもなる。どの程度の野暮用だ？」

「グゥエンドリン・ピットという女について片っ端から調べてもらいたい。一年前までウィスパリング・ウォーターズ・コーヴに住んでいた。いまは舞い戻ってきているが、過去一年間どこにいたか知りたい」

「職種は？」

受話器の向こうでかすかにきしむ音がした。クレイグが椅子にふんぞり返ったのだろう。

「現時点では宇宙船カルト集団をやっている。だがその前は不動産屋だった」

「宇宙船カルト集団？　仕事がら、なかなかおもしろい人間に出くわすものだな、ウィンターズ」

「こんなの序の口だね。なにかわかったら電話してくれ」

「そうする。雑貨屋のほうはどうだ？」

「けっこうなことに、売れない」

クレイグは笑った。「せいぜい半年だな。春がくるころにはシアトルに戻っているよ」

「おれはそうは思わない、クレイグ」

夏の夜の精が戸口に舞い降りたようだった。チャリティは空気よりも軽そうな布地でできたハイウエストのドレスを着ている。エライアスは期待感で胃がきゅっとなった。丸く開いた胸元と華奢なフレンチスリーブが不埒《ふらち》でもあり無垢《むく》でもある。茶褐色の髪を無造作なアップにし、頬のあたりでおくれ毛が揺れていた。

冷えたソーヴィニョン・ブランが手土産だ。目には小悪魔的な輝きが宿っている。自分がこの場を仕切っているつもりなのだろう。エライアスは気が気でなかった。たしかにそのとおりかもしれない。深く息を吸い、腹をくくった。

「今夜のメニューに白ワインが合うかどうか」チャリティはボトルを差しだした。

「ソーヴィニョン・ブランにはおあつらえ向きの晩だ」エライアスはワインを受け取り、ドアをいっぱいに開けて彼女を招き入れた。「入って」

「ありがとう」ちらりと下を向き、彼が素足なのを見て微笑んだ。無言でサンダルを脱ぎ、ドアのそばにそろえて置くと、小さな居間に足を踏み入れる。そして興味深げに見まわした。

「レイトン・ピットはなんの用だったの?」

「おれのユーモアのセンスをほめちぎっていた」すれ違いざま、彼女の香りを胸いっぱいに吸いこんだ。薄手のドレスがひょいとジーンズに絡まる。つくづく長い晩になりそうだ。

「ご忠告までに」チャリティがつぶやく。「セールスマンの言うことをいちいち真に受けないで」

「覚えておこう」

ケージのてっぺんにいたクレイジー・オーティスが、夢中でかじっていた木のおもちゃから顔を上げた。チャリティをじろりと見たかと思うと、挨拶がわりに不作法な鳴き声をあげた。

「鳥類は恐竜の親戚だと考える科学者がいるのもよくわかるわ。礼儀もなにもあったものじゃない」

エライアスはワインをカウンターに置いた。「オーティスはいらっしゃいと言ったんじゃないか？」

「そんなの誰にわかる？　しょせんはヘッヘッとかキイキイ鳴くだけよ」チャリティはケージのところまで行って、オーティスを間近に観察した。「でもあなたとはずいぶん折り合いがいいことは認めざるをえないわね。おふた方が意気投合してくれてなによりだわ。この子のことがしばらく気がかりだったから」

「きみが引き取っていなければ、おそらくは完璧に身の破滅を招いていたよ」

「落ちこんだオウムをどうするかなんて、ほんとはわからなかった。シアトルの獣医に電話したんだけれど、あまり役に立たなくて。だからとりあえずは直感にしたがったのよ」

オーティスが首をかしげてチャリティをじろりと見た。「ヘッヘッヘッ」

チャリティは顔をしかめた。「そのわりには感謝のかの字も見せてくれないのね、オーティス」

「きみが必要だったことを認めるのはプライドが許さない」

「ええ、ごもっとも。そういえば、ヘイデンがいつか言っていた。オーティスは意味のあることをしゃべることができるって。でも、わたしにはたいがいわけのわからない鳴き声にしか聞こえないわ」

エライアスは引き出しを開けてワインオープナーを取りだした。「是が非でも言いたいことがあれば、オーティスはきっとしゃべると思うね」

「気長に待つわ」チャリティはオーティスから目をそむけ、がらんとした部屋を見やった。

「まだ家具が届いてないようね。ひとこと言ってくれればよかったのに。なんなら椅子とテーブルをお貸しするけど。持ち物はシアトルから一切合財持ってきたから」

「そう言ってもらえるのはありがたいが、家具はこれ以上必要ない」

厳密には違う、とエライアスはコルクを抜きながら思った。もう少々大きなベッドがあるといい。狭くるしいフトンでチャリティを抱くのは大変だろう。もちろん、今夜はそれで悩むことにはならない。タル・ケック・チャラの真髄は自制心にある。

「なんて言うのか、その、ミニマリストのライフスタイルって、あの意味不明な水の思想に通じるものがあるわね」

「タル・ケック・チャラ。うん」

「タル・ケック・チャラ。そういう名前なの？」

「大雑把に訳すと、〝水の道〟という意味になる。直訳はもっと複雑だ」エライアスはふとヘイデンがもう死んだのだということを実感した。この古代語を正確に訳せるのは、この国にはもう自分しかいないだろう。薄ら寒い、孤独な気持ちがする。

「なるほど」チャリティはローテーブルに身をかがめ、半分まで水の入った厚手のガラスボウルに手を触れた。「すてきな器ね。とてもいい」

エライアスは彼女がボウルをのぞきこんでいる姿を眺めた。胸が締めつけられるようだ。

「何年か前、ヘイデンに贈ったものだ」

「宝物だったのね」チャリティは感慨深げに指先でガラスの縁をなぞった。「この部屋で装飾品といえばこれだけだもの」

エライアスはその言葉を嚙みしめた。「気に入っていたとは思う」胸の痛みがやわらいだ。彼女の言うとおりだ。大切に思うからこそ、無駄のないこの部屋に置いてくれたのだろう。

チャリティはそのままキッチンへと歩いていった。「レイトンの話をしていたんだったわね。あなたのユーモアのセンスをほめたというのは、不動産でも売りつけるため？」

「いや。自分も絡んでいると伝えにきた」

「絡んでる？」

「自分は有力者である。やり手である。町の大物である。内情に通じている」

「ふうん。わざわざそんなことを言いに埠頭まで足を運ぶとは、なにか理由でもあるのかしら？」

エライアスは食器棚からグラスをふたつ取りだした。「ウィスパリング・ウォーターズ・

コーヴはこれから大盛況になると思っているようだ」

彼女が肩をすくめる。「町議会が望んでいるのはまさにそれよ」

「ピットは具体的な情報をつかんでいるようなことを言った。海外の土地開発業者がゴルフリゾートやスパの建設をもくろんでいるらしい」

「リゾート？ それはまた具体的だこと」チャリティは彼が冷えたソーヴィニョン・ブランをグラスに注ぐのを見守った。神妙なまなざしに、わずかに警戒心がのぞく。「レイトンは本気で言ったのかしら？」

「さあね」とグラスを手渡す。「だが、なにが起こるにしろ、前妻の宇宙船カルトとつながりがあることは確かだろう」

チャリティはその目を見据えた。「あなたとじゃなく？」

「おれとじゃなく」

「おもしろいわね。となると、月曜日にはなにが起こるか」

「シアトルの友人に電話したんだ。ソーグッドという名の弁護士だ。専門は企業法。彼の事務所はあらゆる分野の調査員を抱えている。グゥエンドリン・ピットがこの数カ月間なにをやっていたか、調べてくれないかと頼んだ」

「ますます謎めいてきたわね？」

「意外と単純かもしれない」エライアスはカウンターに背をもたれ、ワインをひと口飲んだ。スパイシーな、心そそる味。チャリティのように。「結局は金ということか」

「なにが起こるかは月曜日の夜までお預けね」ワイングラス越しに目がきらめく。「小さな町は刺激が少ないなんて誰が言った？」

「おれじゃない」彼女を見たとたん、目がそらせなくなった。

ふたりのあいだに濃密な空気が流れた。目に見えない水の流れに可能性がみなぎる。急ぐことはない。なにも急ぐことはない。みすみす激流にさらわれてなるものか。

チャリティのほうがまばたきした。「夕食はなに？」

「こんがり焼いたピタパンにアーティチョークのディップ。ゴルゴンゾーラとほうれん草のラヴィオリ。ロメインレタスのサラダ。デザートはヘーゼルナッツのジェラートにビスコッティ」

チャリティは目をみはった。「感動したわ」

エライアスは彼女の驚きようをとくと堪能した。「まさかウィスパリング・ウォーターズ・コーヴ食料品店にビスコッティが置いてあるとは思わなかったよ」

「わたしが数カ月越しで店長のミスター・ゲディングに交渉したの。あなたはそのご利益に預かったわけよ。ほしいものを置いてもらうかわりに、こっちは割高な料金を払わされるはめになったけどね」

「おあいこだな」

チャリティの目がぱっと輝く。彼女は思わせぶりに目をしばたたいた。「料理のできる男性をわたしがどれだけお慕い申しあげているか、お話ししたことはあったかしら？」

「ないと思う」エライアスはグラスをカウンターに置き、ガスレンジのほうを向いた。「だが、話したければ遠慮なくどうぞ」

「わかった。わたしは料理のできる男性を深く、深くお慕い申しあげているの」

チャリティはまたしなをつくっている。その調子。まさしくこうなることを願っていた。つまりはどちらも浅瀬にいて、深みにはまることなく楽しめばいい。

「料理上手に弱いからといって、その弱みにつけこむようなまねはしないでおこう」と言い、水の入った大きな鍋《なべ》を古いガスレンジにかける。

チャリティの目からいたずらっぽい表情が消えた。「ニューリンはどうしている？」

「それがちょっと心配で。彼がなにを恐れているかって、宇宙船が現われなかったとき、アーリーンがなにをしでかすかということよ。すべては丸くおさまると言ってあげたいところだけど、そうなったら彼女がどう現実と向きあうか、わたしにも見当がつかなくて」

「ニューリンから目を離さないようにしよう」エライアスは約束した。その言葉を口にしたとき、自分がクレイジー・オーティス桟橋というギャングの一味にでもなったような気がした。不思議な感覚だが、悪い気はしない。

十一時過ぎにエライアスはチャリティを家まで送った。いかにも礼儀正しく、それだけに時代錯誤なやり方だった。

とはいえ、そうそう簡単にはいかなかった。

夜が更けるにつれ、悩ましい緊張感がつのった。食事のあいだじゅう、チャリティはひそやかな期待感と女性特有の思惑を目のうちに宿していた。エライアスにはわかっていた。彼女はこちらが先に行動を起こすのを待っている。寝室へとつながる行動を。

もう遅いのでそろそろ家まで送っていこう、と言いだすには相当の勇気がいった。どうせ後悔することになるのはわかっていたが、チャリティの顔にさっと驚きの色がよぎったことで、それなりの慰めにはなった。それなり、でしかないが。

エライアスはオーティスのケージに覆いをかけ、靴を履いた。懐中電灯を持とうとしたが、その必要はなかった。欠けた月と満天の星で崖沿いの道はじゅうぶん明るい。入り江の向こうには、町やクレイジー・オーティス桟橋の明かりが瞬いていた。

絡めたチャリティの腕は温かくしなやかで、やさしい丸みを帯びている。シャンプーの匂いが鼻をかすめた。ハーブ系のものだろう。さわやかな海風が彼女のかぐわしい香りと混ざりあい、たまらなく欲望をかきたてられた。

この関係においては調和の取れた流れを取り戻さなければならない。みずからが中心にあること。ヘイデンの言葉が頭のなかでこだまする。〝水の道を知る者は敵が自分の懐に飛びこんでくるように仕向ける〟。情事の瀬戸際にある男女は、認める認めないにかかわらず、敵同士なのだ。どちらも相手に対して欲するものがある。それぞれの思惑がある。

玄関先でのおやすみのキスが食わせものだったが、エライアスは気を引き締めた。唇と唇が軽くかすめあう。チャリティが肩に手をかけてきたとき、彼は半歩退いた。チャリティは両手を下ろした。

「また明日」

チャリティは伏し目がちに見た。「今夜はごちそうさま。おいしかったわ。月曜の晩にお返しをさせてもらっていい？」

エライアスは満足感でいっぱいになった。「それは楽しみだ」

「そのあとヴォイジャーズのキャンプ地に行って、宇宙船の到来を見届けようじゃないの」とにんまりする。「きっと町じゅう勢揃いよ。家族みんなのお楽しみ。お祭りよりも楽しめる」

「ウィスパリング・ウォーターズ・コーヴはつくづく退屈しない」

「ねえ、エライアス、もしも宣伝どおりに宇宙船が現われたとしたら、あなたも異星人と一緒に旅立とうという気になるかしら」

「ならない」彼はチャリティの目を見つめ、体がほてるのを感じた。「なんとなくおれの求める答えはここにあるような気がする。宇宙の果てではなくて」

チャリティは動きをとめた。「本気？」

「かなりね。だが、まだ自分に問うべきことは残っている。おやすみ、チャリティ」そろそろ行かなければ。荒波にさらわれ海に投げだされる前にポーチを降りなければならない。エライアスはきびすを返し、きっぱりと階段を降りた。

「エライアス？」

やさしげな、かすれた声に彼は足をとめた。うしろを振り返る。「なに？」

「やっぱり自分は正しいと思った？」

「なにが？」

「あなたがひと晩じゅう自分の胸に言い聞かせようとしていたこと」チャリティは悲しげに微笑んだ。「もう自制心を取り戻したとか。この前の晩は崖の上でちょっと危ういことになったものの、あいかわらずクールな男だとか」

「ああ、そのこと」彼女に読まれていたことを勘づくべきだった。「たぶん」

「まだ楽しんでる？」

「いや、だが精神修養にはなるね」

チャリティは笑い、彼の鼻先でドアを閉めた。

エライアスはばかみたいににやけているのに気づいた。冗談。いまのはまぎれもない冗談だ。たいした冗談ではないにしろ、そういうことには不慣れな男なのだからしようがない。

ポーチから離れると、だしぬけに駆けだした。あわよくば、五感にびりびりとみなぎる過剰な性欲を発散させることができるかもしれない。

下腹部の痛いほどの欲望にもかかわらず、気分はよかった。ヘイデンが死んで以来のこと、それどころか、何年ぶりのことだろう。エライアスはひた走った。崖下には、銀色の月光が入り江の水面に躍っている。夜風が血をたぎらせる。夜は前途に果てしなく延びていた。

しばらく走ったあとでペースをゆるめ、暗いわが家に向かって歩きだした。

庭の門まで来たところで、窓辺に物影がよぎるのが見えた。ぴたりと足をとめ、鬱蒼《うっそう》と葉の茂る木陰にじっと立ちつくした。しげしげと見守るうち、人影が窓から這い降りてきた。相手は喘ぎながらポーチに飛び降り、その拍子にうなった。バランスを取るが早いか、必死で窓を閉めようとする。

「くそ」低いつぶやきが漏れた。

その声には聞き覚えがあった。リック・スゥイントン。

スゥイントンは最後のひと押しでようやく窓を閉めた。それからぱっとこちらを向き、ポーチの階段を庭めがけて駆けおりていった。澄んだ池にどぼんと突っこむ音がした。

「ちきしょう」スゥイントンは浅い池から這いあがると、濡れたチノパンをはためかせ、猛然と歩いていった。まさかエライアスが濃い葉陰に身をひそめていようとは思いもしなかっただろう。

その気になれば手を伸ばして触ってやることもできた。または足を踏みだしてスゥイントンをぶちのめしてやることも。だがやめにした。

かわりに、慎重に距離を取りながら、招かれざる客のあとを追うことにした。スゥイントンは家の前にまわると、車道に向かってあたふたと狭い並木道を走っていった。

車はモミの木立の向こうにとめてあった。スゥイントンはドアをこじ開け、運転席に飛び乗ると、エンジンをかけた。一〇〇メートルほど走ったところでようやくヘッドライトがついた。

エライアスはしばらく並木道で待ち、スウィントンがヴォイジャーズのキャンプ地に向かうか、あるいは町に向かうか、興味津々で見守った。交差点に達すると、車は左に折れた。ウィスパリング・ウォーターズ・コーヴの方角だ。

エライアスはゆっくりと家に戻った。ポーチの階段を上がり、玄関のドアを開ける。靴を脱いで家のなかに入った。

覆いをかけたケージのなかでクレイジー・オーティスがしきりとうなり声をあげている。

「大丈夫、オーティス。おれだよ」

オーティスはおとなしくなったかと思うと、例によって、いささか無愛想になった。「シッッッ」

「おれの見立ては、ずばり」エライアスは電灯をつけなかった。スウィントンが不法侵入に使った窓辺に行く。「やつはずっとこの家を見張っていた。おれがチャリティを家に送っていくのを見て、おそらく彼女の家で夜を過ごすものと思った」

「ヘッヘッヘッ」

「ああ、ヘッヘッヘッだ。おれが夜は自己鍛錬と忍耐のためにタル・ケック・チャラをやるなど思いもしなかった」エライアスは夜の闇に目を凝らした。「ばかなやつ」とつぶやいて考えこむ。「誰のことだろうと思っているなら、オーティス、おれのことだよ、スウィントンじゃなくて」

「ヘッヘッヘッ」

エライアスは狭い家のなかを歩きまわった。飾り気のない部屋に隠し場所となりそうなところはほとんどない。スゥイントンがそれらしい場所をくまなく嗅ぎまわったとしても、さほど時間はかからなかったはずだ。

「靴を脱ぎ忘れる客は好きじゃないね、オーティス」

どうやら荒らされたのは、寝室にある彫刻細工のチェストだけだったようだ。別段驚くこともない。ちらりと見ただけで、中身をいじられたことがわかった。

ひとつだけ気にかかるものといえば、ヘイデン・ストーンの日記だったが、チェストの底にそのまま入っていた。エライアスは日記を手に取り、表紙を裏返した。まだとても読む気にはなれない。

日記を元に戻し、おもむろにチェストのふたを閉める。家が空振りだったとなれば、今度はチャームズ・アンド・ヴァーチューズに押し入るため、町に向かったという可能性もある。あまり派手に散らかさないでくれるといいが。

「ウィスパリング・ウォーターズ・コーヴではおれはみんなに謎の人物と目されているらしい、オーティス」エライアスはバスルームに入りシャワー栓をひねった。「しょせんは罪のない勤勉な雑貨屋店主、不動産に絡む思惑などあるもんか。それがわかったときも、町のみなさんにはあまりがっかりしないでいただきたいね」

「ヘッヘッヘッ」

エライアスはほどなくバスルームを出た。そしてフトンに寝そべった。頭のうしろで手を組み、薄暗い天井をじっと見つめる。

「なあ、オーティス、どんな感じだった、チャリティの部屋で寝るのは？」

「ヘッヘッヘッ」

6

表面が穏やかに見える場所にかぎって水が深い。
——『水の道にて』ヘイデン・ストーンの日記より

土曜日の朝、フィリス・ダートムアがきびきびとした足取りでウィスパーズに入ってくるのを見て、チャリティは暗澹《あんたん》たる気持ちになった。ウィスパリング・ウォーターズ・コーヴ町長のフィリスは、いつにもまして押しの強さを感じさせる。裏口から脱走しようか。でもそんな時間はない。

どのみち、こそこそ逃げるなんてだらしない。ただ、運悪く寝不足ときている。昨夜はほとんどまんじりともせず、エライアスのことをくどくどと考えていた。

それでどうなるわけでもないのに。玄関先での最後の場面を何度思い返したことだろう。夜が明けるころには、間一髪で助かったのだと無理やり思うことにした。

たしかに、あのときは笑い話ですませた。けれど、朝になってみるとよくわかった。昨日はどう考えても異様なほど奔放な気分になっていた。先週はずっとそうだった。火遊び、ということだ。わたしらしくもない。数日前のあの崖上でのキスが災いしたのだ。

もう男性に抱擁されてもパニックに陥ることはない、それがわかったとたん、警戒心がなし崩しになるとは驚いた。

昨夜でいやというほどわかった。わたしという人間はころりと危険な関係に流されかねない。しかも昨日はこちらが悪い。終始うわついた態度を取っていたのだから。エライアスにもう一度自制心を失ってほしかった。あの崖上のときのように。あの目に情熱の炎が燃えるのを見たかった。力強い、セクシーな手で体を撫でられたかった。彼をその気にさせることはできるとわかっていた。

さいわい、昨夜のエライアスは禅モードに入っていた。ずば抜けた自制心を見せつけようとしてくれたおかげで、こちらも正気に戻ることができた。

ひと息つくこと。はからずも彼はそのいとまを与えてくれた。ひと息つくこと。この際そうさせてもらうことにしよう。

時間が必要なのだ。頭を整理する時間がほしい。思いきって行動に出る前に、エライアス・ウィンターズのことをもっと知りたい。デイヴィスの忠告を忘れてはならない。〝ウィンターズには気をつけること。噂によると、彼は大物なだけじゃなく、勝者でもある。いつもね〟。

どちらに転ぶか。まさに瀬戸際に立たされている。

エライアスとの仲がどうなる運命にあろうと、まずはおたがいのことをよく知らなければならない。もっとよく知らないことには。

それに……。

同じことをさっきから延々と自分に説いていた。同じ言葉が頭のなかで呪文のように鳴っている。これじゃクレイジー・オーティスだ。

「おはよう、チャリティ」フィリスのイタリア製パンプスが店の床にカッカッと響いた。

「いらっしゃい、フィリス」チャリティはレジ台の奥で肩をいからせた。「どうやら本を買いにきたわけではなさそうね。商売の話、または政治の話?」

「両方かしらね」フィリスは立ちどまり、愛想笑いを浮かべた。大仰なだけで深みがない。取ってつけたような笑みで、かぶせものをした白い前歯が剝きだしになった。

フィリスを嫌うのは簡単なことだ。なにしろふたりは敵対関係にあり、クレイジー・オーティス桟橋の命運をめぐって激しく火花を散らしている。町議会での対決ぶりは、すでにウィスパリング・ウォーターズ・コーヴの語り草になっている。なのにはじめて会ったとき、こともあろうにこの天敵に対して根深い同情の念を抱くことになった。

われながらばかばかしいとは思うし、悟られないように苦労している。だけど、つい情にほだされてしまう。フィリスを見ていると、かつての自分を思い出す。絵に描いたようながんばり屋。追いこまれたワーカホリック。目標を達成することしか頭にない。フィリスもパニックに襲われたりすることがあるのだろうか。

フィリスはワシントン大学で法律を専攻した。ウィスパリング・ウォーターズ・コーヴで法律事務所を経営している。町長職にも精力的に励んでいる。手が空けば、めぼしい州議選候補者の応援に出向き、シアトルやオリンピアでのめぼしいカクテルパーティーにもぐりこむ。

背の高い、すらりとした体つきで、年のころは三十代半ば。これだけ洗練された女性ならば、シアトルでもさぞ目立つにちがいない。ウィスパリング・ウォーターズ・コーヴのような小さな町では、目立ちすぎてかえって浮いた。

町でいつもスーツを着用しているのはフィリスしかいない。今日はかちっとした、夏向きの軽い素材のものだ。まだ十時を五分まわったばかりだというのに、ひと仕事終えたのか、もう皺が寄っている。ジャケットは特大の肩パッド入りで、四〇年代のシルエットを彷彿《ほうふつ》とさせた。

毎月シアトルまで出かけ、ライトブラウンの髪を小粋な段カットに仕上げてもらう。ジェニファー・ピットが町じゅうの女性にネイルアートの趣味を伝授してからというもの、フィリスはネイルズ・バイ・ラディアンスの常連となった。ラディアンスが彼女のために考案した色は、ダートムア・モーヴと命名されている。

「あなたひとり?」フィリスはからっぽの店内を一瞥した。

「いまはね。ニューリンはビーのお店にアイスラテを買いに行ったし、週末の観光客がくるにはまだ早いし。用件はなに?」

「クレイジー・オーティス桟橋の新しい所有者のことで話があるの」

「それなら、直接本人と話せば?」

「話ならもうしたわ」フィリスはぎゅっと唇を結んだ。「物腰は丁寧だけど、まるきり非協力的。口を開けば水の話ばかりよ、まったく」

「エライアスに会いにいったの？」胸がずきんとする。そんな自分にぞっとした。嫉妬ではないことを祈るのみだ。

「郵便局でばったり会ったの。話をしようにも、まるで聞く耳を持たなかった」

それを聞いて少しほっとした。「それで？　わたしにどうしろと？」

フィリスは厭味たらしく声をひそめた。「あなたたち、よく会っているそうじゃない」

「毎日ね」チャリティは屈託なく微笑んだ。「それはそうよ、おたがいにこの埠頭でお店をやっている以上」

「わたしが言ったのはそういう意味じゃない。それはあなたもご承知でしょうけど」フィリスの目が冷たく光る。「噂ではおつきあいなさっているそうね」

チャリティはあきれた。昨夜のことはあえて秘密にするつもりもないが、かといってわざわざふれまわるつもりもない。一緒に食事したことをエライアスが誰かにしゃべり、それがまたたく間に町じゅうに広まったのだろう。

「小さな町は噂話で盛りあがるのね」

「ねえ、単刀直入にいこうじゃないの。ウィンターズが埠頭の端にあるあのおかしな雑貨屋店主だけでないことは周知の事実よ。彼は桟橋全体の所有者でもある」フィリスがにじり寄った。「しかも、ファー・スィーズ社という有力な投資会社のオーナーでもある」

「つまり？」

「つまり大物。問題は、彼の狙いはなにか？」

チャリティは苦笑いした。「狙いがなんであれ、彼は人の指図なんか受けやしない」

「そうでしょうとも」ダートムア・モーヴに染まった爪がレジ台をこつこつ叩く。「ウィンターズはなにかたくらんでる。いろいろと憶測は飛び交っているけれど、つまるところ、桟橋をどうしようというのか誰にもわからない。だから、わたしたちとしてはあなたの協力が必要なの」

「わたしたち？」

「わたしたちこの町の行く末を憂える者たち。彼と関係らしきものを築いているのはあなたしかいない」

「フィリス、どんな噂を耳にしたのか知らないけど、はっきり言ってただ食事しただけよ。なにも婚約パーティーをしたわけじゃない」

「ねえ、わたしは真剣なの。ウィンターズの本音を聞きだせるのは、ほかには誰もいないのよ」

「本音を見せるのは彼の得意とするところじゃないものね」チャリティも認めた。

「町議会が長らくクレイジー・オーティス桟橋に目をつけてきたことは、あなたもご存じのとおりよ。ヘイデン・ストーンには参ったわ。彼が埠頭を所有しているかぎり、店舗の高級化なんて望むべくもなかった。だけどもう彼も亡くなったことだし、わたしたちとしてもなんとかウィンターズを説得したいのよ。町議会案に協力するのがいちばんだとね」

「またその〝わたしたち〟とやらが出てきた。それを聞くとどきりとするわ」

「町議会のメンバーもわたしもあなたに仲間に加わってもらいたいのよ、チャリティ。埠頭の行く末のことで喧嘩するのはもうやめにして、あそこが新生ウィスパリング・ウォーターズ・コーヴの目玉となるようにがんばろうじゃないの」

「わたしはあのままでいい」

「あなたにはヴィジョンというものがないの?」フィリスが詰めよる。「かつては名うての実業家だった人が。エライアス・ウィンターズはまあ例外として、あの埠頭で商才があるのはあなたしかいないのよ。あとはからきしだめ。あれじゃ、独立記念日にホットドッグの屋台をやっても赤字を出すわね」

チャリティはかちんときた。遅かれ早かれ、フィリスとはいつもこういうことになる。

「クレイジー・オーティス栈橋の店主たちは商売に向いてないわけじゃない。この二十年間、誰の手も借りずにこの埠頭を盛りたててきたわ。これまでろくに見向きもされなかったところなのに」

「盛りたてる?」フィリスはきれいにマニキュアの塗られた手を苛立たしげに振った。「これを盛りたててきたというの? 三軒も空き家があるのよ。何年も空き家のままなのよ」

「そのうち借り手がつくようにするわ」

「賢い経営者ならこんなところにわざわざ店なんか開くもんですか。栈橋のイメージがよくなるという保証でもあればともかく」

「栈橋をよくするためになにも入居者全員を退去させる必要はないじゃない」チャリティはすかさず言い返した。「わたしたちは自力で立派に店をやっている。今年の夏は埠頭の人通りが三倍に増えたわ。ビーのエスプレッソマシンは観光客にうけてる。ラディアンスは町にネイルサロンというものをもたらした。ヤッピーの回転木馬には何件も誕生パーティーの予約が入ってる。テッドのTシャツの売上はぐんぐん伸びてる。このわたしも書店が順調にいってる、おかげさまで」

「町の発展を妨げようというの？　とんでもない話ね」

「それはこっちの勝手」

フィリスは声に出してため息をついた。「あなたと口喧嘩するために来たんじゃないの」

「ほんと？　それは思いもよらなかった」

「ちゃかさないで、チャリティ。わたしはあなたに町の未来のためにご協力いただこうと思って来たの。あなたの助けが必要なの。埠頭が活性化すれば、あなたも恩恵をこうむることになるのよ。この店なら高級路線のクレイジー・オーティス栈橋にぴったりだわ。ウィンターズに協力するよう説得して」

チャリティはレジ台に頬杖をつき、両手を組んだ。フィリスには油断ならないが、しだいに興味が湧いてきた。「そうね、ことによっては、あなたの計画成就にひと役買ってもいいわ。いったい、エライアスをどう説得しろというの？」

フィリスはここぞとばかりに飛びついてきた。「彼と話をしてもらいたいの。埠頭をどうするつもりか聞きだして。彼と協力したいの」

「協力？」

「わたしたちはひとえにクレイジー・オーティス桟橋の高級化に関心を寄せている。もし彼が海外投資家との取引を仲介しているとすれば、というのもレイトン・ピットがそんなようなことを言うものだから、それについてぜひとも知りたいのよ」

チャリティはフィリスをまじまじと見た。「わたしにスパイを働けと？」

フィリスは眉をひそめ、厚化粧の顔を赤らめた。「そんな大げさな、チャリティ。わたしたちはあなたに住民としての義務を果たしてもらいたいだけよ」

「ふうん。『汚名』というヒッチコックの古い映画があったわね。四〇年代のスパイもので、ケイリー・グラントとイングリッド・バーグマン主演の？　バーグマンは悪役の動きを監視するため、その男を誘惑し結婚しなきゃならなくなる。それが義務だと、よってたかって言われてね」

フィリスは怪訝《けげん》そうな顔をした。「それとこれとなんの関係があるの？」

「おっしゃるとおり。たしかにわたしはイングリッド・バーグマンとは大違いだものね」ニューリンが戸口でフィリスの背後に立っているのを見て、言葉を切った。

ニューリンはラテのカップを手にしたまま、ためらっている。「外で待っていようか、チャリティ？」

「いいのよ、ニューリン」チャリティはにっこりした。「町長との話はすんだから」

フィリスはニューリンをにらむと、またチャリティのほうを見た。「わたしの言ったことを考えてみてちょうだい。これはわたしたちみんなにとって重要なことなの。あなたがどう出るかに町の行く末がかかっているんですからね」

「この町だけ？　それはどうかしら、フィリス。自由世界の運命が、と言ってもいいんじゃない？」

「つくづく先見の明がない」フィリスはきびすを返し、それきりなにも言わずに店を出ていった。

ニューリンがレジ台の奥に戻ってきた。「揉めごと？」

「いつものことよ。町長は埠頭のことがご心配なの」

「そんな暇があったら、ハンク・タイバーンにグゥエンドリン・ピットを逮捕させることでも考えるべきだ」

「グゥエンドリン・ピットは違法なことはなにもしてないでしょう」チャリティがやんわりと指摘する。

「いや、あれは違法なはずだ」ニューリンがアイスラテをいっきに半分飲み干す。「ヴォイジャーズのやつらが町にやってきたころ、町長はたしか躍起になって追い払おうとしていた。七月のはじめごろは、なにかにつけてタイバーンを送りこみ、公衆衛生がどうだの安全基準がどうだのと嚙みついていたじゃないか」

「たしかに」

「その後、なぜかあっさり手をゆるめた」

「それはそれで賢いのよ。フィリスも結局は嵐が過ぎるのを待つよりほかにないと考えたのね。宇宙船が現われなければ、ヴォイジャーズも解散するだろうし」

「そうかもしれない」ニューリンは唇を真一文字に結んだ。「そうじゃないかもしれない。この手のことになると、人間っていうのはほんとにどうかしてしまう。グゥエンドリン・ピットの責任は重大だよ、言わせてもらえば。あの女のことはなんとかしなきゃならない。こんなの間違ってる。とにかく間違ってる」

四時少し前、エライアスはチャリティからもらった新品のフェザーダスターを壁にかけ、クレイジー・オーティスを見やった。

「掃除用にもらったんだ。だけどやはりチャリティは間違っているな。多少はほこりがあったほうが、おもしろい店になる」

オーティスが返事がわりに低く鳴く。

「客の姿もない。今日はもうお開きだな」エライアスは止まり木に近寄った。「ヤッピーの回転木馬の修理状況でも見にいくか？」

オーティスはひょいと首を下げ、威厳たっぷりにエライアスの肩に飛び乗った。

エライアスは店を出ると、右に足を向け、埠頭の端まで歩いていった。今日は気分がいい。

昨夜降るように注いだ期待感は、いまもなお続いている。とはいえ、リック・スウィントンのことは予想どおりだった。

スウィントンは自宅に押し入ったあと、やはりチャームズ・アンド・ヴァーチューズの事務所に忍びこんでいた。だが、途中でゴミ箱につまずいたらしく、中身がぶちまけられていたほかは、なんの被害もなかった。小型のファイルキャビネットには、送り状やカタログ、発注書、受領書などが詰めこまれているが、とりたてて珍しいものでもない。

クレイグ・ソーグッドに電話して、スウィントンの素性も探ったほうがよさそうだ。グウエンドリン・ピット同様に。

埠頭はさっきまでごった返していたが、四時を過ぎるとそれもおさまった。ウィスパーズの前を通りかかると、ニューリンがレジ台にいるのが見えた。いつものとおり仏頂面をしている。チャリティの姿はどこにもない。

空き家になっている三軒の店の前を通りすぎたところで、ふと足がとまった。ここに借り手がつけばいいわけか。これは考えてみたほうがよさそうだ。

「調子はどうだ、ウィンターズ?」テッズ・インスタント・フィロソフィー・Tシャツの店先でテッドが手を振った。片手には新刊のミステリのペーパーバックが握られている。ウィスパーズのロゴ入りのしおりが突きでていた。

いつものとおり、テッドは売り物を着用している。腹のはみでたTシャツには、こんな箴《しん》言《げん》がプリントされていた。〝善良であること。それが無理なら、慎重であること〟。

「商売上がったり」とエライアスは答える。「オーティスと散歩でもしようと思って」

「明日には上向くさ」

「そうだな」

表のテーブルで客にアイスティーを注いでいたラディアンスが、こちらに会釈した。ラディアンスはネイルズ・バイ・ラディアンスのビーズカーテン越しに、懐かしき六〇年代のピースサインをしてみせる。

エライアスはふと思った。ここに来てからまだ二週間とたたないのに、自分がもうこの埠頭の一員になったような気がしている。いままでならば孤立していたところだ。中立な立場でまわりを眺めていただろう。それがいまはみんなと同じ地点に立っている。

人生は川になぞらえられる。川がふいに弧を描き、他者の人生と合流したかのようだ。この心境の変化をどうとらえたものか。ある意味、これまでの鍛錬に反することになる。一方では、これでいいのだという気もする。ヘイデンが生きていてくれたら。ヘイデンにはまだまだ訊きたいことがあった。

埠頭の端まで行くと、ヤッピーが回転木馬の内臓部にもぐりこんでいた。カラフルな木馬が輪になってとまっている。

「やあ、ウィンターズ」ヤッピーはレンチを振って挨拶した。

「どんな具合?」エライアスは木馬の台に上がり、飛び跳ねた格好のうしろ足にもたれた。

オーティスは尻尾の部分に飛び乗り、羽づくろいをすると、修理作業に目を光らせた。

「原因はわかったのか?」


「もうちょいだな」

エライアスは内部の駆動装置にしげしげと見入った。「原因はわかったのか?」

「ああ、たぶん。時間がなくてな。スクリュードライバーを取ってくれるか?」

小さなベンチに並べられた道具に目をやる。「どれ?」

「プラスねじの」

エライアスはスクリュードライバーを取り、ヤッピーの油じみた手に放り投げるようにして置いた。「月曜の晩は浜辺でヴォイジャーズ見物か?」

「そりゃもちろん」ヤッピーが鮮やかな手つきでスクリュードライバーをまわす。「町じゅうみんなが押しかけるさ。少なくとも、かなりの人間がね。ビーは屋台を出すと言ってる。コーヒーやソーダを売るんだと。マフィンもか。おれも手伝うつもりだ。あんたは行くのか?」

「おれも行く」

ヤッピーはしばらく無言でエライアスを見た。「チャリティと?」

「うん」

「おふたりさんは親密な間柄になりつつあるということだな?」

「まずいのか?」

「いや、そんなことはない」ヤッピーの口調には含みがあった。「あんたの問題だ」

「おれもそう考えている」

「ただ、なんというか」歯切れの悪い物言いが続く。「どいつもこいつも心底チャリティのことが好きでね。こう言っちゃなんだが、彼女が傷つくのは誰も見たくないんだよ」

「言わんとすることはわからないでもない。だが、彼女も子どもじゃない。自分のことは自分でできる」

「ちゃんと頭があるんだからな。商売にかけては心得たもんだ。ケータリング方式の誕生パーティーに回転木馬を貸し切ることを思いついたのは、ほかならぬ彼女だよ。おかげで今年の夏は儲けが倍増さ。ラディアンスに知恵を授けたのも彼女なんだ。常連客のひとりひとりに違う爪の色をつくってやったらどうかとね。こいつがものの見事にあたった」

「チャリティにはマーケティングの才能があるということか」

「そこだよ。地元の政治屋のあしらい方も心得たものさ。あんたが現われるまで町議会もたじたじだった。だが、ほかのこととなると、ちょっとね」

「というと?」

「ビーに聞いたんだが、チャリティはここにくる前、そりゃつらい思いをしている。ロフタスというシアトルの金持ち男との仲がだめになったとかで」

「ブレット・ロフタス」

「知ってるのか?」

「一度会ったことがある」エライアスはあの日の昼食会を思い出した。ブロンドに青い瞳、顎の張ったロフタスが、並みいる銀行家や投資家を前にして、スポーツ用品業界の裏話や鋭い洞察力を披露していた。最近、あのランチのことをよく考える。じつは、チャリティがロフタスの名を口にしてからずっと考えている。

「まあ、それはそれとして、彼女はウィスパリング・ウォーターズ・コーヴにたどり着いてから、誰ともつきあったことがない。ビーとおれが知るかぎりでは」

「おれがやってくるまでは」

「まあな」ヤッピーは入り組んだ機械越しにエライアスをうかがった。「あんたがやってくるまでは」

「彼女のことを心配してもらって感謝しているよ、ヤッピー。それで、おれのことも同じように心配してくれるやつはいるのか？」

「自分のことは自分でできるんだろう」ヤッピーは汚れた手をズボンで拭いた。「それでたくさんだ」機械装置のなかから出ると、パネルを閉め、レバーを引く。「オーティスに試乗させてやるか」

きらきらした飾りの埋まった木馬が静かにまわりだすと、オーティスは甲高い鳴き声をあげてはしゃいだ。まばゆいペガサスのサドルを頑丈な爪でがっしりつかみ、鮮やかな羽毛を揺らしている。

「オーティスはこいつにぞっこんだな」ヤッピーがあきれたように首を振る。「ヘイデンが死んだあと、チャリティはよくやつをここに連れてきたもんだよ。あいつはもうだめだと思われていた。気力のかけらもない。だが、チャリティの力でよみがえったんだ」

「オーティスには感謝の念が見られないと彼女は言うが、おれはきっと感謝していると思う」

　ヤッピーがふんと鼻を鳴らした。「ああ、そりゃもう」

　エライアスはほの暗いレジ台から少年を見守った。見たところ九歳ぐらいか。この年頃の少年にはお決まりの格好をしている。ジーンズにスニーカー、Tシャツ。

　けだるい日曜日だった。鳩時計をちらりと見る。五時二十五分。そろそろ閉店時刻だ。少年はかれこれ三十分近くも店にいる。さっきから通路という通路を行ってはまた戻り、商品をひとつひとつ丹念に調べている。

「なにかほしいものでもあったか?」エライアスはようやく声をかけた。

　少年は飛びあがるほど驚いた。とっさに振り向き、店の奥の暗がりに目を凝らす。いまのいままでエライアスの存在に気づかなかったらしい。

　少年はあわてて首を振り、あとずさった。「えっと、ない。ただ見てるだけっていうか」

「わかった」エライアスが手を差しだすと、クレイジー・オーティスが乗ってきた。

　少年はたじろぎ、また店の入口へとあとずさった。

「いいぞ、ウィンターズ。客の度肝を抜いてやれ」

　エライアスは水を入れたコップを手に持ち、おもむろにレジ台の奥から出ていった。少年は不安そうに見守っている。いまにもまわれ右をして逃げだしそうだ。そのときオーティスに目がいった。少年は目をまんまるくした。

「本物？」

「うん」とオーティスの頭を掻いてやる。オーティスは物憂げに伸びをした。

「わあ」少年の足がとまった。「しゃべるの？」

「その気になれば」エライアスはなおも近づく。「あそこの透明インクペンを見たか？」

少年の顔に怖いもの見たさの表情が浮かんだ。「ううん」

「これがなかなかよくできてる」エライアスは束ねたペンのところで立ちどまった。「見てろ」そのなかから一本抜きだし、試し書き用の紙に走り書きする。「ほら？　なにも映らない」

少年は眉をひそめた。「どうやったら書いたのが見えるの？」

「こいつを二、三滴垂らした水につける」と無害の薬品の入った小瓶をかざす。

瓶のふたを開け、手にしたコップに数滴垂らした。そしてさっきの紙切れをひたす。

少年はとたんにそばに寄ってきた。「見せて」

エライアスはこれ見よがしに紙を取りだし、広げてみせた。〝このペンを買え〟という文字がはっきり見えた。

「すっげえ」少年が夢中でのぞきこむ。「やってみていい？」

「もちろん」エライアスはペンと小瓶を手渡した。

「これ、すごい」少年はしきりとペンを走らせた。「早くアレックスに見せてやりたいな」

「アレックス?」

「ああ、ぼくの親友。月曜の夜、あいつと一緒に海岸に行くんだ。宇宙船がくるかどうか確かめにね。パパが連れてってくれるって」

「おれも行くつもりだ」

「へえ?」少年が横目でじっと見る。「宇宙人が現われると思う?」

「いや」

ため息が漏れた。「パパもそう言ってた。でもほんとにそうなったら、すごいよね?」

「おもしろいことにはなる」

「すっげえことになるよ」少年の目がぱっと輝く。「宇宙人がほんとにやってきたら、ぼくも一緒に宇宙に行くんだ」

「どうして?」

「え?」少年は出ばなをくじかれたようだ。「すごいものをいっぱい持ってるからだよ。コンピュータだけでもどんなかな。ぼくらよりずっと進んでるよ。宇宙人はなんでも答えがわかるんだ」

「いや、そんなことはない」

少年はびっくりした。「なんで?」

「科学技術がどれだけ進歩しようと、すべての答えが得られることはぜったいにありえない。なかには自分で答えを見つけなければならないこともある。どんなに強力なコンピュータが現われようと、それは変わらない」

「ほんとに？」

「うん」エライアスはペンに目を落とした。「そいつは二ドル九八セント、プラス税金。思想的発言のほうは無料」

「思想的発言ってなんのこと？」

「個人的な意見」エライアスはレジのところに戻った。「だから金は取らない」

「ふうん」少年はポケットに手を突っこんで金を取りだした。「日曜日も開いてる？」

「夏のあいだは」

「よかった。明日、アレックスを連れてくるよ」

「そうしたら、透明インクの瓶を一本おまけしよう」

「すっげえ」新品のペンとインクの入った紙袋をわしづかみにして、少年は戸口へと駆けていった。

そこにはチャリティが立っていた。さっきからずっとふたりのやりとりを見ていたようだ。エライアスの小さなお客さまが消えるのを待って、彼女はレジ台へと歩いていった。瞳が楽しげに輝いている。

「ご満悦のようね」

エライアスは誰もいない戸口をひたすら見つめている。「あの子はあのペンが気に入ってくれるだろう」

「わたしもそう思うわ。だから言ったのよ、天職だって」

「なにが？」

「こういうお店をやること。みんながみんな向いているわけじゃないけれど。たとえば、わたしの妹やフィリス・ダートムアのような人は、こんなちっぽけなところじゃとても満足しないでしょうね。どちらかにチャームズ・アンド・ヴァーチューズを譲ったとしたら、全国チェーンにするまでがむしゃらに働くわよ。かくいうわたしも同じことをしていたはずね、去年の夏までは」

エライアスは微笑んだ。「たぶんおれもそうだった」

「人によっては」チャリティはわざわざ前置きした。「天下を取るまで強引に拡大路線を進めなければ気がすまない。ひとつきりの、完結した小さな世界では満足しようがない」

エライアスは餌の入った袋を取りあげ、オーティスの器に補充した。「あまり遠まわしとは言えない訊き方だが、つまりはおれがウィスパリング・ウォーターズ・コーヴのような小さな町に腰を据えることができるのか、チャームズ・アンド・ヴァーチューズのような小さな店に満足感を見いだすことができるのか、ということか？」

チャリティは顔をしかめた。「このうえなく遠まわしに訊いたつもりだったのに」

「それを遠まわしというなら、おれが前に言ったはずのことを全部忘れている」

「厭味ね。そんなに露骨だった？」

「残念ながら」エライアスは袋の口を閉め、止まり木の下にしまいこんだ。

「まあ、どうしましょう。となると、わたしは住民としての義務が果たせない、ウィスパリング・ウォーターズ・コーヴのために犠牲となることもできない、ってわけね」

エライアスはしばし黙りこんだ。「どういう類いの義務と犠牲？」

「この前、町長殿から入れ知恵されたの、あなたをうまくたぶらかして陰謀の内幕を暴いてくれないかって。ウィスパリング・ウォーターズ・コーヴに乗りこんできたもくろみはなにか、色仕掛けで聞きだすようにおおせつかったわ」

「さっきの客の言葉を借りれば、すっげえ」

「当然のことながら、まっ先に思い浮かんだのは『汚名』のイングリッド・バーグマンよ」

「どうやらきみとは波長が合うようだな」

チャリティがにらむ。「あなたに露骨だと言われるまではうまくいっていたのに。スパイが露骨な物言いをしてどうするの？」

「もう少し経験が必要なんじゃないか。おれでよければ喜んで練習相手になるよ」

「ほんと？」

奥の事務所で電話が鳴った。エライアスは片手を上げた。「ちょっと待った。すぐ戻る」

「はいはい、みんなそう言うのよね。悪いけど、待ってられないわ。もうお店を閉める時間だから」チャリティは店を出ようとした。「食事は月曜の六時半でいい？」

「今度はおれがワインを持っていくよ」

「じゃあね」彼女は手を振り、足早に店を出ていった。

エライアスはにやにやしながら受話器を取った。これまで恋の駆け引きなどしようとも思わなかった。だが、チャリティとならばやってみてもいい。

「チャームズ・アンド・ヴァーチューズ、ウィンターズです」

「エライアスか？　クレイグだ。ちょっといいか？」

「もちろん」エライアスは事務所の戸口から身を乗りだし、チャリティが店の前を通りすぎていくのを眺めた。長い黄色のコットンドレスが風に揺れ、膝の裏のくぼみがあらわになる。

「グウェンドリン・ピットの件か？」

「じつは、わかったんだ。この一年、ご多忙だったようだよ」

「なにをやっていた？」

「もっとも得意とすること、だろうな。北西部の不動産売買だよ。おもしろいのは、ヴォイジャーズ不動産という社名でこっそりやっていたことだ」

「ヴォイジャーズのメンバーから取りあげた金を使って、だな？」

「おそらく。だが、われわれの調べるかぎり、あの会社にはなにひとつ違法なところはない。社長はあの女だ。従業員はひとりしかいない」

「あててみよう。リック・スウィントン？」

「まあ、本名はリチャード・スウィントンだが。どうやら知り合いらしいな？」

「昨日の晩、うちにやってきた。招きもしないのに」

「なるほど」とクレイグは言う。「そいつの素性を掘り下げてみるか？」

「それはお返しにやつの家へうかがってからにしよう」

「仲がいいようだな」

「小さな町だから。近所づきあいに余念がない」

「スゥイントンなる人物が宇宙船でおさらばする前にお宅にうかがったほうがいいぞ」

「そのつもりだ」

「ところで、話は違うがちょっと耳に入れておきたいことがある」

エライアスは事務所のドアからオーティスを見た。止まり木をそわそわと横歩きしている。そろそろ閉店時間だ。「どんなこと？」

「ガリック・キーワースを覚えているか？　おれに調査を依頼しただろう？」

エライアスは動きをとめた。「彼がどうした？」

「噂では昨日の夜、自殺をはかったそうだ。いっぺんに大量の睡眠薬を飲んで」

エライアスは息がとまりそうになった。なんの前ぶれもなく、過去から流れでる川に母親の姿がぼうっと浮かびあがった。ベッドに倒れ、かたわらのナイトテーブルには睡眠薬の瓶が整然と並んでいる。

鍛錬によって培った意志力により、その場面をもとの暗闇に葬った。

「成功したのか？」

「いや。九一一番に通報があったらしい。あわやのところで病院に運ばれた。命に別状はないそうだが、会社のほうは大変だよ。ひとまず騒ぎがおさまれば、キーワース・インターナショナルは没落の一途をたどることになる。あそこのように後継者がはっきり決まっていない企業は、えてしてそういうもんだろう。会社全体があたふたしているよ」

「うん」

「キーワースが息子を会社に入れなかったのは、痛恨の極みだな。息子がいれば、いまごろ率先して取引先や債権者をなだめてくれただろうに」

「キーワースは息子と疎遠だった」

「そう聞いている。まあ、これでキーワース・インターナショナルも終わりだな」

7

人はまさしく海に溺れるごとく情熱に溺れる。

――『水の道にて』ヘイデン・ストーンの日記より

なにかある。

チャリティは、三十分かけてじっくり目を通した『グルメ』の最新号を閉じた。きっとなにかある。夕方、エライアスが店を閉めるのを見てから、違和感はつのるばかりだ。

彼は誰にも挨拶すらしようとしなかった。この数日、いつも車のところまで送ってくれたのに、それもなかった。うしろを振り返るでもなく、からっぽの鳥かごを手に提げ、すたすたと駐車場に向かった。オーティスはコンドルよろしく肩にとまっていた。

理由はうまく言えないが、その姿を見て背筋が寒くなった。あれから数時間たち、不安感はますますつのる。

手もとの雑誌を奇抜な磨りガラスのコーヒーテーブルに放った。テーブルの上にはウィスパーズから持ち帰った料理の本が山積みになっている。家に戻るなり、おもしろそうなレシピを眺めてすごした。エライアスの味覚は、こちら同様、独特でいっぷう変わっている。ロには出さないまでも、挑戦状を突きつけられたのだと思う。エライアスはわざわざ挑発してきたのだ。次回のトゥルイット対ウィンターズ料理決戦は、こちらも譲らないつもりだ。けれど、目下の不安は料理のことじゃない。理由は別のところにある。夕陽を浴びたエライアスのかたくななシルエットが頭を離れない。ぜったいになにかある。

まっ赤なソファから身を起こし、玄関に出た。ポーチに降りたつ。もう九時を過ぎている。あたりは闇に包まれていた。風が肌寒い。入り江には霧がたちこめている。

古びた、白い漆喰塗りの垣根を握り、五〇〇メートルはあるかという木立を見つめた。その向こうにエライアスの家がある。鬱蒼とした緑にはばまれ、明かりは見えない。

やおらいずまいを正し、玄関の鍵を締めると、ポーチの階段を降りた。ふと足をとめ、ひそやかな夜の音に耳を澄ます。遠くでヴォイジャーズの唱和が聞こえたような気がしたが、空耳だろうか。

そのまま崖沿いの道に出た。もう一度エライアスの家のほうに目を凝らす。そこからは木立の合間に家の明かりが見えるはずだ。

まっ暗だ。ポーチの明かりすら見えない。ひょっとして町に出たのだろうか。

ますます違和感がつのる。

足がひとりでに動きだした。無意識にエライアスの家を目指していた。

もしかしたら間違いなのかもしれない。エライアスに探りを入れるなど、ばつの悪い思いをするだけだ。見たところ、ふたりは追いつ追われつの恋のゲームに興じている。なにがあったか知りたいだけなのに、夢中になっている、それどころか必死になっていると取られかねない。そうなればこちらの負けだ。

それでも、引き返す気にはなれなかった。

いったいどうしたんだろう。男と女をめぐるゲームなんて、からきし苦手ときている。練習しようにも時間がなかった。

闇に包まれる崖沿いの道を足早に歩いた。茂みにおおわれた庭まで来ても、窓はやはり暗いままだった。家の正面にまわってみる。エライアスのジープが私道にとまっていた。

崖の先まで散歩にいったのだろうか。

また庭の入口に戻ることにした。低い柵に手をかけ、しばらくたたずむ。やがて掛けがねをはずし、庭に足を踏み入れた。

明かりの消えたポーチに向かい、曲がりくねった道をなかばまで行ったとき、庭に人の気配がした。立ちどまり、ゆっくりと顔を向ける。

すぐにエライアスだとわかった。澄んだ池の前にあぐらをかいて座りこんでいる。その姿は微動だにせず、ほの暗い影となって浮かびあがった。暗い池にはなにも映っていない。

「エライアス？」足を踏みだしたものの、ためらった。

「なんの用だ？」よそよそしい、ぞっとするほど無表情な声だった。はじめて会ったとき、その声にどきりとしたものだ。

「いえ」彼のほうへとまた一歩踏みだす。「大丈夫なの？」

「ああ」

「エライアス、お願いだから、なにがあったの？」

「水は光のないときにこそ興味深い面を見せる。目には黒曜石のごとく暗く映る」

「ご立派。またしても禅問答ってわけね」チャリティは池の縁まで行くと、エライアスの真横で立ちどまった。「暗号じみた言葉はもうたくさん。なにがあったのか教えて」

はじめは答えてくれないかと思った。エライアスはじっとしたまま、こちらに目をくれようともしない。暗い池を一心に見つめている。いたずらに時間が過ぎた。

「ガリック・キーワースが昨夜自殺しようとした」ようやく答えがあった。

無慈悲な言葉が岩に砕ける荒波のようにチャリティを襲った。エライアスから聞かされた母親の死のことが頭をよぎる。自殺というのは遺族に格別の傷痕を残す。

「そんな、エライアス」

チャリティもそばに座りこんだ。シャンブレー織りのドレスの裾が彼の膝に舞い落ちた。エライアスの目線を追って暗い池をのぞきこむ。彼の言うとおりだ。なにも見えない。庭には幾重にも夜の帳が降りている。

時間だけが過ぎていく。あえて沈黙を破ろうとは思わない。ただ待つだけだ。それしかない。

「復讐に背を向けることにした以上、この件はもう終わったものと思っていた」エライアスがようやく口を開いた。「だが、厳密には背を向けたんじゃない。おれは土壇場でキーワースのところに行った。復讐しようと思えばできるのだという証拠を突きつけてやった」

「あなたと会ったせいで自殺をはかったと決まったわけじゃないわ」

「そうに決まっている。おれは何年もやつを観察してきた。最後の行動に出るとき、ありとあらゆる可能性を想定すべきだった。あるいは想定はしていたが、認めようとしなかったのかもしれない」

「そんなに自分を責めないで、エライアス」

「キーワースは自分の弱さを自覚することでなおさら心の毒を醸《かも》した。おれにはそれがいやというほどわかっていた。だが、些末《さまつ》な問題にすぎないと自分の胸に念じた。たかがそれぐらいのことでやつの末路は変わらないと」

「それが彼の背中を押すことになるなんて、わかれというほうが無理よ。まだそうと決まったわけでもないんだし」

「冴えわたる池もわずかな不純物で濁る」

チャリティはなにか言いたかったが、愚にもつかないことしか浮かんでこなかった。こんなに自我の強い人でなければ、こんなに自制心の強い人でなければ、キーワースの自殺未遂はあなたのせいじゃないと言ってもらうことで、気休めにもなっただろう。こんなに複雑な精神構造の人でなければ、してやったりと溜飲《りゅういん》を下げたかもしれない。それどころか、キーワースが自殺に成功していたら、自業自得以外のなにものでもないと思ったことだろう。

けれどエライアスは並の人間とは違う。エライアスは違うのだ。

しばらくしてチャリティは彼の腕に手を触れた。筋肉という筋肉ががちがちにこわばっている。体はぴくりともしない。彼女が触れたのにも気づかないようだった。

「肌寒くなってきた」あげくの果てに言う。「なかに入って。お茶を淹れてあげる」

「いらない。帰ってくれ、チャリティ」

冷淡な口調にチャリティはひるんだ。立ちあがり逃げだしたくなるのをこらえる。「あなたを置き去りにはしない。言っておくけど、入り江に霧がたちこめてきた。気温も下がってる」

「自分のことは自分でできる。きみの助けはいらない。ひとりにしておいてくれ、チャリティ。今夜はくるべきじゃなかった」

「わたしたちは隣人でしょう？　友だちなのよ。とてもひとりにはしておけない」

「きみにはなんの責任もない」

「意地っぱりさん、よく聞いて。あなたにはあなたの掟《おきて》があるし、わたしにはわたしの掟がある。わたしの掟では、あなたをひとりきりにすることはできないの」チャリティは立ちあがり、彼の袖を引っぱった。「お願い、エライアス、なかに入って」

エライアスはチャリティを見上げた。その目は庭の池のように不可解だった。一瞬、拒否されるかと思った。すると、彼はなにも言わず、流れるような動作で立ちあがった。

チャリティはこのときとばかりにポーチに上がらせた。エライアスは抵抗しなかったが、体のこわばりは取れない。ドアを開け、そっとなかにうながした。

チャリティは靴を脱ぎ捨て、壁を手探りした。「電気のスイッチは？」

なにも言わず、エライアスは手を伸ばしスイッチを押した。片隅のスタンドに明かりがともる。覆いのかかったケージのなかでクレイジー・オーティスが不満の声をあげた。

このときはじめて、チャリティはエライアスの顔を目のあたりにした。いっそ明かりをつけなければよかった。世のなかには陰に隠れたままのほうがいいこともある。

逆に、暗闇にひそんでいるがゆえに恐怖がつのることも。

「お湯を沸かすわ」

「帰ったほうが身のためだと思う、チャリティ。今夜は話し相手になれそうもない」

そのせりふはまぎれもない警告だった。体が小さく震えた。危険がひたひたと迫る。「お茶を淹れると言ったら淹れるの」

チャリティはエライアスの前をかすめ、がらんとした居間を抜けてキッチンに入った。ケトルはガスレンジの奥のバーナーに載っていた。ティーポットは戸棚のなかだ。その横にキーマン茶の容器があった。「わたしの淹れたお茶は口に合わないかもしれないけど、とりあえずあったかいから」とケトルに水を張る。

「チャリティ」

ケトルを手にしたまま、振り返った。

「え？」

エライアスはなにも言わなかった。その場に立ちつくし、憑《つ》かれたようにこちらを見つめている。もの悲しい視線がチャリティをくぎづけにした。そのとき、彼が自分のまわりに苦心して築きあげたプライドと自制心という壁が透けて見えた。持って生まれた孤独が、闇のなかで野獣のごとく身をひそめている。

「エライアス」消え入りそうな声で言い、おもむろにケトルを置いた。「あなたは自分でなんとかできると思ってる。もしかしたらそうなのかもしれない。だけど、誰かの助けを借りたほうがいいこともある。あの水の道のことにしても、哲学思想としてはよくできているんでしょうけど、人間はそれだけでは足りないこともあるの」

「おれにはタル・ケック・チャラしかない」エライアスは愚直なまでに言った。

「それは違う」チャリティは心の束縛を解き、彼のもとに歩みよった。

両手を彼の体にまわし、しっかりと抱きしめる。エライアスの体がこわばる。やみくもに腕に力をこめ、彼の肩に顔をうずめた。チャリティは必死だった。血の通ったぬくもり、というより、自分でもよくわからないなにものかを、彼の存在自体に注ぎこもうとした。

おののきがエライアスを貫いた。荒々しくうめき、彼はチャリティの顔を両手ではさんだ。

「家に帰るべきだったのに」

そう言うなり、唇を重ねてきた。孤独という野獣が吠《ほ》える。

雄々しい欲望に呑みこまれそうになり、チャリティはくらくらした。一瞬、なにもかもが消えてなくなりそうになった。

ふとわれに返ると、エライアスの腕のなかにいた。いつのまにか抱きあげられ、暗闇に開け放たれた寝室へと運ばれていた。

そしてクッションのようなものに降ろされた。きっとフトンにちがいない。こんなにかたくて寝心地の悪いものはほかにない。よくもフトンなんかに寝られるものだ。自己鍛錬もここまでくるとやりすぎなんじゃないか。

でも愚痴をこぼす暇はなかった。エライアスにのしかかられ、かたい寝具のことなど即座に忘れた。エライアスはフトンよりもはるかにかたかった。

無駄のない、たくましい体がずしりとかぶさり、チャリティはフトンにうずまった。キスは果てしなく深く、どこまでも謎めいていた。エライアス本人がそうであるように。

チャリティは両手を彼の首に絡めた。エライアスの指がゆったりしたシャンブレー織りのドレスへと伸びる。乳房があらわになったとき、はっと息を呑む音がした。手のひらが乳首に忍びよると、今度はこちらが息を呑む番だった。指先の感触に乳首がこわばる。エライアスの体が激しくわななくのを感じた。

「今夜はくるべきじゃなかった」つぶやきが漏れる。

「いいのよ、エライアス」チャリティは顔をのけぞらせた。脚が太腿のあいだに割りこんでくる。膝が押しあげられ、スカートがめくられた。ジーンズのごわごわした感触が素肌を妙に刺激する。

「きみはここにいるべきじゃなかった。だがもう帰すわけにはいかない。どうにかしてくれ。

きみがほしくてほしくてたまらない」

エライアスは彼女の唇を離すと、乳房の頂に歯をあてた。片手はじっとり濡れたパンティーをとらえる。やさしくもじれったそうに手のひらでおおう。指がゴムの端にもぐりこんだ。すばやい手つきで、いっきに下着が剝ぎとられた。

チャリティはぞくぞくするような快感に襲われた。体のなかで大波がうねり、意識が朦朧《もうろう》とする。こんなに乱れたのは生まれてはじめてだ。夢中でエライアスのシャツをジーンズから引っぱりだし、なめらかな背中に爪を立てていた。

彼の体がどれだけ温かいかわかったときは、なぜかショックだった。筋肉の力強い動きが指先につたわる。鼻をかすめる体臭がびりびりするほど男らしい。

ジーンズの腰に巻かれた革ひもを焦っていじった。バックルはない。複雑な結び目をどうほどいていいのかわからない。苛立ちまぎれに、ひもの端を力まかせに引っぱった。

「おれがやる」エライアスは彼女から身を離し、風変わりなベルトをはずした。

あれほどかたかった結び目が、あっさりほどけた。彼は体を起こし、革ひもをフトンのわきに放り投げた。

それから寝返りを打ち、ジーンズを脱ぎ捨てると、かたわらのチェストに手を突っこんだ。銀色の包みをピッと破るあの音がする。

すぐにまたエライアスは上に乗ってきた。勃起した頭が濡れた体に押しつけられたとき、チャリティはびくりとした。かたく太い。

大きい。たしかに大きい。でも、興奮するだけで、パニックに陥ることはない。

エライアスが両脚のあいだにいた。「おれを見て」

切羽つまった口調に突き動かされ、チャリティはぱっと目を開けた。居間から漏れ入る明かりにあからさまな欲望が見てとれた。おのずと体が震えた。

エライアスの髪を両手でまさぐる。「あなたがほしい、エライアス」

「ゲームはもう終わり」彼はささやいた。

エライアスはじわじわと入ってきた。執拗《しつよう》な動きがチャリティの感覚を麻痺させた。全身が金縛りにあったようだ。考えることができない。しゃべることも、動くこともできない。彼にすっぽりと体を満たされた。官能的な侵入に全身の筋肉がぴんとはりつめた。

深々と彼女のなかにおさまったところで、エライアスはぴたりと動きをとめた。やはりやめたほうがいいのか、合図でも待つかのようにチャリティの顔をのぞきこむ。

「大丈夫か?」声がかすかに震えた。

チャリティは深呼吸して言葉を取り戻した。「ええ。ええ、ぜんぜん大丈夫」彼の髪をしっかりとつかみ、慎重に体をすり寄せた。

エライアスが絞りだすような声で言う。「痛い思いはさせたくない。こんなにかたいなんて。まさかこんなに……」

「言ったでしょ、大丈夫だって」チャリティは微笑んだ。

「ああ、チャリティ」エライアスはうつむき、なだらかな肩の線にキスした。

耐えがたいほどのかたさがやわらいだ。愛の営みがまた始まった。

エライアスは慎重に腰を引き、今度はしっかりと押し入ってきた。あらがいようのない充足感がこみあげた。チャリティは貪欲《どんよく》にため息をつき、彼の肩に爪を食いこませた。

エライアスがはっと息を呑んだ。片手が下へと伸び、ふたりがひとつになったところにいく。こんもりした縮れ毛の敏感な核を探りあてると、丹念に愛撫を繰り返した。

電流がチャリティの体を貫いた。背中を弓なりにして、叫び声をあげる。

「すごい」エライアスがささやく。「これこそ本物だ」

チャリティは高らかに笑いそうになった。「わたしはもちろん本物。いままでなんだと思っていたの？　ただの水面に映る影？」

「これまではよくわからなかった」

エライアスの執拗な愛撫を受けて、あとからあとから押し寄せる波に、チャリティのはりつめていたものがはじけた。最後にもう一度彼が入ってきたとき、耳たぶを噛まれるのを感じた。

しゃがれた叫び声が暗闇にこだました。

チャリティはうとうとと眠りに落ちていった。

ゲームはもう終わり。

エライアスは目を開け天井をにらんだ。情事の残り香が、半開きの窓から流れこむ霧にまとわれた夜気と混ざりあう。チャリティのまろやかな太腿が脚にぴたりと押しつけられている。

体の隅ずみまで充足感を覚えた。血がたぎり、腹のなかがほっこりと温かい。満たされた思いで物憂げに伸びをした。

ゲームはもう終わり。

いい気分だ。

危険な気分だ。

自制心はタル・ケック・チャラのすべてだ。自制心を失えば、荒波によって海の深みへとさらわれる。自制心を失えば、太古の川の激流に呑まれる。自制心を失えば、冷たい底なしの滝壺へとまっさかさまに転落する。

自制心を失えばすべてを失うことになる。

翌朝、チャリティは窓の外を眺めた。ウィスパリング・ウォーターズ・コーヴは夜のうちに霧におおわれていた。「夜までにこの霧が晴れないと、宇宙船が着陸できないわね」

「たいした違いはないと思うが」エライアスが言う。「朝食にしていいか?」

「もちろん」と窓から目を離す。「でも、なるべく簡単なものにしてね。夕食で腕前をひけらかすのはけっこうだけど、朝食となるとずるい。朝食は競争のうちに入らないわ」

エライアスは眉を上げ、ふたつのボウルをローテーブルに置いた。「これを挑戦と取るわけか」

チャリティは精いっぱいの笑みを浮かべ、テーブルの前のクッションに座りこんだ。「あんまり強引だと、あっさり降参して今夜はピザでも取るわよ」

「いや、降参なんかしないね。それは臆病なやり方だ。きみは臆病ではない」エライアスは差し向かいに座ると、素焼きのティーポットからお茶を注いだ。「かならず受けて立つ。つねにそうだと思うが」

「がっかりさせたくはないけれど、実業界から身を引いたとき、競争心というものがほとんど失せてしまって」

なにげない話をするにも肩に力が入った。とても雑談するような気分にはなれない。このわだかまりはどうしたことだろう。昨夜の濃密な愛の行為のあとで、よもやこんな気持ちになるとは思ってもみなかった。それが不安をあおった。まだパニックには襲われないまでも、頭のなかでしきりと警報が鳴っている。

エライアスとのあいだに微妙な緊張感が生じたのは誤算だった。こうなるはずではなかったのに。

ふたりをぬくぬくと包みこむはずの親密感はどこにいったのだろう。ほんの数時間前まではえもいわれぬ一体感があった。いまはとてつもない距離感がある。

性体験に乏しいことはわかっているし、自分でも奥手だと思う。トゥルイットに対する責任によって何年も禁欲生活を強いられた。実際、男性と一夜を過ごし朝食をともにするなど、これがはじめてのことだ。それでもなお、ふたりのあいだがこうなのは直感的におかしいと思う。

昨夜はふたりのあいだにかけがえのないことが起こった。エライアスは心の一端を垣間見せてくれた。

なのに今日はようすがおかしい。彼はまたあのよそよそしい自分だけの世界に戻ってしまった。昨夜のようにその体に触れることはできない。

ゲームはもう終わりということだった。けれど、朝になるとまたゲームが始まったような気がしてならない。

チャリティはため息をこらえ、ボウルのなかをしげしげと見た。「これはなに?」

「ミューズリー。おれの特製レシピだ。オーツ、ライ麦、ゴマ、アーモンド、ドライフルーツ、ヨーグルト、仕上げにバニラとハチミツを少々」

「朝食は簡単なものでいいのよ」とミューズリーにミルクをかけ、スプーンを持つ。

「きみと夜を過ごすときは、おれが朝食をつくるよ」エライアスはやけに気前よく言った。

チャリティはあやうくむせそうになり、ティーカップをひっつかんだ。

「大丈夫?」

あわててうなずき、お茶を飲んで咳払いする。「ええ。大丈夫。ゴマが気管に入って」

エライアスは食い入るように彼女を見た。「おれがきみのベッドで夜を過ごすかと思うと、不安になった？」

「とんでもない」チャリティはまたお茶をがぶりと飲んだ。「突拍子もないこと言わないで」

がむしゃらに虚勢をはって自信満々の笑顔を取りつくろう。「でも、おたがいに早まったことはしたくないと思うの。ゆっくりと時間をかけることよ。自然に関係を発展させましょう」

エライアスがかすかに眉をひそめる。「昨日の晩、ゲームは終わりということで合意したものと思っていたが」

チャリティはみるみる赤くなった。「それなりのペースで関係を成熟させたり発展させるのは、ゲームのうちに入らない。それが常識というものよ」

「どうした、チャリティ？」

「どうもしない」顔から笑みが消える。「頭の整理をしようとしてる、それだけよ」

「なにを整理する？」

だしぬけに怒りが湧いた。「わざわざ訊かなきゃわからない？」カップにひびが入りそうなほどの勢いでテーブルに置いた。けたたましい音にオーティスがうなる。「昨夜はなにもなかったかのようにふるまっているのは、あなたのほうよ」

エライアスはその顔にじっと見入った。「昨夜のこと？」

チャリティは手を挙げて制した。「お願い。昨夜起こったことを深読みするなということなら、いまの発言はなかったことにして。わたしは食事に専念させてもらう。講釈はあとでもいいでしょう」

「だめだ」

「またゲームに戻りたいなら、どうぞ。ひとりでやってちょうだい」

「それはいささかおもしろみに欠ける」淡々と言う。「なにしろ、昨夜のことがある」

チャリティはまた赤くなった。「やっぱりわかってる」

「うん。だが、おれの言わんとすることはきみにわかってもらえるとは思わない」

「あらら、そういうこと。わたしにはあなたの言わんとすることが手に取るようにわかるわ」スプーンでボウルの縁をこつこつ叩いた。「昨夜はいつもの自分じゃなかったと言いたいんでしょ? 昨日の件であまり考えすぎてもらっては困ると。夜をともにしたことを後悔していると」

エライアスはためらいを見せた。「半分は当たっている。昨夜のおれは立場が悪かった」

「ふうん」チャリティはボウルにスプーンを突っこんだ。

「きみが現われるとは思ってもいなかった。考えごとで頭がいっぱいだった」

「そしてわたしに邪魔された?」

「率直に言って、そう、邪魔された。きみがあのとき庭に入ってこなければ、もっとうまい具合にいっていただろう」

「それは悪かったわね」ミューズリーをスプーンですくい、しつこいほどに噛む。「もう二度としないから」

彼は顔をしかめた。「わかってないな」

「わかってますとも。これでも元CEOだったのよ。どんなに複雑な問題だろうと、単純化して考えることができるわ。問題は？　わたしが昨夜現われなければよかった。解決策は？簡単。そんなことはなかったかのように振る舞えばいい」

「それは不可能というものだ」

チャリティが容赦なく微笑む。「どうかしら」

「きみは怒っている」

その言葉を反芻《はんすう》した。「ええ、そうともいえるかもしれない」

「チャリティ、おれはふたりのあいだのわだかまりをはっきりさせようとしているんだ」

「そんな暇があったらおとなしく食事でもしたほうがましね」

エライアスは無視した。「おれが言いたいのは、考えごとをしている最中に邪魔されたのが悔やまれるということだ。おれは頭の整理をしようとしていた。きみは自分が現われたあとのことをよりどころにして、誤った結論を導きだしたんだろう」

口に運びかけたスプーンが途中でとまった。そういうことだったのか。「ちょっと待って。だんだん見えてきたわ」

「とにかくへたに決めつけるのは賢明じゃない。昨夜の行為はなにもおれが――」エライアスは言葉に詰まり、渋い顔をした。

「弱いから？　人並みだから？」気を遣ってひと呼吸おく。「人間味があるから？」

エライアスは顔をまっ赤にした。「誤解しないでほしい、それだけだ」

「エライアス、あの水の思想に照らしあわせて考えてみて。いくら安全だからといって、一生浅瀬にとどまるわけにもいかない。一か八かで深い海に飛びこむしかないこともあるの」

「その考え方はタル・ケック・チャラの精神を逸脱している」とすごむ。「水の道は物事を見極める方法だ。現実を観察するための手がかり」

「でも、あなたは観察しているんじゃない。参加している。少なくとも昨日の晩はそうだった」

「きみは肝心なことがわかってない」

チャリティはエライアスにスプーンを向けた。「それじゃ、わたしを啓発して、タル・ケック・チャラの偉大なるお師匠さま。魔法の池をのぞきこんで、いまこの瞬間、わたしたちのあいだになにが起こっているか、教えてちょうだい」

「だからこうして説明しているんじゃないか」間髪入れずに言う。「おれのことを誤解してもらいたくはない。昨夜の振る舞いがきみにとんだ印象を与えてしまったことはわかった。おれはキーワースの自殺未遂がきっかけできみに手を出したわけじゃない」

「へえ?」

「やつが自分の命を絶とうとしたのは不覚にもおれの行動が招いたことだ」エライアスの目には覚悟のほどがうかがえた。「そして不覚にもそうなったことが気にくわない。それはタル・ケック・チャラをうまく活かせなかったということだ」

「ねえ、完璧な人間なんていないわ」

「言い訳にもならない」

「エライアス、キーワースが自殺をはかろうとしたのはあなたのせいじゃない。でもそこまで気に病むのなら、どうにかしたほうがよさそうね」

「たとえば？」

チャリティはとっさに頭を働かせた。「本人に会いにいく、とか。それが出発点となるわ。彼と話をする。和解する」

「いったいどうすればそんなまねができるんだ、セラピストのお嬢さん？　おれのせいで自殺しようとした人間になにを言えと？」

「わたしにもわからない。なにしろ身に覚えのないことだもの。過去の二の舞になるのはいやだと言ってあげるべきなのかもしれない。子どもは？」

「やつを心底憎んでいる息子がひとり」

チャリティはうなずいた。「あなたの親御さんのようなことをしてはいけないとキーワースに言ってあげるの」

「おれの親」エライアスは愕然とした。

「キーワースにわが子を見捨てる権利はないと言ってあげて。遠い過去にニヒリで起こったことを本気で償おうというのなら、いま現在の責任を果たすことね」

エライアスは彼女の顔を見つめた。気を引きしめ、集中し、力をたくわえようというのだろう。そのときまた彼の心にひそむ孤独という野獣がちらりと顔をのぞかせたような気がした。

「状況をじゅうぶんに把握もせずにそんな話をするものじゃない」その声には超然とした響きがあった。「キーワースのことは忘れてくれ。おれがなんとかする」

「わかった」

「おれたちのことだが」エライアスは慎重にきりだした。「さっき、きみはおれが後悔していると言った。おれはそれが半分当たっていると言った。昨夜、きみが庭に入ってきてふたりが夜をともにしたことなんだが」

「どっちの半分が当たっているか、だいたい見当がつくわ。あなたは無防備にもふつうの人間らしく振る舞ったのを見られたくなかった。だけど、いかんせん、セックスはよかった」

「よかったどころの話じゃない」

チャリティはやせ我慢して笑った。「ええ、そうだったわね?」

エライアスは手つかずのミューズリーをわきにやり、ローテーブルの上で腕組みした。

「もっと幸先のいいスタートが切れていたらよかった。だが、やってしまったものはしょうがない」

「せっかくの情熱の夜を、もう少しロマンチックな言い方はできないものかしら」

「おれが言いたいのは、違うときにそうなっていたら、ふたりの関係が次の段階に移行しても後悔しなかったということだ」

チャリティは腕時計を見た。「大変、もう八時だわ。大急ぎで帰って着替えて、十時にお店を開ける準備をしなきゃ」

「チャリティ――」

「埠頭で会いましょう」ぱっと立ちあがると、ボウルとスプーンをかき集め、駆け足で流しに置きにいった。

「おい、チャリティ、ちょっと待てよ」

「忘れないで、今夜はうちで食べるのよ」サンダルをつっかけ、玄関のドアを勢いよく開ける。「今日はヴォイジャーズと宇宙船の大事な夜。上着を持ってきたほうがいいわ。真夜中の崖は冷えるでしょうから」

そう言うと、朝靄《あさもや》のなかに飛びだした。

8

潮流は予告もなしに変わるが、水面は傍目《はため》には変わりない。かかる状況には多大なる危険がひそんでいる。

——『水の道にて』ヘイデン・ストーンの日記より

チャリティは食料品店の野菜売場で完璧な形の赤ピーマンに飛びついた。「いただき」こんもりしたピーマンをもう何個かビニール袋に詰め、戦利品をショッピングカートに載せる。

カートのハンドルを握り、よろよろしながら次の通路に向かった。カートをまっすぐに進めるのはひと苦労だ。キャスターのひとつがあさっての方向ばかり向いてしまう。

米酢の隣に干した海藻の袋を見つけたときは、安堵のため息が漏れた。つやつやした深緑のノリをふた袋と米酢の瓶をつかみ、カートに放りこんだ。

以前ならば今夜のメニューを決めるのも大変だっただろう。要はウィスパリング・ウォーターズ・コーヴ食料品店にあるもので間に合わせるしかない。この町に越してきた一年前であれば、今夜のメニューなど夢のまた夢だった。けれど、店長を徹底的に感化するという努力が報われた。

目下の問題は、と手にあまるカートを押しながら思う。今夜の食材を見つけることじゃない。それよりも、なんでまたエライアス・ウィンターズに食事をつくってあげようというのか。

朝の会話がいまだに心のなかでくすぶっている。彼は昨夜自分が弱さを見せたことなどぜったいになかったようなふりをした。かと思えば、幸先よく始まった肉体関係のほうはこのまま続けたいという。

ありがち。いかにもありがちなこと。

いや、その言い方は正しくない。米と醤油に手をやりながら思う。エライアスのどこにもありがちと言えそうなところはない。

買い物リストをちらりと見た。まだデザート用の果物を買っていない。時間はどんどん過ぎていく。食料の買い出しに出かけるあいだ、ウィスパーズの閉店作業はニューリンに任せてきたが、エライアスがやってくるまでにまだあれもこれもやらなければならない。

力ずくでカートを押し、角を曲がろうとしたとき、別のカートに行く手をさえぎられた。ジェニファー・ピットが冷凍庫の扉を開けたところだった。

「あら、ごめんなさい、ジェニファー」あれほど手こずったカートが、なぜか急に暴走しそうになった。チャリティは足を踏んばって引きとめた。「見えなかったの」

ジェニファーはけだるげに微笑んだ。「気にしないで。この通路の狭さときたら。この町がにぎわうようになれば、大手のチェーン店に進出してもらいたいものね。きっとまともなお店が使えるようになるわ」

「このお店もそうそう悪くない。ちょっと狭いだけで」

「それを言うなら町全体がそう」

チャリティはもと来た通路に戻ろうとした。ピット第二夫人と長話するのだけは避けたい。ジェニファーは幸せとは言えない。もちろん、彼女にとってはつらい夏だった。ヴォイジャーズの衣装に身をかためたピット第一夫人が町を闊歩《かっぽ》していたのだから。

もっとも、ジェニファーは驚くほど寛容だった。現役のピット夫人であるという自負があったのかもしれない。

ジェニファーは三十代半ばのすらりとした美人だった。噂ではロサンジェルスでモデルをしていたこともあるという。それならじゅうぶんに信じられる。彼女は上背があるし、南カリフォルニア特有の雰囲気を身につけている。熱い砂浜と永遠の夏を思わせるところがあった。レイトンの買い与えた家庭用ジムマシンでシェイプアップにつとめていることは周知の事実だ。その成果が現われている。

ジェニファーのファッションセンスはウィスパリング・ウォーターズ・コーヴにはそぐわなかった。今日はデニムを模したシルクシャツに優雅な風合いのパンツを穿いている。

ハニーブラウンの髪はゴールドのメッシュがふんだんに入り、北西部の曇り空をよそに永遠の太陽を連想させた。肩までのボリュームあるヘアスタイルは、毛先がいつも遊ばせてある。レイトンに贈られた大粒の結婚指輪が左手に光っていた。頭のてっぺんにはいつもしゃれたサングラスが載っている。化粧は一分の隙もない。

ジェニファーに狙われたらレイトン・ピットに勝ち目はないというのがもっぱらの見方だった。ウィスパリング・ウォーターズ・コーヴ最大の謎は、彼がなぜグウェンドリンと別れてジェニファーと再婚したかということではない。そもそもなぜジェニファーは彼を寝取ろうとしたのか。

たしかに、レイトンはコーヴで誰よりも羽振りがいい。でも、ジェニファーほどの容姿とセンスがあれば、シアトルでもっといい暮らしができただろう。みんなの言うとおり、あの町には半端でない金が集まる。ハイテク企業や環太平洋貿易の会社が拠点を置いているからだ。

「今夜の午前零時にあなたも崖上に集まるんでしょう」長く赤い爪が低脂肪の冷凍総菜に伸びた。

「見逃すもんですか」チャリティはジェニファーの選んだ電子レンジ用の食品に興味をそそられた。しかもひとり分だ。「ウィスパリング・ウォーターズ・コーヴ最大のショーよ」

「それは言いすぎじゃなくて?」真紅の唇をかすかにゆがめ、ジェニファーは冷凍庫の扉を閉めた。「まあ、少なくとも明日にはすべて終わってるわ。ヴォイジャーズたちもこれでようやく目が覚めるわね。身ぐるみはがされたとわかったら、どうなることやら」

チャリティは考えこんだ。「告訴するかも」

ジェニファーが上品に肩をすくめる。「無駄だと思うけど。あのグゥエンドリンとリック・スゥイントンのことだもの。お金はちゃんと保管してあるようなことを言っているわよ」

「宇宙船が来そびれたあとも、たいした変わりはないのかもしれない」チャリティがぽつりと言った。「わたしの友だちが言うには、なにかを信じこんでいる人間は、ありえないことだという動かぬ証拠を突きつけられても、あいかわらず信じつづけるんだそうよ」

「あなたのお友だちの言うとおりかもね」ジェニファーはチャリティの右肩に目線を据えた。眉間に皺が寄る。「詐欺にあった人間は、騙されたと認めるより信じつづけるほうがいいんじゃないの。真相を知ったら怒りだす人もいるけど」

そう言うと返事も待たず、片手でハンドルを握り、くるりとショッピングカートの向きを変えた。カートはすぐに言うなりになった。ふらつきもしない。ジェニファーの手にかかると、通路をすいすいと突っきっていく。

チャリティは恐れ入った。ショッピングカートを選ぶにも運があるのか。

「あらあら。ミス・カリフォルニアも本日はご立腹と見える」背後でグゥエンドリン・ピットの声がした。「きっとあの低脂肪の冷凍総菜はレイトンに食べさせるわけじゃないね。そりゃそうだ。あの男は今夜もまたコーヴ・タヴァンでビールとナチョを食らい、血管を詰まらせるんだよ。ジェニファーもきれいな顔して、じつはあいつが心臓発作でころりと逝ってくれるのを願っているのかもよ」

チャリティはしぶしぶ振り返った。グゥエンドリンがヴォイジャーズの衣装で完全装備している。ありふれた小さな町の食料品店にあって、青と白の長衣がいちだんと異様に見えた。教祖然とした見てくれが計算高そうな目つきと対照をなした。エキゾチックな衣装の下には、やり手の不動産ブローカーの顔がひそんでいる。

「こんにちは、グゥエンドリン。今夜の準備はできた？」

「もちろん。ヴォイジャーズは全員準備ができている。この日のために何カ月も準備を重ねてきたんだからね」グゥエンドリンはジェニファーが通路の角を曲がるのを目で追い、それからチャリティに鋭い視線を向けた。「町じゅうがかならず感動するよ」

「きっと崖の上に町じゅうの人たちが勢揃いするわ」チャリティはカートのハンドルを握り、退散しようとした。「もちろん、この霧が晴れないと、宇宙船が到着しても見えないだろうけど」

「心配無用」グゥエンドリンがつぶやいた。「じきに町じゅうがあっというようなことが起こる」

〝水ほど簡単に屈従するものはないが、これほど強靭《きょうじん》なものもまたない。水の道に従おうとする者は、己の強さと弱さをまず認識しなければならない〟。

体を翻して鍛錬を終えたとき、ヘイデン・ストーンの言葉が頭に焼きついた。息を吐き、ベルトの革ひもで標的を狙う。革ひもがうなりをあげて飛んだ。アルミの空き缶にひゅるひゅると巻きつき、ぐしゃりとつぶす。

エライアスは深呼吸してかがみこむと、つぶれた空き缶を拾った。だめだ。力が入りすぎている。今日は本来の自制心が働かない。

崖の端まで歩いていき、霧におおわれた入り江を眺めた。

鍛錬のあいだじゅう、タイミングも目算も狂った。理由はわざわざ一時間も瞑想しなくてもわかる。昨夜の一件で集中力をそがれたのだ。

灰色の霧を見つめていると、生々しい場面が頭にちらついた。

チャリティが池の縁で隣に座っている。

チャリティが唇を捧げながらこちらの髪をまさぐっている。

チャリティがこちらの目をのぞきこみ、キーワースの自殺未遂のもたらしたものを見抜いている。

チャリティが体の下で情熱に震えている。

ひとつだけ誤算があった。フトンの上でチャリティと愛しあうのはなんの問題もない。彼女とならば床だろうが砂浜だろうがどこでも愛しあうことができる。なによりも気がかりなのは、彼女といつまた愛しあうことができるか。

熱い欲求が体のなかでふつふつと煮えたぎっている。昨夜はいたずらに欲望をあおられたにすぎない。今日は満足どころか、かえってひもじさがつのる。

ゲームはもう終わりだということで合意していた。だが、朝になると、向こうはまだゲームをする覚悟でいることがわかった。この関係を全面的に受け入れることに尻込みする理由はわかっている。ヘイデン・ストーンに何年も前に忠告されたとおりだ。欲する価値のある女性はつねに多大な返礼を要求する。

チャリティはセックス以上のものを求めている。こちらの心を求めている。実権を握っているのは自分だと確信したいのだ。

汗ばんだ裸の肩が冷えてきた。タル・ケック・チャラを入念にこなしても、朝からつきまとう緊張感はほぐれなかった。

その日の晩、エライアスはチャリティのキッチンにいたが、あいかわらずぴりぴりしていた。おたがいに冷静になろうとしていることはひと目でわかった。彼女はもう今朝のように熱心でも感情的でもない。ふたりの関係は数日前の気楽な戯れに逆戻りしていた。

気の合うふたりが肉体関係を持ったまでのこと。かえって好都合ではないか。それにしても、と腹立ちまぎれに思う。激流が凪《な》いでもさしたる安堵感を覚えないのはなぜか。

エライアスはキッチンの戸口にもたれ、きらびやかな光景に見入った。ぴかぴかの鍋、ヨーロッパの調理器具、ハイテク家電製品。この家に似つかわしいキッチンだ。ほかの部屋もチャリティが引っ越しのときに持ってきた高尚な品であふれている。

簡素の極みにあるわが家とは大違いだ。だが、華やかな環境で立ち働くチャリティを見るのは、妙に気分がいい。

エライアスはシャルドネのグラスをぼんやりと揺らした。「話そうにもチャンスがなかったが、弁護士のクレイグ・ソーグッドからグゥエンドリン・ピットとヴォイジャーズのことで連絡があった」

チャリティがぱっと振り向き、また手もとの作業に戻った。醬油、ショウガ、ライムの絞り汁、シェリー酒をボウルのなかで和えている。「なにかおもしろい話でも？」

「これといっては。いつもの教祖ビジネスの話だ。グゥエンドリンはヴォイジャーズ不動産なる会社を設立しているそうだ。彼女が社長、スゥイントンが唯一の従業員」

チャリティはまた手をとめ、思案に暮れた。「じゃあ、メンバーから巻きあげたお金はどこかにあるということね。ひょっとしたら追跡可能かもしれない」

エライアスがかすかに笑う。「追跡可能なことはまず間違いないと思う。きっとグゥエンドリンとスゥイントンがぬかりなく見張っているだろう」

「今夜、宇宙船が来なかったとなると、メンバーたちはお金を取り戻せるかもしれないわ。わたしが思うに、アーリーン・フェントンはお星さまに行けないとなると、にっちもさっちもいかないことになる。ニューリンが言うには、ヴォイジャーズの組織に有り金残らず差しだしたそうよ」

「ピットかスゥイントンの協力がなければ、資産を回収するのは難しいだろう。おいそれと協力するかどうかも疑わしいが」

「たぶん持ち逃げするつもりなのよ。そういえば今日、グゥエンドリン・ピットに食料品店で変なことを言われたわ」

「どんな?」

「じきに町じゅうがあっというようなことが起こるとかなんとか」

「そうなってもおかしくはないね。問題は、なぜ今日という日にこだわるのか」ショウガの芳香が鼻をくすぐり、エライアスはうっとりと嗅いだ。「メニューはなんだろう?」

「野菜のスシ、ローストピーマンのサラダ、ネクタリンにブルーベリータルト」

「信じられない。あの店にノリまで仕入れてもらったのか?」

チャリティはにっこりした。「これでもだてにトゥルイットを切り盛りしてきたわけじゃないのよ。交渉術にかけては豊富な経験があるんだから」

「競争もいちだんと熱を帯びてきたようだな。これは熾烈な戦いになりそうだ。いや、味のあるというべきか」

「あなたの番がくれば、たまらなく奥床しいものを考えつくんでしょうね。シンプルの極みにあるような料理。素材の持ち味を活かしながらも全体の調和は失われていない」

「わかったぞ。料理雑誌を読んでいたんだろう?」

「当たり」と泡立て器を流しに置く。「そのときピット第二夫人と鉢合わせしたのよ。第一夫人と第二夫人の仲は険悪そのもの。ふたりのショッピングカートに押しつぶされるんじゃないかと思った」

「ありそうな話だ」

「ええ」

エライアスはワインをすすった。「正直に認めよう。グゥエンドリン・ピットのもくろみにはいささか興味をそそられる」

「おたがいさまよ」

「だが、それよりも興味をそそられるのは、リック・スゥイントンだ」

「どうしてまた?」

「向こうもおれに関心があるからだ」

チャリティはぴくりとし、ちらりと振り返った。「変なの。おたがいに好みのタイプじゃないと思うけど」

「関心というのは別の意味で言ったんだ。スゥイントンはおれに対して明らかに疑惑を抱いている。金曜の夜、家に忍びこまれたよ」

「なんですって?」やにわに向きなおり、目をまんまるくした。「冗談でしょう。身辺を荒らされた? どうしてわかるの?」

「わかるもなにも、庭に立っていると、やつが表の窓からこそこそ出てくるのが見えたんだ」

「なんてこと」チャリティはボウルを置き、流しに背を向けると、自分の体を抱いた。「信じられない。とても信じられない」

「少々びくついてはいたが、住居不法侵入の夕べをお楽しみになるのは、これがはじめてじゃないという印象を受けたね。家が終わると、今度はチャームズ・アンド・ヴァーチューズのほうをご覧になった」

「ひどい。まったくひどい話だわ。なにも盗られなかった？」

「うん」

「タイバーン署長に連絡した？」

「いや」

チャリティが両手を広げる。「でも、彼のしでかしたことは違法なのよ。知らん顔じゃすまされないわ」

「今夜からはおれも同罪ということになる」

「ちょっと待って。あなた……まさか――」

「砂浜でみんながショーを観ている隙に彼のモーターハウスを探る？」エライアスはワインを飲み干した。「ああ。まさしくそのとおり」

その夜十一時半の崖上は、B級ホラー映画とお祭りを足して二で割ったような光景となった。格好の特殊効果をなすのは霧だ。厚い霧がすっぽりと入り江をおおい、見物客の乗り入れた車のあたりでとぐろを巻いた。

ヴォイジャーズのキャンピングカーやトレーラーハウスが靄にぼんやりと浮かびあがる。キャンプ場入口の休憩所に細々と明かりがともっているが、奥までは見通せない。

見たところ、ヴォイジャーズは全員砂浜に降りていた。眠気を誘う唱和がさざ波に乗って高く低く聞こえてくる。笛はいまだに調子っぱずれだ。太鼓が大音量でカバーしようとする。懐中電灯やカンテラがそこかしこで不気味な光を投げかけていた。

チャリティは崖沿いにずらりと並んだ車やトラックを振り返った。ヴォイジャーズが宇宙に旅立つのを見届けようと大半の住民が集まっている。大人はたいていが車のなかで待つか、友人と雑談していた。崖道の入口でも、数名の男性がビールを片手に大笑いしている。車の前では子どもが五人で鬼ごっこをしていた。

十代の若者たちは肌寒さも霧ものともせず、フェンスに群がって砂浜を見下ろしている。彼らの大声や冗談がヴォイジャーズの真剣な唱和とだぶった。何人かは缶入りソーダを飲んでいるが、ビーとヤッピーがワゴン車に設置した屋台で買ったものだ。

ラディアンスが若者にまじってフェンスにもたれている。テッドは〝さっさと救出してくれ、地球にはろくな生命体がいない〟とこれ見よがしに書かれたTシャツを着て、ビーやヤッピーと話しこんでいる。ニューリンのくたびれた軽トラックが、はるか向こうにとまっていた。午前零時をまわるまで車のなかにいることにしたのだろう。

「自分でなにをしているかほんとにわかっているの？」チャリティは五十回は訊いた。

「たいしたことじゃないだろう？」エライアスはキャンピングカーのあいだを抜けた。「不法侵入はなにもハイテクを駆使した仕事じゃない。少なくとも、おれのやろうとしていることは」

「つかまったらどうするの？」

「その場で考える」

「気に入らないわね」

車のなかで待ってろと言っただろう」

チャリティは形のよい背中をにらんだ。「こんなことひとりでやらせるわけにはいかない」

「じゃあ、泣きごとは言うな」

「泣きごとなんか言ってない」ジャケットの襟を立て、霧にまみれた暗闇を不安そうにうかがう。「わたしは常識的に考えようとしているだけよ」

「どう見ても泣きごとに聞こえる」

もういや。悔しくて歯嚙みする思いだった。まっとうな理由を並べたて、無謀なまねはやめるようにと説得したのに。泣きごと呼ばわりされるなんて心外だ。もうなにも言うものか。あげくの果てに彼が逮捕されようが、保釈金を払って留置場から出してくれと泣きつこうが。

エライアスはキャンピングカーのあいだの狭い草地を抜け、唐突に立ちどまった。チャリティはよろけてぶつかりそうになった。彼が手を出して支えてくれる。

「静かに」エライアスは耳元でささやいた。

チャリティは目元の髪を払い、彼がなぜ立ちどまったのか、身を乗りだすようにして確かめた。いちばん奥にリック・スゥイントンの茶色と白のモーターハウスがあった。

「気が変わった？」期待をこめて訊く。

「いや。誰かに先を越された」

チャリティは暗い窓を見つめた。「ほんとに？」

「うしろの窓を見ろ」

暗い窓ガラスに見入った。カーテンにさっと鈍い光が走り、消えた。一瞬してまた光がよぎる。思わず息を呑んだ。

「懐中電灯？」

「うん」

「でもスゥイントンのはずはない。ほかのメンバーたちと一緒に砂浜にいるもの。ついさっきみんなのところに降りていったじゃない？」

「そのとおり。だいいち、自分の部屋を懐中電灯で照らしたりはしないだろう」

チャリティは開いた口がふさがらなかった。「驚いた。ほかの誰かに先を越されるなんて」

「誰が出てくるのか見ものだな」エライアスは体の位置をかえ、トレーラーハウスと大型キャンピングカーの隙間に彼女を引き入れた。

チャリティはトレーラーの連結部に足をぶつけ、ひるんだ。「痛っ」

「静かに。出てきたぞ」エライアスは暗闇にチャリティを押しとどめた。

モーターハウスのドアがきしんで開いた。フードつきのコートを着た人物が現われ、二段のステップを足早に降りていく。なんとかして顔を見ようとしたが、フードと暗闇に隠れて無理だった。

謎の人物はキャンピングカーのあいだを急ぎ足でこちらに向かってくる。このままではチャリティとエライアスのまん前を通過することになる。

エライアスはチャリティをトレーラーの車体に押しつけた。万一見られた場合は、体を張って守ろうというのだ。

チャリティはエライアスの腕越しに背伸びした。闇にまぎれた人影がまたちらりとのぞく。歩き方からして、現場から逃走しようとしているのは女性だとわかった。

エライアスはしばらくしてからようやく彼女を離した。「ますます興味をそそられる」

「まったくだわ」チャリティはまだ胸がどきどきしていた。「いったい誰だったのかしら」

「スゥイントンにはありとあらゆる敵がいるんだろうな」エライアスが前に出る。「ここで待っていろ」

「ひとりでは行かせられない」

「外で見張りが必要だ」

言われてみればそのとおりだ。反論のしようもない。「じゃあ、誰か来たらどうすればいい?」

「車体を一回ノックする」エライアスは最後にもう一度あたりを見渡し、懐からペン型の懐中電灯を取りだした。「すぐに戻るよ」

「五分しても出てこなかったら、わたしもなかに入ってあなたを引きずりだすから」

エライアスの白い歯が暗闇にきらりと光る。「わかった」彼はモーターハウスのドアのほうへと歩いていった。

チャリティは車の陰から身を乗りだし、エライアスがステップを上がってなかに入るのを見守った。

エライアスがいなくなると、あたりが急にしんとした。霧までが濃くなったようだ。エライアスの違法な行為を隠してくれるのだから、それはそれでいいのだが。

砂浜の唱和が高まった。太鼓や笛の音がいちだんと大きくなる。若者たちの歓声や笑い声がキャンプ場まで響いてきた。

スゥイントンのモーターハウスからは物音ひとつしない。窓に光が射した。エライアスのことだ。慎重の上にも慎重を期しているだろう。体がぶるっと震える。寒さのせいでもあり、つのる不安のせいでもある。重苦しい危機感が霧とともに深まっていく。

砂浜では、太鼓が冗長なリフを刻みはじめた。感極まった唱和があたりに響き渡る。誰かがクラクションを鳴らした。若者たちがけたたましく笑う。爆竹のはじける音もした。

息詰まるような時間が過ぎたあと、モーターハウスのドアがわずかに開いた。エライアスが軽々と地面に飛び降りたときは、全身に安堵感がこみあげた。足音もたてず、敏捷な身のこなしでこちらにやってくる。

「さあ、ここから逃げよう」エライアスは彼女の腕を取った。

チャリティも反論しない。「いつになったら出てくるかと思った。なにかわかった？」

「たぶん」

ひっそりしたキャンピングカーのあいだを追いたてられるようにして抜けた。ちらりと彼の顔を見る。「どういうこと?」

「銀行の口座番号がわかった。銀行の残高通知書なんてものは、往々にして机の引き出しに入れっぱなしになっているものだ」

「どうかしら」チャリティは口ごもったが、自宅の机の引き出しに通知書の束があったことを思い出した。「考えてみれば、そうかもしれない。それがどうしたの? 口座番号が役に立ちそうなの?」

「まだわからない」エライアスが曲がり角で立ちどまる。「だが、これだけ大がかりな話になると、なにをするにも銀行が絡むことになるだろう?」

「なるほど。たしかにそうね」

暗闇にまた爆竹の音が響いた。ヴォイジャーズの唱和は狂乱の域に達している。崖道の入口でビールを飲んでいた男たちが、砂浜に向かってヤジを飛ばしはじめた。若者たちは嘲りの声を張りあげた。

「興奮状態だな」エライアスはようやくキャンプ場の入口に出た。

「そろそろ十二時よ」チャリティがきょろきょろする。「あら、あらびっくり、宇宙船の姿がない。ニューリンを探しにいきましょう。いざというときのためにそばにいてあげたいの。もしやアーリーンが腕に飛びこんでくれなかったときのためにね」

「そうだな」

ふたりはニューリンのトラックのところまで歩いていった。急ごしらえの駐車場のいちばん奥にぼろぼろのピックアップ・トラックがとめてあった。ほかの車はキャンプ場に近いほうにとめてある。

ニューリンのトラックは霧でほとんど見えない。チャリティは運転席側にまわり、眉をひそめた。ニューリンがいない。

「フェンスのほうに行ってアーリーンが砂浜から戻ってくるのを待ち受けているんだろう」

「そうね」いきなりクラクションの音がして、チャリティは飛びあがった。誰かが悪態をつく声がした。

振り返ると、少し離れたところに車がもう一台とまっている。やはりピックアップ・トラックだ。助手席のドアが開いていたが、車のなかはまっ暗だ。町で唯一のロック専門局の音が漏れ聞こえる。

「ほら見ろ」トラックのなかでひそひそ声がした。「だから気をつけろと言ったのに。誰かに聞かれたらどうする?」

「ピックアップのやつならもう行っちゃったじゃない」くすくす笑う声がする。「気をつけろと言えば、ちゃんとゴムは持ってきたでしょうね。でなきゃ、いい、ケヴィン? 今夜はこのまま帰ってちょうだいね」

「わかった、わかった。ちゃんとある、どっかに。待ってろ」

チャリティはあわててエライアスのほうを向き、咳払いした。「ニューリンを探しにいきましょう」彼の腕をむんずとつかみ、もと来た道を引き返す。

エライアスはおもしろがっていたが、彼女に強く腕を引かれても抵抗はしなかった。

チャリティはみんなの集まるフェンスのほうへと引っぱっていった。

砂浜に不気味なほどの静寂が訪れた。笛も太鼓も静まった。ヴォイジャーズの唱和もやんだ。

「十二時」エライアスが穏やかに言う。

「よう、チャリティ、ウィンターズ」屋台の前を通りかかると、ヤッピーが声をかけた。

「そろそろ店じまいにしようかと思ってな。ホットコーヒーでも飲むか？」

「いや、けっこう」エライアスが答えた。「ニューリンを探しているんだ」

「一時間ほど前に会ったよ。コーヒーを自分のトラックに持ってった。あれから見かけないな」

「盛大なるフィナーレを観るためにフェンスのところにみんな勢揃いよ」ビーが未使用の紙コップを箱にしまいながら言う。「あそこに行ってみるのね。アーリーンもこれで目が覚めるといいんだけれど。でないと、ニューリンの立つ瀬がない」

フェンスには人だかりができていた。誰もが砂浜を見下ろしている。「エライアス、心配だわ。ニューリンがどこにもいない」

彼はチャリティの肩を抱いた。「そのうち見つかる」

口で言うほど簡単じゃない、とチャリティは思った。あたりは騒然とした雰囲気だ。濃い霧、興奮状態の物見高い野次馬、事態は収拾のつかないことになってきた。ビールを飲んでいた一団から罵声があがる。ヴォイジャーズが砂浜から引きあげてくると、若い連中のヤジが飛んだ。

チャリティとエライアスは人込みをかき分け、ニューリンを探した。やはりどこにもいない。

「おい」ビールを手にしたひとりが、戻ってきたヴォイジャーズに叫んだ。「宇宙人どもは東部時間を言ったんじゃねえのか、こっちの時間じゃなくてよ」

意気消沈したメンバーたちは嘲《あざけ》りにも動じることなく黙々と歩いていく。

アーリーンもあのなかにいるかもしれない、とチャリティが言いかけたとき、甲高い悲鳴が闇を引き裂いた。

耳をつんざくような声は、夜空いっぱいに宇宙船が現われたも同じ衝撃をもたらした。ヴォイジャーズも見物客もいっせいに凍りついた。

チャリティは夢中であたりを見まわした。誰が叫んだのだろう。

「ヴォイジャーズが落胆のあまり、ということ?」

「わからない。だが、あの声は砂浜から聞こえたんじゃない」エライアスはチャリティの肩を抱く手に力をこめた。「キャンプ場のはずれから聞こえてきた」そしてまた歩きだす。

二度めの叫び声が闇にこだました。

「いったいなにごとだ?」誰かが声を張りあげる。「誰が叫んでる?」

またしてもチャリティはモーターハウスの散らばるキャンプ場へと引きずりこまれた。悲鳴は助けを求める大声に取ってかわった。

「救急車を呼んでくれ」男性の怒鳴り声がする。「頼む、至急」

チャリティとエライアスがキャンピングカーのあいだを抜けだすと、いち早く砂浜から戻ったメンバーたちが、青と白の大きなキャンピングカーの入口に集まっていた。

「あれはグゥエンドリン・ピットの車だ」誰かの声がする。

そばまで行くと、開いたドアから煌々《こうこう》とした明かりが見えた。

エライアスはじりじりと前に進んだ。

「宇宙船が来なかったからじゃない」ヴォイジャーズの衣装を着た女性がうめき声をあげた。

「こんなことなさったのは、宇宙船が来なかったからじゃない」

チャリティはふと目をとめた。ニューリンとアーリーンが片隅で腕を絡めて立っていた。

「ニューリン」

彼がこちらを見た。呆然とした表情だった。「チャリティ。ミスター・ウィンターズ。こんなの信じられない」

アーリーンはニューリンの肩に顔をうずめた。「宇宙船が来なかったのは彼女のせいじゃないのに」

エライアスはチャリティから手を離した。「ここで待っていろ」ステップを上がり、なかをのぞきこむ。戸口に立ちつくしたまま、なにかにしきりと目を奪われている。

チャリティもあとについてステップを上がり、背後からなかをうかがった。

ひと目見るなり、エライアスの言いつけどおり、外で待っていればよかったと思った。グゥエンドリン・ピットが青いカーペットに大の字に倒れていた。青と白の長衣は血に染まっている。リック・スゥイントンが備えつけの机に背中を押しあて、遺体をじっと見下ろしていた。彼は顔を上げ、エライアスとチャリティを見た。

「たったいま見つけた」震える声で言う。「どうして砂浜に降りてこないのかと思って、何人かでようすを見にきた。そうしたらこんな姿になっていた。救急車を呼びにやった。もう手遅れだろうが」

エライアスは無言でなかに入り、遺体のそばにかがみこんだ。グゥエンドリンの首のわきに指をあて、首を横に振る。

「おっしゃるとおり」と静かに言った。「手遅れだ」

「宇宙船が来なかったから自害なさったんだ」誰かがささやく。

エライアスはチャリティと目が合った。「これは自殺じゃない」

9

血の混じる水面は曇り、真実を見極めるのが難しい。
――『水の道にて』ヘイデン・ストーンの日記より

「殺害された」ラディアンスがヤッピーの肩越しに『コーヴ・ヘラルド』の一面記事を読み上げた。「だけど、昨日の夜はみんなが自殺だと言っていたじゃない」

ビーがチャリティにラテを渡しながら目配せする。「みんなでもないけど」

ヤッピーは渋い顔で記事に目を通した。「現場に居合わせた人たちはまっ先に思った。グゥエンドリン・ピットは宇宙船が現われなかったのを苦にして命を絶った。しかしハンク・タイバーンは最初から他殺であることが明白だったと述べている」

「エライアスにとっても明白だった」チャリティはラテをすすり、ウィスパリング・ウォーターズ・カフェのテーブルに集まった面々を見た。「だいいち、グゥエンドリン・ピットが宇宙船の話を真に受けていたとは誰も思っていなかった。詐欺なんじゃないかと疑っていた。なのに、どうして絶望や失望のあまり自殺したりするの?」

「そこだよ。彼女の計画どおりにことは運んでいた」テッドが大きな腹をぼりぼり掻いた。

腹が一部しか隠れないグレーのTシャツには〝巡りゆくものは巡りくる〟と書いてある。

「あのカルトにご執心だったのには、宇宙の旅のほかにもなにかある。殺されたのは相当に明白だね。だが、いったい誰がやったんだ？」

「容疑者は腐るほどいると見える」ヤッピーが口をはさんだ。「まずは失意に暮れるヴォイジャーズ。午前零時を過ぎると同時に騙《だま》されたと気づいただろうよ」

チャリティもほかのみんなも神妙な面もちでうなずき、朝のラテをすすった。

外は寒いので店内にいる。入り江にたちこめた霧はいっこうに晴れるようすがない。町全体がすっぽりと霧におおわれ、数キロ先まで見通しがきかない。

時刻は九時半だ。埠頭の店は十時にならないと開かないが、どの店主も申し合わせたように早めにやってきて、昨夜の事件を蒸し返している。

ひとりを除いて。チャリティは窓の外をちらりと見た。エライアスはまだ来そうにもない。昨夜の二時に玄関先まで送ってもらったきりだ。おやすみのキスもなかった。彼はいつもの謎めいた雰囲気に逆戻りしていた。よそよそしくて、近寄りがたくて、うちとけない。

もちろん、昨日はこちらも明るい気分とは無縁だった。浅い眠りはグゥエンドリンのモーターハウスの惨状に何度もさえぎられた。目を閉じるたび、エライアスが血まみれの遺体のそばにかがみこむ情景がいやでもちらついた。

エライアスがいっこうに姿を見せないので、チャリティはじりじりと不安になってきた。こんなことなら素直に自宅に寄ってみればよかった。ふたりは話をする必要がある。話の辻《つじ》妻《つま》を合わせなければならない。

警察署長のタイバーンには、どちらも昨夜のうちに話を聞かれたが、ほんの立ち話程度だった。犯行現場の始末もしなければならない、狼狽《ろうばい》したヴォイジャーズに町を離れるなと警告しなければならないで、タイバーンは手いっぱいだった。完全な供述を取っている暇などない。チャリティとエライアスは翌日の午後に署まで出頭し、詳しい話をするように指示された。

流血現場の悪夢から覚めると、今度はタイバーンのことが気になった。いったいどう言えばいいのか。警察の事情聴取ははじめてのことだ。事件前の行動についてどこまで訊かれるのか、見当もつかない。うまくいけば、あまり訊かれないかもしれない。どっちみち、遺体を発見したわけでもないのだし。遺体を見つけたのは、リック・スウィントンとひと握りのヴォイジャーズだ。

とはいえ、テレビの犯罪番組を見慣れていればおのずとわかる。グウェンドリンが死ぬ前にキャンプ場でなにがあったか、タイバーンは探りを入れるだろう。事件直前にエライアスとふたりして相当に怪しい行為をしでかしていたことは、否定のしようもない。早い話が住居不法侵入。言い訳のしようもないではないか。

「グウェンドリンがいつ殺されたのか、書いてあるかい?」テッドが訊く。

ヤッピーは長い記事をおしまいまで読んだ。「署長さんは正式な検屍結果をお待ちだが、この記者によると、彼女が撃たれたのは、最後に目撃された十一時半から午前零時のあいだだそうだ。スウィントンと数名のヴォイジャーズが十二時数分後に遺体を発見した」

「悲鳴があがった時刻だわ」とビー。

「郡の検屍官はそれ以上死亡時刻を特定できないと見た」熱心なミステリ愛好家らしい口ぶりで、テッドが言う。「彼女を最後に目撃したのは誰だい？」

「このリック・スウィントンなる人物だと思うね」ヤッピーは人差し指で記事を追った。

「やっぱりそうだ。リック・スウィントンと数名のヴォイジャーズ。グウェンドリンが十一時半にモーターハウスに入るのを見ている。宇宙人とチャネリングするにはひとりになる必要があると言ったそうだ。彼女が管制塔をつとめることになっていたわけだな」

「まあ、わたしに言わせれば」とビーが割りこむ。「犯人はあのヴォイジャーズの誰かね。賭けてもいい。哀れにも道を誤って、グウェンドリン・ピットに全財産奪われたんだもの」

「昨日、宇宙船が現われなかったとき、少なくとも何人かのメンバーは怒り狂ったはずよ」ラディアンスも口をそろえた。

「そうだとも」ヤッピーは新聞を置いてラテを手にした。「誰が殺してもおかしくない」

テッドが顔をしかめた。「もしヴォイジャーズだとすれば、よっぽど急いでやるしかなかっただろう。やつらはみんな午前零時になるまで砂浜にいた。フェンスにたむろしていたガキどもが最初に戻ってくるやつらを見た」

「忘れるな、砂浜に通じる道はふたつある」ヤッピーが注意をうながす。「古いほうは何年も前に危険だから封鎖されたが、まだあるにはある」

「そうだった」テッドの顔が輝いた。「しかも昨日の晩は霧が濃かった。ヴォイジャーズの誰かが古い道を上がり、グゥエンドリンのモーターハウスにまっすぐ向かって、射殺し、それからまた砂浜に戻った。霧のために誰も気づくことはない。犯人は午前零時をまわったあとで仲間と一緒にキャンプ場に戻った」

「なんだかややこしいことになってきた」ビーがつぶやく。「考えてもみて。それならヴォイジャーズであれば誰でもできたことになる。みんなそろってあの青と白のフードつき長衣を着ていたのよ。霧のなかでは誰が誰なのか区別もつかない」

「警察署長になんかなるもんじゃないな」テッドが澄まして言った。「この難題を解決するのは大仕事だよ」

「とくに、経験不足とあれば」ラディアンスが皮肉まじりにつぶやく。「ウィスパリング・ウォーターズ・コーヴでは殺人事件なんか十年以上もなかった。しかも前のは簡単に解決したわよね？」

テッドはうなずいた。「そうそう。あのときはトム・フレイザーの女房がトムの暴力にとうとう堪忍袋の緒を切らし、タイヤレバーで頭をぶん殴ったんだ。陪審は正当防衛だとした」

「当然でしょうね」ビーが言い添える。「あのトムはほんとにろくでなしだった」

カフェのドアがばたんと開いた。大きな音に誰もが注意を奪われた。そちらに目をやると、アーリーン・フェントンが息を切らし、髪を振り乱して立っていた。ほとんどパニック状態だ。彼女はカフェに飛びこむと、がくがくしながら立ちどまった。大きく見開かれた目がまっすぐチャリティのほうを向く。

「ミズ・トゥルイット、よかった」声が震えていた。「家に行ったけど、いなかった。お店のほうにもいなかった。ようやくここなんじゃないかと気づいて」

「アーリーン」チャリティはラテを置き、立ちあがった。「どうしたの？　なにがあったの？」

「彼を助けて。ニューリンを助けてちょうだい」

「ニューリン？　落ち着いて、アーリーン」彼女のほうへと歩いていく。「なにがあったのか教えて」

「タイバーン署長がさっきニューリンを逮捕したの」

カフェの同席者がいちように息を呑んだ。

「そんなばかな。ニューリンにかぎって」

アーリーンは悲愴な顔つきでチャリティのほうに駆けよってきた。「ミズ・トゥルイット、どうすればいいの？　ニューリンがグゥエンドリン・ピットをどれだけ憎んでいたかは、町じゅうの人たちが知っている。誰かがなんとかしなきゃならないって口癖のように言っていたもの」

チャリティは彼女の肩を抱き、ほかの店主たちを見た。

誰もなにも言わない。アーリーンの言うとおりだ。ニューリンがグゥエンドリン・ピットの詐欺行為に激怒していたことは町じゅうに知れ渡っている。

「彼がやったんじゃない」アーリーンはすがりつくように言った。「彼じゃないことはわかってる。ニューリンは人殺しなんかじゃない。でも、誰も助けになってくれる人がいない」

「これから警察に行ってタイバーン署長と話してみるわ」チャリティが静かに言った。


かといって署長になんと言えばいいのか。二十分後、チャリティはこぢんまりとしたウィスパリング・ウォーターズ・コーヴ警察署の石段を上がりながら思った。ニューリンは従業員でもあり友人でもある。助けてあげないわけにはいかない。

頭のなかでやるべきことをそらんじてみた。なによりもまず、ニューリンを保釈してもらうこと。どういう手続きになっているのかわからないが、それはハンク・タイバーンが教えてくれるだろう。次は、ニューリンに弁護士をつけてあげること。有能な弁護士を。町で唯一の弁護士といえば、フィリス・ダートムアだ。彼女が手がけているのは遺産や遺言で、犯罪事件ではない。ということは、シアトルの誰かに渡りをつけるしかない。

ニューリン釈放作戦に夢中になっていたので、当の本人が警察署の薄暗い玄関に立っているのに気づかず、あやうく正面衝突しそうになった。

「チャリティ」ニューリンは驚いた顔をした。「こんなところでどうしたの?」

「あなたを救いにきたのよ」チャリティはがらんとした署内に目をくれた。「あなたが逮捕されたとアーリーンに聞いたから」

「違うよ」ニューリンが眉をひそめる。「少なくとも、いまはまだ。署長に事情聴取に来てくれと言われただけさ。アーリーンは一足飛びに結論にいたったんだろう」

「あなたのことをそれはそれは心配していたわ」

ニューリンはよほどうれしかったと見える。「へえ？」

無人の受付の背後にある小部屋から、がっしりした、髪の薄い男性が出てきた。「おはよう、チャリティ。こんなに早く来てくれたのか？」

チャリティは振り向いて愛想笑いを浮かべた。ハンク・タイバーンとはこの一年で何度も顔を合わせている。赤銅色の肌をした中年男性で、若いころは漁船に乗っていたという。むかし気質《かたぎ》の家庭的な男で、温厚篤実な性格をしている。いかにも警官といったきらいはあるが、とにかく非のうちどころがない。おっとりした仮面の下に案外抜け目のないところがひそんでいるようにも思われた。タイバーンは生まれてこのかたウィスパリング・ウォーターズ・コーヴに暮らし、住民から慕われていた。

「おはよう、ハンク。ニューリンが逮捕されたと聞いたけど、噂は間違いだったようね」

タイバーンは目尻にかすかな皺を寄せ、ニューリンを見た。「話を聞きたかったまでだよ。今日は大勢の話を聞かなきゃならん。まずは、若手のニューリンから始めようと思ったんだ」

ニューリンは口元を引き締めた。「タイバーン署長の話では、ぼくが十一時半から十二時数分前までトラックにいたことを目撃した人がいれば、助かるそうだ」

「そんな」チャリティはタイバーンの顔を不安げにうかがった。「アリバイが必要なの？」

タイバーンは巨体を受付の机に預けた。「興奮しなくていい、チャリティ。十二時までの三十分間に彼がトラックにいたことに気づいた者がいれば、助かるまでのことだ」

チャリティはとっさに思い出した。「エライアス・ウィンターズとわたしがちょうど午前零時ごろ彼に話をしにいった」ふいに言葉を切り、救いを求めるようにタイバーンを見つめた。

「それで？」タイバーンがやさしく先をうながす。

「ぼくがトラックにいなかった」ニューリンがつぶやいた。「さっきも言ったとおり、ぼくは十二時数分前にトラックを降り、砂浜に下る道のてっぺんでみんなと合流した。アーリーンを探そうと思った。そして見つけた。彼女はグゥエンドリン・ピットを問いつめにいくところだった。ぼくも同行した。モーターハウスに着くころには、リック・スゥイントンと何人かのヴォイジャーズがすでにピットの死体を発見したあとだった」

「残念ながら、それでは説明が足りない」タイバーンがやんわりと言う。「たとえば午前零時までの三十分、そのあいだにグゥエンドリンのモーターハウスに行って射殺することもできた」

「待って」チャリティがぱっとニューリンのほうに向きなおった。「十二時数分前までトラックで待っていたと言ったわね？」

ニューリンは肩をすくめた。「ショーが終わるまでキャンプ場のフェンスに陣取ったところで体が冷えるだけだと思った。アーリーンは宇宙船が来ないことを納得するまで砂浜にいるとわかっていたし」

「別のピックアップ・トラックの人たち」チャリティがすかさず言う。

タイバーンは彼女を見た。「どんな人たち？」

「誰なのかはわからない。でもニューリンのまうしろに車をとめていた。若いカップル。たぶん十代。またはもうちょっと上。大学生とか。顔は見えなかったけど、声は聞こえた。ラジオがついていて、片方のドアが開けっ放しになっていた。ニューリンがアーリーンを探しにいったのは何時ごろなのか、あのふたりならわかるかもしれない」

タイバーンが眉間に皺を寄せた。「まさかナンバーを覚えているということはないだろうね？」

「ない。あのときはアリバイのことなんか考えもしなかったもの」チャリティは細かいことまで思い出そうとした。「あの子たち、なんていうか、あの年頃のカップルがトラックのフロントシートでやりそうなことをやっていた」

「ちちくりあう？」ニューリンが無邪気に訊いた。

チャリティは咳払いした。「まあ、そういうこと」

「トラックの色は？」とタイバーン。

「真夜中だったから。しかも霧が出ていたし」チャリティは懸命にトラックの形状を思い出そうとした。「濃い色だった。トラックのことよ。ニューリンのは明るい色だから、すぐにわかった。もう一台いるなんて、話し声やラジオの音がするまでわからなかった。運転台の明かりは消えていた。たぶんエライアスならもっと詳しく覚えていると思うけど」

タイバーンはうなずいた。「午後、会ったときに訊いてみよう」

「ちょっと待って。女の子のほうは相手をケヴィンと呼んでいた。手がかりになる?」

「ケヴィン。濃い色のピックアップ。大学生」タイバーンはまたうなずき、いずまいを正すと、電話帳に手をやった。「おそらくケヴィン・ガドソンだな。夏休みで大学から戻っていて、ターナー家の娘とつきあっている。親父は深緑のピックアップ・トラックに乗っている」

これも小さな町の利点。チャリティはタイバーンが電話をかけるのを見守った。地元の警察署長は誰でも知っている。車のことまで。

十分後、ケヴィン・ガドソンと短いやりとりを交わしたあと、タイバーンは受話器を置いてニューリンににこやかに笑いかけた。「疑いは晴れたよ。ケヴィンは女友だちと一緒にラジオを聴いていたそうだ。零時までの三十分間に何度かきみを見かけている。十二時のニュースが始まった直後にきみはトラックを離れた。ニュースが始まるのは十二時五分前だ。とてもじゃないが、キャンプ場を突っきってグゥエン・ピットを射殺するような時間はない」

ニューリンの顔がほころんだ。「そうか。やった」そしてチャリティのほうを向く。「ありがとう。恩に着るよ」

チャリティも大きくため息をついた。「無事に解決してよかった。行きましょう、ニューリン」

「もちろん」ニューリンはドアを出ようとした。

タイバーンは広い胸で腕組みした。「今日は忙しい一日になるな。話を聞かなきゃならん人間がごまんといる」その目がチャリティをとらえる。「あとでまたウィンターズと一緒に。そうだな、四時半は？」

「いいわよ」チャリティは約束した。「でも、お話するようなことはあまりないと思うけど。さあ、ニューリン、お店を開けなきゃ」

ほどなくクレイジー・オーティス桟橋に戻ると、アーリーンがカフェから飛びだしてきた。そしてニューリンの腕に飛びこんだ。

ラディアンス、ビー、ヤッピーもそのあとから出てきて、ふたりのようすを見守った。

「ニューリン、もう怖くて怖くて」アーリーンは涙に潤む目で彼の顔を見つめた。「ほんとに大丈夫なの？」

「ああ、もちろん」ニューリンはぎこちない手つきで彼女の髪を撫でた。「チャリティのおかげだよ。ぼくのうしろにもう一台、学生の乗ったトラックがいたのを覚えていてくれた。そのうちのひとりがアリバイを証明してくれたんだ」

アーリーンはチャリティのほうを向いた。「感謝のしようもないわ、ミズ・トゥルイット。ヴォイジャーズのことも宇宙船のこともみんなわたしがばかだった。お金が全部なくなってしまっただけでもつらいのに、そのうえニューリンが人殺しで逮捕されたとなったら、どう

権利はあるんだから」

「そんなに自分を責めないで」チャリティは彼女の肩をやさしく叩いた。「誰にも夢を見る権利はあるんだから」

「じゃあ、これからはずっとこの地上で夢を見ることにするわ」アーリーンが肩をそびやかす。「まずはじめにやるべきことは、仕事を見つけること。銀行にはもう一銭も残ってないんだから」

ニューリンが真顔になった。「グゥエンドリン・ピットを殺したのはぼくじゃない。かといって、あの女の死を悼む気にはとてもなれない。大勢の人間から多額の金を盗んだんだ」

「なかに入ってラテでもいかが、ニューリン？」ビーが母親のような口調で声をかけた。

「仕事はそれからにすればいい」

「ありがとう」アーリーンの肩に手をまわしたまま、ニューリンはウィスパリング・ウォーターズ・カフェに入っていった。

ラディアンスはチャリティに目を向けた。「トラックに人がいたことを覚えていてくれてよかった。ニューリンは町ではよそ者。おまけにグゥエンドリン・ピットを忌み嫌っていたことで有名だった。てっきり彼がやったものと思われていたところよ」

「おかげであいつもとんだ災難に巻きこまれずにすんだ」ヤッピーがあいづちを打つ。「でかしたぞ、チャリティ」

テッドがくっくっと笑った。「アーリーンにとっては一生の恩人になるだろうな」

チャリティはほとんどうわの空だった。チャームズ・アンド・ヴァーチューズの窓には〝閉店〟の看板がかかっている。十時はとっくに過ぎたのに、エライアスの姿はやはりどこにもない。


「いったいなんのつもりだ?」エライアスに踏みこまれ、リック・スウィントンはうしろによろけた。「出ていけ、ウィンターズ。こんなふうに乱入していいとでも思ってるのか。警察を呼ぶぞ」

「座れよ、スウィントン」エライアスはドアを閉め鍵をかけた。「少しばかり話がある」

「出てけ」

「座れ」エライアスは奥に進んだ。

「やめろ、こんなまねをして――」スウィントンはあとずさった。膝のうしろが備えつけのカウチにぶつかる。したたかに尻もちをついた。「勝手に入ってくるんじゃない」

「入ってきたものはしようがない」エライアスがかすかに笑う。「心配するな。どうせふたりともすぐに出ていくんだ。話がすめば」

「話とはいったいなんだ?」

「まずは銀行の個人口座からいこう」エライアスはジャケットの懐から一枚の紙を出した。

「グウェンドリン・ピットがいわゆる献金用に開設した法人口座の資金をおまえが流用するために使っていたものだ」

スゥイントンの目にちらりと驚愕の色が走った。それもすぐに怒りの表情に変わった。

「なんの話だ」

「これからひとつひとつ説明してやるよ」エライアスはリックの膝の上に紙を投げた。「おまえの社会保障番号と電話番号を使って双方の口座の取引記録を調べた。結果は明らかだった。おまえは法人口座の資金を自分の個人口座に定期的に横流ししていた。さて、グゥエンドリン・ピットほどの商売上手がこれに気づかないはずはない。そこで、おまえは偽の領収書や契約書で取引を改竄《かいざん》した」

「証拠もないくせに」

「ない。だが、それが横領というものの手口だ。それこそ常套手段であって、なにもおれが独自に考えついたわけじゃない。監査が入れば全容が明らかになることだろう」

「ふざけるな」

「朗報ともいうべきは、グゥエンドリン・ピットがヴォイジャーズから巻きあげた金はまだほとんど残っているということだ。おまえの個人口座にな、スゥイントン」

「でたらめだ」

「いや。なによりも、それが殺害動機になる」

「殺害」スゥイントンは啞然としてエライアスを見つめた。「グゥエンドリンが死んだからといっておれのせいにするな」

「おまえがいかがわしい口座取引をしていることはわかった。タイバーンにこの情報を持っていけば、どうなるかは火を見るよりも明らかだ。おまえはグゥエンドリンに横領について問いつめられ、警察に突きだすと脅され、それがために殺した、タイバーンはそう考えるだろう」

「嘘をつけ」スゥイントンがあわてふためく。「気でも狂ったか？　おれはやってない。ほかのやつらと砂浜から戻ってくるまで、彼女が死んだことすら知らなかったんだぞ」

「証明するのはなかなか大変だろうな。霧が出ていたうえに、ヴォイジャーズはそろってあのフードつきの長衣を着ていた。こっそり砂浜を抜けだしてグゥエンドリンを殺しにいこうと思えば誰でも可能だ。ところがおまえには確固とした動機がある。しかも町では新参者だ。となると分が悪いよな、スゥイントン」

「やってないと言ったらやってない。証明しろと言うなら証明してやる。午前零時までの三十分間、おれが砂浜にいたのをたくさんのやつが見ているんだ」

「そうかもしれない。そうじゃないかもしれない。昨夜の砂浜は大騒ぎだった。だが、その問題はおまえとタイバーンに任せるよ」エライアスはダイニングセットに背をもたれた。

「さてと、これからおまえのイメージアップに取りかかることにしよう」

「今度はなんの話だ？」

エライアスが微笑する。「おまえがどんなに律儀で正直者か、ヴォイジャーズや町のみなさんに証明してさしあげるんだ。宇宙船が来なかったことに対してどれだけ心苦しく思っているか、知らしめる。かかる悲しい事態にあってグゥエンドリン・ピットなら喜んでやったであろうことをやってみせる」

「だからなにをやれっていうんだ、おまえは」

「これから銀行に信託預金の口座を開きにいく。もちろん、管財人は銀行がつとめる。それからシアトルの銀行に電話して、個人口座の残高全額を新規口座に振り込んでもらう」

スウィントンの顔が怒りでまっ赤になった。「ばかな」

「ウィスパリング・ウォーターズ・コーヴ第一銀行の頭取が預金をヴォイジャーズにばらまく。有能、勤勉、完璧な社員であるおまえには、全員の献金額のリストがあるはずだ」

「この野郎」スウィントンはやにわに立ちあがり、エライアスに飛びかかった。

エライアスがわきに寄る。スウィントンはダイニングのテーブルにぶつかり、ぶざまにひっくり返った。

「このやり方でいこう、スウィントン。善人面するのはいやだと言うなら、おれはタイバーンに電話する。そうすれば彼が一からやってくれる。監査の手続きを取るまでシアトルの口座を凍結するぐらい、たいした手間ではないはずだ。なんといっても、殺人事件の捜査中だ。いずれにしろ、おまえはその金を失うことになる。ならば自分に有利なように動いたほうがいいんじゃないか」

「ばか野郎」スウィントンはおもむろに立ちあがった。目を憎々しげに細めている。

「おれのやり方なら、さも正しいことをしているように見える。おまえのやり方なら、殺人事件の容疑者のように見える。好きなほうを選べ」

スウィントンは合板のテーブルを拳で何度も何度も殴りつけた。「ばか野郎、ばか野郎、ばか野郎。あとで痛い目に遭うぞ。誓ってもいい。このリック・スウィントンを甘く見るな」

「行こう。十時だ。銀行が開いた」


エライアスがクレイジー・オーティスを肩から下ろし、レジ台奥の止まり木に乗せたとき、チャリティがあわただしくチャームズ・アンド・ヴァーチューズに駆けこんできた。

「もうお昼過ぎよ」チャリティはスカートをはためかせ、こちらに駆けてくる。「どこに行っていたの？　心配でどうにかなりそうだったわ」

「ヘッヘッヘッ」

オーティスのことなど無視して言う。「なにか恐ろしいことでも起こったんじゃないかと思って」

「たとえば？」エライアスは古めかしいレジに鍵を差した。チンと景気のいい音をたててレジが開いた。

「わたしに訊かれても」チャリティがレジ台にたどり着いた。肩で息をしている。「なんだってありえるわ。犯人はまだ逃走中なのよ。それとも忘れたの？」

「いや」エライアスはしばし彼女の姿に見とれた。頬が上気し、目がらんらんと輝いている。そんなに心配してくれたのかと思うと、驚きの念に打たれた。「おれがいないことに気づいただけでも意外だよ。ニューリンを死刑台から救うのにかかりきりだったと聞いたが」

「わたしはアリバイを見つけてあげただけ」思わず眉をひそめた。「なんで知ってるの?」

「途中でテッドとラディアンスに会った。彼らにきみの武勇伝を聞いたよ」

「そうだったの」チャリティは深々とため息をついた。「まあ、女は悩みの種が尽きないものよ。タイバーンの魔の手からニューリンを救いだしたはいいけれど、今度はあなたのアリバイづくりで悩まなきゃならない」

「おれの?」

「グゥエンドリンが死んだのは、あなたがちょうどリック・スウィントンのモーターハウスにせっせと探りを入れていたころよ。タイバーン署長にどう説明するというの? 住居不法侵入をアリバイにするわけにもいかないでしょう」

エライアスの顔にゆっくりと笑みが広がった。「もっといいのを思いついた?」

「そのことなんだけど」ちらりと振り返り、店に誰もいないか確かめる。それからエライアスに身を寄せ、声をひそめた。「タイバーンにはこう言えばいい。砂浜を見物がてら散歩することにした」

「散歩?」

「そう」

「霧のなかを?」

「そう」

「それはちょっと不自然だと思わないか?」

チャリティは顔をしかめた。「車を降りて、そのへんをぶらぶらしている人はたくさんいたわ」

「車を降りているやつのほとんどは、フェンスにもたれ、砂浜を見物していたよ」

そう言われても困る。「霧のなかを気軽に散歩しちゃいけないとでも言うの?」

エライアスはだんだん興に乗ってきた。「スゥイントンのモーターハウスから出てきた女はどうする? 彼女のことも話すのか?」

チャリティが下唇を嚙む。「そうよ。それがあったわね」

「これでまた話がややこしくなるな。彼女のことや見かけた場所について話そうものなら、キャンプ場のあの周辺をうろついていたと認めることになる。グゥエンドリンのモーターハウスはスゥイントンのとそう離れてはいない」

「彼女のことは言うべきじゃないかもね。どっちみち、誰なのかもわからないし。誰だってありえるんだから」

「タイバーン署長に嘘をつく? チャリティ、それはショックだ」

「笑いごとじゃないわ、エライアス。グゥエンドリン・ピットは昨夜殺されたのよ。しかもその時間に、あなたとわたしは違法行為と呼ばれるようなことをしでかしていた」

「〝あなたとわたし〟というのは? あのモーターハウスに忍びこんだのはおれだけだ」

「わたしは見張りをつとめていた。あなた同様、わたしもこの件にはかかわっているの。この件に関してはわたしたちは一心同体なのよ」

彼はまたゆっくりと微笑んだ。「感動した」

「おもしろがっていただけてなによりだわ。こっちはとてもそんな気になれないけど」

「きみはなにが問題かわかっているか、チャリティ?」

彼女は胡散《うさん》臭そうな目で見た。「なんなの?」

「真実は穏やかな水面にあってこそ見える、それがわかってない」

「つまり?」

「つまり、タイバーン署長になにを訊かれようと真実をもって答える」

「でも、エライアス——」

「落ち着け。タイバーンはなにもおれたちを牢屋に放りこもうというんじゃない」そこでひと呼吸おく。「だが、話のついでに、たとえばおれがムショにぶちこまれたとする。きみは面会にきてくれるかな」

「冗談のつもり?」チャリティはとろけるような笑みを浮かべた。「やすり入りのケーキを焼いて差し入れてあげる」

「お世辞でもうれしいよ」

「うれしがってる場合じゃないわ。あなたが自由の身となるまでクレイジー・オーティスを押しつけられることになるのは目に見えている。あなたを釈放してもらうためならなんだってやるわよ」

オーティスが鼻を鳴らした。

エライアスはチャリティの目を見た。「タイバーンの事情聴取を受ける前にひとつだけはっきりさせておきたいことがある」

「ええ？」

「不法侵入の話になったら、しゃべるのはおれに任せてくれ」

チャリティは不安の色が隠せなかった。「うまく切り抜けられそう？」

「だめならば、きみに救いの手を差し伸べてもらうよ」

10

海は血のごとくに塩辛い。生命は双方を頼りとする。
――『水の道にて』ヘイデン・ストーンの日記より

ハンク・タイバーンは鼻先にのせた老眼鏡越しにメモを見た。「ちょっと整理させてもらおう。きみは十一時少し過ぎにリック・スウィントンのモーターハウスに行った。誰なのかわからない女性が出てくるのを見た――」そこで言葉を切り、差し向かいに座るエライアスを見た。「誰なのかわからないのはたしかだね?」

チャリティは息を詰めた。これまでしゃべるほうはもっぱらエライアスに任せてきた。そのせいか取り調べはよどみなく進んできた。よどみのない水面のように。

「ぜったいに」エライアスが答える。「ジャケットのフードで顔を隠すようにしていた。女性だと思った唯一の理由は、しぐさだね。とはいえ、スウィントンのトレーラーから出てきたことも大きなヒントにはなったが」

タイバーンは顔をゆがめた。「そうだよ、女癖が悪いという噂はわたしも聞いている。それはさておき、スウィントンがいるかどうかモーターハウスのなかを調べた。それから車がとまっている崖のほうに戻り、ニューリンを探した。悲鳴がして、なにがあったのかほかの連中と見にいった。グゥエンドリン・ピットのモーターハウスの前で何人かと合流し、なかに入ると、遺体があった。そういうことだな？」

「そういうこと」エライアスはあっさり言った。「チャリティとおれはずっと一緒だった」

「けっこう。たいした手がかりにはならんが、それはきみたちの問題じゃない」タイバーンが背中をもたれると木製の椅子がきしんだ。「犯行現場そのものについては、なにか手がかりになりそうなものはなかったか？」

エライアスはちらりと考えた。「言うべきことは全部言ったと思う。スゥイントンはおれより先にいた。遺体のそばで床にかがみこんでいた。連れのヴォイジャーズは何人かで外に立っていた。目についたものといえば、引き出しの空のテープレコーダだけだ」

はっとして、チャリティは沈黙を破った。「空のテープレコーダって？」

タイバーンが答えを引き取った。「半開きの引き出しにあったんだよ。テープが入ってない以上、たいした意味はない。どうやらグゥエンドリン・ピットは話を逐一録音するのがお決まりだったらしい。テープの箱も見つかったが、役に立つのかどうか」

チャリティが眉をひそめる。「自分の殺害現場を録音したとはまず思えないわ」

「あいにく」タイバーンは苦渋の表情を浮かべた。「面倒なことをしでかしたやつは片づけるやつの都合など考えもしない。まあ、それがわたしの仕事だ。片づけるのが。さてと、堅くるしいことは終わりにして、みんなのかわりに礼を言わせていただきたい」

「気にしないでくれ」エライアスが言う。

チャリティは横目で見た。「なにをしたの?」

タイバーンは驚いてみせた。「知らないのか? ウィンターズのおかげで、ヴォイジャーズは金の大半を取り戻せることになったんだ」

「なんの話?」

エライアスは肩をすくめた。「言うなればリック・スウィントンは改心することにした」

「まず信じられない」

「みんなそうだ」タイバーンが含み笑いをする。「なんらかの方法でウィンターズがスウィントンを説得したのは言わずもがなのことだ。ヴォイジャーズの資金を信託口座に入れたうえで、銀行に分配させろと。どうやってそんな芸当をやってのけたのか、わざわざ訊くほど野暮なやつはいない」

チャリティは啞然とした。「スウィントンがお金を手放した?」

「そう」タイバーンの目に笑い皺が寄った。「昼ごろ銀行のセス・ブロードに話を聞いたよ。今朝の十時二十分ごろだったか、スウィントンがウィンターズのあとからすごすご入ってきて、ヴォイジャーズが金を取り戻せるように取りはからいたいと宣言したそうだ」

「驚き」と吐息を漏らす。

「スウィントンはシアトルから数十万の金を振り込み、銀行の信託部に譲渡した」タイバーンが話を続けた。「しかもご丁寧なことに各メンバーがいわゆる大義のために献金した額のリストまで提供したそうだ。リストまであるとなれば銀行も受け入れるだろう」

チャリティはエライアスを見た。彼はいつもの謎めいた笑みを浮かべている。あまりしゃべりすぎるなとその目が物語っていた。

「とにかくよかったわ」ほがらかに言った。

「まったくだ」タイバーンは厚手の白いマグカップを取りあげ、ごくごくと飲んだ。「ヴォイジャーズは全員がこの町出身というわけじゃないからな。わたしのいとこの娘もグゥエンドリンの集団にかかわっていた。一〇〇〇ドル差しだしたそうだ。今年の大学の学費の足しにするはずだった金だ」

チャリティはにっこりした。「じゃあ、エライアスは地元のヒーローね?」

「町議会選に出れば楽勝だな」タイバーンが冗談めかして言った。「いやほんと、このわたし自身が一票を投じるよ」

「それには及ばない。政治には興味ないんだ」エライアスは立ちあがった。「これで終わりなら、署長、おれたちは引きあげるよ」

「もちろんだとも。またなにか訊きたいことがあれば、電話させてもらう」

「容疑者はまだ浮かばないの?」

「ここだけの話だが」タイバーンは老眼鏡越しにチャリティを見た。「容疑者捜しは難航している」

「さあ、チャリティ。事件の話はご法度なことくらいわかっているだろう」エライアスは彼女の腕をしっかりとつかんだ。「仕事の邪魔はしないでさっさと帰ろう」

チャリティは好奇心でうずうずしながらも警察署の外に出るまで我慢した。車に向かって歩きながら、エライアスを横目で見る。「つまり、昨夜はスウィントンがモーターハウスにいるかどうか確かめるため、なかをのぞいてみただけだったと言いたいのね？」

「やつはいなかった」

「言われなくてもわかってる。負けたわ、エライアス。とても、とてもよどみなかった。タイバーン署長に真実を語りながらも真実の全容を語ったわけじゃない」

「いいか、タイバーンは真実の全容が聞きたかったわけじゃない。世のなか、知らなかったですませたほうがいいこともある。彼は賢明だからそこのところをよくわきまえている。今朝の一件を見ればわかる」

「言いかえれば、いかなる手を使ってリック・スウィントンを説得し、ヴォイジャーズの資金を銀行に振り込ませたか、あえて説明を求める気もなかった」

「おれはスウィントンには手を出さなかった」

「ふん。指一本触れないまでも、どうせ強烈な脅し文句を吐いたんでしょう」

「なかには脅しにのりやすいやつもいる」エライアスは車のドアに手をかけた。「ヴォイジャーズの口座からくすねた金を持っているということは、立派な殺害動機となりえると言っただけだ」

チャリティは目を白黒させた。「あらあら。それはまた手荒なまねを」

エライアスは体を起こし、車の屋根に手を置いた。無表情を装い、彼女と目を合わせる。

「きみには迷惑だった?」

「なにが? スゥイントンをいじめてヴォイジャーズにお金を返させたこと?」と笑う。

「まさか。いい気味だわ。でも、いくつか質問がある」

「どんな?」

「まず、スゥイントンが犯人かもしれないと本気で思う?」

「どうかな。殺し屋を雇うことはあるにしても、自分でやるとは思えない。やつは横領をしでかした。だいそれた暴力は望まない。危険が大きすぎる」

「ずいぶん断定的ね」

「他人のことは誰にも断定できない。だが、スゥイントンが犯人だということはまずないと思う。次の質問は?」

「どうしてあんなことを?」チャリティは遠慮がちに訊いた。「どうしてスゥイントンと対決し、無理にお金を返させたの? ヴォイジャーズにはアーリーン以外知り合いがいるわけでもない。彼女にしてもほとんど面識はない。あなたが巻きこまれる筋合いはないのに」

一瞬、沈黙があった。沈黙はなおも続いた。エライアスはかたくなに黙りこんでいる。自分の殻に閉じこもろうとしているのが感じられた。

もしかしたら自分でも答えがわからないのではないか。自分でもわからないということがまた癪にさわるのかもしれない。

「正義という川には幾多の水路がある」やっとのことでひどく淡々とした声がした。「すぐにそれとわかるものもある。あえて切り開かなければならないものもある」

「もういいの」チャリティは鼻に皺を寄せた。「わたしにはどうしてなのかわかってる」

エライアスがいぶかしげに目を細める。「なぜだ？」

チャリティは背伸びして彼の頬に指を触れた。「こんなに可愛いから」

「〝可愛い〟？」

「ええ。可愛い」と頬をぴちゃぴちゃ叩く。それから唇に軽くキスし、呆然とした彼のまなざしに見入ると、さっさと運転席に乗りこんだ。

チャリティはエンジンをかけ、アクセルを踏んだ。ぐずぐずしないのが身のためだという気がした。


可愛い。

エライアスは料理中のカレーをにらんだ。すでに限度を超えた辛さだが、強烈な香りのする赤唐辛子をだめ押しでもう何個か加えた。

チャリティが今夜の食事をどう言おうと勝手だが、ぜったいに可愛いとだけは言わせない。今日はまる一日かかってこのメニューを練りあげた。

主菜は口から火の出るようなじゃがいもとひよこ豆のカレー。つけあわせのサラダは、胡椒をたっぷりきかせたドレッシングであえる。デザートはきわめつけに酸っぱいライムのソルベ。

「これは戦争なんだ、オーティス」

クレイジー・オーティスはケージのてっぺんにとまり、頭をひょいひょい動かしては、忍び笑いにも似た鳴き声をあげている。

エライアスはぷっくりしたハラペーニョを高々と掲げた。「宣誓、オーティス。彼女には二度とおれのことを可愛いなどとは言わせない」

「ヘッヘッヘッ」

あの言葉がいまだに腹立たしいのはなぜか。とにかく、チャリティにお利口な犬のごとく頬を撫でられ、軽やかにキスされ、微笑まれ、可愛いと言われた。あれから静かな怒りに駆られている。

〝可愛い〟とは女が赤ん坊や子犬や弟に対して使う言葉、それは疑いようもないことだ。可愛い。不愉快な、落ち着かない、気持ちが萎《な》える言葉。あたりさわりのない、どっちつかずの、鈍感きわまりない言葉。考えただけでぞっとする。


カレーをひと口食べるなり、チャリティの目に涙がにじんだ。まばたきして涙をこらえ、フォークを置くと、ワイングラスをひっつかんだ。

「味はまだ試行錯誤の段階というか」エライアスが口をもぐもぐさせた。

「おいしい」チャリティはまたワインをがぶりと飲み、アルコールで辛さをまぎらわそうとした。

「このカレーは三種類の赤唐辛子を強調してみた」

「わかる」

「あまり辛くない？」

チャリティは笑顔を引きつらせ、ローテーブルにグラスを置いた。「辛いもなにも口のなかでセントヘレナ火山が噴火したみたい。わざわざ訊くまでもないでしょうけど」

エライアスは満足げな顔をした。「サラダを食べてごらん」

チャリティはおそるおそるサラダに口をつけた。じゃがいもとひよこ豆のカレーに負けず劣らず辛かった。深呼吸して激辛の野菜を丸呑みする。「ぴりっとしてる」

彼は思案顔でレタスを嚙んでいる。「このドレッシングは辛いといっても可愛いものじゃないか」

「可愛い？」チャリティははたと思いあたった。可愛い？　そしてコーンブレッドに手を伸ばす。「ちっとも」

「コーンブレッドの味はどう？　おれとしては、可愛い辛さのコーンブレッドは好みじゃない」

チャリティはパンを丸呑みしてまた深呼吸した。「コーンブレッドに関しては心配するまでもないわね。ハラペーニョをどっさり入れてくれたおかげで甘さはみじんも感じられない」

エライアスの目が輝いた。「ありがとう」

その表情がなにを物語るのかしばし考え、挑戦と見てとると、チャリティはまたフォークを手にした。なにがどうなっているのかいまひとつわからないが、体から火を噴こうとも、皿の上のものを残らずたいらげてやるつもりだった。

もっけのさいわいか、私道に大型車の乗り入れる音がした。

「お客さまよ」チャリティはほっとしてフォークを置いた。

エライアスの目から輝きが失せた。いつもの不可解な表情に逆戻りしている。「誰もくるはずはないんだが」

車のドアが乱暴に閉まった。ほどなく裏口のドアを派手に叩く音がした。

「すぐ戻る」エライアスはクッションから立ちあがった。「遠慮せずに食べていてくれ。冷めると台なしだから」

「この辛さなら氷河で何千年凍らせようと冷めることはないわ」

エライアスは口元に笑みを浮かべた。そしてキッチンを突っきり、裏口のドアを開けた。

「悪いな、ウィンターズ」レイトン・ピットだった。「ちょっと話ができないかと思って」

「来客中なんだ」

「重要な話だ」

チャリティはクッションに座ったまま顔を上げた。「あら、レイトン。グウェンドリンのことはお気の毒に。離婚したとはいっても、やっぱり、ショックは大きかったでしょうね」

「やあ、チャリティ」レイトンがうわの空で会釈し、敷居をまたぐ。着色レンズの眼鏡の奥で目がなにかに取り憑かれたように見えた。「まあ、ショックさ。なあ、邪魔するつもりはないんだが、ウィンターズにどうしても話があって。そっちがかまわなければの話だが」

「ええ、もちろんかまわないわよ」

エライアスはレイトンの背後でドアを閉めた。「おれに話があるなら、チャリティの前で言ってくれ」

レイトンは顔をしかめた。「商いの話なんだ、ウィンターズ」

「水の本質と商いの本質には共通性がある。ひと目でわかるほど単純ではない」

レイトンはまじまじと見た。「それがどうした？」

「彼の言うことは気にしないで、レイトン」チャリティは手ぶりでクッションをすすめた。

「そういう気分になっているところなの。座って」

レイトンは歩きだしたが、床に敷かれた薄いクッションを見て、足をとめた。「いいんだ。おれは立っているほうがいい」

「まず、靴を脱いでくれ」エライアスが命じる。

「ん？」

「靴だ。ドアのところに置いておけばいい」

レイトンは困惑顔でチャリティの足元を見つめたが、ふと見るとエライアスもやはり靴を履いてない。ぎこちない手つきで自分も灰褐色のローファーを脱いだ。

チャリティはつい目がいった。町いちばんの金持ちのはずがソックスに穴が開いている。

エライアスは音もなくレイトンの背後をまわり、自分のクッションに戻った。やすやすとそのうえで足を組む。「話とはなんだ、レイトン？」

レイトンはチャリティの顔をちらりとうかがい、覚悟を決めたようだった。「なあ、ここは率直にいこう、ウィンターズ。あんたが海外投資家のために計画していることにおれも乗りたい。つとめはちゃんと果たすよ。プロジェクトの立ちあげに必要な内部事情を握っているんだ」

「プロジェクトなどない」

「嘘つけ」レイトンが声を荒らげる。「なにかたくらんでいることは知っている。それがあの埠頭にかかわることもな。町じゅうのやつらが知っている。おれも仲間にしてくれ。あんたに損はさせない」

「クレイジー・オーティス栈橋を取得したのは海外投資家のためでも誰のためでもない」

「なあ、こうなったら手のうちを明かそう」レイトンは狭い部屋をそわそわと歩きまわった。「正直言って苦境に立たされている、経済的に」

エライアスはその姿にじっと見入った。「苦境に？」

「グゥエンにいっぱい食わされた」レイトンが唇を噛む。「まあ、復讐されたのさ。離婚の際に宣言されたとおり。おれは破滅に追いこまれた。いざそうなるまで怪しいとすら思わなかったんだから、とんだ大ばか者だよ」

チャリティはレイトンがポケットからハンカチを出して額をぬぐうのを見守った。「どういうこと?」

「騙されたんだ」レイトンが重い足取りでこちらに戻ってくる。「悪質な詐欺だ。しかもころりと引っかかった。完膚《かんぷ》なきまでにやられたよ。あとにはなにも残ってない。なんとかこの泥沼から抜けださないと、ジェニファーに逃げられてしまう。最近、ちょっと険悪な仲になってきたところだ。これでこっぱみじんだよ」

「詐欺とは?」エライアスが尋ねた。

レイトンはうんざりとため息をついた。「数カ月前、カリフォルニアの開発業者を名乗る男から電話があった。見晴らしのいい崖沿いの土地を購入し、ゴルフ場やスパリゾートにしたいという。ゆくゆくはリゾートマンションも投入することになろう。当然、かなりの値段で土地を買いたい」

「当然」とエライアス。「だから、まずは水面下でまとまった土地を購入する手助けをしてもらいたいと持ちかけられた」

「いまから考えると、電話してきたのはおそらくリック・スウィントンだろう。といっても、証拠があるわけじゃない。いずれにしろ、千載一遇のチャンスだと思った。グウェンとおれは崖沿いのキャンプ場跡地をいまだに保有していたわけだろう? 離婚の際もあの土地だけは売らなかった。将来的に相当の値がつくと踏んでいたから、おたがいに手放さないことにした」

「そうだろうな」エライアスが言う。

「眺望絶佳。開発業者としては当然手に入れたい。あとはグェンドリンの持ち分をこっちに譲ってもらうだけだ。いずれは方針転換してあの土地を全部業者に売っぱらえばいい」

「ひと財産稼ぐために？」チャリティが歯に衣着《きぬ》せず言った。

レイトンはじろりとにらんだ。「それを言うなら格好の転機のために。だが、話を持ちかけるまもなく、グェンがあのヴォイジャーズのやつらを引き連れて現われた。いったいなんのまねかと思ったよ。そのうちわかった。宇宙船が迎えにきてくれると信じて疑わないばかどもから投資用の金をせしめようという魂胆にちがいないと」

「キャンプ場の利権を売ってくれと持ちかけてはみたの？」

「もちろんだとも」レイトンが手ぶりを交える。「なんなら一緒に商売してもいいと思った。過去はひとまず水に流して。なんといっても、グェンにはずば抜けた商才がある」

「どうなった？」エライアスが横から口をはさんだ。

レイトンは首を横に振った。「彼女はヴォイジャーズの連中を騙していると率直に認めたよ。やつらの自業自得だと。おれはキャンプ場の利権を買いたいと言った。向こうも合意したが、八月十五日まであそこを使わせろというのが条件だった。八月中旬までには投資に必要な金も集まるからだという。取引は成立した。おれはてっきりそう思っていた」

「彼女がキャンプ場の利権を売ることに合意したのか？」

「そうだ」レイトンがまた額をぬぐう。「こっちもそれ相当の金額は提示したよ」

「現在のウィスパリング・ウォーターズ・コーヴの地価に基づく金額を提示したということか？」エライアスはワインをすすった。「大手のリゾート開発業者にすれば安いものだな」

レイトンは顔をしかめた。「商売は商売だ」

エライアスが肩をすくめる。「水は水だ。しかしふたつとして同じ波はない。岸壁にあっさり砕け散る波もある。うっかりしていると海にさらわれかねない荒波もある」

レイトンは一瞬きょとんとした。「その、かいつまんで言うとだな、二、三週間前にグゥエンがおれに会いにきた。なんでもリゾート開発の噂を聞きつけたとかで。ウィンターズ、あんたが町にいるということは、なにか大々的な構想が持ちあがっているにちがいないと。これは取引を反古《ほご》にするということだなと思ったよ」

チャリティはフォークをもてあそんだ。「でもそのかわりに、キャンプ場の売値を釣りあげてきた、そうでしょう？」

レイトンが眉をひそめる。「なんでわかるんだ？」

「そうくると思ったというか」

「おれもわかっていれば」と嘆いてみせた。「グゥエンは提示額の五倍を要求してきた。おれはそこまでの価値はないと言った。彼女が主張するには、エライアス・ウィンターズという人物がいる以上、五倍どころか十倍の値打ちがあるという」

「たとえ五倍払ったところで、開発業者に売ればそれでもまだお釣りがくるなんて、口が裂けても言えないわよね？」チャリティがちゃちゃを入れる。

「言うわけない」レイトンは拳をかためた。「だが、しきりと圧力をかけてきたのはグゥエンだけじゃない。偽の開発業者から毎日のように電話がかかってくるようになった」

エライアスがじっと見た。「スゥイントンか?」

「たぶん。あの土地の所有権がまるまる手に入るならばと、どんどん言い値を釣りあげてくる。あの土地だけはどうしてもほしい。取引が穏便に運べば、周辺地価の高騰を招くこともない。あのキャンプ場跡地なら金に糸目はつけない」

チャリティはその顔を食い入るように見た。「じゃあ、グゥエンドリンに対する提示額もどんどんあがっていったのね?」

レイトンは身震いした。「なにがなんでもあの土地を押さえろと自分に言い聞かせた。熱に浮かされたようなもんさ。バランス感覚を失ってしまった。するとまたあの業者から電話があった。リゾート開発の共同経営者にならないかと持ちかけられた」

エライアスがその目を見据える。「あとは多額の資金を提供するだけでいい、そうだな?」

レイトンは目を閉じた。「にっちもさっちもいかなくなった」

「次にどうなったか」エライアスが続ける。「手元の金をかき集め、足りない分は銀行から借り入れ、共同経営者としての出資をした」

「簡潔明瞭な説明だな。おれの理解をはるかに超えていた。契約を交わしたのは十五日の朝だ。その日のうちにおれの口座から相手方に金が振り込まれた。てっきり開発業者の商用口座だと思いこんでいたのに。夕方になってグゥエンが会いにきた。おれを愚弄しに」

「有り金残らず巻きあげてやったと聞かされたのはそのときだな」

レイトンは首をうなだれた。窓辺で立ちどまり、暗い庭を悄然《しょうぜん》と眺めた。「一切合財奪われた。破産宣告をするしかないだろう。ジェニファーは激怒している。信じがたいことだが、彼女は金目当てで結婚したんじゃないかという気がしてきたよ」

チャリティは天井を見上げたが、なにも言わなかった。

「おわかりかと思うが」エライアスがあくまで穏やかに言う。「いま話してくれたことは、取りようによっては殺害の動機ともなるだろう?」

レイトンがぱっと振り返った。眼鏡の奥で目が大きく見開かれている。「グゥエンを殺したのはおれじゃない。そりゃ殺してやりたいと思ったこともある。だが、実際にやったりはしない」

「落ち着け。非難するつもりはさらさらない。アリバイを調べるのはタイバーン署長の仕事だ。だがおれがあんたなら、うまいアリバイを思いつくだろう」

「アリバイ?」レイトンはあからさまに動揺した。「だって、おれはグゥエンが殺された晩、キャンプ場には近寄ってもいないんだぞ。どこにいたか知りたいか? コーヴ・タヴァンで飲んだくれてた。夜中の十二時ごろに歩いて家に帰ったよ」

エライアスが肩をすくめる。「さっきも言ったとおり、それはタイバーンとのあいだのことだ」

レイトンは歩きだしたかと思うと立ちどまった。「おれは藁《わら》にもすがる思いでここに来た。

あんたが客のためになにをやっていようとかまわない。このとおり、頼むよ。おれにもおこぼれに預からせてくれ」

エライアスはゆっくりと立ちあがった。「これで最後だ。取引もなにも存在しない。悪いな、ピット。おれは力になれない」

レイトンは信じられないとばかりに何度も首を振った。「それでもなんらかの方法はあるはずだ。おれはジェニファーに捨てられる。そうなることはわかってる。認めたくはないが、彼女は……彼女は最近誰か男がいるようだ」

チャリティはレイトンの落胆ぶりが気になった。ちらりとエライアスの顔をうかがう。

「ヴォイジャーズは少なくともなにがしかのお金は取り戻せることになった。レイトンも自分が失った分を要求できるんじゃないかしら」

エライアスが首を横に振る。「レイトンの金はヴォイジャーズの口座にもスウィントンの懐にも入っていない。最近の取引明細は調べたと言っただろう？　十五日は一件の振り込みもなかった。それどころか、両者の残高を合計してもたかだか数十万ドルにしかならない。レイトンが説明したような額とは桁《けた》が違う」

「十五日、グウェンドリンはおれが地代として払った金を仲介業者の手で自分の個人口座に振り替えさせた。商用口座じゃなくてな。だから彼女の財産になる。おれたちに子どもはいないが、彼女にはきょうだいが何人かいる。なにもかもそいつらのもとにいく。離婚以来、やつらはそろっておれのことを恨んでいた。こっちにはびた一文よこすつもりもないことは、はなからわかりきっている」

チャリティは唇を噛んだ。「面倒なことになったわね、レイトン」

「一から出なおすしかない」ぼそぼそとつぶやく。「この年になって。いまだに信じられない」

レイトンは背を向け、重い足取りで裏口へと向かった。

「靴を忘れないで」

「え？　ああ、靴か」レイトンは不器用にまた靴を履いた。そしてドアを開け、重い足を引きずるようにして夜霧のなかに出ていった。

沈黙が垂れこめた。やがてレイトンの車がゆっくりと私道から遠ざかる音がした。チャリティはローテーブル越しにエライアスの目を見据えた。「どう思う？」

「タイバーンが容疑者捜しに難航しているというのも、もっともだと思う」

「レイトンがグゥエンドリンを殺したんじゃないかと本気で思っているの？」

「やつにはたしかに確固とした動機がある」エライアスは立ちあがり、皿を取りあげた。

「だが、そういうやつはほかにもうようよいる。落胆したヴォイジャーズのみなさんとかね。デザートにしていいか？」

「ものによるわね。なにが出てくるの？　激辛唐辛子のわさびアイスクリーム詰め？」

「落ち着けよ」エライアスは皿を流しに置き、年代ものの冷蔵庫のフリーザーを開けた。

「単なる自家製ライムソルベ」

クレイジー・オーティスが羽を広げ、悪意のまなざしを向ける。「ヘッヘッヘッ」チャリティも立ちあがり、残りの皿を片づけると、流しに持っていった。「わかった。それならいただくわ。念のために訊くけど、もう満足したの、エライアス?」

「いや」

彼はフリーザーからプラスチック容器に入ったソルベを取りだすと、スプーンですくい、チャリティのほうを向いた。

「ひと口食べてごらん」思わせぶりな、低い声で言う。「口がさっぱりする」

チャリティは腕組みし、おそるおそる冷蔵庫のドアにもたれた。「きっとそうでしょうね」

エライアスがスプーンの先で彼女の下唇をいじる。「口を大きく開けて」

ライムの香りがさわやかだ。不覚にも口を開けてしまった。

エライアスがゆっくりと微笑んだ。目を細め、彼女の口にスプーンを入れる。

強烈に酸っぱかった。辛いのと酸っぱいのとで舌の感覚が麻痺した。チャリティは深呼吸し、彼が同じスプーンでソルベを口に運ぶのを眺めた。

「いったいどういうことなのか教えていただける?」

「可愛いなどという甘いものではないということだ」エライアスはカウンターにスプーンを置いた。そして彼女の顔をはさむようにして両手を冷蔵庫のドアに突いた。

チャリティの胸は激しく高鳴った。全身が興奮で小刻みに震えた。「なにが?」

「おれ。おれたち。おれたちの共有するもの。そのほかなんだろうとかまわない。とにかく可愛いなんて甘いものじゃない」

エライアスは彼女の太腿のあいだに脚を割りこませ、唇を重ねると、その体を冷蔵庫のドアに押しつけた。

11

水面に生じた波はかならずや岩に砕け散ることを覚悟しなければならない。

――『水の道にて』ヘイデン・ストーンの日記より

チャリティの唇はライムソルベの名残りでまだひんやりとかぐわしかった。エライアスはその唇がおのずと開かれるのを感じた。小さな喘ぎ声が漏れる。その声に体の芯まで戦慄が走った。

「デザートがまだよ」チャリティがささやく。

「これがデザートだ。さっきも言っただろう。甘くはないと」エライアスは冷蔵庫のドアから両手を離し、彼女の腰にぴたりとあてた。

そのまま体ごと持ちあげ、まっ白な冷蔵庫の表面に背中を押しつけると、身動き取れないようにした。両手は下へと伸びる。チャリティはしっかりとしがみつき、彼の髪をまさぐりながら、遠慮がちにキスしてきた。

極辛の唐辛子にも似た熱さがエライアスの全身にこみあげた。チャリティのお尻を両手で包むと、その手にそっと力をこめる。手はさらに下に伸び、スカートのへりを探りあてた。

裾《すそ》をまくりあげると、彼女がはっと息を呑むのがわかった。ストッキングは穿いていない。しなやかで温かでこのうえなく柔らかな肌だった。

「おれの体に両脚を巻きつけるんだ」

「こんなのぜったいに無理」

「しっかりしがみついて」

チャリティが体を震わせながら応じ、エライアスは得意な気分になった。まろやかな太腿がジーンズの脚をおずおずと上がってくる。絶妙な愛撫につい防備を怠りそうになる。必死で自制心を保った。

「今度は反対側の脚」かすれた声で言う。「落ちやしない。おれがつかまえている」

「ああ、だめ」チャリティは彼の腰にむきだしの脚をからませた。

青緑色の長いスカートが熱帯の海のように腰のまわりにたゆたっている。愛液の匂いが麻薬のように彼の心を誘惑しにかかった。

「エライアス」チャリティは腿でしっかりと彼の体をはさんだ。指が彼の肩に食いこむ。

「ああだめ」

エライアスは二本の指をパンティーに滑りこませ、濃密に愛撫した。なめらかに濡れ、かたく締まっている。彼のものはジーンズのなかで痛いほどにふくれあがった。

チャリティは彼の肩から手を離し、シャツにむしゃぶりついた。ボタンをはずすなり、手のひらで胸をなぞる。エライアスがはっと息を呑んだ。

「いい感触」切実な声で言う。「かたくて。たくましくて」

「大きすぎない?」

チャリティはかすれた声で笑った。「ちょうどいい。申し分ないわ」

「いい感触なのはきみのほうだ」エライアスが秘部を手でおおう。「ぐっしょり濡れてる」

「こんなの不公平よ。あなたのほうが断然有利。寝室に行きましょう」

「だめだ、ここで。ジッパーを下ろしてくれ」

チャリティの手がボタンにいった。彼のものをジーンズの外に出し、片手に取り、そしてためらう。

「シャツのポケット。きみがやるんだ」

彼女の手のひらに包みこまれ、エライアスはいまにも暴発しそうになった。一瞬、目を閉じ、精神を集中した。

「計画ずみだったの？」チャリティがポケットから包みを取りだす。その声はおもしろがっているようでもあり、驚いているようでもあった。

エライアスは目を開け、彼女を見た。「用心に越したことはない」

「きっとボーイスカウトだったんでしょう」

「いや」ふくれたクリトリスをいじる。「これだけは信じてくれていい。ボーイスカウトになど一度もなったことはない」

「エ、エライアス」太腿が彼の体をぎゅっと締めつけた。

彼女の指は震えている。細かい作業ができるような状態にはない。

「おれにくれ」

チャリティはあっさり手渡した。エライアスが包みを歯で引き裂き、コンドームを片手で装着する。彼女の体をゆっくりと自分の上に下ろすと、チャリティの目が大きく見開かれた。爪が肩に食いこむ。チャリティの顔がのけぞる。喘ぎ声がたまらなくエロティックだ。エライアスは瀬戸際を越えてしまいそうになるのを必死でこらえた。彼女の体はどうしようもないほど居心地がいい。

そのままの姿勢で膝をかがめた。チャリティをそっと木の床に寝かせ、彼女のなかにすっぽりと体をおさめる。ぎゅっと締めつけられ、いまにも爆発しそうになった。

「そう。そうよ、エライアス。あなたがとてもとてもほしい」

ふいに荒々しい欲望が彼をがっちりとらえた。自制心の最後のかけらも粉々になった。何度も何度も突き入れるうち、彼女がますます猛烈に締めつけてくる。

チャリティが頂点に達すると、エライアスも屈服した。彼女の口にかぶさり、ひそやかな歓喜の声を心ゆくまで堪能した。

全身を貫く解放感は降伏でもあり勝利でもあった。勝ち負けの区別などつくはずもない。いまはただチャリティとぴったり肌を重ねていられればそれでよかった。

しばらくしてようやくチャリティがもぞもぞと動いた。「ほんと、甘いなんてものじゃなかった」

エライアスが顔を上げる。彼女の頬を両手でやさしく包んだ。「うん」

チャリティの微笑はどこまでも謎めいていた。「じゃあ、どうなの?」

思いもかけない質問だった。エライアスは返答に窮した。そのあげく、決して裏切られることのない聖域に逃げ場を求めた。そこならば強い自分でいられる、質問にはことごとく答えが用意されている。タル・ケック・チャラならば。

「水の透明度は往々にして透明度よりも汚濁度によって語られる」

チャリティは彼の口を指で封じた。「さっきの質問は忘れて」

その顔はまだ微笑をたたえていたが、憂いを帯びたまなざしが気になった。エライアスは立ちあがり、チャリティにも手を貸して立ちあがらせると、彼女の肩を抱いて暗い寝室へと導いた。途中で立ちどまり、オーティスのケージに覆いをかけた。オーティスはすでにケージのなかにいた。チャリティとエライアスに背を向けたまま、陰気にぶつぶつ鳴いている。

「気まずい思いをさせたみたい」チャリティは声をひそめた。

「これでもけっこう窮屈なところがあってね」エライアスが覆いの位置をととのえる。「ヘイデンの影響だろう、たぶん」

夢がパニックに転じた。息ができない。かつてのように体が金縛りに遭って動かない。

チャリティは唐突に目が覚めた。五感がぴりぴりしている。口を開けて叫びそうになったが、声にはならなかった。

エライアスに手のひらで口をおおわれている。ということは、例のパニックに襲われたんじゃない。なにかとんでもないことが起こったのだ。

目を開けて彼の顔を見上げた。恐怖がひしひしとこみあげる。エライアスにしっかりと体をフトンに押さえこまれている。暗いので彼の表情はほとんどわからない。その顔は寝室のドアのほうを向いている。

なにかのきしむ音がした。木と木のこすれる音。上げ下げ式の古い窓をこじ開けるときの音だ。オーティスが覆いをかけたケージの下で不審そうにひと声鳴いた。きしむ音が一瞬やむ。

そしてまた音がした。

エライアスは首をかがめて耳打ちした。「ここにいてくれ」

チャリティはすぐにうなずいた。おかしなもので、怖いと思うとかえって肝が据わった。いざとなればなんとかなる。神経が研ぎ澄まされ、手が震えたが、平常心はまだ残っていた。

エライアスは彼女の口から手を離し、音もなくフトンから立ちあがった。窓の前を通ったとき、チャリティは彼が手になにか持っているのに気づいた。立ちあがったときになにかつかんだようだ。いつも腰に巻いている革ひものようだった。

ほかの部屋でかすかにどさりという音がした。誰かが表の窓から忍びこんだようだ。

チャリティはエライアスの影を目で追った。半開きのドアのわきにぴたりと体を押しあてている。むきだしの肩と腿がかろうじてそれとわかった。

寒気がする。頭のてっぺんからつま先までぴりぴりした。胃が妙な具合だ。でも正気を失うことはない。

ペンライトの細い光が戸口をよぎった。オーティスがまた低くひと鳴きした。

エライアスは光線が消えるのを待って、ドアをすり抜けた。

チャリティは思わず悲鳴をあげそうになった。安全な寝室に戻ってと声をかぎりに叫びたかった。

その言葉をぐっと呑みこんだ。寝室も安全とは言えないのだから。

「ありゃなんだ？　レニー、気をつけろ。誰かいる――」

「鳥の鳴き声だろう」

「鳥なんかじゃねえ」男の声が鋭い叫び声に変わった。

「おい、どうした？　つかまえろ。そいつをつかまえろって」

けたたましい音がした。あわててフトンから立ちあがり、エライアスが木製のチェストにかけていったシャツをひっつかんだ。体にはおると腿の半分くらいまでできた。

「レニー？　レニー？　どこにいる？」

レニーの声はしない。

エライアスの声もしない。

またどさりという音がした。

チャリティは居間のローテーブルに厚いガラスボウルがあったのを思い出した。とりあえず武器になりそうなものはそれしか思いつかない。

深呼吸してドアに突進した。ぎこちなく右に向きをかえたとき、クッションにつまずき、ローテーブルの上にひっくり返った。

背後で忍び足に歩く音がする。ガラスボウルに指先が触れた瞬間、男の腕で喉を羽交い締めにされた。

「いや。離して」チャリティは相手の腕を引っかいた。

やみくもに伸びあがり、汗ばんだ男の体から逃れようとした。

「暴れるな、このあま」レニーという名の男が暗闇でわめく。「女はつかまえた。動くとこいつの首をへし折るぞ」

あたりが静まり返った。チャリティは息をしようともがいた。レニーはのっそりした大男だ。じょじょにパニックがこみあげてきた。

「わかった」エライアスがやけに落ち着いた声で言う。「動かない」

「電気をつけろ」レニーが命じた。声が震えている。「ゆっくりとな」

パチッという音がした。明かりがつく。チャリティはまぶしさに目をしばたたいた。レニーの手に反射的に力がこもった。

「彼女を離せ」エライアスがドアのわきに立っていた。すぐ横にスイッチがある。男が床にうつぶせに倒れ、ぴくりともしない。

チャリティは狂ったように笑いだしそうになった。エライアスは一糸まとわぬ姿なのに、かえってほかの人間が着ぶくれして見える。いつもは腰に巻いている革ひもが無邪気に手首から垂れさがっていた。

「離してたまるか」レニーがチャリティを引きずり、じわじわとあとずさった。「おれをなんだと思ってる？　頭が足りないとでも？」

「彼女を道連れにしたんじゃ、遠くへは行けないぞ。さっさと彼女を離して逃げるんだな」

「こいつは人質だ。ドアから離れろ」レニーが怒鳴った。「どけ」

エライアスはドアから二歩離れた。

レニーがチャリティを玄関へと引っぱる。チャリティは足を踏んばった。

「ぐずぐずするな、このあま」レニーは彼女の喉元をぐいと絞めつけた。そしてエライアスに目をやる。「そうだ。下がれ。もっと。変な気を起こすんじゃねえぞ」

エライアスはドアからもう一歩退いた。チャリティがその前を引きずられていく。ふたりの目がちらりと合う。エライアスのまなざしは凶暴性をおびていた。チャリティは安心していいのか脅えていいのかわからなかった。どうしようと思うまもなく、彼の注意はまたすぐレニーに向けられた。

レニーが手を伸ばし、ドアハンドルを手探りする。

エライアスはすかさず動いた。手首に垂れる革ひもが目にもとまらぬ速さでしなった。

レニーの腕に革ひもが巻きつき、全身がそり返った。彼は大声をあげ、反射的にチャリティから手を離した。

チャリティは飛びのいた。エライアスがすぐさまレニーをつかまえにいく。

ほんの一瞬の出来事だった。チャリティが顔を上げるころには、レニーの体は宙を舞っていた。キッチンカウンターに激突し、ずるずると床にくずおれると、それきり動かなくなった。

チャリティは喉に手をあて、うつぶせに倒れたふたつの体をじっと見下ろした。居間には野球のバットとタイヤレバーのようなものが散らばっていた。

「大丈夫か?」エライアスが訊いた。まだ妙に無表情な声だ。

「え?」チャリティはわれに返った。「ええ、ええ。大丈夫」

「けがは?」

「ないわ。大丈夫。ほんとに。ああ、エライアス」チャリティは叫び声をあげ、エライアスの胸に飛びこんでいた。

エライアスの腕がしっかりと体にまわされる。とてつもない包容力を感じた。パニックが薄らいでいく。

やがてチャリティは顔を上げ、あの革ひもを見つめた。「それはなに?」

「タル・ケック・チャラというものだ。説明はまたの機会にしよう」エライアスはそっと彼女から手を離した。そしてところどころボタンのかかったシャツをしげしげと見た。「タイバーンに電話したらどうだ? ついでに服も着替えたほうがいい」

クレイジー・オーティスがあざけるように鳴いた。ふと見ると、格闘中にケージの覆いが一部はずれていた。オーティスがこちらをにらんでいる。

「いやな子」チャリティはうっとりするような感覚を振り払った。「タイバーン。そうよ」とキッチンの壁にかかった電話に飛びつく。「ところで、警察がやってくる前になにか着なきゃいけないのはわたしだけじゃないわ、エライアス。そのタル・ケック・チャラとかいうものでは、せいぜいトングにもなりはしない」

「すぐに着替える」エライアスは倒れた男のそばにかがみこんだ。

チャリティはためらい、電話の上で手をひらひらさせた。「どこであんな格闘技を教わったの？」

「ヘイデンとおれは太平洋の島々に足繁く通った。それも熱帯の楽園と呼ばれるようなところばかりじゃない」

「なるほど」チャリティはとりあえず納得し、ハンク・タイバーンのもとに電話した。

「人の家にあがりこむ前に靴を脱ぎ忘れるやつは嫌いだ」エライアスはそう言って男たちのポケットを探りはじめた。

クレイジー・オーティスがケージの隙間から外をうかがう。「ヘッヘッヘッ」

三十分後、チャリティはエライアスやハンク・タイバーンと表の私道に立っていた。タイバーンの唯一の部下、ジェフ・コリングスが、手錠をしたふたりの男をパトカーの後部座席に押しこんでいる。

「雑魚《ざこ》二匹か」タイバーンがつぶやく。「とても玄人《くろうと》とは思えない」

「これぞスウィントン流」エライアスは言った。「雑魚。大物を雇うほどのコネはない。たとえあったとしても、金は出したくない」

「スウィントン？」チャリティがぱっとエライアスの顔を見た。「リック・スウィントンが背後にいるというの？」

エライアスは肩をすくめた。「どう考えても」

タイバーンが鋭い目を向けた。「同感だね。ほかにもまだわたしに言いそびれた敵がいるというならいざ知らず」

「こんな陳腐なまねをするやつはほかにいない」

チャリティはエライアスをにらみつけた。奥歯にもののはさまったような言い方が気に食わない。「それはどういうこと？」

エライアスは超然と微笑んだ。「静かな水面に映る敵の姿をとくと研究するのはいいことだ。おれはつねにそうすることにしている。なんのことはない、今回は単に復讐されたにすぎない。スウィントンはどこまでいってもスウィントン、自分の手は汚したくない。だから暴力沙汰は他人を雇ってやらせた」

タイバーンは手帳を閉じ、シャツのポケットにしまった。「スウィントンが最有力候補だと認めざるをえない。目にもの見せてやるつもりだったんだろう。善人面させられるのがよほど腹に据えかねたと見える」

「ああ」エライアスも口をそろえた。「腹に据えかねた」

タイバーンはうなずいた。「これからキャンプ場まで行って話を聞いてくるとするか」

「おれも一緒に行こう」

「とんでもない」タイバーンはにべもなく言った。「わたしにも仕事をさせろ、ウィンターズ。きみは今夜はもうじゅうぶんやってくれた。こう言ってはなんだが、きみが町に現われてから、この十年間を上まわるほどの騒動が起きている」

チャリティは聞き捨てならなかった。「エライアスのせいにしないで。あなたも自分で言っていたじゃない。エライアスがリック・スゥイントンにお金を返させたことでみんなが感謝しているって。それに、あの二人組が家に押し入ったのもエライアスに非があるわけじゃない。へたをすれば野球のバットとタイヤレバーで頭を殴られるところだったのよ。ちょっと考えれば――」

「もういいよ、チャリティ」エライアスはおもしろがっていた。「タイバーンはありのままに言っただけだ」

「わたしには厭味に聞こえたけど」

タイバーンがにやりとする。「ウィンターズの言うとおりだ。わたしは因果関係をほのめかしているんじゃない。ありのままを言ったまでだ」

チャリティはじろりとにらんだ。「じゃあ、ウィスパリング・ウォーターズ・コーヴで実際に騒動が起こりだしたのは、ヴォイジャーズが現われてからだと言ったほうがより正確ね」

タイバーンは首を縦に振った。「それは議論の余地もない。グゥエン・ピットとスゥイントンが事件の鍵を握るというのに、そのうちのひとりが死んでしまった。興味深い展開になってきたよ」車のほうに向かって歩きかけ、足をとめる。「どうやらまた署まで来てもらうことになりそうだな、ウィンターズ。また書類作業だ。明日の午前中はどうだ？」

「店を開ける前に寄るよ」

タイバーンは車のドアを開けてその上に手を置いた。「たいしたものというか、暗いなかでよくもふたりの男を相手にできたものだ。そんなまねができるやつはあまりいない」

エライアスは肩をすくめた。「多少は訓練した」

「軍隊か？」

「いや。ヘイデン・ストーン」

タイバーンは無言でエライアスを見つめたあと、うなずいた。「ああ、わかるような気がする。あのヘイデン・ストーンもいっぷう変わっていたよ」

チャリティはタイバーンの言い方が気に入らなかった。「今度はなにを言いたいの、署長？」

「なにも。またしてもありのままに言ったまでだ」タイバーンは手を上げ、車に乗りこんだ。

ジェフ・コリングスがエンジンをかけ、車は町に向けて走りだした。ライトが霧に光る。

車は向こうの角を曲がって消えた。

「外は寒い」エライアスがチャリティの腕を取った。「なかに入ろう」

「タイバーンの言い方は気に入らない。まるであなたが一連の騒動にかかわっているような口ぶりじゃないの。あなたはグゥエンドリン・ピットが殺されたときにたまたま町にいただけなのに」

エライアスは苦笑した。「偶然の一致に目を向けるのがタイバーンの仕事だよ。たしかにおれがいなければ今夜のような騒動は起こらなかった、それは認めざるをえない」

「リック・スゥイントンに復讐されたとしても、それはあなたのせいじゃない」

「池に石を投げれば、波紋はどんどん広がる」

チャリティは裏口に続く階段をのぼりながら不満を漏らした。「言っておくけど、エライアス、わたしは水の本質だかなんだかの講釈をうかがう気分にはなれないの。いまはそれどころじゃないでしょう」

「たとえば？」

「タイバーンはそれなりに口がかたいけど、ジェフのほうはだめだと思う。噂というのはあっという間に広まるものよ」

「たしかに」エライアスは彼女の目を見てドアを開けた。「明日はおれたちの話でもちきりになると言っても差し支えないだろうな。それが心配なのか？」

「もちろん心配よ」チャリティはさっさとキッチンに入った。「あなたがカルト集団のリーダー殺害やその他もろもろの暴力事件にかかわっているとでも言われたらどうするの？ あなたは町では新入りなのよ、エライアス。こういう小さな町では、厄介事はとかくよそ者のせいにされるものなの」

エライアスは意外そうな顔をした。「おれのいう話とはそういうことじゃない」

「じゃあ」チャリティは腰に両手をあて、エライアスと真正面から向き合った。「どういうこと?」

エライアスは静かにドアを閉め、そこに背をもたれた。そしていつもの謎めいたまなざしでじっと見た。「あのふたり組に押し入られたとき、おれがひとりではなかったということだ。きみがおれと一夜を過ごしていたことは、コリングスやタイバーンの目には明らかだっただろう」

チャリティはなにか言おうとしてやめた。顔がまっ赤になった。「あら、そのこと」

「ああ、そのこと」

「そんなの誰も珍しがらない」無愛想に言う。「フィリス・ダートムアにかまをかけられた話はしたじゃない。わたしたちが懇意にしているんじゃないかって」

「たまにデートしているんじゃないかとみんなに勘ぐられるのはよしとしよう。きみが夜中の二時におれの家にいるところを地元の警官に見つかったとなると、話はまた別だ」

彼が真面目な口調で言うので、チャリティはだんだんと不安になってきた。「どう違うの?」

「まず、小さな町では人の目があるということ。もうひとつは、それがおれたちは深い関係だという決め手になったこと」

「あなたは迷惑なの？」

「いや。きみこそ迷惑じゃないか？」

チャリティはなぜか笑いだしそうになった。「エライアス、あなたわたしの評判を気にしているの？」

「たぶんおれが知りたいのはきみの思惑だろう。おれたちはたまにデートするだけなのか、それとも深い関係なのか、どちらだと思う？」

「その質問にはなにか裏があるの？」

クレイジー・オーティスが甲高い鳴き声をあげる。

「さあね」エライアスは腕をほどき、チャリティのほうへ歩いてきた。「答えは？」

「どちらもありというのは？」

エライアスはチャリティの腕を両手でしっかりとつかんだ。「おい、チャリティ。この関係はきみにとって重要なのか、そうじゃないのか？」

「わざわざ訊かなきゃならないとは驚きね」チャリティは両手で彼の険しい顔を包みこんだ。「エライアス、あなたにはときどきどうにかさせられそう。あなたのこともあのタル・ケック・チャラのことも心配だけど、この関係をとても大切に思っていることはたしかよ」

エライアスは彼女をきつく抱き寄せた。「じゃあ、いいんだ」

チャリティは彼の胸に体をすり寄せた。エライアスにもやはりこの関係を重要に思っていると言ってほしかった。

「きみに触れるとき、ふたりのあいだの水が冴えざえとする。あたかも水が存在しないかのように」エライアスが彼女の髪に顔をうずめてつぶやいた。

チャリティはため息をつきそうになるのをこらえ、彼の首に手をまわした。エライアスにすれば、水がどうのこうのという発言は尽きせぬ情熱を語るのに等しいことなのだ。

たぶん。

そうあってほしい。それ以上のことは望めないような気がするから。

エライアスが唇を重ねてきたとき、心の奥底にちらりとパニックがきざした。さっきの恐怖がまだ尾を引いているのだろうか。エライアスが唇を動かしてくると、パニックの芽はしだいに消え失せていった。

かといって完全に消えたわけではない。エライアスに抱きあげられ、寝室に運ばれたときも、かすかな寒気を覚えた。

「きみがあの男に羽交い締めにされたとき、おれはどんな気持ちがしたと思う?」エライアスの声はどこまでもひそやかだ。

「もういいのよ、エライアス。あなたが助けてくれたんだから」

「明日、きみに教えてあげよう」

「教えてくれる? タル・ケック・チャラのこと?」

「全部じゃない。簡単な動きを少しばかり。昨日のような状況に陥ったとき役立つだろう」

もうあんな状況に陥るのはこりごりだと言いたかったが、口を慎むことにした。武術の手ほどきをしようというのは、自分自身が安心したいためでもあるのだろう。

「わかった。でも難しいのは勘弁してね。運動はむかしから苦手だったから」

「なにも難しくはない」エライアスは彼女をそっとフトンに下ろし、腕に抱き寄せた。

チャリティは彼の温かな腕のなかで肩の力を抜いた。


ウィスパーズの店内に入ると、ニューリンが忙しく立ち働いていた。

「おはよう、ニューリン」

ニューリンが顔を上げた。彼はスザンヌ・シモンズの最新作を壁の棚に並べているところだった。「ああ、チャリティ。昨日の晩、エライアス・ウィンターズのところでひと悶着あって、きみもその場にいたんだって？」

「もう耳に入っているの？」

「ふたりの男が家に押し入って、エライアスをやっつけようとしたとか」

チャリティは鼻に皺を寄せ、奥の事務所に入った。「あっという間に話がつたわること」

「出勤途中でジェフ・コリングスに会ったんだ。彼が教えてくれた。タイバーン署長が思うに、リック・スウィントンがどっかのごろつきを雇ってエライアスをこらしめてやろうとした。こらしめてやらなきゃならないのはそいつらのほうだとジェフが言っていた」

「まことしやかな話ね」とバッグを引き出しに放りこむ。

「ジェフが言うには、エライアスはヘイデン・ストーンに妙な武術みたいなものを伝授されたんだって?」

「まあね。わたしにも簡単な動きを教えてくれるそうよ」

ニューリンが事務所の戸口までやってきた。「エライアスがどんな手を使ったのか知らないけど、ぼくにも教えてくれるかな?」

チャリティははっとして顔を上げた。ニューリンの痩せた顔に遠慮がちな希望が浮かんでいる。「あなたもあのタル・ケック・チャラを習いたいの?」

「そういう名前なんだ?」

「だと思うけど。水をよりどころにした哲学思想みたいなものね。はっきり言って、なんだかよくわからない。詳しいことはエライアスに訊いてもらうしかないわ」

「まあ、問題はそこなんだ」ニューリンは床に目を落とし、それからチャリティを見た。「ちょっと変わり者というか。うっかり押しかけていって、気にさわるようなことでも訊いたらまずいという雰囲気じゃないか」

チャリティは苦笑した。「とっつきにくい、と言いたいのね」

「そうかな?」

「とっつきにくい、よそよそしい、うちとけない」ひとしきり考えこむ。「近寄りがたいところがあるのかもしれない。だけど、ニューリン、ここだけの話、エライアスは見た目ほど愛想が悪いわけじゃない。水の道を学びたいなら、本人に頼んでごらんなさいよ」

「気を悪くしないかな?」

「頼んでみないことにはわからない。でも覚悟するのね。いやというほど水のお勉強をさせられるわよ」

「水の？　わかったよ。ところで、チャリティ？」

「ええ？」

「きみとウィンターズのことなんだけど」ニューリンは居心地悪そうにした。「こんなこと訊いていいのかな。その、ふたりは、まあ、言うなれば、恋人同士とか？　というのは、昨日の晩、きみが彼と一緒だったことは、もう町じゅうに知れ渡っている」

「あら」つまりエライアスの言ったとおりになった。色恋沙汰というのはあっという間に話が広まるものだ。

ことスキャンダルに関しては、チャリティは清廉潔白だった。ウィスパリング・ウォーターズ・コーヴのように小さな町では、彼女が謎の新参者と恋愛関係にあるということは、去年の夏、婚約パーティーから脱走したのと同じくらいの衝撃がある。あるいはもっと刺激的と言えるかもしれない。

「ジェフが言うには、きみは夜中の二時にウィンターズのところからタイバーン署長に電話したとか」ニューリンは顔を赤らめた。「ということは、まあ、言うなれば」

「言うなればそういうこと」チャリティはあっさり認めた。

ニューリンがきびすを返した。「ごめん。よけいなこと訊いて」

チャリティは彼が気の毒になった。「気にしないで。あなたの質問に答えるなら、エライアスとわたしは懇意にしているわ」

ニューリンが神妙にうなずく。「懇意に」

「そう」チャリティは机の上の注文書に目をくれた。「アーリーンはどうしているの？」

ニューリンはたちまち元気になった。「どうなったかって？ ビーのカフェに雇ってもらったんだ。埠頭も活気づいてきたことだし、エスプレッソマシン専属の人手がほしかったって」

「つまりあなたとアーリーンはもうしばらくウィスパリング・ウォーターズ・コーヴにいてくれるということ？」

「ふたりともここに慣れてきたというか。それに、ほかに行くところもないしね」ニューリンはおずおずと切りだした。「ぼくもこのままウィスパーズで働かせてもらっていい？」

「もちろん。あなたにはよくやってもらっているもの。お店のほうもこの調子でいけば、冬のあいだも働いてもらえると思うわ」

ニューリンはほっとしたようだ。「ありがとう。じゃあ、そろそろ仕事に戻るよ」

店のドアがばたんと開き、ドアにつけたベルがけたたましく鳴った。

「ニューリン？ ニューリン、どこにいるの？」アーリーンのうわずった声がした。「チャリティはまだ来てないの？ エライアスのお店が大変よ」

「いったいなにごと？」チャリティは事務所の戸口に立ちつくした。「なにがあったの？」

ウィスパリング・ウォーターズ・カフェのエプロンをつけ、こざっぱりとした身なりのアーリーンが、まじまじとこちらを見つめている。「テッドがヤッピーと一緒に店の前を走っていったの。知らない男がチャームズ・アンド・ヴァーチューズに入って、エライアスに殴りかかったそうよ」

「そんな。またなの？」チャリティは外に飛びだした。

12

静かな水面を熟視すれば偶発的出来事などと呼ばれるものはいっさいありえないことがわかる。水面で生じたことは水面下の有りようにことごとく影響を及ぼす。

――『水の道にて』ヘイデン・ストーンの日記より

エライアスが止まり木にぶつかったはずみに、クレイジー・オーティスが甲高い鳴き声をあげた。止まり木を支える台が衝撃で大きく揺れた。

エライアスは床に倒れた。

「落ち着け、オーティス」肩肘をついて身を起こし、そろそろと口の端に手をやる。指先が血でべっとり濡れた。まっ赤なしずくを一瞥し、拳をかためて立ちつくすジャスティン・キーワースの顔を見上げた。「気がすんだか?」

「こんなもんじゃおれの気はすまない」その顔が怒りにゆがんだ。頬には二日分の無精ひげが生えている。オーダーメイドのクリーム色のシャツは皺くちゃで、汗じみがついていた。

「おまえが悪いんだ。このおとしまえはつけてもらう」

エライアスの顔が深い憂いを帯びた。「おれにどうしてほしい、キーワース?」

「この野郎、親父になにを言った？　親父が自殺をはかったのはおまえになにか言われたからだ」

「おれには答えようがない」

「自分の胸に手をあてて考えてみろ」ジャスティンがすごむ。「親父の遺書は読んだ。おまえの名前が出てきたよ。しかも過去は変えられないときた。親父になにをした？」

「指一本触れてない」

「この嘘つき野郎」ジャスティンはエライアスの胸ぐらをつかんだ。「おまえのせいだ。おれにはわかってる」

エライアスが相手のなすがままに立たされるのを見て、オーティスが羽をばたつかせて鳴きわめいた。

「こんなことをしてどうなるものでもない」あきらめにも似た思いで、エライアスは次の殴打に身がまえた。

「そうかもな」ジャスティンはエライアスのみぞおちに拳を見舞った。「だが、せいぜい楽しませてもらうさ」

ぶざまな一撃だった。威力に欠け急所もはずれたが、ジャスティンの怒りはひしひしとつたわってきた。エライアスはレジ台に叩きつけられ、床にくずおれながら、苦悩に耐えた。

「おまえと親父のあいだになにがあった？　言ってみろ」

エライアスは息を吸い、そろそろと上半身を起こしてレジ台の下に座りこんだ。「それは親父さんに訊いてもらうしかない」

「親父は誰ともしゃべらない」ジャスティンが足を踏みだす。「昨日、病院から家に戻ってきた。ひとりで部屋にこもって、じっと庭を見つめるだけだ。誰とも会おうとしない。仕事の電話さえ取ろうとしない」

「信じてはもらえないだろうが、親父さんが自殺をはかったことは気の毒に思う」

「よく言うぜ。自分でやっておいて」ジャスティンがまたエライアスにつかみかかろうとした。

クレイジー・オーティスが羽を広げ、威嚇の声をあげた。

そのとき店のドアの開く音がした。話し声がする。陳列台のあいだに足音が響く。エライアスはレジ台の下にいたので姿こそ見えなかったが、音のほうはよく聞こえた。

「いったいなにが起こってるんだ?」ヤッピーが叫んだ。

「言っただろ。知らない男が店に入っていってウィンターズに殴りかかったと」テッドが息を切らして言う。「この目で見たんだ」

「どうもわからん。さっきの話だと、ウィンターズは自分で始末がつけられるはずだが」

「ああ、まあ、今度ばかりはちょっと助けがいるようだな」テッドはまだ喘いでいる。「だからあんたを呼びにいったんじゃないか。個人的に見て、おれは体力のあるほうじゃないし、あんたもそうだ。こりゃふたりがかりじゃなきゃだめだと思ってね」

「ねえ、どうなった?」ニューリンが店先で叫んだ。

「その男をとめて」チャリティの声が洞窟のような店内に響き渡った。かつてCEOとしてならした女性の威厳を感じさせる声だった。「その男をとめてちょうだい。エライアスが殺されてしまう。どこの誰にしろなにをやるかわかったものじゃない。タイバーン署長に電話して」

エライアスは呆然として援軍の声に聞き入った。指先にしたたる鮮血とはうらはらに、話し声も足音も妙に現実離れした感じがする。いっそ出ていけと言おうか。ジャスティン・キーワースに気のすむまで殴らせたい。だが、チャリティがまず許してくれるとは思えなかった。

「その手を離して」チャリティの声が高らかに響く。「警察を呼ぶわよ」彼女はすでにレジ台のところまで来ていた。

「さがれ」ヤッピーが怒鳴った。

テッドが喘ぎあえぎ言う。「ちゃんと聞こえただろう、さがれ。どこのどいつか知らんが」

ジャスティンはようやくほかにも人がいることに気づいたようだ。ぱっと振り向くと、援軍がレジ台に居並んでいた。

エライアスはレジ台のまわりに集まった顔ぶれを眺めた。ニューリン、ヤッピー、テッドが喧嘩腰でジャスティンと対峙《たいじ》している。ジャスティンにすれば失うものはなにもない。追い詰められた野獣さながらに三人をねめつけていた。みんなまとめてかかってこいとでもいうのだろう。

　エライアスは気を引き締めた。ほかの誰かがけがをする前に手を打たなければならない。「大丈夫だ」とレジ台にもたれかかる。「もう終わった。キーワースはちょうど帰ろうとしていたところだ。そうだろ、キーワース？」

　ジャスティンは無言だった。さすがに怖じ気づいたのか、こわばった顔で棒立ちになっている。

「エライアス」チャリティがレジ台に駆けよった。ジャスティンのことは無視してひざまずいた。指がわなわなと震えた。「血が出てる。ほかにけがは？」

「大丈夫だ、チャリティ」エライアスはキーワースを見据えた。「さっきも言ったとおり、終わったんだ。そうだな、キーワース？」

　ジャスティンは目の前の一団から目をそらし、エライアスを見下ろした。「いや、終わっちゃいない。なにひとつな。だが、今日のところはこれで勘弁してやる」捨てぜりふを吐き、ドアのほうへと歩いていった。

　ヤッピー、ニューリン、テッドが行く手をさえぎった。ジャスティンは立ちどまった。

「通してやってくれ」エライアスが静かに言う。

　三人は一瞬ためらったものの、しぶしぶ道を開けた。ジャスティン・キーワースの背後でドアが閉まるまで、ぎこちない沈黙があった。

　チャリティはヤッピー、ニューリン、テッドを見た。その目には深い感謝の念がこもっていた。「助けてくれてどうもありがとう。感謝してもしきれないわ。なんて勇気があるの」

エライアスは三人のようすをうかがった。そろいもそろって顔をまっ赤にし、滑稽《こっけい》なほど悦に入っている。女性に男気を誉められるのはこよなくうれしいものだ。こんなことならもう少々格好いいところを見せればよかった。エライアスの胸にちらりと後悔の念がかすめた。

チャリティがくるとわかっていれば、違うふうに振る舞っていただろうか。たぶんそうだろう。いや、やはり、そうではないかもしれない。どうも現実味に欠けるせいか、判断がつきかねる。まるで海の底を歩いているようなものだ。すべてがゆらゆらと動いている。

「たいしたことはしてないよ」テッドが謙遜して言う。

「ご冗談を」チャリティはレジ台の棚からティッシュを取りだし、エライアスの顎にしたたる血を慎重にぬぐった。「あなたたちが追い払ってくれたからこそ、この程度のけがですんだのに。エライアスもきっとあなたたちに感謝の気持ちを表わしたいはずよ。そうでしょ、エライアス？」

エライアスはどう答えたものか考えた。「今夜、店を閉めたら、みなさんにビールでも奢《おご》らせてもらうよ」

三人の助っ人たちが視線を交わし、エライアスを見下ろした。

「なんならタイバーンに電話して、あの男のことを通報してやろうか？」テッドが訊く。

「いや。これは個人的なことだ。だが、助けてくれてありがとう」

ヤッピーがレジ台に身を乗りだす。「噂では、昨日の晩は助けなどいらなかった」

エライアスはチャリティを見た。「これは話が違う」

「そうね」チャリティは彼の手を取った。「ついてらっしゃい」

　エライアスはおとなしく彼女の手に引かれ、埠頭の中央にある洗面所まで歩いていった。チャリティがドアを押し、御婦人用と記された室内に彼を招き入れた。

　チャリティが洗面台の蛇口をひねるあいだ、エライアスは機能的な小部屋を見渡した。これまでなにかと珍しい場所で過ごしてきたが、さすがに女性用トイレにだけは足を踏み入れたことがなかった。これもまた水底を歩いているようなものだ。

「医者に診てもらったほうがいいかもしれない」チャリティはペーパータオルを水で濡らし、彼の口をぬぐった。

「まさか。唇が切れただけだ」エライアスは傷口に濡れたタオルがあたるとひるんだ。「たいした傷じゃない」

「歯が折れなくてよかった。昨日の晩、あなたがあのふたり組を始末するところはこの目で見たわ。どちらにも指一本触れさせなかったはずよ。なのにどうして今日はあの男にされるがままになったの？」

「おれもまんざらばかじゃない」エライアスは妙にむきになった。「ちゃんと受け身の姿勢を取った。歯は健在だし、鼻も折れてない」

「あれが受け身の姿勢なら、でくのぼうみたいに突っ立ってサンドバッグがわりにされるってこと？」チャリティは口を拭き終え、ペーパータオルを洗面台に置いた。「ところで、あれは誰なの？」

「知り合いだとでも言いたいのか?」

「とぼけてもだめ」と洗面台の下の救急箱を開ける。「わざと殴られたくせに。やり返しもしない。なにか理由があるにちがいないわ」

「ジャスティン・キーワース。ガリック・キーワースの息子だ」

チャリティは消毒剤を手にしたまま、立ちすくんだ。鏡のなかのエライアスと目が合う。

「なるほど。父親のやったことはあなたのせいだと言うのね」

「うん」

「そしてあなたも自分のせいだと思っている」くるりと振り返った。「だから殴られるままになった。それは水の道で教わる心理学の基礎みたいなもの?」

「タル・ケック・チャラは現代心理学には疎《うと》いんだ」唇に消毒剤が塗りこまれるとエライアスは顔をしかめた。「痛い」

「殴られるほうがよっぽど痛いはずよ。じっとして」

「女らしい情けも憐れみもあったものじゃない」

「あなたとガリック・キーワースとの問題はそう簡単には解決しないわ、エライアス」チャリティはバンドエイドを入念に傷口に貼った。そして彼の顔をまじまじと見た。その目には彼の謎に満ちた仮面を打ち砕くほどの鋭さがあった。

エライアスは彼女の言うとおりだとわかっていた。それでもかたくなに抵抗した。自分の殻に閉じこもり、タル・ケック・チャラという見えない鎧《よろい》を身にまとった。

「きみにはいっさい関係のないことだ、チャリティ。きみの忠告は必要でもなければ求めてもいない。おれが自分で片をつける」

チャリティは口元を引き締めた。「そうでしょうとも」洗面台のほうに向きなおり、救急箱の片づけを始めた。

エライアスは急に怒りを覚えた。「そのようすじゃ、今日の夕食はお預けということか?」

「残念ながら」冷ややかに言う。「今夜は家にいないの。町議会の定例会があるから。わたしも出席するつもりよ。町長や町議連がどうせまたクレイジー・オーティス栈橋を奪取するための計画案を出してくることは間違いないわ」

「彼らには手も足も出ない。あの埠頭を所有しているのはおれだろう?」

「ええ。だけど、その件に関しては、あなたは得体が知れない、謎に包まれている、予測もつかない」チャリティは救急箱をしまい、ドアに向かった。「あなたがどんなつもりでいるのか、どれくらい町にとどまるつもりなのか、誰にもわからない。町議会に栈橋を買いたいと言いだされたら、あなたがどう出るかは予測もつかないわ」

「あの埠頭を売るつもりがないことはきみもわかっている」

「そうなの?」チャリティは笑顔をこわばらせ、ドアノブに手をかけた。「そういえば忘れるところだった。今朝、ハンク・タイバーンに会うことになっていたわね　リック・スウィントンのことはどうなったの?」

「なにも」

「なにも？　でも、逮捕するなりなんなりしてもらわないと」

「現状ではちょっと難しい。スゥイントンは失踪した」

「え？　タイバーンが取り逃がしたの？　弁解の余地もないわね。どうして昨夜のうちにさっさと動いておかなかったの？　スゥイントンを見つけるぐらいどうってことないじゃない、たとえ町を出たあとでも。あのモーターハウスなら道を走っていてもすぐ目につくわ。あれだけ大きければ隠れようもない」

チャリティの剣幕にエライアスはひそかな満足感を覚えた。「どうやらスゥイントンも同じことを考えたようだ。本人は消えたが、モーターハウスはキャンプ場に置かれたままだ。ほかのメンバーに便乗してシアトルに逃げ帰ったんだろう、とタイバーンは言っていた」


コーヴ・タヴァンのほの暗い店内に仕事帰りの客が三々五々集まっている。エライアスと勇敢なる助っ人たちを除いては、せいぜい五人ほどの客しかいない。そのなかにレイトン・ピットの顔もあった。片隅の薄暗い席で背を丸め、マティーニと大皿に盛られたチーズまみれのナチョをつついている。その姿は見るに耐えないものがあった。

少なくともこっちは連れがいる、とエライアスは思った。ニューリン、ヤッピー、テッドが同じテーブルについている。レイトンはひとりだ。チャリティに婦人用トイレで冷たくあしらわれてからというもの、自分の立場を多少なりとも前向きにとらえることができたのは、これがはじめてだった。

ニューリンはビールを両手で抱えこみ、エライアスの顔を穴の開くほど見つめた。「それで、あなたは武術の達人とかなのに、今朝はなんであの男にやられっぱなしに?」

「誰がおれを武術の達人と言った?」

ニューリンは顔をしかめた。「ジェフ・コリングスに昨日の晩のことを聞かされたんだ。ふたりの男を相手にしながらかすり傷ひとつ負わなかったと」

「これで読めたぞ」ヤッピーが口をはさむ。「エライアスは昨日の乱闘で疲労困憊したんだろう。もう一戦交えるほどの余力は残ってなかった」

「そうなのか、エライアス?」テッドがビールを置き、椅子にもたれた。本日のTシャツには〝悪行はかならず罰せられる〟と書いてある。

「そのとおりだな」エライアスはTシャツに見入った。いまの状況にうってつけのように思われた。

「あなたを殴りつけたあの男」ニューリンが言う。「あいつとは知り合い?」

「父親とは知り合いだ」

ニューリンの顔が晴ればれとした。「だから、ぶちのめさなかったのか。父親のほうと友人なんだ?」

エライアスはニューリンがしきりと今朝の失態の釈明を求めていることに気づいた。「向こうは友人と思ってないだろう」

「それでも、知り合いなんだから」ニューリンはご満悦のようだ。

「知り合いではある」エライアスも同調した。穏やかな水面に映る敵の姿をつねに熟視せよ。そう、キーワースのことなら熟知している。わからないのはこのおれ自身のこと。それを考えると背筋がぞくりとした。

ヤッピーがその顔をしげしげと見た。「あんたが血だらけになっているのを見て、チャリティはすっかり動転していたよ」

「そうなのか？」エライアスはビールをぐいとあおった。

テッドが眉をひそめる。「ああ、そりゃもう。ここんとこ、いろいろあったからな。だって、殺人事件があったかと思うと、昨日の晩はあんたんとこで乱闘騒ぎがあり、今日はまたこのざまだ」

ヤッピーが疑わしげに目を細めた。「昨日の晩、ふたり組に押し入られたとき、チャリティも一緒だったそうじゃないか」

一瞬、はりつめた空気が漂った。エライアスは三人が期待顔でこちらを見ているのに気づいた。ビールをゆっくりとテーブルに置いた。「彼女も一緒だった。それがどうした？」

「それはあんたの問題だ」とテッド。「あんたとチャリティの。だが、おれたちは彼女が傷つくのは見たくない」

エライアスはやおら目のまわりの痣《あざ》と口元のバンドエイドに親指をあてた。「どなたもお気づきないようなら、傷ついたのはこっちのほうだ」

「ああ、まあ、それはまた話が違う」とヤッピー。

テッドとニューリンが神妙な顔でうなずく。

エライアスは二の句が継げず、またビールをあおった。ほかの三人も同じようにした。

ややあって、ニューリンが上目遣いでエライアスの顔色をうかがった。「昨日、家に押し入ったふたり組にあの水の道とかいうのを使った？」

エライアスはちらりと見た。「誰が水の道の話をした？」

ニューリンが肩をすくめる。「チャリティが何度か話してた。ヤッピーとテッドも」

「ヘイデンがたまに口にしていたよ」ヤッピーが説明した。「詳しく聞かせてもらおうと思っていたのに、ついぞその機会がなかった」

エライアスは手にしたビールジョッキを見つめた。泡で曇り、指紋の跡がついている。なにもかもがぼやけ、断片的にしか見えない。「おれもついぞ訊きそびれてしまったことがあるよ」

「その水のことなんだけど」ニューリンが遠慮がちに訊く。

エライアスはビールを飲んだ。「どうした？」

なかなか決心がつかないのか、ニューリンはもじもじした。「その、チャリティが言うにはひょっとしてぼくにも教えてもらえるんじゃないかと」

エライアスは水底の白昼夢から現実に引き戻されたようだった。「彼女がそんなことを？」

「うん」ニューリンは不安げにしていたが、心を決めた。「だからそうしてもらえないかと思って」

これまではいつも教わる側だった。こちらが教える側になるかと思うと、どうも不思議な気がしてならない。「おれにつとまるかどうかわからない」

「じゃあ、なんとか、やってみて、くれない？」ニューリンが懇願した。

エライアスはまた考えこんだ。チャリティに簡単な護身術を教えることはさておき、タル・ケック・チャラをまるごと教えるとなると話はまた違う。「さあ。やってみてもいいかもしれない」

ニューリンは顔をくしゃくしゃにした。「やった、ありがとう」

エライアスは夢の川を無理に泳ぎきった。そして連れの顔を見渡した。「それで思い出した。今朝、みんなに助けにきてもらったことを感謝しないと」そう言ってビアジョッキを掲げる。「じゃあ、ありがとう」

「どうってことない」ヤッピーが言う。

テッドもうなずいた。「気にするなって。立場が逆転してりゃ、あんたも同じことをしてたよ」

「そうだよ。埠頭ではみんなが一致団結しないとね」

「そういえば」ヤッピーが時計に目をくれた。「町議会の会合がもうじき始まる。そろそろ町役場に行ったほうがいいな。チャリティやラディアンス、ビーだけであの欲深どもの相手をさせるわけにはいかんよ」

「ごもっとも」テッドがよっこらしょと立ちあがった。「あんたもくるんだろう、エライアス？」

「予定してなかった」

ニューリンが咳払いした。「チャリティが今夜の会合は重要だとか言っていた。噂によると、税金であなたから埠頭を買う決議があるらしい」

「おれは売らない」

ヤッピーがエライアスの顔を見た。「今夜の会合に出席し、その点をぜひともはっきりさせるべきだろうな、ウィンターズ」


フィリス・ダートムアが長机の中央に立った。パールグレーのスーツは肩パッドがやけにめだつ。彼女はいつもの威厳をこめて小槌を叩いた。

「ただいまより会合を開始いたします」

ざわめきがやんだ。チャリティは三番めの列に座っていた。ラディアンスとビーが左側に座っている。ヤッピー、テッド、ニューリンの姿はまだ見えない。いちおう右側の席を空けておいたが、エライアスが顔を見せるとはまず思えない。

「書記官は前回の議事録を朗読してください」フィリスが命じた。

長年町議会に仕えてきた大柄な女性、リズ・ロバーツが机の端で立ちあがった。小さな町議会場の最後列にまで響く大声で議事録が読みあげられた。チャリティは聞いてもいなかった。リズにとってこれが月に一度の晴れ舞台であることはみんな知っている。

書記官が七月の会合内容をだらだらと読みあげるあいだ、チャリティは朝からずっと頭を悩ませていたことを反芻《はんすう》した。エライアスのことが心配で心配でしかたない。

リック・スゥイントンが逃走しただけでもじゅうぶんまずい。けれど、それにもまして気がかりなのは、エライアスとジャスティン・キーワースが対決したことだ。トイレでけがの手当をしたとき、彼はどこかようすがおかしかった。

「ダートムア町長はヴォイジャーズが八月十五日までに立ち去ることを強調し、強制退去のためにこれ以上議会の時間や税金を空費すべきではないと――」部屋がざわつき、リズは話の腰を折られた。老眼鏡越しに傍聴席をじろりとにらんだが、あえなく無視された。みんなの目は町議会場の入口にくぎづけになっている。

チャリティは鳥肌が立ちそうになった。入口のほうを見ると、ヤッピー、テッド、ニューリンがぞろぞろと入ってきて、いちばんうしろの席についた。ニューリンがこちらに向かって愛想よく手を振っている。

そしてエライアスの姿が目に入った。彼はほかの三人とは同席しなかった。そのかわり、傍聴席の通路をこちらに向かって歩いてくる。目線はじっとチャリティをとらえたままだ。

「クレイジー・オーティス桟橋の改名問題が再度提議された」リズがひときわ声を張りあげる。「この問題を検討するための委員会が設立された。新しい地主が誰であるにせよ、ゲイブ・ソーンダーズは埠頭の買いあげを提案した。埠頭の改名にあたる委員会は、即金購入の可能性について調査を命じられた」

エライアスはチャリティの隣の空席に座り、進行中の議事に聴き入った。

チャリティは彼の仏頂面が気に入らなかった。眉をひそめ、体を寄せて耳打ちした。

「こんなところでなにやってるの？」

「ご存じのとおり、おれは得体が知れない、謎に包まれている、予測もつかない」

「あいかわらずご機嫌ななめなのね」

「ああ」

みんながしげしげとこちらを見ている。チャリティはうんざりしていずまいを正した。

リズ・ロバーツが議事録を読み終え、席に座った。フィリスが立ちあがる。彼女は満足げにエライアスを見た。

「うれしいことに今夜はクレイジー・オーティス桟橋の新しい地主の方もお見えになっています」その言葉に場内がまたざわつく。「町の未来を担う埠頭の重要性にかんがみ、さっそくにも委員会の報告に移りたいと思います。ゲイブ？」

ゲイブ・ソーンダーズが立ちあがった。目のまわりに隈のある貧相な風貌の小男で、本業は公認会計士だ。彼は咳払いをして、報告書を取りあげた。

「まず改名問題から始めます。議長もご存じのとおり、サンセット桟橋ならびにインディゴ桟橋の名称が候補に挙がっております。委員会としましては、より高級な響きがするとの理由により、インディゴ桟橋を採択いたしました」

チャリティはすかさず立ちあがった。「ちょっと待って。独断で桟橋の改名をしてもらうわけにはいかないわ。あの埠頭は個人の所有物なのよ」

その横でビーとラディアンスがひそひそと怒りの声をあげている。ほかの傍聴者はなにやら楽しそうにささやいている。またフィリスとの丁々発止のやりとりを楽しませてもらおうという魂胆なのだ。

フィリスは冷笑した。「クレイジー・オーティス桟橋の新名称に反対することはまず不可能です」

「クレイジー・オーティス桟橋商店主組合代表として、断固反対させていただきます。現在の名称にはまたとない個性があり、それが観光客に受けるものと考えられます。商店主組合はこの名称に愛着があり、今後も維持したく思います」

フィリスが腹立たしげに目を細めた。「委員会の報告はお聞きになったでしょう。クレイジー・オーティス桟橋ではあまりにも品がなく、高級指向の観光客を引きつけることができないことは、各委員の一致して認めるところです」

「委員会がどういう判断を下そうとかまわない。かといって、地主の許可なしに名前を変えることはできないでしょう」

「たしかに」フィリスはエライアスに自信たっぷりの笑顔を向けた。「では今夜はご本人がお越しになっていますので、埠頭の改名についての考えをお訊きしたいと思います」

場内にざわめきが走った。誰もがエライアスのほうを見た。

「それで?」チャリティは怖い顔で見下ろした。「なにか言いなさいよ」

エライアスはちらりと見上げ、それからフィリスや委員会のメンバーに顔を向けた。「現在の名称は埠頭に合っている。今後も維持します」

フィリスの顔がこわばった。またしても場内がざわめく。ぱらぱらと拍手も聞こえた。

チャリティは勝ち誇った気分で椅子に座った。ラディアンスとビーがにんまりしてみせた。うしろの席では、ニューリンが雄叫びをあげている。

ゲイブ・ソーンダーズも顔をこわばらせた。「町長の言うとおりだ。あの名前ではあまり品がないように思いますがね、ミスター・ウィンターズ」

「埠頭自体があまり品がいいとは言えない」エライアスが指摘した。

どっと笑い声があがった。

フィリスは小槌を打ち鳴らした。「それでは次の議題に移ります。ゲイブ、埠頭の買収は可能か検討してもらうことになっていました。結論は?」

ゲイブは肩をすくめた。「昨日も言ったとおり、フィリス、そうすることはやぶさかではありません。ただし、埠頭が売却物件であること、そしてミスター・ウィンターズが現在の市場価格を超えて言い値を釣りあげないことが条件ですが」

チャリティがエライアスの腕をつつく。「売る気はないと言ってやって」

エライアスは彼女に一瞥をくれ、素直に議員席のほうを向いた。「あの埠頭は売り物じゃない」

またぞろ場内がざわめいた。今度はいちだんと声が高い。『コーヴ・ヘラルド』の記者、トム・ランカスターがしきりとペンを動かしていた。

フィリスは苦にがしげにエライアスを見た。「本気でおっしゃっているの、ミスター・ウィンターズ？　町としてはそれ相応の値段を提示させていただく用意があるんですよ」

チャリティがぱっと立ちあがる。「彼の言い分はわかったでしょう。埠頭は売り物じゃないのよ」

フィリスは唇を真一文字に結んだ。「わたしのお見受けするところ、あの埠頭を所有しているのはこちらのエライアスであって、あなたではないわ、チャリティ。ご本人の口から直接話していただけないかしら」

「彼女はおれの気持ちをひじょうにうまく代弁してくれている」エライアスがやけに丁寧な言い方をした。「どうせなら最後までやってもらえばいい」

誰かが鼻先で笑う。失笑が漏れた。チャリティは顔をまっ赤にし、すごすごと椅子に座った。

「この問題は来月まで棚上げにしたいと思います」フィリスが冷ややかに笑い、別の議員に顔を向けた。「クラーク、祭事委員会の報告をしてもらえますか？」

クラーク・ロジャーズが立ちあがった。

エライアスも同時に立ちあがった。そして無言で会場をあとにした。チャリティは不安な思いでうしろ姿を見守った。

一時間後、会合が終わると、彼女は町役場の玄関で仲間の店主たちと一緒になった。誰もが上機嫌だった。

「これにて一件落着と願いたいわね」ビーが言う。「明日の朝には、町長や町議の鼻先で埠頭は売り物じゃないと言ってやったことが町じゅうに知れ渡るわよ」

テッドがあくびした。「会合のあいだじゅうじっと座ってなきゃならんのは、これが最後であることを願いたいね」

「これでしばらくクレイジー・オーティス桟橋は議題にのぼらないと思うけど」とラディアンス。「エライアスが埠頭の改名にも買収にも興味がないとはっきり言ったんだもの」

「今夜の会合に来てくれることになってよかったよ。なんといっても、新しい地主が噂を公然と否定してくれたんだからな」ヤッピーがつくづく言った。

「まったくだよ」テッドもうなずく。「噂をとめるにはそれしか——」ハイヒールの音がセメントの床に響き、彼は言葉を切った。「こんばんは、フィリス。今夜の会合で、近ごろ出回っていた噂にもけりがつくだろうと話していたところさ」

「そんなふうにお考えなら、テッド、いまに驚くわよ」フィリスが立ちどまり、チャリティを険しい表情でにらんだ。「また新しい噂が飛び交いはじめた。まだあなたの耳には入ってないかもしれないけれど、こういうことがあった以上、それも時間の問題ね」

チャリティはうめくように言った。「いったいどういうこと?」

「わざわざ訊くの?」フィリスが嘲笑する。「自分で察しがつくでしょうに。エライアスがあなたの言うままに答弁したのはみんなが目撃していた。しかもあなたが彼と深い関係にあることはみんなが知っている。あなたが彼と寝たのは埠頭の売却をはばむためと思われてもしかたないわね」

チャリティは息を呑んだ。「嘘だわ」

男性陣は口をぽかんと開けたままだ。

「まったくのでたらめよ」ラディアンスが断言した。

ビーも胸を張った。「よくもそんなことが言えるわね」

フィリスは慇懃《いんぎん》無礼に微笑んだ。「わたしはほかの人たちが言っていることをお教えしただけよ。わたしとしては、ただのひとことも信じてないけれど」

「しらじらしい」ビーがつぶやく。

「とにかく」フィリスは言い放った。「ファー・スィーズ社を知る人なら誰でもわかりきったことよ。チャリティが打算目的であの会社の社長を誘惑したところでなびくような相手ではないとね」

「やめろよ、フィリス」テッドが苦悩の表情を浮かべた。「それはちょっと言いすぎってもんだろう」

フィリスはテッドに食ってかかった。「言いすぎ？　じゃあ、教えてあげる。ウィンターズは血も涙もない男よ。チャリティは自分が支配権を握っていると思っているかもしれないけれど、わたしの勘では、海外投資家とのなんらかの取引が成立するまで、彼女を相手に暇つぶししているだけね」

ニューリンが顔をしかめた。「取引ってどんな?」

フィリスは革のショルダーバッグのひもを握りしめた。「じきにわかることよ。でもひとつだけたしかなことがある。エライアス・ウィンターズはチャリティにもクレイジー・オーティス桟橋にも個人的な関心はない。彼がここにいるのはひとえに金儲けのためよ」

捨てぜりふを吐くと、堂々とした足取りで駐車場に向かった。ハイヒールの足音が夜霧にカッカッと響いた。

誰もなにも言わない。

チャリティは思案顔でフィリスの背中を見つめた。「結局、ウィスパリング・ウォーターズ・コーヴ版『汚名』のイングリッド・バーグマン役は、わたしではつとまらないということ?」

13

水面に映る姿を見るのは容易《たやす》い。難しいのはそこに現われた真実を見抜くことである。

――『水の道にて』ヘイデン・ストーンの日記より

チャリティはエライアスがフロントポーチの影にたたずんでいるのも気づかず、私道に車を乗り入れエンジンを切った。

さっきの町役場玄関でのやりとりを思い出しながら、家の鍵を出そうとしたとき、ふと人の気配を感じた。

エライアスが音もなくポーチの薄明かりの下に歩みでた。彼が動かなければ、そこにいたことには気づきもしなかっただろう。はっとした拍子にチャリティの手から鍵が飛んだ。

「エライアス」

彼がうまい具合に鍵をとらえた。「ごめん」

「もう、心臓がとまるかと思った」チャリティは彼の手から鍵をひったくり、ドアに向かった。「人の家のまわりでなにをこそこそしていたの?」

「きみを待っていた」

「それなら、町役場の玄関で待っていればよかったものを」鍵穴に鍵を突っこむ。「惜しいところを見逃したわね」

「なにがあった？」

「まあ、例によって――わたしと町長との醜い争い」チャリティはドアを開けた。「向こうが勝ったわ」

エライアスは彼女のあとから家に入った。「どうやって？」

「ワンツーパンチ。まず、打算目的であなたと寝たと責められた。次に、いくら誘惑しても無駄だとなじられた。どうやら、あなたはとてもわたしの手には負えないみたい。フィリスによると、あなたはわたしを利用しているそうよ」

「どんなふうに？」

「あなたの不埒《ふらち》な計画が実現するまでの暇つぶしにわたしの相手をすることで」チャリティのつま先がなにかをかすめた。「なにかしら？」

玄関のスイッチを手探りし、電気をつけて見下ろした。中型の茶色の封筒が床に落ちていた。

「おれが取ろう」エライアスが拾いあげ、彼女に手渡した。「留守中に誰かがドアの下から差し入れたんだろう」

チャリティは封のされた封筒を怪訝そうに見た。住所も名前も書かれていない。「どのくらいポーチで待っていたの？」

「三十分くらい。誰が置いていったにせよ、おれがくる前に立ち寄ったんだな」

「それはそうとなぜあなたはここにいるの？」彼女は封を開けようとした。

「やはりきみの言うとおりだとつたえるために。一日じゅうそのことを考えていた。明日、シアトルに行ってガリック・キーワースと会ってくる」

決然とした口調にチャリティは驚いた。玄関先のテーブルに封筒を置き、彼のほうを向く。

「本気でそうしたいと思っているの？」

エライアスは戸口で微動だにしない。その顔からはなんの感情も読み取れなかった。「おれにしろキーワースにしろ、それでどうなるものでもないかもしれない。だが、これ以外にはなんの方法も思いつかない」

チャリティはエライアスのそばに行き、両手で体を抱くと、胸に顔をうずめた。「わたしも」

エライアスは彼女の腕のなかでかたくなに体をこわばらせた。しばらくして、声にならない声をあげ、チャリティを両手でがっちり抱いた。

「おれの身になにかが起こっている、チャリティ。これまでの鍛錬、思想。十六のときから自分の中心に据えてきたこと。そのすべてがはっきりしたかと思うとぼやけていく。壊れたテレビでも観ているように」

「ヘイデンが亡くなったとき、クレイジー・オーティスも同じ思いをしたんじゃないかしら」

エライアスはしゃがれた声で笑った。その声にはユーモアのかけらも感じられない。「やはりあの埠頭は改名したほうがいいかもしれない。クレイジー・エライアス桟橋と」

「キーワースとのことが災いした、間違いなくね。ヘイデンの死がそれに拍車をかけたのよ。キーワースとの問題はまだ終わっていない。だからこうしてまたその問題に取り憑かれている」

「ついでに幽霊がいれば」エライアスは彼女を抱く手に力をこめた。「ああ、もう一度だけヘイデンと話ができれば」

「彼はなんと言うかしら？」

エライアスはしばらく黙っていた。「澄んだ水面に映る姿をじっくり見ること。過去の残像にゆがめられない水を」

「どういう意味なのかわかっているの？ わたしにはよくわからないけど」

「キーワースにもう一度会わなければならないということだろう」

「わたしも一緒に行くわ」

「シアトルに？ だめだ。そう言ってくれるのはありがたいが、これはおれが自分でなんとかしなきゃならない」

「わかってる。でもわたしの車でシアトルまで送っていってあげる。デイヴィスは今週は出張で留守にするようなことを言っていたけど、妹のほうはいるはずよ。あなたがキーワースと忙しくしているあいだ、わたしは彼女とお昼でも一緒に食べるわ」

「反対するつもりはない」エライアスが口ごもる。「白状するしかないな、チャリティ。最近、きみだけが本物だと思えるときがあるよ」

チャリティは心底不安を覚えた。エライアスをしっかり抱きしめてはみたものの、彼の言葉のもたらした不安な思いは消えなかった。

エライアスが情欲ゆえにこちらに惹かれているとすれば、その情欲が失せてしまったときどうなるのだろう。

そうなれば今度は愛情が芽生えてくれることを祈るしかない。だって、わたしはエライアスを愛している。ふとそのことが目もくらむほどはっきりとわかった。

チャリティは彼に唇を差しだした。

エライアスは疑念も不安も追い払うほどの激しさで唇を求めてきた。少なくともしばらくは不安が消えた。


一時間後、エライアスは情事のあとの甘美な惰眠《だみん》から覚めた。やわらかいマットレスの上であおむけになり、寝室の天井を見上げる。その横で、チャリティがぴたりと寄り添っている。温かく、しなやかな体がなんとも心地よい。

キーワースに話をつけると決めてから、驚くほど物事が現実味を帯びて感じられるようになった。仇敵に対してなにを言えばいいのかわからないが、会うと決めたのは正しかった。いつかはやらなければならないことだった。これもチャリティのおかげだとわかっている。

タル・ケック・チャラではこうはいかなかった。

これでなにか転機のようなものにさしかかったこともわかる。いっきにすべての問題に取り組もうとは思わない。だが、キーワースに会うと決めたことで、これまでとはがらりと違う道に踏みだしたことになる。思想や鍛錬に頼ることなく自分のとるべき道を決めたのは、十六以来はじめてのことだ。

危険だ。自分の弱さを感じる。

綿密につくりあげた自己充足の世界をチャリティに脅かされることになるのは最初からわかっていた。なのについ深追いしてしまった。こうなっては引き返すこともできない。

「エライアス?」

「起きてるよ」

「お腹すいた?」

「そういえば食事にありつく暇もなかったな」

「わたしも」チャリティはくしゃくしゃのシーツの上で起きあがった。「フィリスや議会から埠頭を守ることで頭がいっぱいだった」

「おれのほうは助っ人の仲間たちにビールを奢ることで頭がいっぱいだった。ところで、ニューリンがおれにタル・ケック・チャラを教えてほしいという。きみが吹きこんだようだな」

「彼が自分で思いついたことよ。迷惑?」

エライアスは少し考えた。「いや。だが、おれにつとまるかどうかわからない。これまではずっと教わる側だった」

「どんな先生もむかしはみんな教わる側だった。教えるということは学ぶことの延長線上にあるんじゃないかしら。少なくともいい教師にとってはね」

「ヘイデンがよく言っていたよ。生徒と教師は水をよぎる光のような関係にあると。水に映る光の影は絶えず変わる。同じであることは決してないが、かならずそこにある」

「いかにもヘイデンらしい。暗号みたいないい言葉。軽い食事でもいかが？　手の込んだものは、なしね。ピーナッツバター・サンドイッチとか？」

エライアスはほのかな月光に照らされた彼女の胸に見とれた。そろそろと手を伸ばし、乳首に触れる。指の下でかたく芽吹いた。「またはこれとか？」手のひらを腰へと滑らせ、そのままさらに下にやる。

「そっちのほうはもうじゅうぶんでしょう」チャリティはその手を叩いた。「もう食べる時間よ」

「おおせのとおりに」エライアスは彼女をベッドに押し倒し、両脚のあいだに入りこんだ。

「あきれた、エライアス。よくもこれとピーナッツバターを一緒にできるわね？」

「男は取れるときに栄養を取らないとね」と太腿の内側にキスし、陶酔を誘う匂いに釣りこまれた。

チャリティは喘ぎ、彼の髪をつかんだ。「なんだか変態じみてない？」

「実際にピーナッツバターをベッドに持ちこまなければ変態行為にはなりえない」

「ほんとに？」

「ほんとに」エライアスは唇で敏感なクリトリスをとらえた。じょじょにかたくふくれてくる。えもいわれぬ味がした。

「エライアス」

「ピーナッツバターよりうまい」

「ええ、ええ、あなたの勝ち」チャリティが息を呑む。「でもサンドイッチを食べる前にシャワーを浴びるのよ」

「きみがどうしてもと言うなら」

四十五分後、チャリティはさっぱりとシャワーを浴び、白いタオル地のローブを着て、キッチンに立った。そしてピーナッツバターをはさんだパンの山にナイフを入れた。

「こっちは用意ができたわよ、エライアス」

「いま行く」廊下で声がした。

「なんていうか、これでもうピーナッツバターの瓶を正視できなくなりそう」

「おれも」エライアスがキッチンの戸口に現われた。ジーンズの上にシャツをはおり、ボタンはとめていない。シャワーに濡れた髪を額からかきあげた。目はものほしげにチャリティを見ている。「きみはつくづく男の欲望を刺激してやまない」

「よだれが垂れる前に座ることね」

「いい考えだ」彼はこちらにやってきながら茶封筒を振りかざした。「忘れていた？」

「うっかりしていたわ」チャリティはサンドイッチの載った皿を窓際のテーブルに置いた。

「開けてみて。指にピーナッツバターがついてしまったから」

「舐めてやろうか」

チャリティがじろりとにらむ。「開けて」

「興ざめ」エライアスは腰を下ろし、封筒を破いて開けると、なかをのぞいた。「写真のようだ。ポラロイドの」

「ほんと？」彼女は流しで指をすすいだ。「いったい誰が写真なんか置いていったのかしら。手紙はついてる？」

「ないようだ」エライアスは封筒をさかさまにし、テーブルの上に中身を開けた。「手紙はなし。埠頭の誰かが写真を撮ってきみに見せようとしたのかもしれない」そして黙りこむ。

「と思ったが、前言撤回」

チャリティはキッチンのタオルで手を拭いた。「どうしたの？」

エライアスは椅子にもたれ、テーブルに散らばる三枚の写真を示した。「自分で見てごらん」

好奇心に駆られ、チャリティはテーブルの写真をのぞきこんだ。

あまり鮮明ではない。バックはぼけている。色はくすみ、構図は素人くさい。はじめはなにが写っているのかわからなかった。

やがてベッドにはりつけにされた女性の裸体だとわかった。

ブロンドの髪が枕のまわりに広がっている。手首と足首は手錠のようなものでベッドに固定されていた。身につけているのは、股の部分のない革のパンティーと乳首の部分に穴の開いた革のブラジャーだけだ。股間には巨大な張形が置いてある。体のわきには乗馬用の鞭《むち》とおぼしきものが置かれていた。

「嘘」チャリティは愕然とした。「フィリス・ダートムアよ」


十五分後、エライアスは最後のピーナッツバター・サンドイッチをたいらげた。こんなに空腹だったとは思わなかった。手についたパンくずを払い、空っぽの皿を名残り惜しげに眺める。ひとつを除いて全部こちらが食べてしまった。

気分も上々だ。

なにも変わってはいない。まだキーワースとも対面しなければならない。だが、シアトルに戻ってけりをつけると決めたことで、物事がはっきりと見えるようになった。

チャリティとのセックスもまたとない現実感を与えてくれた。

とはいえ、チャリティのほうはひどく思い詰めた顔をしている。エライアスはだんだんと不安になってきた。彼女は最初に手をつけたサンドイッチのひと切れをいまだにかじっていた。かたわらに置かれた茶色の封筒をしきりとちらちら見ている。フィリス・ダートムアだとわかるなり写真を封筒に押しこめたものの、頭のなかはまだそのことでいっぱいらしい。

エライアスはゆったりと椅子に座り、両手をジーンズのポケットに突っこむと、足をテーブルの下に投げだした。「その写真はどうする？」

チャリティがため息をつく。「フィリスに渡す、とか。ほかにどうしていいのかわからない」彼女はエライアスの目を見た。「誰がこんなものを置いていったのかしら。それもなぜ？」

彼はちょっと考えこんだ。「こんなことをしでかす人間は限られている。きみとフィリスがこの数カ月敵対関係にあることは周知の事実だ。おそらく彼女に対する攻撃手段をくれてやろうということなんだろう」

「いやね」

「まったく」

「わたしにこの写真をどうしろというの？」

エライアスが肩をすくめる。「哀れなフィリスにゆすりをかける？　クレイジー・オーティス桟橋から手を引かせる？」

「とんでもないことよ。わたしがそんなことをするとでも思ったのかしら」

「たしかにいささか常軌を逸しているな。きみのことをあまりよく知らないやつの仕業にちがいない。だが、となると、やりそうな人間はいくらでもいる。ウィスパリング・ウォーターズ・コーヴの大半の住民が対象となるわけだから」

「それはないと思うけど」チャリティがためらいがちに言う。「もし——」

「もし？」

「もしフィリスに正真正銘の敵でもいないかぎりは。わたしには心あたりがないわね。だって、彼女は強引だし気むずかしいところもあるけど、はっきりいって、埠頭に対する考え方はほとんどの住民に支持されているわ。反対派はクレイジー・オーティス桟橋の商店主だけよ。だからといって、ビーやラディアンスやヤッピーやテッドがこんなことをしでかすとは思えない」

「まずありえないな」エライアスはひと呼吸おいた。「可能性はもうひとつある」

「どんな？」

「この写真を撮ったやつがフィリスをゆすろうとしたのかもしれない。そして彼女にはねつけられた」

「それでうちに写真を置いていき、彼女をこらしめることにした？　わたしなら彼女を憎んでいるからこの写真でいじめてくれるだろうと」チャリティは口元をゆがめた。「わたしも軽く見られたものね」

エライアスは眉を吊りあげた。「誰がやったかは知らないが、そういうことをするやつは世界じゅうの誰もが自分と同じ倫理観のもとに行動すると思ってると考えたほうがいい」

「だけど、フィリスに対する復讐が目的ならば、どうして新聞社のトムのところにしなかったの？」

「こんなものはゴシップ誌でも載せないよ。それに『コーヴ・ヘラルド』はタブロイド紙じゃない。家族向けの新聞なんだ」

「言えてる」

「それを考えれば、きみが選ばれたのは道理にかなっている。フィリスと直接対決できるのはきみしかいないわけだから。きみたちふたりが埠頭をめぐって敵対関係にあるのは言わずと知れたことだ」

「あなたが現われるまではそうだった」チャリティがここぞとばかりに言う。「売るつもりはないとはっきり言ってくれた以上、その問題はもう解決したものと思いたいわ。でも、まだ奥の手があるんじゃないかと期待している人もいるようね。なんといっても、あなたは謎の男なんだもの」

エライアスは彼女を食い入るように見た。「おれは断じてあの埠頭を顧客に売りつけるつもりはない。その言葉をきみは信じてくれるんだろう？」

チャリティは鼻に皺を寄せた。「まあね」

「なぜ？」

「どういう意味よ、なぜとは？」

「なぜおれのことを信じるのか、そう思ったまでのことだ。確たる証拠があるわけでもないのに」

「おおかたの意見に反して、わたしにはあなたがみんなの言うような謎の人物には思えないから」

それは彼が求めていた答えではなかった。かといって、ほかにどんな答えが考えられるというのか。わからない以上はこれでよしとしなければならない。

「写真はどうする?」と話題を変えた。

チャリティは身震いした。「いっそ燃やしてしまいたいところだけど、それで問題が解決するわけじゃないものね」

「不幸中のさいわいというべきはポラロイド写真であることだ。ということは焼き増しはまずできない」

「まあ、せめてもの救いね。朝いちでフィリスに届けにいくわ、シアトルに発つ前に。彼女になんと言えばいいのかしら。だけど、彼女も知っておく必要があるし」

「一緒に行こうか?」

「いいえ。あなたも見たとなれば、屈辱感が増すだけよ」

「そうかもしれない。とはいえ、この写真から察するところ、彼女はさほど内気なタイプじゃない。ウィスパリング・ウォーターズ・コーヴの町長は革と鞭がお気に入りだったとは、誰も思うまい」

「誰かを除いては」チャリティがぼそりとつぶやいた。「しかもそれを利用しようとしている。よくもこんなまねができるものね」

「リック・スゥイントン」フィリスの呆然とした顔に怒りが広がった。写真を持つ手がわなわな震える。「あの卑劣な男。薄汚いやつ。わたしは払わないと言った。どうせはったりだと思ったのに」

「スゥイントン？」チャリティは一瞬驚いた。「まあ、それならわからないでもない。彼は最低の男だもの」

「最低最悪。先月はじめて会いにきたとき、恐ろしくセクシーに思えたばっかりに」フィリスが口をゆがめる。「町とヴォイジャーズのあいだで折り合いをつけたいと言ってきたのよ。食事に誘われたわ。人目があるからよその町にしようと言いはるの」

フィリスの家の居間は灰褐色とベージュの上品なしつらえだ。チャリティは淡い色のソファにかしこまって座っていた。慰めの言葉でもかけようかと思った。けれど、なにも頭に浮かんでこない。「写真を撮られたのはそのとき？」

「違う。あれは単なる肉体関係の始まり。写真を撮られたのは何週間かしてから」

「ヴォイジャーズが町にやってきてからずっと会っていたのね？」どうりでフィリスはヴォイジャーズ問題に及び腰だったはずだ。及び腰だったのはそれだけじゃないが。

「言ってもわかってはもらえないでしょうけれど。リックはベッドではすごかった。あれほど満足させてくれた男性ははじめて」

チャリティはごくりと唾を呑んだ。「なるほど」

フィリスはガラス製のコーヒーテーブルに飾られたクリーム色の薔薇《ばら》を見つめた。「わたしの要求に心底応えてくれたのはあの人しかいない。彼はファンタジーというものをわかってくれた。それも写真を撮られたことで終わったわ。これもプレイの一部だと言われたけれど、こっちとしては不安になるじゃない。仕事のこともあるし。そうしたらあいつが金をゆすりにきたの」

「なんて男なの」

「わたしは写真を取り戻そうとした。おまぬけなヴォイジャーズたちが浜辺で宇宙船を待っていたあの夜、あいつのモーターハウスに忍びこんだわ。だけど、見つからなかった」

ということは、あのときリック・スウィントンのモーターハウスから出てきたのは、フィリスだったのだ。これで小さな謎がひとつ解けた。

「わたしの知ったことじゃないけど、お金を払わなかったのは正解だったと思う。あなたに断わられたものだから、わたしの家にあの写真を置いていくことで仕返ししようとしたのね。さえない復讐だこと」

「あなたならあの写真を存分に活用してくれると思ったんでしょう。それしか考えられない。あいつはわたしを侮辱したかったのよ。リックは仕返しにはこだわる。でもあの写真に関してははったりだと思ったのよ」

「女の敵ね」

フィリスは薔薇から目をそらし、チャリティを見据えた。「あなたは引っかからなかったの？」

「タイプじゃない」

「うらやましいわ。リックは怒っていたけれど」

「なんで？」

フィリスが肩をすくめる。「あなたが彼の誘いを断わったこと。一、二度その話を聞かされたわ。よっぽど悔しかったんだと思う。よくも仕返ししなかったものよ」

チャリティはふと自宅が荒らされた晩のことを思い出した。スウィントンの誘いを拒否して一週間もしないうちのことだった。「されたのかも」と小声で言う。

フィリスは聞こえなかったようだ。「あなたはまっすぐ写真を届けにきた。わたしを操ろうともしなかった」

チャリティは両手をしっかりと組み合わせた。「わたしをなんだと思っているの？」

「この数カ月、クレイジー・オーティス桟橋のこととなると、あなたは一歩も譲ろうとしなかった」

「わたしがあんな写真を使ってまで自分のほしいものを手に入れるとでも思ったの？　わたしもずいぶんと見くびられたものね」

フィリスの頬が赤らんだ。「ごめんなさい。ほんとは土下座して謝らなきゃならないところなのに、失礼なことを言って。あなたのことは敵だとばかり思っていたから、なぜわたしのためにここまでしてくれるのかよくわからなくて」

「そう？　もし立場が逆なら、あなたも同じことをしていたと思うわ。わたしたちは埠頭の問題では対立しているけれど、おたがいに嫌いなわけじゃない」

フィリスは眉をひそめた。「ええ、もちろん」

「それにどちらも正々堂々と戦っている」

「ええ。でも、目的を遂げることしか頭になくなるのは簡単なこと。情けを忘れるのも簡単なこと。法律や政治がいい例よ」

「法律や政治以外にもありえることね」チャリティは封筒に目をくれた。「写真はそれで全部なの？」

「ええ、ありがたいことに。写真を撮られたことに気づいたときは焦ったわ。手錠をはずしてカメラを奪い取った。叩き壊してやった。でも、すでに三枚撮られたあとだった」フィリスの目に涙が光った。「自分のばかさかげんがいまだに信じられない」

チャリティはあのフィリス・ダートムアが泣き崩れるのを見て呆然とした。「泣かないで。大丈夫だから」急いで立ちあがり、フィリスのこわばった肩に手をまわす。エライアスの言ったことを思い出した。「少なくともポラロイド写真よ。焼き増しはまずできない」

「よかった」フィリスは涙をこらえた。完全に納得したわけではなさそうだが、それなりに落ち着きを取り戻している。彼女はチャリティを見上げた。「すぐに焼いてしまうわ」

「それがいい」チャリティはフィリスをぎゅっと抱きしめた。「がんばって、フィリス。写真はあなたが持っている。最悪の事態は去ったの」

「そうね」フィリスはつんと顎を上げた。持ち前の自信と決意を取り戻したらしい。「リック・スゥイントン、あんなやつは殺してやってもいい」

チャリティは静かに席を立ち、フィリスの家をあとにした。

一時間後には愛車のトヨタの助手席で窓の外を眺めていた。曲がりくねった細い道が目の前を通りすぎていく。フィリスとのやりとりがまだ頭にこびりついている。霧が晴れたと思ったら雨が降りだした。歩道にそびえ立つモミの木から雨のしずくがしたたっている。ピュージェット湾は鉛色に染まっていた。

ハンドルを握るのはエライアスだ。なにごとにつけてもそうであるように、ハンドルさばきもみごとに抑制がきいている。チャリティは彼が物思いという冷たい水にどっぷり浸かっているのを感じた。

「オーティスはどうしたの？」沈黙を破って言う。

「ヤッピーに預けてきた」

「それはよかった。オーティスは回転木馬が大好きだから。ヘイデンが死んだあと、あれに乗らなきゃろくに食欲も出ないことがあったわ」

「いいか、チャリティ、オーティスはヘイデンに死なれたあときみに面倒を見てもらってほんとに感謝しているんだ。うまく表現できないだけで」

「ええ、そうでしょうとも」

14

川の流れを変える者は、過去の水に手が濡れることを覚悟しなければならない。

——『水の道にて』ヘイデン・ストーンの日記より

「わざわざ家まで押しかけてきたのか、ウィンターズ」ガリック・キーワースはこちらを見ようともしなかった。ウイングチェアにすっぽりと身を沈め、雨に濡れた庭のほうを向いている。「未遂に終わってがっかりか？　睡眠薬はやったことがなかった。死ぬ前に吐いてしまった。だが、心配するな。ふん、今度はもっと確実な手を使ってやる」

「おれのためならやめてくれ、キーワース」エライアスはテラコッタを敷き詰めたサンルームの床をゆっくりと歩いた。

キーワースの家はワシントン湾のほとりにあり、歴史を感じさせる広大な煉瓦造りの建物だった。時代が違えば、さぞや栄華を誇ったことだろう。しかし、エライアスがサンルームに向かって歩いていくと、その足音は暗い羽目板張りの廊下に虚しくひっそりと響いた。この家には誰もいないのではないかと思われるほどだった。あたかもなにかがとうのむかしに死んでしまったかのように。

ガリック・キーワースに会うには、電子制御の門をくぐり、二匹の大型犬に吠えられ、無愛想な庭師ににらまれ、頑固な管理人に話をつけなければならなかった。なのにいざ本人を前にすると、なにを言っていいのかわからない。

「ばかな」ガリックがぶつぶつ言う。「完璧な報復だ。それが望みだったんじゃないのか。復讐が？」

「完璧な報復とはあんたに生きていてもらうことだ。未来という川を見つめ、そこに映る姿を変えてほしい」

「なんの話だ？『クリスマスキャロル』の続編か？　そういえばおまえは妙な武術だか哲学思想をやっていると聞いたな。なんでもいいが、こっちにまで押しつけるな。自殺はしても、頭はいかれてない」

「あんたの息子が昨日おれに会いにきた」エライアスはウイングチェアの前面に立ち、ガリックと向きあった。

憔悴しきった顔と生気のない目に愕然とした。もうじき正午だというのに、ガリックはパジャマとバスローブを着ている。足にはスリッパを履いていた。テーブルの上のコーヒーは手もつけられていない。

「ジャスティンが会いにいった？」ガリックの声は平坦で、およそ感情というものに欠けていた。目線はエライアスを通り越して庭に注がれている。「いったいなんの用で？」

「復讐」

ガリックは顔をしかめた。「どういうことだ?」

「おれをよく見ろ、キーワース。この目の痣はジャスティンにやられたんだ」

ガリックは驚いて顔を上げ、エライアスをまじまじと見た。「ジャスティンに殴られたというのか?」

「何発か。助けがこなければぶちのめされるところだった」

「なぜだ?」ガリックは心底当惑した顔をしている。

「わからないのか? あんたが自殺しようとしたのはおれのせいだと言う。責任はおれにあると思っているらしい。どこかで聞いた話じゃないか、キーワース? 水面に波紋が生じたのが見えるか?」

ガリックは口をもぐもぐさせた。「わからん」

「そうか?」エライアスはガリックの憑かれたようなまなざしに背を向けた。

そして床から天井まである窓の前に立った。そこからは庭と灰色の湾が見渡せた。霧のかなたに、シアトルの高層ビル群が暗い影となって浮かびあがっている。いまごろチャリティはあのビルのどれかにいる。彼女がここにいてくれたら。彼女ならこの場のあしらい方がわかるだろう。エライアスは自分でもしどろもどろなのがわかった。

「おい、言いたいことがあるならはっきり言え、ウィンターズ」

「あんたと息子の折り合いが悪いことは公然の秘密だ、キーワース。だがいざとなると、血は水よりも濃しだな。ジャスティンはおれを責めるためにわざわざ会いにやってきたんだ」

「信じがたいことだ。ジャスティンはわたしのことなどなんとも思ってない。わたしは邪魔者扱いされている」

エライアスは無意識に顔の痣を撫でた。「おれにはそう見えなかったが」

「おまえはジャスティンのことなどなにもわかってない」

「それは違う」おもむろにガリックのほうを向く。「彼のことはよくわかっている。おれは計画を立てる前にあんたやあんたの会社に関係する人間をことごとく調べあげた。あんたが妻に逃げられた理由も、環太平洋諸国担当の役員があんたの秘書とできていたことも、シンガポール支社の会計責任者がライバル会社に引き抜かれたことも、全部つかんでいる」

「そうだろうとも」ガリックは椅子の背に頭をもたれ、目を閉じた。「おまえの計画は一分の隙もなかった。仕事を間違えたな、ウィンターズ。おまえは政治家になるか、ペンタゴンにでも行くべきだった。おまえのような策士に会ったのははじめてだよ」

「ジャスティンのことでわかったことがある。興味があるか?」

「わたしになぜまたあの子の話をしようというのか、そっちのほうに興味があるね。これも壮大な復讐計画の一環か? それなら、わざわざ話すには及ばない。ジャスティンとの関係はこれ以上壊しようもない。あいつには何年も前に縁を切られてる」

「復縁できるかもしれない」

「ジャスティンの話はもうやめろ」ガリックは目をぱちぱちさせ、はじめて感情の片鱗《へんりん》を見せた。「あの子まで巻きこまんでくれ」

「彼もかかわっている」

「いや、それはない、ぜったいに」ガリックの顔に怒りがこみあげる。「あの子はニヒリの事件とはなんの関係もない。まだ生まれてもいなかった。わたしに対してはなにをやってもいい、この姑息な冷血人間めが。しかし、ジャスティンには手を出すな。このとおりだ、もし――」

「おれは安全だよ。あんたは危険だが」

「なにを言いたい？」

「彼に害を及ぼす恐れがあるのはあんたのほうだ。よくよく気をつけないと、しまいには彼もおれのようになる。何年もかけて復讐の計画を練るような姑息な冷血人間にな。彼にそうなってほしいのか？」

「ばかなことを訊くな」ガリックは怒鳴った。

「可能性はもうひとつある。キーワース、あんたのようになるかもしれない。過去を乗り越えることができず、家族や人生の大切なものをなにもかも犠牲にする、ロボットのような男に」

ガリックは椅子から立ちあがりかけた。腕が震えている。さっきまで死んでいた目が怒りにぎらついている。「いったいどういう了見だ？　なぜ人の息子の話ばかりする？」

エライアスは気を落ち着けた。覚悟はできていたはずだ。「ジャスティンを救いたいなら、少しは忠告も聞いてくれ。おれが両親にされたようなことはしないでくれ。息子を見捨てるな」

ガリックの口が動いた。なかなか言葉にならないようだ。「どういう意味だ?」

「あんたは自分の罪悪感にかまけて息子のことを無視してきた。おれも両親に同じことをされた。母は自殺した。父はおれをあまりかまってやれないという罪悪感でがんじがらめになっていた。そのあげくあんたが妨害工作を働いた飛行機に乗りこんだ。調子が悪いと知りつつね。そして二度と戻ってこなかった」

「前にも言ったはずだ。わたしはオースティン・ウィンターズに死んでもらうつもりはなかった」

「ああ、まあ、世のなかとはそういうものだ。あんたたちふたりは島で真剣勝負を繰り広げ、ひとりが死んだ。子どもがひとり取り残された。他人が介入して子どもを育ててあげるしかなかった。そして今度はあんたが自殺しようとしている。成功すれば、あんたの息子もひとり取り残されることになる。なにかおかしいとは思わないか?」

「ジャスティンはわたしのことなど必要としていない。わたしを軽蔑しているよ。だいいち、あいつはもう子どもじゃない。二十五にもなるんだ」

「おれの目に青痣をくれたあの若者はあんたをひどく必要としていた。ふたりの仲を修復しないと、彼は間違いなくおれかあんたのようになる。ひとり息子に対する遺産としてはあんまりじゃないか?」

エライアスは返事を待たなかった。さんざんな結果になってしまったことはわかっている。

だが、ほかにはなんの言葉も思いつかなかった。ガリック・キーワースの前を通り、うら寂しい廊下を歩くと、灰色の霧のなかに出た。

つややかなダークグリーンのポルシェが長々とした私道に乗り入れ、急ブレーキをかけてとまった。ジャスティン・キーワースが飛び降りてきた。

「ここでなにをしてる、ウィンターズ？」

「早耳だな」エライアスは車のドアを開けた。「管理人が電話してきたのか？」

ジャスティンは拳をかためた。「だから、ここでなにをしてる、と言ったんだ」

「おれにもよくわからない」エライアスは運転席に座り、エンジンをかけた。「過去と未来の合流地点を見つけるのがいかに難しいか、考えたことはあるか？」

ジャスティンは顔をしかめた。明らかに困惑している。「誰かがおまえのことを変なやつだと言っていたな、ウィンターズ。あのときは真に受けなかった。だが、うすうすそうじゃないかという気がしてきた」

「おたがいさまだ」エライアスはドアを閉めた。

彼は長い私道を走り去り、憂鬱な水辺の屋敷をあとにした。チャリティに会いたかった。

広い机についていた有能そうな男性があわてて立ちあがった。チャリティがすいすいとその前を通りすぎていく。

「待って。そこは立入禁止です。言ったじゃないですか。ミズ・トゥルイットは会議中なんです」

「その手には乗らないわよ」チャリティは秘書に愛想よく手を振り、オフィスのドアに向かった。「メレディスがひとりになりたいときは会議中にしておくことは知っているの。心配しないで。いやな顔をされても、扱い方は心得ているから。わたしだってまんざら影響力がないわけじゃないのよ」

「だめです、わかってない――」

チャリティはにっこりしてドアノブをまわした。「ねえ、メレディス」大きな声で言いながらドアを開ける。「お姉さまのお帰りよ。お昼でもどう？」

机のそばであわただしい物音がした。絡みあったふたつの体があわてて離れた。

「サンダーソン、邪魔しないように言っておいたはずよ」メレディスがひときわ情熱的なキスから身を振りほどき、こちらをにらみつけた。ヴァイキング並みの体格をしたブロンド男性の肩越しに首を伸ばす。「チャリティ」

チャリティはぴたりと足をとめた。妹がブレット・ロフタスの腕にいるのを見て目をぱちくりさせた。「あら」

「どうした？」ブレットがゆっくりとメレディスから離れこちらを振り向いた。端正な顔立ちに不快の色が浮かんでいる。その目がチャリティをとらえた。顔がまっ赤になった。黄金色の髪をかきあげ、高価なシルクのネクタイを整える。「ああ、やあ、チャリティ。これは驚いたな」

「あなたの秘書を無視してはいけないという教訓になったわ、メレディス」チャリティはオフィスから出ていこうとした。「ごめんなさい。たまたまシアトルに来たものだから。食事でもどうかなと思ったのよ」

メレディスはブレットをちらりと見た。彼は眉を上げ、大きな肩をすくめた。ふたりのあいだで暗黙の了解が交わされた。

メレディスがきっぱりとチャリティのほうを向く。「それはいいわね。わたしのいきつけのクラブに行きましょう。大事な話があるの」

「どう言えばいいのか」メレディスはまっ白なテーブルクロス越しにチャリティを見つめた。「去年の夏、あなたは言った。ブレットがそんなにすてきなら、自分が結婚すればいいと。あなたの言うとおりだった。わたしたちは二、三週間後に婚約発表することになっているの」

「おめでとう」チャリティはまるまるしたカニの身にワサビをちょっとつけた。「わたしには予知能力があるのかも」

ワサビが鼻に抜けるあいだ、妹の顔をつくづく眺めた。メレディスは元気そうだ。元気どころの話じゃない。光り輝いている。実業界とブレット・ロフタスがよほど肌に合ったのだろう。

メレディスのストロベリーブロンドの髪はオールバックにまとめられ、どきりとするほど美しい顔を際立たせている。黒いなめし革のジャケットとスリムなスカートが大企業重役という役割にいかにもふさわしい。特別にあつらえたリップスティックはマニキュアとそっくり同じ色だ。その姿はシアトルでも一、二を争う高級ビジネスクラブにことのほか馴じんで見えた。

成功したビジネスウーマンの印象に唯一そぐわないものがあるとすれば、薄いグリーンの瞳に浮かぶ不安の色だ。

ちょうど一時を十分ほどまわったところだった。ダイニングルームのヴェルベット張りのブースは、ビジネススーツに身をかためた男女であふれている。くぐもった話し声や銀器が陶器に触れあう音に乗せて重要な商談が行なわれていた。

その光景を見ているとかつてのことが思い出された。前にここで昼食会をしたことがある。そう遠くはないむかしのことだ。当時は支配人が名前を覚えていてくれた。ボーイ長はこちらの好みを熟知し、わざわざメニューを見るまでもなかった。かといって、あのころが懐かしいとはこれっぽっちも思わない。

メレディスは眉をひそめた。「チャリティ、わたしとブレットとの関係がショックだったのはわかっているわ」

「そんなことない」

「こんなふうに知ってほしくはなかった。わたしの口から——」メレディスがまばたきする。

「そんなことない？　どういうこと？　わたしとブレットのことを知っていた？　それはな

いはずよ。あれだけ慎重に動いていたのに。どうしてわかったというの？」

「わかっていたとは言ってない。わたしはべつにショックじゃないと言っただけよ」

メレディスは不安げにチャリティを見た。「ほんとにいいの？　だって、あなたがブレットと婚約したのはつい一年前のことなのよ」

「婚約したわけじゃない」

メレディスが顔を赤らめた。「わかった。もう少しで婚約するところだった。わたしの意図したことはわかっているはずよ。あなたたちふたりはおつきあいをしていた。それどころか、結婚まで考えていたのよ」

「結婚したとしてもぜったいにうまくいかなかった。それは婚約パーティーをする前からわかっていたことよ。ブレットもそうだったと思う。ふたりともどうして事前に取りやめなかったのかしら」

メレディスは皿に盛られたサーモンのグリルに目をやった。「ブレットが言っていた。彼も不安ではあったけどなにがまずいのかよくわからなかった。これはおたがいをもっとよく知る時間が必要なんじゃないかと。婚約期間がその時間になると考えたのよ」

「ブレットはやさしいから真相をすべて明らかにしたわけではなさそうね」チャリティは淡々と言った。「彼とわたしは結婚に仕事を絡め、なにもかもいっきに進めようとして焦ったのよ」

「結婚と合併は両社にとってプラスになるとみんなが見ていたわ」

「トゥルイットとロフタスはもともと相性がよかったの。だからブレットもわたしも家族や会社のために最善を尽くさなきゃいけないとの重圧を感じていた。おたがいに好意は持っていたけど、仕事が婚約を決める動機になったとはどちらも認めたくなかった」

「土壇場で目覚めてよかったこと」

チャリティは眉を吊りあげた。「つまり、ちょっとした神経衰弱になってよかったということ？ 正直に言うわ。あれは悟ったんじゃない。頭がいかれたのよ」

「あなたは神経衰弱になったわけじゃない」メレディスもむきになった。「いろいろな重圧から逃げだしたくなっただけよ。なにかがあなたに決断させたの」

「どう呼ぼうと勝手よ」とため息をつく。「このままではいけないとあの夜急に悟った。パニックに陥ったわ」

「パニックに陥るのも無理はないわ。あなたがウィスパリング・ウォーターズ・コーヴに行ったあと、デイヴィスと何度も話しこんだの」

「ほんと？」

「いまならあなたの立場がわかる。お父さんとお母さんに死なれたあと、会社をやっていくのはどんなに大変だったか。収拾もつかない状態だったでしょうね。みんながあなたを頼ってくる。身内、社員、業者、顧客。もともとあなたはビジネスなんか好きでもなかった。お父さんを喜ばせるためこの道に入っただけなのよ」

「ブレットとあんなことになったのは自分で蒔《ま》いた種よ。あなたとデイヴィスにもっと早く経営を引き継ぐべきだった」

「会社をやっていく準備ができたのは一年ほど前のことよ。わたしたちには経験が必要だった。あなたのおかげでふたりとも大学を終え仕事を覚えることができたの。でもこうして考えると、いちばん感謝しているものはなんだかわかる？」

「なに？」

「あなたよ」

チャリティは驚いた。「わたし？」

「ええ、あなた」メレディスが微笑んだ。「デイヴィスにもわたしにもトゥルイットを継ぐ義務があるようなことは一度も感じさせなかった。あなたは選択の自由を与えてくれた。ふたりともいまごろになってようやく気づいたの。あなたにはその自由がなかったと」

チャリティは顔を赤らめた。妹に誉められたのが気恥ずかしかった。「やめて。まるで一生を棒に振ったかのようじゃないの。わたしはやっと三十になったばかりなのよ。時間はたっぷり残されているわ」

「わかってる」メレディスはいぶかしげに目を細めた。「でも、あんなちっぽけな町に暮らしてほんとに幸せなの？」

「ええ」

「チャリティ、もう一年になるわ。戻ってくるチャンスはあった。おしゃれなレストランが恋しくない？　劇場は？　ショッピングは？　あなたのやっている本屋はあまりにも小さい。

トゥルイットの次はなにがあるというの？　どうして耐えられるの？　涙が出るほど退屈じゃない？」

「ウィスパリング・ウォーターズ・コーヴみたいに小さな町でも驚くほどいろいろなことが起こるのよ。それに実業界は性に合わない。わたしには小さな商売が向いているの。エライアスにも言ったけど、これが天職なの」

メレディスの目が鋭くなった。「エライアス？」

「エライアス・ウィンターズ」

「ファー・スィーズ社の？」

「そう」

メレディスは顔をしかめた。「デイヴィスによるとウィンターズは埠頭で取引しているそうじゃないの」

「そんなことない。彼も埠頭でお店をやっているけど、それ以外、なにも変わったことは起きてないわ」

「デイヴィスによるとファー・スィーズはあの町でなにかを俎上《そじょう》に載せようとしているとか」

チャリティはにっこりした。「エライアスは料理が得意だということがどうしてわかったの？」

「わたしは真剣なの」

「ご参考までに、エライアス・ウィンターズとファー・スィーズには最近ちょっとした異変があってね。エライアスはウィスパリング・ウォーターズ・コーヴに腰を落ち着けることになったの」

「チャリティ、真面目な話をしようじゃないの。あなたが実業界を去ることにしたからといって、ウィンターズも同じことをするとは思えない。彼は相当に大口の取引を手がけてきたのよ」

「ええ、知ってる。でもクレイジー・オーティス桟橋はいっさい売る気がないの」

メレディスは身を前に乗りだした。「デイヴィスが言うには、彼はちょっと、その、変わっているとか?」

「そうよ」

「その口ぶりからして、ウィンターズとはずいぶん気心の知れた仲に聞こえるけれど」

「じつは、熱愛関係にあるの」

メレディスは目をまるくした。「冗談のつもり?」

「まさか」

「ウィンターズと熱愛関係に? 本気で言っているとは思えないわ」

「どうして?」

「相手がエライアス・ウィンターズだからよ」メレディスは怒りと驚きをあらわにした。

「ファー・スィーズ社。あの男があなたと関係したとすれば、ウィスパリング・ウォーターズ・コーヴの取引でなにかしらあなたを利用するためとしか考えられない」

「それはどうもありがとう」チャリティが渋い顔をする。「どうして誰もかれもエライアスがわたしを利用していると考えるの?」

「誰もかれもウィンターズがどんなだか知っているからよ。あなたがはじめて彼のことを口にしたとき、デイヴィスは身元調査をしたのよ」

「変人? わかってる」

「詳しい話をしましょうか?」ふいにテーブルに大きな影がさし、メレディスは口をつぐんだ。「まあ、いらっしゃい、ブレット」

「コーヒーでもご一緒しようかと」ブレットはさりげなくメレディスの隣に腰かけた。そしてチャリティに申し訳なさそうな笑みを向ける。「正直言うと、どうなったか気になってしかたなかった。すべてまるくおさまったのかな?」

「大丈夫よ」チャリティが答える。「話はほとんど終わったところ」

「メレディスはきみにどう話せばいいか悩んでいた。ぼくはありのままに話せばいいと言ったんだが、彼女はきみが傷つくんじゃないかと心配してね」

チャリティは微笑んだ。「ふたりともよかったわね。あなたたちなら完璧なカップルよ」

ブレットがにやりとする。「同感」

メレディスが眉をひそめた。「チャリティがエライアス・ウィンターズと親密な関係になったと言うの」

ブレットが口笛を吹き、椅子の背にもたれた。「ウィンターズと？　ぼくも彼のことはあまりよく知らない。みんなそうだと思うな。だけど、それだけでも要注意ということになる。彼は深い海に身をひそめているようなものだよ、チャリティ」

「あなたがそういう表現を使うとは傑作ね」チャリティの顔がほころぶ。「でも念のため、彼は最近仕事の方向性を変えたの。いまでは小さなお店の経営者よ」

ブレットは怪訝そうにした。「まさか」

「大丈夫、わたしも自分のやっていることは心得ているから」

ブレットは片手を上げた。「言いたいことはわかる。干渉はしないよ。だけど、将来の家族の一員として言っておこう。くれぐれも気をつけるように。いいね？」

「心配しないで」

メレディスはとても安心したようには見えなかった。「気になるわ、チャリティ」

ブレットの視線がダイニングルームの入口にいった。「噂をすれば」

チャリティが振り向くと、エライアスがこちらにやってくるのが見えた。色褪《いろあ》せたジーンズに黒のプルオーヴァー、その姿はスーツだらけの室内で完全に浮いて見えた。なのにその場を完全に制している。誰もがちらちらと彼のほうに目を向けた。

エライアスは周囲の視線など目に入らないようだった。チャリティの目をじっと見つめたまま、こちらにやってくる。チャリティはそのこわばった表情を見て失意の念に駆られた。ガリック・キーワースとの話がうまくいかなかったのだ。仇敵に会いにいくように勧めたのは間違いだったのだろうか。

「あれがウィンターズなの？」メレディスが小声で訊く。

「うん」ブレットが礼儀として立ちあがった。「一度、昼食会で同席したことがある」

「なんだか喧嘩でもしてきたみたい」メレディスが驚いたようにつぶやいた。

「彼は負け知らずよ」チャリティが自信をこめて言った。

「ウィンターズ」エライアスがテーブルにたどり着くと、ブレットは手を差しだした。「ブレット・ロフタスだ」

エライアスはそっけなく握手した。

チャリティは無理に明るく微笑んだ。「エライアス、妹のメレディスを紹介するわ」

「よろしく」メレディスは冷ややかに言った。

エライアスは丹念にマニキュアの施された手を取った。「居場所はあなたの秘書にうかがった」

「ちょうど食事が終わるところだったの」チャリティが急いで言う。「あなたもなにか食べる？」

エライアスは彼女のほうを見た。「きみを探しにいく前にパイク・プレイス・マーケットに寄ったよ。食事はそこでした。ついでに買い物も」

「ソバとバルサミコ酢を仕入れておいてくれた？」

「ほかにもいろいろと」エライアスは突っ立ったままだ。

「コーヒーでもどう?」ブレットがそつなく声をかけた。

「いや、けっこう」

訊くまでもない。エライアスはこの場を去りたがっている。「そろそろ帰らなきゃ」チャリティはバッグをつかんで立ちあがった。「なにせ長旅だから。さよなら、メレディス、ブレット。とにかくおめでとう」

「運転に気をつけて」ブレットが気軽に言った。

「さよなら、チャリティ」メレディスは微笑んだが、目線はしきりとエライアスに注がれていた。「近いうちにブレットと一緒にウィスパリング・ウォーターズ・コーヴにお邪魔するわ」

「それはすてき」チャリティはかがみこんで妹を抱きしめた。そして背を伸ばし、エライアスを見た。「行きましょう」

エライアスは彼女の手を取り、テーブルから立ち去った。

ダイニングルームの端にあるフレンチドアのところまで来たとき、近くのテーブルでひそひそ声がした。

「やっぱりウィンターズだ。近ごろなにをやっているんだろう」

「どこか北のほうで大口の取引にかかわっているらしい」

「チャリティ・トゥルイットが絡んでいるにちがいない」

「どうなることやら。彼女は一年前に燃えつきたはずだ。ストレスが最大限に高じたとかで。

なにもかもほっぽりだしたんだよ」

エライアスにも聞こえているはずだが、彼はなにも言わない。チャリティはエレベーターに乗るまで待った。

「ね？」とつぶやく。「大都市も小さな町も変わらない。噂好きはどちらも同じよ」

「うん」エレベーターが動きだしても彼はそれきりなにも言わなかった。

「それで？　ガリック・キーワースとはどうなったの？」

「かならずしも決着にいたったわけではない。そういう意味で訊いたのなら」

「厭味を言う必要はないわ。わたしはただ訊いただけよ」

エライアスはおもむろにため息をついた。「ごめん。会うと決めたのはおれだ。うまくいかなかったからといってきみに八つ当たりするのは筋違いだな」

「結果を見きわめるにはもう少々かかるんじゃないかしら。どんな気持ち？」

彼はチャリティを食い入るように見た。「わからない」

チャリティはエライアスの手を取った。「いいのよ、エライアス。あなたはできるかぎりのことをした。これでもうけじめをつけなきゃ」

そのあいだにエレベーターが五階分下に降りた。

「ダイニングルームではなごやかな家族団らんのひとときだったわけか」

「まあね」

「つらかったか？」

「なにがつらいの？」

「ロフタスと妹さんが一緒にいるところを見るのは？　ふたりはねんごろのようじゃないか」

「ええ、いまはそうよ」チャリティはエライアスの勘のよさに驚いた。「それから、ふたりが一緒にいるのを見てもつらくなんかないわ。あのふたりはお似合いだと思う」

「ロフタスはきみにとって重要な存在か？」

「わたしは婚約パーティーから逃げだしたのよ」

「うん。だが、ふたりは恋人同士だった。きみの性格からして、それがなんらかの意味を持つことは間違いない」

「ちょっと待ってよ。ブレットとわたしは恋人同士なんかじゃなかった。どこからそんな考えが出てくるの？」

　エライアスはオーティスがよくやるようにまばたきした。謎めいたしぐさながら感情がちらりと見えた。「婚約寸前までいったんだろう」

「前にも言ったじゃない、彼は大きすぎるって。実物を見たでしょう。身長は二メートル近いし、肩幅は少なくとも一メートルはあるわ。まさに巨体よ。彼にキスされるたび、ひどい圧迫感に襲われたんだから」

「圧迫感？」

　チャリティは小さく身震いした。「彼とベッドに入るなんて想像もできない。ブレットも気の毒に。わたしがストレスのせいでセックスもできないと思いこんだのね。体に手をまわされるたび、窒息しそうになるなんて言えたものじゃない」

「大きすぎるとはそういう意味だったのか？　要は背が高すぎるという？」

「背も高い、横幅もある、体重もある。どういう意味だと思ったの？」チャリティは目をまんまるくした。ようやくわかった。「もう、いやだ、彼が、その、あまりにも立派なものを持っているとでも？」あとは笑うばかりで言葉が続かなかった。

「そういう結論にいたるのが妥当だろう」エライアスが涼しい顔で言う。

「妥当？」また笑いがこみあげた。口に手をあてて笑いをこらえた。「信じられない。古典的なジョークを思い出すわ」

「どんな？」

「ほら、身長が一八〇センチある男性の話」チャリティが腹を抱えて笑う。「お嬢さまは言いました。一八〇センチのほうはいいから、十八センチのほうの話をして」

「じつに笑える」

「失礼。冗談なんか言ったことがないものだから」

エライアスは思わせぶりにチャリティをエレベーターの壁に押しつけた。彼女の顔の両わきに手を突き、顔を近づける。「楽しそうでなによりだ」

「ふざけているのかと思ったわ。もう大笑い。ブレットの……彼の……だから彼の——」

「金の玉？」エライアスが助け船を出す。「男根？　いちもつ？」

チャリティは笑いすぎて息が苦しかった。「ムスコ？　大きいのをそういう意味に取るなんて信じられない」

「心配いらない。そういうふうに見たことは一度もなかったわ」

「心配いらない。おれのはいつでも見てもらっていい。条件がひとつ」

彼女はしきりと目をぱちぱちさせた。「どんな条件？」

「二度とふたたびムスコなんて言わないこと」

15

女の愛は容赦なく氾濫し行く手のダムをも脅かす。
――『水の道にて』ヘイデン・ストーンの日記より

エレベーターでロビーへと下るのは鏡の国を探検するようなものだった。チャリティと北に向かって車を走らせるあいだ、エライアスはずっとそのことを考えていた。疑いの余地はない。三十階でエレベーターに乗りこんだときは陰鬱な気分だった。ロビーに着くころには、気分が一変していた。チャリティの笑い声には気持ちをよみがえらせてくれる効果があった。体の隅ずみまで生き返ったような気がする。

三十階分の旅で問題がきれいさっぱり消えたわけではない。エライアスは自分の胸に言い聞かせた。むしろ朝よりも問題が増えたくらいだ。

さしあたっての問題は、どうやらメレディス・トゥルイットにチャリティとの関係を認めてもらえなかったことだ。あの目には深い疑念が見てとれた。まぎれもなく兄のデイヴィスに感化されたのだろう。チャリティは弟妹の態度にどれくらい左右されるのか。ウィスパリング・ウォーターズ・コーヴのうるさ型がなにを言おうと気にしなかったが、家族となると話が違う。

ブレット・ロフタスがトゥルイット家の女性たちとよろしくやっているのも気にかかった。同じ男性として妬《ねた》んでいるのではない。チャリティになんの未練もないことは納得がいった。だが、つきあいが長いだけに親密だ。この手のなれなれしさにどう太刀打ちしたものか。これまでもっぱら人を遠ざけることしか頭になかった。

それにもちろん、ガリック・キーワースとの因縁渦巻く過去の川も、どう漂えばいいのかわからない。

だが、それもこれもエレベーターに乗りこんだときよりは気が楽になっている。

「マーケットでソバとバルサミコ酢のほかになにを買ったの？」チャリティが訊いた。

「上質のケイパー、生のバジル、エクストラバージン・オリーヴオイル、パン、ワイン。定番だね」

「すてき。今度はたしかあなたが料理する番だったわね」

「あのピーナッツバター・サンドイッチを上まわるものはなかなか難しいだろうな」

「きっとなにか思いつくわよ」

エライアスは話題を変えた。「きみの妹さんはおれがお気に召さなかったようだな。あの分では弟さんもそうだろう。ロフタスも不安そうな顔をしていた」

「あなたが謎の男だという評判が気になるのよ。三人ともあなたのことをよく知らないんだもの。心配しないで、エライアス。結婚するわけじゃあるまいし」

エライアスは一瞬にして気持ちが萎《な》えた。前方のウィスパリング・ウォーターズ・コーヴへと続く道をじっと見つめる。「するとしたら？」

チャリティは彼の横顔に目を向けた。急に警戒心がみなぎった。「どういうことかわからない」

「単純な質問をしただけだ」

「単純じゃない。それはあなたもわかっている」

じゅうぶん単純に思えたが、そのことで議論はしたくない。浅瀬で潮の流れが変わるのがわかった。「答えてくれないか？」

彼女はしばらく黙りこくった。「いいわ。結婚するとしたら、それはないことだけど、メレディスやデイヴィスの意見には耳を貸さないでしょうね。そういうこと。満足？」

「うん」エライアスは嘘をついた。満足したとはとても言えない。だが、それは自分のせいだとわかっている。訊いてはいけないことを訊いてしまったのだ。水にはあてがわれた水路というものがある。間違った質問は間違った水路をたどってしまった。

その日の夕方、エライアスが迎えにいくと、クレイジー・オーティスはゆっくりとまわる回転木馬の上で羽づくろいをしていた。オーティスは歓迎の意味をこめて鳴きわめき、羽を広げた。

「そろそろ帰るか、オーティス？」エライアスは回転木馬に飛び乗り、手首を差しだした。

「今夜はこっちが料理する番だ」

「ヘッヘッヘッ」オーティスはエライアスの腕に乗り、それから肩に上がった。くちばしで髪にじゃれついている。

「よくぞ帰ってきてくれた」ヤッピーが回転木馬のスイッチを切った。「こいつのために機械を動かすのはいいかげんうんざりしていたところだ。一日じゅうただ乗りだよ」

「ありがとう、ヤッピー」エライアスが台に飛び降りる。「オーティスもきっと感謝しているよ」

「ふん」ヤッピーは金色の尻尾に付着した糞をにらんだ。オーヴァーオールのポケットからハンカチを取りだし、オーティスの置きみやげを拭き取る。「チャリティのせいだな。うちの回転木馬でオーティスを元気づけようなんて思いつかなきゃ、こいつも味をしめなかっただろうに」

エライアスはオーティスの首をこちょこちょやった。「オーティスにはスリルを求めるところがあるらしい。チャリティがそれを発見したんだ」

「まあ、おれもあまり文句は言えんが」ヤッピーは汚れたハンカチをまるめ、袋に投げ入れた。「オーティスが木馬に乗っているのを見ると子どもたちが狂喜する。こいつがいるときはいつも商売繁盛だよ」

「長期契約をお考えなら、オーティスも喜んでギャラの交渉に応じると思う」

「なんだよ？　あんたはマネージャーか？　謝礼は一銭も払うつもりはないね。ただで乗せてやろうっていうんだ。いやならやめることだ」

「そういう言い方をされたら、断わりようもないだろう?」

オーティスがまたひと鳴きする。

ヤッピーは肩をすくめた。「取引だよ」

「なにか変わったことは? タイバーンは犯人を逮捕したのか?」

「いや。おれが思うに、グウェン・ピットをやったのはヴォイジャーズの誰かだね。やつらはほとんど町を引きあげてしまった。どいつもアリバイがあった、とタイバーンは言うが、あの晩誰がどこにいたかなんか知れたもんじゃない。ひとりやふたり嘘をついたやつがいたとしてもおかしくはないさ」

「おれはどうかと訊かれれば」エライアスの背後でテッドの声がした。「スウィントンがグウェン・ピットをやったんだと思うね。自分の分け前が少なかったものでおそらくかっときたんだ」

ヤッピーがまた肩をすくめる。「ありえる。いかにもありえるな。ビーもスウィントンがやったと思っているよ。そう思っているやつがほとんどだ」

「どうかな」エライアスはオーティスの頭を撫でた。「スウィントンは汚れ仕事は他人にやらせるタイプだ」

「じゃあ、誰かを雇って殺させたのかもしれない」テッドがこちらに歩いてきて、木馬にもたれた。今日のTシャツの標語は〝地殻変動が起こる〟。

「たぶん」エライアスが言う。「だが、おれはそうは思わない」

「なんで？」

「映画やミステリ小説とは違って殺し屋を探すのも楽じゃない。ひとつには、金がかかる。スゥイントンが喜んで金を出すとはとうてい思えない。しかも危険だ。つかまったらまっ先に口を割るのは殺し屋だ」

ヤッピーがやぶにらみした。「まるで身に覚えがあるような口ぶりだな」

「何年か前にある顧客がいた。そいつは契約を白紙に戻すことにした。だが、証人は残したくない。おれが証人だった」

テッドがまじまじと見た。「シアトルの客か？」

「いや。シアトルとは商売のやり方が少々違うところでの話だ。スゥイントンの手がかりは？」

「なし」とヤッピー。「モーターハウスはまだキャンプ場にとまったままだ。あんなに高価なキャンピングカーをほっぽりだしていくとは、やつも太っ腹だよ」

「あの車はめだちすぎる。スゥイントンは町を出るときに被害を最小限に食いとめようとしたんだろう」

「タイバーンが言うには、週末までに引きとり手が現われなければ廃車としてレッカー移動するしかないそうだ」テッドが無意識に腹を掻く。「で、今日はどうだった？　チャリティの弟や妹には会ったのか？」

「メレディスに会った」エライアスはオーティスの首を撫でた。「あとは元婚約者と」

「ロフタスか」ヤッピーがつぶやく。「チャリティの言うようにでかかったか？」

「ほんの一九〇センチぐらい」

「一六〇センチのチャリティから見ればじゅうぶんでかいだろう」

「チャリティの妹と婚約するそうだ」

ヤッピーは物思いにふけった。「それは事実か？」

「チャリティが前にメレディスとロフタスならぴったりだと言ってたことがあるな」テッドがぼそぼそと言った。

「ロフタスと妹が結婚することは気にしてないようだった」エライアスは慎重な言い方をした。

ヤッピーがしきりとまばたきする。「女心はわからんよ」

「ああ」テッドもすましてうなずいた。「女心はほんとにわからない」

男がよりどころにできる人生哲学となると、これほどわかりやすいものはないだろう。

「おいしかったわ、いつもながら。あなたは麵料理にかけては相当なものね、エライアス」

チャリティは最後の皿を拭き、流しの棚の上にきちんと重ねた。「もう遅いし、今日は長い一日だった。そろそろ家に帰らなきゃ」

エライアスは動きをとめた。食器棚に蒸し器をしまおうとしてかがみこんだところだった。

「帰るのか？」

「もう九時よ。請求書の整理があるの。洗濯もしなきゃ。このところ忙しくて日課がおろそかになっていたから」

エライアスはゆっくりと姿勢を正した。「それは遠まわしにおれと一緒にいる時間が長すぎると言っているのか？」

「違うわ」彼の目に冷たいよそよそしさが宿るのを見て、チャリティはひそかにため息をついた。二歩前に進み、目の前に立った。そして両手を彼の首にまわし、軽く口づけした。「それは遠まわしにこのところ忙しくて家のことがおろそかになっていたと言っているの。単純明快。隠れた意味はどこにもない」

エライアスは彼女の腰に手をやり、腰のくびれをしっかりとらえた。「単純明快な解決方法がある」

「どんな？」

「おれと一緒に住む」

今度はチャリティが動きをとめた。息が苦しい。どこからともなくむかしのパニックがこみあげ、呑みこまれそうになった。エライアスは愛という言葉はひとことも口にしていない。彼の語彙にその言葉が含まれるのかどうかすらわからない。こちらを愛してもいない男性がまた束縛を求めてきた。とてもじゃないが応じるわけにはいかない。

「名案とは言えないわね」

エライアスの顔がこわばった。「なぜだ？」

「まだおたがいをよく知ろうという段階だもの」必死でもっともな理由を探した。彼を納得させられるような理由を。ほんとうの理由は言いようがない。言ってもわかってもらえないだろう。「わたしたちふたりは自立した人間。なにごとも焦るべきじゃない。うまくいかなかったらどうするの？　いまの状態に戻ろうにも気まずいことになる」

「それは詭弁《きべん》だな。一緒に住みたくないほんとうの理由はなんだ？」

「ほんとうの理由ならもう言ったわ」手のひらがぴくぴくする。顔がほてったかと思うと冷たくなった。パニックが高まるにつれて胸の動悸が激しくなった。

「おれはきみのお眼鏡にかなわなかったんだろう？」エライアスは彼女の腰を強くつかんだ。「おれじゃ満足できない」

「エライアス、そんなんじゃない」

「おれを第二のブレット・ロフタスにしようとしても無駄だ」

「第二のブレット・ロフタスなんかごめんだわ」チャリティは声をうわずらせた。自分の耳にも不安げな、とげとげしい不協和音となって響いた。

「くそっ、きみはおれになにを望んでいるんだ？」

むらむらと怒りが湧き、そのおかげでパニックがいくらか薄らいだ。「そっちこそわたしになにを望んでいるのよ？」

「だから言っただろう。おれと一緒に住んでほしい」

「どうして?」つい金切り声になった。

「どうして?」エライアスの目は感情にぎらついていた。どんな感情なのかは、はっきりしない。ただひとつたしかなことは、それがとてもとても強い感情であることだ。「わざわざ訊くまでもないだろう?」

「れっきとした答えを聞かせてくれてもいいでしょう。ベッドでの相性がいいから?」

エライアスははっとした顔をした。質問そのものに驚いたのか、声音に驚いたのか、チャリティにはわからなかった。

「それは理由のひとつにすぎない」エライアスは急に慎重になった。「ほかにもある」

「ふたりとも料理が好きとか?」

「料理に興味があることは共通しているな? 女性はそういうのがお好みだと思ったが」

「わたしたちの関係はセックスと食べものが基本だと言いたいの?」

「セックスと食べもの以上のものもたくさんある」

「たとえば?」

「おれたちはふたりとも自己改造のためにウィスパリング・ウォーターズ・コーヴにやってきた。ふたりともクレイジー・オーティス桟橋で小さな店をやっている」エライアスは追い詰められたような目をしている。「それはそうと、セックスと食いもののどこが悪い?」

どうしてこんなにわからず屋なのか。ふたりのあいだに実在するものが見えないのだろうか。そんなものはどうでもいい? チャリティは苦い思いがした。「セックスと食べものが悪いと言っているんじゃない。でも、わたしはそれだけにとどまらない関係を求めているの。車を買うとしたら、なんの装備もないものを買うわけじゃないでしょう。たいていは付属品がついている。たとえば、革張りのシート。または色つきの窓ガラス」

エライアスは苛立たしげに目を細めた。「きみは動揺している」

「よく気がついたわね」

「一緒に住んでくれと言ったからか？」

「いいえ、間違った理由ばっかり訊いてくるからよ」チャリティは彼の手を振りほどこうとした。これ以上おおごとにならないうちに逃れたほうがいい。

彼の手にますます力がこもり、チャリティを身動きできなくした。「正しい理由とはなんだ？」

パニックが限界に達した。「わたしが言いたいのは愛よ」

ケージのてっぺんにとまっていたオーティスが、驚いたように甲高い鳴き声をあげた。そして羽を広げてばたつかせた。オーティスは首を伸ばしては下げ、威嚇の構えをとっている。

エライアスの反応は思ってもみないものだった。彼は呆然とした顔をした。

「愛？」喉につかえたような、しゃがれた声で言う。

「ええ。愛よ」チャリティは深呼吸した。パニックがじょじょに引いていく。圧迫感も消えた。真相を打ち明けることで心の傷は清められたが、それはまた痛みをともなうことでもあった。

怖いほどの沈黙が垂れこめた。

エライアスは土星人でも見るかのような顔をしている。それこそ宇宙船が来てくれたら、とチャリティは思った。いまなら喜びいさんで宇宙への逃避行に向かうのに。

またパニックに襲われるのではないかという絶望感を振り払おうとした。

終わりだ。深追いしすぎた。ことを急ぎすぎた。エライアスはまだ愛に対する心の準備ができていない。ひょっとしたら一生無理かもしれない。タル・ケック・チャラという盾にがんじがらめになっているのだから。

「ごめんなさい」チャリティは気を引き締めた。「ちょっと言葉が過ぎたわね。さっきも言ったとおり、長い一日だった。ほんとにもう帰らなきゃ」

エライアスはやっと手を離した。「ジャケットを取ってきてやろう」

彼はきびすを返し、部屋を出ていくと、壁にかけてあったグリーンのジャケットをひったくるようにして取った。そしてものも言わずに彼女に差しだした。

チャリティは震える指で受け取った。急いではおり、ぎこちなくボタンをはめる。それから逃げるようにして玄関に向かい、ドアを開け、靴を履いた。

エライアスはまだ興奮ぎみのオーティスをケージに入れた。オーティスはチャリティに非難がましい目を向けた。

エライアスがケージのドアを閉める。彼は玄関まで行くと、靴を履き、廊下に置いてある懐中電灯を手にした。そしてチャリティのあとから外に出た。

ふたりは無言でポーチを降り、暗い庭を抜け、門の外に出た。

チャリティはジャケットの下で身をすくめた。入り江からの風が肌を刺すように冷たい。海は大しけだ。朝には嵐になるだろう。

「八月にしては寒いわね」無意味なせりふだと思ったが、なにか言わずにはいられない。なにも話すことがないときは、とっさに天気の話が出てくるようになっているらしい。「今年の夏も終わりのようね」

ウィスパリング・ウォーターズ食品店のレジ係みたいな口のきき方だ。

エライアスは応じない。隣を歩いてはいたが、異次元にいるも同じだった。彼の信条とする自制心の砦《とりで》にすっかり閉じこもっている。

チャリティの心は重く沈んだ。これでなにもかも台なしだ。とはいえ、壊れるようなものはなにもなかったのかもしれない。エライアスとのあいだに芽生えた愛はしょせん幻。結局、幻はあとかたもなくついえた。

晩夏のかすかな残照もほとんど消えた。入り江は鉛色にたゆたっている。それもじきに夜の帳に包まれるだろう。チャリティはふと海岸を見下ろした。上げ潮に乗って岩場になにか打ちあげられている。

足がとまった。

「どうした?」エライアスも横で立ちどまった。

「あそこになにかある」チャリティは風に吹かれた髪を目から払い、海藻とぼろ布の絡んだものに目を凝らした。「またアザラシの死体じゃないといいけど。ときどき岸に打ちあげられるのよ」

エライアスは興味のないようすで崖下を見やった。「たぶん船がなにか落としていったんだろう」急に目線が鋭くなった。「ばかな。またしてもか」

「どういうこと?」チャリティは砂浜の黒いものにじっと目を凝らした。胃がせりあがるような気がした。「嘘。まさかあれは……人間? そんなはずない。観光客が行方不明になったとか岸に打ちあげられたなんていう話は聞いて……聞いてない――」

「ここで待ってろ。おれが見てくる」エライアスは懐中電灯をつけた。崖沿いに歩き、砂浜に通じる道を探す。そして軽々とした足取りで降りていった。

彼の言いつけを無視して、チャリティもおそるおそるあとに続いた。砂浜に着くころには、エライアスは浜辺に打ちあげられたもののそばにかがみこんでいた。よじれたぼろ布の束のようなものが懐中電灯に照らしだされた。

チャリティは一メートルほど手前で足をとめた。最悪の恐怖が現実になった。砂浜に横たわっているのはアザラシではなかった。「ああ、そんな」

「これでリック・スウィントンの行方がわかったようだな」

エライアスはハンク・タイバーンのそばに立ち、リック・スウィントンの遺体が救急車に運びこまれるのを見守った。いまさら病院に運んでも意味がない。このまま遺体安置所に向かうのだ。

「郡の検屍解剖が終わるのを待つしかないな」タイバーンが言う。「しかし、わたしもこれまで水死体はさんざん見てきた。そこから判断するに、スゥイントンが水につかっていたのはせいぜい一日かそこらだ。しかもぜったいに溺死ではない」

「うん」エライアスはスゥイントンの胸に大きな穴が開いていたのを覚えていた。「あれは溺れたんじゃない」

「グゥエン・ピットと同じ二八口径でやられたと思うか？」

「さあね」エライアスはちらりとチャリティを見た。彼女のことが気がかりだった。救急車のぎらつくライトに照らされ、青白いこわばった顔が見える。水から上がった死体は見るに耐えないものがある。それを言うなら、死体そのものがそうだろう。なのにチャリティはたてつづけに二体も見ることになってしまった。

「スゥイントン犯人説もこれまでか。残念だ。なかなか気に入っていたんだが」

エライアスが考えこむ。「あきらめることはない。まだ検屍結果も出ていない。違う銃だったこともありえる。スゥイントンがグゥエン・ピットを殺し、そのあげく自分もやられてしまった。生前は敵のひとりやふたりもいただろう」

「それには反論の余地もない。お世辞にもいいやつとは言えなかった」タイバーンはおもむろにため息をついた。「だが、わたしは断じて同じ犯人が同じ銃を使ってやったと思うね。この夏はふたりの殺人犯がウィスパリング・ウォーターズ・コーヴに出没したというのは、いささか拡大解釈というものだよ」

エライアスは論理的に考えてみた。「動機は同じだった可能性もある。ヴォイジャーズの不満分子がスウィントンもグウェン・ピットと同罪だと決めつけた」

「その不満分子の言うとおりかもしれない」タイバーンはエライアスを見た。「しかし、あのカルト集団の一員がやったとは思えない。彼らにはひとり残らず話を聞いた。アリバイも二重チェックした。全員シロだったよ。そのうえ、彼らは金もほとんど取り戻している。なのにわざわざ殺しを犯す理由がどこにある？」

「ということは、ピットとスウィントンはウィスパリング・ウォーターズ・コーヴの誰かに殺された可能性もある。地元の住民か滞在客か」

「そうだな」タイバーンは日焼けした両手を腰にあて、救急車のドアが閉まるのに見入った。「まあ、そこまで言うなら、ふたつの事件には奇妙な共通点がある。それも興味深いどころの話ではない」

エライアスはひるんだ。「わかっている」

チャリティが体をもじもじさせた。「どんな共通点なの、ハンク？」

「どちらの事件も、こちらのウィンターズがいち早く現場に現われたということだ」

チャリティは電気に打たれたようにびくりとした。エライアスは彼女の顔に生気がよみがえったのを見てほっとした。目が怒りで大きく見開かれている。顎はつんと上を向いた。チャリティは怖い顔でタイバーンをにらみつけた。

「なにをおっしゃりたいの？」

「べつに」タイバーンは言いがかりだというように両手を広げた。「見解を述べたまでだ」

「じゃあ、じつにばかげた見解だこと」チャリティはぴしゃりと言った。「暗にエライアスが事件にかかわっているような言い方をするのはやめていただきたいわ。彼が新参者だからといって、それを口実に自分の仕事をおろそかにしてもらっては困るわね」

「落ち着けよ、チャリティ」エライアスは気休め程度に言った。彼女の熱弁はまんざらでもない。「タイバーンは正当な見解を述べたんだ」

「ほんと？」チャリティはうんざりしてみせた。「わたしには非難のように聞こえたわ」

タイバーンが手を振って打ち消す。「おい、チャリティ、わたしは現況について説明させてもらっただけだ」

エライアスは小柄なチャリティが堂々と渡りあっているのを見て感心した。彼女の存在感はがぜん際立った。タイバーンもジェフも救急隊員も影が薄れて見えた。

チャリティがかつては大企業の経営者だったこともこれならうなずける。いざとなると、アマゾネスもかくやというばかりだ。

「もう一度言ってごらんなさい、タイバーン署長、明日のお昼までにシアトルから弁護団を呼び寄せてさしあげる」軽蔑しきった口調で言う。「トゥルイット社は西海岸でも指折りの弁護士を抱えているの。あなたの見解に対してきっと一家言あるはずよ。言うべきことを言えば、あとはあなたと警察を告訴する手続きに入ることでしょうよ」

「まいったな、チャリティ」タイバーンはしどろもどろだ。

「裁判で町が破産することになった原因は、ほかでもないあなたにあるとわかったら、ウィスパリング・ウォーターズ・コーヴの人たちはどう思うかしら？」

タイバーンはエライアスに訴えた。「気を鎮めるように言ってくれないか？　なにもそこまで大騒ぎしなくても」

「大騒ぎなんかしていない」チャリティが怒りをたぎらせる。「わたしはあなたが控えめとは言えない非難をまた口にしたらどうなるか言っているだけ。脅しだと思ったら大間違いよ」

「脅しだなどとは思ってない」タイバーンは間髪入れずに言った。そしてまたエライアスに訴えるようなまなざしを向けた。

エライアスはおれにどうしろというんだというように肩をすくめた。だが、内心つくづくほっとしていた。あふれるほどの感覚が全身にみなぎり、冷えびえとした思いはどこかに吹き飛んだ。

つまるところ、彼女は気にかけてくれた。気にかけずにはいられないのだ。さっきの口論以来、なにを信じていいのかわからなくなっていた。だが、気にかかる男のためでなければ、どこの女がこれほど敢然《かんぜん》と弁護にまわってくれるものか。

「ご参考までに、タイバーン署長」チャリティがだめ押しする。「グゥエンドリン・ピット殺害事件のことで言わせていただくと、事件が起きたとされる時間、エライアスはわたしとずっと一緒にいたわ」

「わかった、わかった」タイバーンがなだめにかかった。

「ついでに、彼はこの数日間ほとんどわたしと一緒だった。この際だから指摘させてもらうけど、入手可能な情報を総動員しても、あなたはリック・スウィントンの失踪後の行方を突きとめることができなかった」

「指摘されるまでもないよ」

「これだけは自信を持って言える。エライアスにはスウィントンを追跡して殺すような時間も暇もぜったいになかった。そんなことをしようものなら、このわたしが気がついたはずだわ」

「きみの言うことを信じるよ」

「そうであることを願うわ」

おそらく彼女はふたりが共有しているものだけでは満足できないのだろう。それだけでは飽き足らないのかもしれない。今夜ようすがおかしかったのは、ブレット・ロフタスや妹と会ったことによるのかもしれない。

どれもこれも憶測にすぎないが、ひとつだけたしかなことがある。エライアスはその事実に飛びついた。チャリティはまぎれもなくこちらを気にかけてくれた。

すかさず弁護にまわるほど気にかけてくれた。タイバーンに脅しをかけるほど気にかけてくれた。彼女がわが町と呼ぶウィスパリング・ウォーターズ・コーヴ全体を相手取り、自社の弁護士に訴訟を起こさせるとまで言いきった。そう、チャリティは気にかけてくれたのだ。ふたりはセックスや食べもの以上のもので結ばれている。それはいったいなんなのか。

「ところで」とタイバーンが言った。「すっかり興奮して忘れるところだった。エライアス、きみの家に押し入ったあのふたり組がおもしろいことを白状したよ」

「どんなこと?」チャリティが横から口をはさんだ。

「やつらはスゥイントンの差し金で先月きみの家を荒らしたそうだ、チャリティ」タイバーンが探るような目で見た。「きみがなにをしたせいでリック・スゥイントンは腹を立てたのか、訊かせてもらえないだろうか?」

チャリティの体に小さなおののきが走った。「食事の誘いを断わったの」と腕をさする。「逆らったやつはただじゃおかないようなことを言われたわ」

タイバーンは首を横に振った。「やはり先月のうちにみんなまとめて町から追いだすべきだった。そのあげくにこのありさまだ」

「なぜ追放しなかった?」エライアスが訊く。

「あの手の集団を排除するのは思ったほど簡単ではないんだ。だいいち、町長に十五日まではなりゆきに任せると言われては、こっちは手も足も出んよ。町長殿のおかげで、殺人事件を二件もしょいこむことになってしまった」

16

奔流を止めることができなければ、流れに乗ること。
——『水の道にて』ヘイデン・ストーンの日記より

翌朝の九時過ぎ、チャリティはフィリス・ダートムアの法律事務所の二軒手前で車をとめた。それから車を降り、町で唯一のドラッグストアに向かって歩いていった。十時にウィスパーズを開ける前に雑用をすませてしまいたかった。買わなければならないのは、シャンプーに石鹸にトイレットペーパー。それに切手もきれていた。謎の男に心を奪われようが、殺人事件の被害者に出くわそうが、日常生活に変わりはない。そう思うとやりきれなかった。

今日も長い一日になりそうだ。気分はすぐれない。睡眠不足も原因のひとつだ。リック・スウィントンの死体が黒インクを流したような海に浮かぶ夢ばかり見た。夜中に何度も目が覚め、そのたびにエライアスのたくましい体を無意識に手探りした。けれど、彼はそこにいなかった。

こっちが悪いのだ。ひとりで大丈夫だと言いはったのはこっちなのだから。あのときは本気でそう思った。エライアスを玄関で見送ったときは、まだハンク・タイバーンのことでかりかりしていた。怒りが気力を与えてくれたのだ。いざベッドに入るころになって、恐ろしい光景が脳裏にちらつくようになった。

唯一の慰めはエライアスが別れ際に夕食に招いてくれたことだ。今度はこっちがつくる番だとためらいがちに切りだしたところ、彼はあっさり肩をすくめ、タイバーンからかばってくれた借りを食事で返すと言った。

チャリティは逆らわなかった。昨日は愚かな発言をして、ふたりのあいだに溝をつくってしまった。彼は彼なりにその溝を埋めようとしていることがわかったのだ。

いまはセックスの相性さえよければいいというなら、こっちも素直に応じよう。それが出発点となるのだから。そのうえで親密な関係を築いていけばいい。

郵便局の前で何人かが立ち話しているのを見て、切手を買うのはやめにした。きっと第二の殺人事件の話で盛りあがっているのだろう。質問責めにあうのはいやだった。

チャリティが前を通りかかると、フィリス・ダートムア法律事務所と書かれたガラスの自動ドアが勝手に開いた。フィリスが疲れきった顔で外に目をやった。

「チャリティ、話があるの」

勘弁してほしい、とチャリティは思った。フィリスと話しこむのはどう考えてもごめんだ。かといって、いやだとも言えない。しぶしぶ足をとめた。

「リック・スゥイントンのことはもう耳に入っているんでしょう」チャリティは慎重に訊い

た。

「ええ。もう町じゅうに知れ渡っている」チャリティと一緒にいるところを見られてはまずいとでもいうのか、フィリスは表通りにちらちら目をやった。誰も見ていないことをたしかめ、すばやく手招きした。「入って。お願い。これはものすごく重要なことなの」

チャリティはため息をつき、足取りも重く事務所に入った。「あまり話してあげられることもないけどね。わたしにわかるのは彼が撃たれたということだけよ。タイバーンは同じ銃が使われたんじゃないかと言っているけど、それ以外はなにもわからない」

「いいえ、あなたにはわかっている」フィリスは丹念に磨きあげられた十九世紀のアンティークの机の上で両手を組み合わせた。「わたしに立派な殺害動機があるということをあなたはわかっている」

チャリティは度肝を抜かれた。そろそろと茶色いなめし革の椅子に座った。「スゥイントンがゆすりに使おうとしたあの写真のことを言っているの？」

「ええ」フィリスのスーツには頑丈な肩パッドが入っていたが、それでも首筋や背中のこわばりまでは隠せない。「ゆすりを働くようなやつは殺してやりたいと思う人も多いでしょうよ。スゥイントンが死んだと聞かされたとき、わたしもつくづくほっとしたことは否定しない」

「無理もないわ」

「でもふと思い出したの。あなたもあの写真を見たんだと。あなたはスゥイントンがわたしをゆすろうとしたことを知っている。わたしには彼を殺しかねない理由があった。チャリティ、タイバーンにあの写真のことを話すつもりなのか教えてちょうだい」

「もちろん話すつもりはないわ。フィリス、誓ってもいい、あなたがスゥイントンを殺したなんて夢にも思ったことはない。たとえ思ったとしても、わざわざタイバーンにしゃべったりするもんですか」

フィリスの目にかすかな安堵の色が浮かんだ。「ありがとう」

「リックはどうしようもない人間だった。タイバーンから聞いたわ。ひと月前にわたしの家が荒らされたのもスゥイントンの差し金だったそうよ。わたしが誘いに乗らなかったからという理由だけでね。信じられる?」

フィリスは嘆息した。「ええ」

「リックに後悔するぞと言われたけど、まさかそこまでやるとは思わなかった」

「だから言ったじゃない。あいつはかならず報復する、そのためには手段を選ばないと。おれを甘く見たらただじゃおかない、そう豪語していたものよ」

「今度は自分がやられることになったようね」

「ええ」フィリスは頭痛でもするのか額をさすった。「まったく、われながらあんな男のどこがよかったのか。いえ、それは違うわね。彼のどこに惹かれたのかはわかっている。きわどいセックス、純然たるセックスよ」

チャリティはたじろいだ。「ごく基本的なことね。彼は料理が好きだった?」

「いいえ」フィリスが顔をしかめる。「どうしてそんなことを訊くの?」

「気にしないで。ねえ、フィリス、あまり自分を責めないで。彼が魅力的に映ったのはあなただけじゃないのよ」

「わかっているわ」フィリスは自嘲ぎみに唇をゆがめた。「どうせふたりとも同じ愛の巣に連れていかれたんでしょうよ」

「ふたりとも?」

「少なくともわたしのほかにもうひとりいた。わたしの見るかぎり、もっといたんじゃないかしら。よくもあのロッシターの家で鉢合わせしなかったものよ。バスルームによく口紅のついたハンカチが落ちていたっけ。ベッドの下から伝染したパンストが出てきたこともあった。考えただけでいやになるわね。だけどあのころはセックスさえよければそれでよかった。あとのことは目をつぶったの」

「スウィントンはヴォイジャーズのメンバーを連れこんだのかもしれないわ」チャリティはアーリーンがスウィントンに襲われそうになったことを思い出した。「若い女性のメンバーをもてあそんでいるという話を聞いたから」

「驚くまでもない。つくづくいやなやつだったわね?」

チャリティはフィリスを見た。「あなたのほかにもゆすられた人がいると思う? ヴォイジャーズのメンバーとか?」

「あいつならやりかねないんじゃない?」フィリスがためらいを見せた。「ちょっと待って。

その人物が彼を殺したんじゃないかと言っているの？」

「わからない」そう言って立ちあがった。「そういうことを調べるのはハンク・タイバーンの仕事じゃない？」タイバーンがエライアスに言いがかりをつけないかぎり、邪魔立てはしないつもりだ。「さあ、もう行かなきゃ。心配しないで。写真のことはいっさい口外しないから。もう処分したんでしょう？」

「当然よ。あなたが帰ったあときれいさっぱり燃やしてしまったわ」

「よかった」チャリティはガラスドアの前まで行くとふざけて敬礼した。「では次回の会合にて、町長」

「待って。お願い。もうひとつだけ」

チャリティが振り返る。「なに？」

「スウィントンを殺したのはわたしじゃないとどうして言いきれるの？」

チャリティは苦笑した。「信じてはもらえないだろうけど、あなたとわたしには共通点があるからよ」

フィリスが眉を吊りあげた。「あなたも緊縛趣味が？　それはそれは」

「もう、違うわよ。誰かに縛られくすぐられでもしたら、もうおしまい。ちょっと閉所恐怖症の気があるというか、まあ、対人関係の面においてだけど」

「やってもいないうちからそういうこと言わないの」

チャリティはため息をついた。「要は、わたしが誰かにゆすられたとしても、あなたとまったく同じことをしたということよ」

「そう。それがだめなら、警察に駆けこむ」

フィリスはパッドの入った肩をいからせた。「ええ。そこまでのことにはならないと思ったけれど、万一そうなっていたら、タイバーンに相談するか私立探偵でも雇っていたわね」

「まさに」チャリティが肩をすくめる。「リック・スウィントンごときで殺人犯にされたんじゃ割に合わないもの。だけど、たとえそういう思いきった手段に訴えるとしても、死体をわざわざ目につくようなところに置き去りにしたりはしないわね」

フィリスが眉をひそめた。「犯人はスウィントンの遺体が上がるとは思っていなかったんじゃないかしら。遺体は潮の流れで岸に打ちあげられたとか。つまり誰かが入り江に葬ろうとした。沖に流されるだろうと思って崖から投げ捨てたのかもしれない」

「このあたりに二、三カ月も住めば誰でもわかるとおり、崖から投げ捨てたものはとかく岸に打ちあげられるきらいがある」

フィリスの眉間にたて皺が寄った。「言えている」

チャリティは推理を続けた。「ということは、犯人は遺体が発見されてもかまわなかった。それどころか遺体が上がってほしかった」

「それはないわよ。わざわざ遺体が上がってほしいだなんて誰が思う？　死体には証拠となるものがあまりにも多い。犯人は地元の人間ではないということよ。潮の流れの話は知らなかったのよ」

「スゥイントンの遺体が沖に流され、永遠に見えなくなると考えたわけね？」

「そう」フィリスは太い万年筆をいじった。「となれば、またヴォイジャーズに話が戻ると思わない？　彼らは町ではよそ者だった。潮のことなど知るはずもない。しかも彼らには動機があった。たぶんグゥエンドリン・ピットを殺した犯人がスゥイントンも殺したのよ。似たような理由でね。結局、ピットとスゥイントンは共謀してあのカルト集団のメンバーからお金を巻きあげようとしたんだから」

「たしかに。でもタイバーンの話では、ヴォイジャーズには全員アリバイがあった。つまり地元の人間をあたっているということね」

「潮の流れを知っていて、遺体が見つかっても気にしない人間を？」

「または、引き金を引いたとき動転して物事をきちんと考えられなかった人間を」

それだけ言うと、チャリティは外に出てうしろ手にドアを閉めた。

食べものとセックス。

そういう確固たる基礎の上に関係を立てなおすのも悪くない。食べものとセックスは男女関係の基盤となるものだ。しかもチャリティと分かちあうと、どちらもじつに素晴らしい。

まだ九時を少しまわったところだった。エライアスはチャームズ・アンド・ヴァーチューズを開ける前に買い物をしていた。早いうちに野菜を手に入れたかったのだ。質のいいものは夕方には売り切れてしまうことが多い。

野菜売場の前に立ち、どれにすべきか考えた。濃い深緑にわずかな紫をおびたブロッコリ。これにしよう。いくつか手に取り、納得のいくものを探す。

今夜の食事は重大だ。チャリティとの関係がまだ壊れていないことを知らしめるものとしたい。ふたりの共有するものがいかに確固としたものか、彼女にわかってもらいたい。彼女とブレット・ロフタスとの仲よりもはるかに確固としたものであることを。それを言うなら、ほかの誰との仲よりも。

メニューは素朴なものにした。オリーヴとケイパーであえたパスタのフジッリ。新鮮なブロッコリ。ずっしりと嚙みごたえのある欧州風のパン。これはシアトルで買ってきたものだ。オリーヴオイルをつけ、塩をふって食べる。ワインは芳醇なカベルネにした。

食事のあとは、確固としたセックスにふける。素朴なセックス。チャリティはひと晩じゅう帰りたくなくなる。一緒に暮らすのが当然と思えてくる。

基本に立ち返る。

エライアスはブロッコリをビニール袋に入れ、レジに向かった。これから家に戻り、冷蔵庫に野菜を入れ、オーティスを連れ、その足で埠頭に向かう。

ジープのほうに歩いていくと、チャリティの姿が目にとまった。紙袋を提げてドラッグストアから出ようとしている。彼女の表情を見てエライアスは胸が痛くなった。いかにもつらそうだ。昨夜はほとんど寝てないのではないか。

エライアスは行き先を変え、彼女と道が交わるようにした。チャリティがしきりと物思いにふけっているので、肩でも叩かなければ気づかないのではないかと思った。いまにもぶつかりそうになったとき、彼女はようやく気がついた。

「おはよう」エライアスは声をかけた。

チャリティはふいに立ちどまり、まばたきして顔をしかめると、彼のほうを見た。「あら。おはよう」

「この分なら昼ごろには霧も力つきるんじゃないか？」エライアスが愛想よく言う。

「冗談のつもり？」

「会話の糸口をつかもうとしただけだ。天気の話なら無難だと思って」

チャリティはまっ赤になった。エライアスにはお見通しだった。昨夜崖沿いの道を歩いていたとき、ほかならぬ彼女が天気の話を口にしたのだ。これぐらいのゲームはしてもかまわないだろう。

「その袋はなに？」チャリティは不愛想に言った。

「夕食。または少なくともその一部。昨日、シアトルで買いそびれたものだ。それはそうと、昨日はタイバーンを蹴散らしてくれてありがとう。すかさず弁護にまわってくれてありがたかった。感動したよ」

チャリティの目が険しくなる。「あなたが事件にかかわっているような言い方をされたのは心外だわ」

「彼はプロとしての見解を述べたまでだ。彼の立場なら、おれも同じことを言ったよ」

「わたしに対しても同じことが言えるはずなのに、彼はそうはしなかった」

「きみはおれのような新参者じゃない。だいいち、きみは人殺しには見えない」

「あなたもよ。それに、動機もないし」

「ありがとう。とはいえ、きみには賛成しないやつもいることだろう。なにしろおれはつかみどころのない、謎の男ときている。どんなうしろ暗い動機があるかわかったものじゃないだろう？」

チャリティはあきれた顔をした。「あなたがグゥエン・ピットを殺すはずないじゃない。あの晩、わたしはあなたと一緒にいたのよ。スゥイントンが死んだとされる時間、なにもべったりくっついていたわけじゃないけれど、それでもあなたがやったんじゃないことはわかってる」

エライアスは断固とした口調に心がなごんだ。「おれに殺しはできないというのか？」

「そうは言ってない。状況によってはできると思うわ。でも、これはそのかぎりじゃない。それに、あなたがもしやるとすれば、銃は使わないわね」

「そうかな？」

「ええ」チャリティの目線は揺るぎもしない。「あなたにとって、そこまでの暴力行為はきわめて個人的な感情が絡むはずよ。あなたなら素手で立ち向かうでしょうね」

エライアスは彼女の顔をまじまじと見た。しばらく言葉も出なかった。彼女の言うとおりだが、道ばたで軽々しく口にすべきようなことではない。

「手放しのご支援に感謝するよ」やっとのことで言った。

「皮肉なこと言わないで。今日はあまり気分がすぐれないのよ」

「ごめん」

数軒先のドアが開いた。フィリス・ダートムアが事務所を出て、こちらとは反対の方向に歩いていく。

「それを言うなら、あそこに格好の動機を持つ人物がいらっしゃる」

チャリティはフィリスのうしろ姿に目をくれた。「タイバーンにもそう思われるんじゃないかと心配していたわ。十五分ほど前、事務所に呼びこまれ、タイバーンにあの写真のことを話すつもりかどうか訊かれたの」

「きみはノーと答えた、当然」

「もちろんノーと答えたわ。写真はさっさと燃やしたそうだから、どっちみち、証拠はなくなってしまったけどね。でも彼女がやったとはまず思えない。しかも、グゥエン・ピットを殺す動機がまったく見あたらない」

「おれたちの知るかぎりは」エライアスはうわの空で言った。目線はチャリティを通り越し、ハンク・タイバーンの車が駐車スペースに乗りつけるのを見ていた。

「フィリス・ダートムアが犯人だとは思えない」チャリティはあくまでこだわった。「彼女はそんなタイプじゃないもの」

「これまで何人の殺人犯に会った?」

「人数なんか関係ないでしょう。わたしは、フィリスの言ったことが気になるの。実際、いろいろな話を聞かされたわ」

「どんな話?」エライアスはタイバーンがパトカーから降りるのを見守った。

タイバーンは厳しい表情をしていた。歩道に立つと右に曲がり、フィリスの事務所は素通りした。

「リック・スゥイントンはなにごともかならず仕返しすると言ったそうよ。甘く見たらただじゃおかないと。その言葉を裏づける証拠はたくさんある。たとえば、うちのキッチンが荒らされたこと、あなたがふたり組にやられたこと」

「アーリーン・フェントンはどうなんだ? あいつにとっとと失せろと言った」

「それよりもあなたに邪魔されたことのほうがよっぽど頭にきてた。とにかく、グゥエンとふたりして彼女のお金を盗んだことで仕返しはしたつもりだったんでしょう」

「たしかに」エライアスは考えこんだ。「となると、あの写真をきみの家に置いていったのもやつということか。フィリスに仕返ししてくれると思って」

「そう。彼はぜったいに仕返しを旨としていた。フィリスの言ったことでもうひとつ引っかかることがあるの。スゥイントンは彼女のほかにもロッシターの空き家に連れこんでいた女性がいるということよ」

「ロッシターの空き家に?」エライアスはタイバーンがピット不動産の前で立ちどまったの

を目の端でとらえた。「レイトン・ピットが離婚前にジェニファーと会っていたのもあそこだと言わなかったか？」

ハンク・タイバーンは一瞬ためらったものの、気を取りなおしたようだ。なにか気の進まないことでも待ち受けているのだろうか。そして不動産屋のドアを開け、なかに入っていった。

「ええ」チャリティがうなずく。「崖沿いの崩れかかった家よ。いずれにしても、さっきも言ったように、そのことが引っかかるのよ。タイバーンの言うように、犯人はひとりしかいないとしたら、グゥエン・ピットとリック・スゥイントンの両方にかかわりのある人物だわ。グゥエンとスゥイントンの両方を憎んでいた人物。それを考えると、容疑者はかぎられてくる」

エライアスはピット不動産のドアが開くのを目で追った。「わざわざ容疑者を捜すまでもなさそうだ。タイバーンがちょうど第一容疑者を逮捕したところじゃないかな」

「え？」チャリティはそこではじめてエライアスが自分の背後に注目しているのに気づいた。あわてて振り向いた。「そんな、嘘よ。レイトン・ピットが。レイトン・ピットが逮捕されるなんて」

タイバーンが意気消沈したレイトンをパトカーに乗りこませている。ドアが閉まる間際、レイトンの手首にかけられた手錠がちらりと光った。

「そのようだな」エライアスがつぶやいた。「認めざるをえない、それが道理というものだ。

レイトンには元妻やリック・スゥイントンに腹を立てるもっともな理由があった。あのふたりが共謀して彼を破滅に追いこんだんだ」

「ええ」

タイバーンがパトカーの運転席に座る。

「じゃあ、これにて終わり」エライアスはふと残念な気がした。「ということは、きみがおれをハンク・タイバーンから守るためにアマゾネスに変身することもなくなるわけか」

「まだ安心するのは早いと思うわ、エライアス」チャリティの口調は真剣だった。

「なぜ？」

「レイトン・ピットが元妻やスゥイントンを殺したとは思えないから」


その夜八時ちょっと前、エライアスはローテーブルの前で膝を組み、チャリティがとっておきのパスタをきれいにたいらげるのを見ていた。残さず食べてはくれたものの、まずいともおいしいとも言わない。レイトン・ピットの逮捕のことで頭がいっぱいなのだ。

基本に立ち返るどころの話ではない。エライアスは苛々してきた。こんなはずではなかったのに。

「テッドが言っていたけど、レイトン・ピットの車のトランクから銃が見つかったそうよ。二八口径の。グゥエンとリック・スゥイントンの殺害に使ったのと同じ型」チャリティはフォークを置き、期待顔でエライアスを見た。「だから」

「だから、なんだ？」

「だから、レイトンが凶器を車のトランクに置きっぱなしにするのはちょっと変だと思わない？　つまり、そんなの理解できない」

「殺人は往々にして理解できないものだ。人殺しをするようなやつはたいてい物事をきちんと考えていない」

「ええ、それはそうだけど、レイトンもばかじゃない。自分が容疑者になることはわかっていたはずよ。なぜわざわざ銃を手元に置いておくの？」

「もう一度使う予定でもあったのかもしれない」

チャリティは恐怖に顔をこわばらせた。「そんなこと考えてもみなかった」すぐにまた考えこむ。「いいえ、それも理解できない。破産を招いたと考えられるのはグゥエンとスゥイントンしかいないもの」

「そんなことで頭を悩ますのは時間の無駄だ、チャリティ。真相を突きとめるのはタイバーンの仕事だろう」

「わたしがなにを考えているかわかる？」

エライアスはうめいた。「いや、だがこれから話してくれそうな予感がするよ」

チャリティはローテーブルに身を乗りだし、真剣なまなざしで彼を見た。「レイトンは誰かに罪を着せられたのよ」

エライアスは少し考えた。「まずありえない。だが可能性はある」

「大ありよ、わたしに言わせれば。レイトン・ピットに殺意はなかった。彼は経済的な問題をなんとかしようとしたのであって、復讐をもくろんだんじゃない」

「どうしてわかる?」

「勘よ」

「せいぜいそんなところだろう。チャリティ、結局のところなにが言いたい?」

チャリティはいずまいを正した。「あなたはまだ攻撃対象からはずれたわけじゃない。それが不安なのよ」

「なんだって?」

「レイトンがはめられたということになれば、非難の矛先はまたあなたに向けられる。それがいやなの」

「おれもいやだよ。だが、おれに矛先が向くとは思えない」

「あなたはまだ疑いが晴れたわけじゃないのよ、エライアス。朝からずっとそのことを考えていたの。結論としては、あなたがこの騒動に巻きこまれないよう、予防措置を講じること」

エライアスは急に慎重な態度を見せた。「予防措置?」

「そう」チャリティは立ちあがり、汚れた皿をいっきにかき集めた。「わたしたちの手で事実関係を調べる必要があるわね。なにか手がかりが見つかるといいけど」

「手がかり?」慎重さが警戒心に取って変わった。「気はたしかか? この件はもう終わったんだ。タイバーンは優秀な警官だ。確実な証拠がなければピットを逮捕するはずがない」

チャリティはキッチンに行き、カウンター越しに彼を見た。その目は不安に曇っている。

「レイトンの車のトランクからどんな証拠が見つかろうとかまわない。わたしは彼がグゥエンやスゥイントンを殺したとは思わない。つまり犯人はまだどこかにいるということよ。それが事実であるかぎり、あなたの身が危ない。レイトン・ピットの無罪が証明されれば、次に疑われるのはあなたなのよ」

「冗談じゃない」

「ほんとなのよ、エライアス。あなたを守るにはどうにかしなきゃならない。もっと情報が必要だわ。スゥイントンがフィリスにゆすりを働いたということは、ほかにもゆすりを働いた相手がいるかもしれない。そう考えるのが筋というものでしょう?」

彼女はこっちのことを思って言ってくれている。そう思うと心が慰められた。

「いったいどこから手をつけようというんだ?」

「ロッシターの空き家」チャリティが皿を流しにつける。「スゥイントンと関係のある人物を見つけだすことができればいいんだけど。なにか隠さなければならないようなことのあった人物。じきに暗くなる。リック・スゥイントンの愛の巣をちょっと拝見させていただきましょう」

ロッシターの空き家は大通りから五〇〇メートルほどはずれたところにあった。鬱蒼としたモミの木立に隠れるようにして建っている。のぼり坂が邪魔をして、人目にはつきにくい。いかにもみすぼらしい建物だった。何年も修繕してないことが夜目にもわかる。軒がバックポーチに危なっかしげに垂れ、いまにも家ごと崩れてしまいそうだ。

「これなら懐中電灯の明かりを見られる恐れもない」チャリティはいそいそとジープを降り、エライアスの横に立った。「ほらね？　だから簡単なことだと言ったのよ」

エライアスは彼女を見た。ジーンズに濃い色のセーターを着ている。髪はポニーテールにしていた。期待と熱意のみなぎる姿になんともいえず不安を覚えた。「念のため、これだけは言っておきたい。きみの気持ちはありがたいが、こういうことをしてもらってもあまりうれしくない」

「うん。延々と」

「スゥイントンのモーターハウスを調べるとき、わたしがあれこれ文句を並べた？」

「まあ、あれはまた別よ。あの晩はたくさんの車がそばにとまっていたもの。今夜はわたしたちしかいない」

「チャリティ、ここまですることはないんだ。ここでなにかが見つかるとはかぎらない」

「わかるもんですか。ここが出発点なのよ。さあ、なかに入りましょう」チャリティは決然とした足取りでバックポーチに歩いていった。

エライアスは自分の頭に描いていたことを切なく思い出した。食べものとセックス。素晴らしい、基本となること。いまごろはふたりでベッドに入っていたころだろう。だが、こうなっては彼女を思いとどまらせる術《すべ》はない。

いやいやながら、彼女のあとからポーチを上がった。チャリティはもう窓辺にいた。窓の下を懐中電灯で照らしている。

「どうやって窓をこじ開けたらいいかわかる？」チャリティは掛け金をいじった。

「まずはドアからやってみてはどうだ？」エライアスは裏口のドアに行った。「こんなところに鍵をかけるやつなんかいないだろう」

ノブをつかみ、しっかりとまわす。ギーッと大きな音をたててドアが開いた。

「さすが」

「ありがとう。男は重宝がられるのが好きでね」エライアスが先に立ってなかに入った。

チャリティも急いであとに続いた。黴《かび》の臭いがつんと鼻をついた。

「うっ」思わずむせそうになった。「ひどい臭い。これじゃかぐわしい愛の園とは言えないわね？」

「うん」家のなかはどこまでも湿っぽい。何年も空気の入れ換えをしてないかのようだ。

「スゥイントンのお相手はむさくるしい雰囲気がお好きだったんだろう」

懐中電灯が室内を照らしだす。重々しい家具には汚れたグレーのカバーがかけてある。家具はどれもこれも根元が腐っていそうだ。煉瓦造りの暖炉はなかがすすけていたものの、誰かが最近使ったような形跡はない。

「スゥイントンとそのお友だちは寒かっただろうな」

「自分たちの体でぽっぽしていたんじゃない？」チャリティは床をきしませながら戸口に向かい、片隅をのぞき見た。「小さな寝室がひとつにバスルーム。それだけね」

「なにを探しているんだ？」

「わたしもわからない。寝室から始めましょう。舞台となったのはほとんどそこだと思うから」

返事も待たず、チャリティは部屋を出ていった。ほどなくハッという声がした。

「どうした？」エライアスも部屋を出た。手にした懐中電灯をかざすなり、場違いにも笑いがこみあげた。

チャリティは寝室にいた。懐中電灯の明かりが、古い鉄製のベッドをとらえている。だらんとしたスプリングの上にしみだらけのマットレスが置かれていた。詰めものをした革製の手錠が支柱のひとつにぶらさがっている。

「ベッドにつながれたいなんて思ったこともないわ」チャリティがささやく。

「あの手錠は本物じゃない。すぐはずれるおもちゃだ。ちょっとひねれば、自由の身になれる」

「なんで知ってるの？」

「雑貨屋の店主ならそれぐらいの商品知識はあるよ。あれと同じようなのをチャームズ・アンド・ヴァーチューズでも扱っている」

「驚き」チャリティは彼をちらりと見るなり怖い顔をした。「そんなところに突っ立ってないで。少しは手伝ってよ」

「そうだな。手がかり。手がかりを見つけないことには、タイバーンに狙われるもんな」エライアスは寝室をぶらぶらと見てまわった。「手錠はどうだ？　手がかりになりそうか？」

「あまり真剣に考えてないでしょ？」チャリティは四つん這いになってベッドの下を点検した。「いい、エライアス、あなたはまずい立場にいるんですからね」

エライアスは魅惑的な彼女のお尻に懐中電灯の光をあてた。ジーンズがぴったりはりついている。

「言われるまでもない。よく承知しているよ」

「バスルームを調べて」

「おおせのとおりに」ため息まじりにエライアスは彼女の臀部《でんぶ》から目をそらした。「だが言っておくが、おれはやはりこういうのは好きじゃない。どうせなにも見つからないだろう。たとえ見つかったとしても、タイバーンが容疑者を拘束した以上、必要ないよ」

「あくまでも万一のため」チャリティが言う。「なにか、なんでもいいから、見つかってほしいのよ。スウィントンを殺す理由のあった人物につながるようなものが」

「それでもまだ問題は残る。その人物が誰か突きとめなくてはならない」

「ほかに容疑者がいるに決まってる。だって、レイトンの口から経済的な問題を聞かされたのはグウェンが死んだあとのことよ。どうしてわざわざそんなことをしなきゃならないの？　自分には動機があると言っているようなものじゃない。犯人ならばぜったいにそんなまねはしないわ」

「それはたしかに言えてる」エライアスはバスルームを歩きまわり、欠けた陶器のバスタブに懐中電灯を向けた。「チャリティ、ちょっと尋ねたいことがある」

「なに？」チャリティの声ははっきりしない。

「きみがこういうことをするのは、おれがきみの救済計画の対象になったからか？」

「救済計画？」

「オーティスを鬱状態から救いだしたとか、桟橋を守るとか」

「聞こえないわ」チャリティが別の部屋で声を張りあげた。

エライアスは戸口まで行った。「おれはこう言ったんだ。きみがわざわざこんなことをするのは、おれに責任のようなものを感じてのことなのか？　もしそういうことなら、はっきり言っておこう。おれは救済が必要な埠頭の店主でも落ちこんだオウムでもない」

「エライアス、これを見て」

短い廊下に出ると、チャリティが寝室の戸口に立っていた。エライアスはまず彼女の上気した顔に懐中電灯を向け、それから彼女が親指と人差し指にはさんだものに光をあてた。

「それはなんだ？」

「はっきりとは言えないけど、欠けた爪だと思う」

「それで？　その手の爪をしている女性は多い」

「ええ」チャリティは得意満面だ。「しかもウィスパリング・ウォーターズ・コーヴの住民なら、ネイルズ・バイ・ラディアンスでやってもらった可能性が高い」

「あえて反論はしない。だが、それがなんだと言うんだ」

「いまにわかるわ」チャリティはポケットからティッシュを出し、爪のかけらを丁寧にくるんだ。「ひとつだけ確実なのは、これはフィリス専用の色、ダートムア・モーヴではないということ。明日の朝、ラディアンスに話してみる。彼女なら誰のかわかるかもしれない」

「いいよ。ラディアンスに話してごらん。話は変わるが、おれの質問に答えてくれないか？」

チャリティは無邪気に顔を上げた。「なんだったかしら？」

エライアスは苛々してきた。「なぜこんなことをしているのか」

「わかりきったことじゃない？　あなたは友だちだからよ」

「ほんとにそれだけの理由か？」

「ほかにどんな理由があるの？」

「誰が知るか」エライアスは憤然とつぶやいた。「おれのためにわざわざそこまでしてくれるからには、もっと個人的な理由があるんじゃないかと思ったよ」

「友情よりも個人的な理由があるとでも？」チャリティが廊下ですれ違いざまに訊く。

なんの前ぶれもなく、エライアスの鬱屈した怒りが自制心も常識も呑みこんだ。彼は懐中電灯をぱっと彼女に向けた。

「きみがここまでおれのことを心配してくれるのは、おれのことを熱烈に愛してくれているからじゃないのか?」自分でも驚くほど激しい口調だった。

「それもあるわ」

17

水は消えてなくなるのではない。海に戻り、雨となり、川となり、池に満ち、滝となって流れ落ちる。いずれにしろ、水は戻ってくる。

――『水の道にて』ヘイデン・ストーンの日記より

大失敗。あんなことを声に出して言うつもりはなかった。昨夜の失態のあとだけに。つい口が滑ってしまった。災難は思わぬところで待ち受けている。チャリティは呆然と立ちつくした。

「エライアス？」

返事はなかった。懐中電灯の光を浴びて背後に大きな影ができている。表情は読み取れない。だが顔を見るまでもなかった。あの言葉のもたらした衝撃が手に取るようにわかる。エライアスは茫然自失の状態だ。間違いなく、心底動揺している。

なんだか哀れに思えた。ご自慢の哲学思想は精神力や自制心を養うにはいいが、感情というものを度外視している。哲学とはそういうものなのだ。あんながちがちの概念で人間のたおやかな感情は語れない。

口を慎むべきだった。エライアスにはまだ心の準備ができていなかったのに。チャリティは懐中電灯の光をまともに彼の顔にあてた。彼はひるみもしなければまばたきもしない。凍りついたように動かないでいた。

「ねえ、そんなにびくついた顔しないで」自分でも棘《とげ》のある言い方だと思ったが、どうしようもない。「あなたが悪いのよ。あなたがいちいち厭味なことを言うから。こっちはどれだけ苛々するか。お気づきでないなら言わせてもらうけど、わたしはいますごくストレスがたまっているの。わたしはストレスがたまると衝動的になにかしてしまう。その話はもうしたはずよ」

エライアスはうんともすんとも言わない。チャリティはため息をつき、懐中電灯を下ろした。エライアスの暗い影を見つめるあいだ、床に光の池ができた。廃屋に垂れこめる沈黙は不気味なものがある。チャリティは胸が激しく脈打つのを感じた。

しだいに不安がつのってきた。

「大丈夫、エライアス？　こうしてひと晩じゅう暗闇をにらんでいるわけにもいかないわ。もうじゅうぶん長居したことだし、そろそろ引きあげましょう」

エライアスがようやく動いた。一歩彼女のほうに踏みだす。「このままにしておくわけにはいかないよ」やっとのことで意味の通じる文章になったかのような、ぎこちない言い方だった。

「どうして？」

「よせよ、わかっているくせに」エライアスはもう一歩前に踏みだした。いつものようななめらかさとはうってかわり、ぎくしゃくした動きだ。「これは重要なことなんだ。ここにやりにきたことよりもはるかに重要なことだ」

「それは違う」チャリティは小気味よく言い返した。「あなたが逮捕でもされたら、わたしたちの関係をどうのこうの言うよりもっと大変なことになる」

「からかわないでくれ」

「失礼」

「本気か？」

「本気で謝っているかというの？」

「いや」エライアスは彼女のまん前でとまった。片手に懐中電灯がしっかりと握られている。床に光がこぼれ、チャリティの懐中電灯のつくりだした光の池に合流した。「さっき言ったことは本気なのか？」

「あなたを熱烈に愛しているということ？」否定しても意味がないように思える。チャリティは覚悟を決めた。

昨夜は肝心なところでリック・スウィントンの遺体を発見し、その話もお預けになった。かといって、今夜も同じことが起こるとはまず思えない。起こってもらっても困るのだが。ひと夏で二回も死体を目にすればもうじゅうぶんだ。ストレスもそろそろ限界に達している。

「ああ」エライアスの声には超然とした響きがあった。「おれを愛しているというのは本気か？」

「まぎれもなく本気よ」チャリティは堂々と答えた。驚いたことに不安があとかたもなく消えている。パニックではなく、確信が胸にこみあげてきた。「これであなたの人生哲学に支障をきたすことになったら申し訳ないけど、自分でなんとかしてもらうしかないわ、ウィンターズ」

「昨日の晩」それきり言葉が続かない。どう言えばいいのか考えあぐねているようだ。「昨日の晩、きみはおれたちのあいだに愛が存在しないから一緒に暮らさないと言った」

「いいえ、そうは言ってない。ちゃんと聞いていなかったのね？ わたしはその段階に入る前に愛を介在させたいと言ったの。なにしろ前に失敗しているから。友情や仕事や家族に対する責任感からあやうく結婚しそうになったんだもの。同じあやまちを繰り返すつもりはない。またセラピーでも受けることになったらお金がもたないわ」

「おれたちの関係はそんなんじゃない」

「建前上は、そのとおりね。あなたは一緒に住まないかと言ったのであって、結婚しようと言ったんじゃない。それに、セックスをともなう友情ならブレットとの関係よりも格段に進歩したことは認める。前回はセックスが欠けていた。だけど、それでもまだじゅうぶんとは言えないの」

「おれだって友情以上のものがほしい」

チャリティは動きをとめた。「どれくらい以上のもの？」

「おれはきみがほしい」

声音ににじむ欲望が痛いほどつたわってきた。つい決意が揺らぎそうになる。油断してはいけない。取り返しのつかないことになる。

「かわりになにをくれるつもり?」

「なんでも。ほしいものはなんでもあげる。お願いだ」

チャリティは〝お願いだ〟のひとことに屈した。二度までも拒むことはできない。彼のことは愛している。しかもほしいものはなんでもあげるとまで言った。エライアスの口から出た言葉としては、大いに意味がある。愛に対して心を開くことを約束したようなものだ。

彼女は微笑んだ。「それならやってみようかしら。わかった、エライアス。あなたがほんとにわたしと一緒に暮らしたいというなら、そうするわ。でも言っておきますけど、家具も一緒に運びこむわよ。愛用のイタリア製の安楽椅子があるのに、毎晩床に座らせられたんじゃ、目もあてられないわ」

「取引か」エライアスが彼女に手を伸ばす。

「あん、さっさとここから出たほうが――」

エライアスはチャリティを力いっぱい抱きしめた。驚いた拍子に彼女の手から懐中電灯が落ちた。床に転がり、壁にぶつかってとまる。

チャリティは彼の胸に抱きすくめられた。ほとんど息もできない。彼はむさぼるように唇を求めてくる。その体には欲望がうねりとなって押し寄せている。これ以外には感情の表わしようがないほどの激しさだ。

「エライアス、待って」チャリティはささやいたが、その言葉も彼の耳には入らなかったようだ。

唇がだめならばと、エライアスは別の場所に口づけをしてきた。耳たぶを噛まれたとき、チャリティはひそやかな喘ぎ声を漏らした。強烈な快感が全身を貫いた。彼の唇がそのまま喉元へと降りてくる。背中に懐中電灯の柄が押しつけられる。エライアスはもう一方の手で彼女の髪をまさぐり、髪留めをはずした。

「だめ、そこまでよ」チャリティは両手で彼の顔をはさんだ。そして正気に返らせようと軽く揺すった。「やめて」

「どうした？」

「こんな薄汚い部屋で愛の行為にふけるのはぜったいにお断わり。ここは人目を忍ぶ情事の舞台となったところなのよ」

エライアスは一瞬なんのことかわからなかったようだ。やがてわずかに体の力を抜いた。床に落ちた懐中電灯の光が壁に跳ね返り、その顔に意味ありげな微笑が浮かぶのを映しだした。

「だが、寝室に申し分ない手錠が残されている。せっかくだから使わせてもらおうじゃないか？」

「しっかりして、ウィンターズ」チャリティが懐中電灯を拾いあげる。「帰るといったら帰るの。いますぐ」

「きみはスリルを求めるのが好きかと思ったのに」エライアスは彼女を抱きあげ、さっと外に連れだした。

そしてジープの助手席に座らせ、自分も運転席に座ると、速度制限はまったく無視して家に向かった。

車を私道に乗り入れ、エンジンを切っても、チャリティはなにも言おうとしない。ただし、その顔にはなまめかしい笑みがこぼれていた。

エライアスはうめき声をあげ、彼女に手を差し伸べた。車を降りる前にもう一度キスするだけのつもりだった。けれど、手が触れるなり熱情がほとばしった。

「エライアス、ああ」

彼は左手でドアを探った。ドアは開いたが、車を降りることができない。チャリティが狂おしげに甘いキスを仕掛けてくる。エライアスは全身の血がたぎった。

「ここで」とささやく。「いま」

「いま？」

「いますぐだ。家に入るまでもちそうもない」

エライアスは夢中でジーンズを脱ごうとした。チャリティも反論しなかった。そのかわり、彼の喉元にキスをした。そして両手をおそるおそる彼の腰のあたりにやった。彼女が慎重にジッパーを下ろすと、エライアスの口からうめき声が漏れた。彼のものはかたくはりつめている。すでに先端がブリーフの合間に顔を突きだしていた。

彼はチャリティのジーンズに手をかけようとした。

「待って」

「今度はなんだ? 心配いらない。ここはロッシターの廃屋とは違うよ。誓って言う。このジープでは誰ともセックスしたことはない」

チャリティは答えなかった。かわりに、彼のものをやさしく手のひらに包んだ。

そして顔をうつむけ、はじめてのことだけどやってみることにしたかのように、おずおずと彼のものを舌でとらえた。

エライアスは目を閉じた。ウィスパリング・ウォーターズ・コーヴに宇宙船が舞い降りるのを見たような気がした。


「これはタル・ケック・チャラというものだ。武術も思想もこのひとことですます」エライアスは庭の池のほとりに敷いたマットの上で膝を組んだ。向かい側のマットには新入りの生徒が座っている。ふたりのあいだにはタオルが敷かれ、あの革の武器が置かれている。「直訳すると、新たな水路を切り開くための道具、という意味になる」

ニューリンはタル・ケック・チャラを手に取り、エライアスに教えられたとおり、おずおずと手首に巻きつけた。「ベルトかなんかだと思ってた」

「武器らしくないものこそ最良の武器だ」エライアスが言う。ニューリンが革ひもにしげしげと見入っているのを見て、若いころにはじめてこれと出合ったときのことを思い出した。

実際、ヘイデン・ストーンに手ほどきを受けたときのことがまざまざとよみがえった。ニューリンはかつての自分と同じ質問を投げかけてくるし、あの興味深げな顔つきはかつての自分を彷彿《ほうふつ》とさせる。

〝水は消えてなくなるのではない。姿を変えて戻ってくる。しかしかならず戻ってくる〟。

「タル・ケック・チャラって何語？」ニューリンがマットの上で身じろぎした。

そろそろ足が痺《しび》れてきたか、とエライアスは思った。ニューリンはかれこれ三十分近くも不慣れな姿勢で座っている。しかも外は風が冷たい。霧は朝になってもまだ晴れなかった。

昨夜、ヘイデンの日記を取りだし、はじめて数ページほど目を通した。タル・ケック・チャラを教えるには閃《ひらめ》きが必要だった。運命の手に導かれるようにして、日記に書かれた文句にふと目がいった。

〝優秀な教師は生徒が自然と学ぶリズムを把握し、それに応じなければならない。教えるという行為は生徒のみならず教師にとっても修行である〟。

初の授業は早めに切りあげたほうがよさそうだ。ニューリンはずいぶんと乗り気のようだが。

「もう死語になっている。何世紀ものあいだにいくつかの言語に同化されてしまった。純粋な形で残っていた最後の場所は、とある離れ小島の僧院だ。何千年ものあいだ、俗世とは隔絶された場所だった。いまではその僧院もない」

「そこで暮らしていた僧侶たちはどうなったの？」ニューリンは小さな丸眼鏡を鼻の上に押しあげた。「ゲリラ戦かなんかで殺されたとか？」

「いや。僧院は巧妙な隠れ家になっていた。外界の人間にはまず見つからない。だが、ヘイデンと出会ったときには、僧侶たちはみなかなりの高齢だった。やがては死に絶え、寺とそのまわりに張りめぐらされた川だけが残った」

「どうして知ってるの？」

「ヘイデンが数年前に連れていってくれたからだ。ジャングルを三週間も這いずりまわった。たどり着いてみると、石造りの古い建物とまわりを流れる川があるのみだった」

あの日のことが鮮やかによみがえった。ヘイデンとの僧院への旅は人生の重要な節目となった。だが、ヘイデンと川のほとりに立ったときの気持ちは、説明しようにも言葉にならない。とはいえ、あのときのことを思い出すといまだに勇気が湧いてくる。

「そら恐ろしいみたいな？」ニューリンは食い入るようにエライアスを見た。

「うん。だが、もっとそら恐ろしいことが待ち受けていた」

「どんなこと？」

「ヘイデンが死んだあと、タル・ケック・チャラの意味するところを厳密に知っているのは、おそらくこの世におれしかいないことに気づいた。ましてや、この道具の使い方など」

「げっ」ニューリンは長いこと考えにふけった。「言いたいことはわかるよ。孤独感みたいな？」

「うん」ニューリンならいい生徒になるだろう。「だが、それもいまは変わった」

「どんなふうに？」

「いまはきみもタル・ケック・チャラを知っている」エライアスは革ひもを取りあげ、腰にゆわえつけた。

ニューリンはエライアスをまじまじと見た。やがてその顔が喜びに上気した。「ねえ、そうだよ。その言葉の意味を知ってるのはもうこの世にあなただけじゃない。このぼくもわかってる」

「次回は、タル・ケック・チャラの使い方に入ろう」そう言って立ちあがる。「学ぶべきことはたくさんある。タル・ケック・チャラは単なる武器でも死語でもない。思想なんだ。世のなかを見据える方法」

ニューリンもあわてて立ちあがった。「あの水の話に関係があるんだよね？」

「すべて絡んでいる」エライアスはポーチに向かった。「だが、今日のところはこれで終わりにしておこう。そろそろ店を開ける時間だ。オーティスを連れてくる。埠頭まで送ってやるよ」

「ああ、どうも」ニューリンはなにか言いたげだった。「ねえ、エライアス？」

エライアスが裏口で足をとめる。「うん？」

「近々、アーリーンと結婚することになったんだ。ぼくとしては、その、あなたにも式に来てもらえないかと思って。そんな大げさなことはしないけどね。でも、チャリティとビーとラディアンスがそのあと埠頭でパーティーを開いてくれるそうだよ」

エライアスはドアノブに手をかけ、ニューリンを振り返った。「アーリーンと結婚することになったのか？」

「まあ、そういうこと」ニューリンが照れくさそうに笑う。「ぼくたちは愛しあっているし、ふたりとも仕事についているし、アーリーンもあのヴォイジャーズと手が切れたことだし、それなら結婚しない理由はないと思ってね」

「うん。結婚しない理由はない。結婚式には行かせてもらうよ」

ニューリンは顔をほころばせた。「わかった。よかった」

結婚しない理由はない。その言葉が頭のなかで呪文のように鳴った。オーティスの前でもう一度声に出して言ってみた。

「結婚しない理由はない、オーティス」

オーティスは鼻息も荒くエライアスの腕に乗り、鳥かごの止まり木に移された。

「おまえとおれのことじゃないぞ、オーティス」とかごのドアを閉める。「チャリティとおれのことだよ。だが、彼女が同調しなかったらどうする？　一緒に住もうと説得するのもひと苦労だった。結婚しようなどと言おうものならパニックに陥りそうな気がするよ」

「ヘッヘッヘッ」

「彼女はおれのことが不安なんだ」エライアスはかごを戸口に運んだ。「どうすれば安心させられるのかわからない。まったく、ロフタスと同じ目に遭うのだけはごめんだな。どうもやつの二の舞になりそうな気がする」

チャリティはネイルズ・バイ・ラディアンスの店先にかかるビーズのカーテンを押し開け、なかに入った。いきなりジム・モリソンとドアーズが出迎えてくれた。壁に貼られた等身大のポスターから憂鬱そうにこちらをにらみつけている。

ほかの壁には絞り染めの掛け布やけばけばしいアートがかかっていた。室内にはお香の匂いが充満している。

「ラディアンス？」

「いらっしゃい、チャリティ。ちょっと待ってて」ラディアンスはゆったりしたガウンをまとい、手元から顔を上げずに答えた。マニキュア用の小机に座り、電気スタンドの下で客の爪を乾かしている。

「急ぎじゃないから」チャリティはラディアンスに両手を預けている女性に挨拶した。「おはよう、アイリーン。そういえば、ご注文いただいた自己啓発の新刊本が届いたわ」

「『なぜ自己啓発本は啓発にならないか』ね。よかった。待っていたのよ」感じのいい、五十代前半の女性、アイリーン・ヘネシーが顔を上げて微笑んだ。「ここが終わったら取りにうかがうわ」

「それはいいけど、くれぐれも注意して」ラディアンスが顔をしかめる。「ちゃんと乾かしてあげるけど、せめて三十分は手を使ってもらいたくないのよね」

「心配しないで」チャリティがよどみなく言った。「ニューリンもわたしもせっかくの爪が台なしにならないよう気をつけるから」机に近寄り、アイリーンの長いつややかな爪に見入る。「すてきな色ね」

「名づけてアイリーン・アメジスト」とラディアンス。「彼女にぴったりだと思わない?」

「ほんと」チャリティは微妙な色合いに感心した。「そのピンクのくねくねした模様もいいじゃない」

「仕上げにわたしの名前を入れてもらったの」アイリーンは得意げだ。「ほかには誰もこんな爪してないわ」

「もちろんですとも。わたしのモットーはご存じのはずよ」ラディアンスが椅子に背をもたれる。「お客さまひとりひとりに独自のデザインや色を施してさしあげる。芸術の大量生産はしないの。いいわ、アイリーン、もう乾いたでしょう。でも気をつけてね」

「そうするわ」アイリーンはうれしそうに爪を眺め、立ちあがった。「これからビーのお店でラテでもいただいて、それから本を取りにうかがうことにしましょう。ついでにチャームズ・アンド・ヴァーチューズにも寄っていこうかしら。甥っ子の誕生日が来週なの。あの子も友だちもウィンターズのお店に置いてあるようなものが大好きなのよ」

きれいに仕上がった爪に傷でもついたら大変とばかり、アイリーンはそろりそろりと椅子を立った。そしてやっとのことでビーズのカーテンの向こうに消えた。

「なんの用事だったの、チャリティ?」ラディアンスがてきぱきと机の上を片づけながら訊いた。

チャリティはスカートのポケットに手を入れ、欠けた爪を包んだティッシュを取りだした。「突拍子もないことを訊くようだけど、この爪の色がわかるかしら」

ラディアンスは怪訝そうな顔をした。「欠けた爪?」

「いい色なのよ」そらぞらしい。もう少し虚飾を施すことにした。「この前、お店の掃除をしていたら、これが落ちていたの。それでわたしもいつか爪をきれいにしてもらうんだったら、こんなのがいいなと思って。たぶんあなたの調合した色でしょう?」

「ちょっと見せて」ラディアンスはマニキュアの瓶を棚にしまった。それから回転椅子をこちらに向け、手を差しだした。

チャリティはラディアンスの手のひらに爪のかけらを置いた。まっ赤な破片が電気スタンドの光に映える。

「ええっと」ラディアンスが目を凝らす。「どうして欠けたときにすぐ来てくれなかったのかしら。爪にはいつもあれほどこだわる人が」

チャリティは固唾を呑んだ。「誰のこと?」

ラディアンスが顔を上げる。「ジェニファー・ピットに決まってるじゃない。この色はクリムゾン・ジェニファー。ミセス・ピット専用の色」

「なるほど」チャリティは爪の破片を返してもらった。頭のなかがめまぐるしくまわりはじめた。これはすぐにエライアスに話さなければ。「ありがとう、ラディアンス。彼女もいろいろあったからここにくるどころの話じゃなかったんでしょう」

「彼女も踏んだり蹴ったりよ。このところのごたごたを考えてみて。夫婦仲がしっくりいってないところに、今度はレイトンが殺人容疑でつかまったんだから」

「レイトンがやったかどうかはまだわからないわ」

「ハンク・タイバーンは確実にそうだと思ったからこそ逮捕に踏みきったのよ。タイバーンの人柄はわかっているでしょ。それはもう慎重なんだから」

「たしかに」

「どう考えても明らかよ。レイトンは元の奥さんとリック・スゥイントンのせいでなにもかも失った。彼には完璧な動機があった。ジェニファーはもうたくさんだと思ったんでしょ。町を出ていくことにしたのもうなずけるわ」

チャリティはビーズのカーテンの下でぴくりと立ちどまった。「ジェニファーがウィスパリング・ウォーターズ・コーヴから出ていく？」

「アイリーンからいま聞いたところ。今朝、ピットの家の前を通りかかったら、ジェニファーが車に荷物を積みこんでいたそうよ。この町から逃げたいからといって、誰にジェニファーが責められる？　町の人たちは心から彼女を受け入れたわけじゃなかったし。レイトンの最初の結婚がだめになったのも彼女のせいにされていた。だけど言わせてもらえば、レイトンもジェニファーに負けず劣らず悪いのよ。なにも彼女に手を出すことはなかったわけでしょ？」

「ええ。そうよ」

チャリティはビーズのカーテンをくぐりながら思った。エライアスなら陰でこそこそほかの女性とつきあったりはしないだろう。彼は芯の通った男性だ。ときどき頭にくることもあるが、その点はどこまでも信頼できる。

気分はよかった。これでまたエライアスと一緒に将来を築こうという気持ちがかたまった。誠実な男性ならば人を愛することもできる。

けれどまずは彼がスゥイントン殺害のかどで警察に引っぱられないようにすることだ。チャリティは決意も新たに、チャームズ・アンド・ヴァーチューズ目指して歩いていった。

エライアスはチャームズ・アンド・ヴァーチューズの片隅に立ちつくした。目の前の棚にはプラスチック製のハンバーガー、なかに虫の埋めこまれた偽の角氷、消しても火がつく手品用のろうそくなどが山積みになっている。その一画にどうも違和感があった。断定はできないが、商品の山がどことなく変わっている。

レジ台の下の懐中電灯を取ってきたほうがよさそうだ。結局、チャリティが店内の照明について言っていたことは正しいのかもしれない。とくに、奥まったこの一画は。雰囲気も大切だが、客が商品のラベルも読めないようでは、いささかやりすぎというものだ。この棚にはライトをつけることを考えなければならない。

それにしても、なぜ違和感があるのだろう。商品棚にかがみこみ、ぜんまい式の昆虫の入った箱の山をつついてみた。

「エライアス？　エライアス、どこにいるの？」

チャリティの興奮した声に振り向いた。すぐには返事をしなかった。ほの暗いなかに突っ立ったまま、彼女が通路を小走りにやってくる姿を堪能した。昨夜の記憶がどっとよみがえる。ねっとりした熱い舌を思うだけで勃起しそうだった。

ありがたいことに、これからはもう夜な夜な彼女を引き留める方法を考えずにすむ。

「おはよう、オーティス」チャリティはレジ台で足をとめた。「エライアスはどこ？」

「ヘッヘッヘッ」

「いつもながらお世話さま」ちらりと店内を見渡す。「エライアス？」

「ここだよ、チャリティ。偽の食品と昆虫の置き場」

チャリティはあわてて声のしたほうに目を凝らした。「ああ、そこだったの。ラディアンスのところでなにがわかったと思う？」

「あの爪の正体がわかったのか？」彼はレジ台のほうに歩いてきた。

「わかったの」チャリティは得意満面だ。「クリムゾン・ジェニファーよ」

「翻訳してくれ」

「ラディアンスがジェニファー・ピット専用に調合した赤いマニキュアの色。わかった？」

「ジェニファー・ピットがロッシターの廃屋に出没していた？」エライアスはレジ台の下にかがみこみ、懐中電灯を探した。「それはもうわかっている。あそこでレイトンと逢瀬を楽しんでいたはずじゃないか。密会中に爪が欠けたんだろう」

「わたしがなにを考えているかわかる？　彼女はあそこでリック・スゥイントンと会っていたのよ。荒っぽい行為の最中に爪が欠けたとすれば話の筋が通るわ」

「だから？　あのスゥイントンのことだ。ウィスパリング・ウォーターズ・コーヴじゅうのご立派な女性に手錠をかけておまわりさんごっこをやっていたとしてもおかしくない。しかもピット家の二度めの結婚生活は暗礁に乗りあげていた。レイトンは彼女に男がいたようなことを言っていたじゃないか？」

「エライアス、わかってないわね。あの爪はジェニファーとリック・スゥイントンを結びつけるものなのかもしれないのよ」

「たしかにふたりが愛人関係にあったことを示すものかもしれない。だがそれだけのことだ」エライアスは懐中電灯を手にすると、背筋を伸ばした。「フィリス・ダートムアもその要領でリック・スゥイントンに結びつけることができる。ヴォイジャーズの女性たちも同様だ。いったい何人の女がやつと寝たのか知れたものじゃない。だが、スゥイントンとグゥエン・ピットの両方を殺害する動機のあった者といえば、レイトンしかいない」

「破産のことね」

「結局は金なんだ」と懐中電灯のスイッチを入れる。明かりはつかない。「電池が切れた。どこかにごっそり買い置きがあったはずだ。この前見たんだが」

チャリティは腕組みした。挑発的に彼をにらみつける。「これを言ったらあなたはどんな顔をするかしら。今朝、ジェニファー・ピットが車に荷物を積みこむところが目撃されたそうよ。どうやら町を出ていくようね」

エライアスは懐中電灯の底ぶたを開けた。「破産宣告のうえにレイトンまで逮捕されたんじゃ、こんなところにいてもしかたないと思ったんだろう」

チャリティはにこやかに笑いながら、ステラ・カメロンの新作小説と領収書を紙袋に入れた。

「これはおもしろいわよ、ミセス・フィッシャー。わたしもちょうど読み終えたところなの」

「彼女の書くものは、ほんとにどきどきするわね」ミセス・フィッシャーが力説する。「いったん読みだしたらとまらなくなるのよ」

「ほんとにそう」

ミセス・フィッシャーは足早に店を出ていった。

「そろそろ閉める時間だね」ニューリンが腕にどっさり本を抱え、奥の部屋から出てきた。

チャリティは眉を吊りあげた。「今日はやけに気がせくみたいね。なにか予定でも?」

「アーリーンがデルターズ・ナースリーに結婚式用の花を注文しにいこうって」

「すてき。今朝のエライアスの初授業はどうだった?」

ニューリンの顔が輝いた。「すごくおもしろかったよ。彼がつけているあのベルトの名前を教えてもらった。彼が言うには、タル・ケック・チャラの厳密な意味がわかっているのは、世界じゅうで彼とぼくのふたりしかいないだろうって。そら恐ろしいよね？」

「わたしは〝水の道〟とかいう意味だと思っていたわ」

「そうとも言えない。もっと複雑なんだよ」

「じゃあ？　厳密にはどういう意味なの？」

　ニューリンはしどろもどろになった。「その、悪気はないんだ。でもぼくの口から言っていいのかどうか。自分でエライアスに訊いてみたほうがいいんじゃないかな」

「ああ、男どうしの秘密というわけ？」

「そんなんじゃないよ。少なくともぼくは——」そこまで言いかけたところで、ヤッピーがあわてて店の前で立ちどまるのが見えた。ニューリンは安堵の表情を浮かべた。「ねえ、ヤップ。どうしたの？」

「揉めごと」ヤッピーが大声で言った。

　チャリティは彼のほうを見た。「どうしたの？」

「ウィンターズだよ」ヤッピーは大きく息をつき、また走りだそうとした。「またしても厄介なことになった。スーツ姿の伊達男がたったいまジャガーで乗りつけ、エライアス・ウィンターズの店はどこか訊いてきたところだ。ビーが教えてやったら、チャームズ・アンド・ヴァーチューズに乗りこんでいった。ビーの話ではエライアスをぶちのめしにいくように見えたんだと」

「またなの」チャリティはレジに鍵をかけ、あわててレジ台の外に出た。「いったいどうしてエライアスにはこんなに敵が群がってくるの？　もういいかげんにしてもらいたいわ」

18

滝を理解するにはその背後から世界を見なければならない。
――『水の道にて』ヘイデン・ストーンの日記より

エライアスはレジ台の向こうに立つ険悪な顔つきの男をじっと見た。デイヴィッド・トゥルイットの高級な夏用のシルクのスポーツコートは、あつらえたように体に合っている。おそらくそうなのだろう。ペールグレーのシャツとスラックスにも同じことがいえる。背の高さと貴族的な顔立ちは妹のメレディスに通じるものがあった。いまにも飛びかかってきそうな勢いだ。

「おれをぶん殴るつもりなら、考えなおしたほうがいい」エライアスはやんわりと言った。

「おれが誰かにやられると、チャリティは往々にしてうろたえる。彼女にストレスは禁物なことはおたがいに承知しているはずだろう」

「ふざけるな、ウィンターズ。姉の体のことでぼくに説教するのはやめろ」デイヴィスが憎々しげに目を細める。「おまえよりもこっちのほうがよっぽどよく承知している。いったいなにをたくらんでいる？」

「あそこの棚を整理しようとしていたところだ」エライアスはプラスチックのハンバーガーやら偽の角氷やらが雑然と山積みされた棚を指さした。「どうもしっくりこなくてね」

「そもそもこの状況がしっくりこない。おまえのことはわかっているんだ、ウィンターズ。ちょっと調べを入れさせてもらったよ。情報を入手するのも楽じゃなかった。詳しいことまではつかめなかった」

エライアスがうなずく。「それはよかった」

「だが、おまえがこのウィスパリング・ウォーターズ・コーヴでなにをしようと、どうせ莫大な金と海外投資家が絡んでいることぐらいは察しがつく」

「こんなことを言ってはなんだが、トゥルイット、その情報は古いな。悪いことは言わない。あまりあてにしないことだ」

デイヴィスはダークグレーのネクタイをぐいっとゆるめた。「ばかにするな。メレディスによると、おまえはチャリティをそそのかしたそうじゃないか。おまえはこの埠頭でなにをやっている？　なぜぼくの姉を引きこむ？」

オーティスが止まり木の上を行きつ戻りつし、低い鳴き声をあげた。

エライアスは無意識に手を伸ばし、オーティスの首をこちょこちょした。「単純な話だよ、トゥルイット、おれは埠頭とこの店を相続した。以前の仕事からは足を洗い、ここで小規模店経営という高等技術を学びにきた」

「なにが小規模店だ。ぼくにはそんな言いぐさは通用しない。どうせ壮大な計画の一環に決まっているくせに」デイヴィスが吐き捨てるように言った。「いいか、ぼくたちはおたがいに実業家なんだ。おまえがこの町でなにをやろうとかまわない。だが、野望達成のためにチャリティを利用するのはいただけない。それはわかるだろう？」

「チャリティとの関係は仕事とはなんのかかわりもない」

「ぼくが信じるとでも思っているのか」デイヴィスがじわりとレジ台に歩みよる。「おまえには定評があるんだ、ウィンターズ。それを聞くかぎり、ファー・スィーズの社長として築きあげたものを放りだしてまでこんなろくでもない雑貨屋をやるとは思えない」

　オーティスがたちまち不満の声をあげる。

「ろくでもない雑貨屋はないだろう。オーティスはその手の発言は聞き捨てならないんだ」

「オーティスとはいったい誰のことだ？」

「これがオーティス」と羽毛を撫でる。「気むずかしい性質でね。チャリティに聞いてみるといい。鬱病に陥ったとき看病にあたってくれたのが彼女だ。病気のほうはもういいが、気が立つといまだに興奮する」

「鳥なんかどうでもいい」デイヴィスはコートの胸を開き、喧嘩をふっかけるように足を開くと、腰に両手をあてた。「答えてもらおう。それもいますぐ」

「デイヴィス」チャリティが店に飛びこんできた。ニューリン、ヤッピー、テッドがそのあとに続く。

　エライアスは満足げに救援隊を見やった。「ずいぶんかかったな？」

チャリティは無視した。「デイヴィス、こんなところでいったいなにをやってるの？　エライアスをぶつのはやめなさい。聞いてるの？　彼に指一本でも触れたらぜったいに許さないから」

エライアスが苦笑する。「おれの言うことがわかっただろう？　彼女はなにくれとなくかばってくれる」

デイヴィスは怒りもあらわにチャリティのほうを向いた。「こんなやつを殴ったりはしない。少なくとも、いまはまだ。ぼくは彼がなにをたくらんでいるか確かめにきたんだ」

「なにもたくらんでないわ」チャリティが息を切らし、デイヴィスの前に立った。「少なくともあなたの考えているようなことはね。答えが聞きたければ、わたしに電話すればよかったのに。いきなり押しかけたんじゃ、エライアスがかわいそうよ」

「かわいそう？」デイヴィスが嘲るようにエライアスを見た。「ウィンターズはそんな人間じゃないだろう」

エライアスは無表情をよそおった。

ニューリンが丸眼鏡越しにエライアスをやぶにらみした。「助けは必要？」

「いや」エライアスはニューリン、ヤッピー、テッドにうなずいてみせた。「相手はチャリティの弟さんだ。彼女の前でむざむざ鼻の骨をへし折られることもないだろう。だが、とにかくありがとう。もう店を閉めて帰ってもらってもかまわないよ」

「わかった」ニューリンがもじもじする。「ほんとにいいなら」

テッドが真正面から見た。「気が変わったら大声をあげろよ」

「そうする」

ヤッピーは肩をすくめ、ほかのふたりを外へとうながした。そして別れ際に手を上げた。

「じゃあな」

デイヴィスは三人のうしろ姿には目もくれなかった。視線がチャリティにいく。「メレディスが姉さんと食事したあとで話してくれた。ウィンターズと深い関係だそうじゃないか」

チャリティはつんと顎を上げた。「ええ、そうよ。それがなにか？」

デイヴィスは髪をかきむしった。「おい、チャリティ、前に電話をくれたとき、彼は半端じゃなく大物だと言っただろう。だからこそ気をつけてほしかったのに。この男はここでなにかに手を染めている。それがなんなのかは知るよしもないが、ひとつだけたしかなことがある」

「いったいなんなのよ？」

「それが終われば、いい目を見るのは、ウィンターズと客の投資家だけだ。ぼくは姉さんが利用されるのはいやなんだ」

「自分のことは自分でなんとかするわ」

「一年前ならそう思ったよ」ディヴィスはふと口をつぐみ、エライアスを不快げに見た。そして声を落とす。「だけど、ああいうことがあってから、メレディスもぼくも心配なんだ。姉さんはストレスのたまる状況に陥ってはいけないはずだろう」

チャリティの目から怒りが消えた。口元にはかすかな笑みが浮かぶ。「デイヴィス、わたしを守るためにわざわざこんなところまで足を運んでくれたの？」

デイヴィスは顔を赤らめた。「家族なんだ」

「なんて可愛いの」ささやくように言う。

エライアスがうめいた。「それをやられるといやじゃないのか？」

デイヴィスは怪訝そうな顔をした。「なにを？」

「可愛いと言われると」エライアスがにやりとする。「おれはついかちんとくる。とはいっても、きょうだいとなると話はまた別なんだろうな」

デイヴィスは困惑顔だ。思わずチャリティに助けを求めた。「なんの話？」

「ちょっと複雑なの。心配しないで。要は、あなたがそこまで心配してくれたことに感激したということよ、デイヴィス。それがわたしにとってどれだけ意味のあることか」

「心配なんてものじゃない」デイヴィスがぶつぶつ言う。「メレディスもぼくもはらはらしているよ」

「わたしなら大丈夫」チャリティは弟の腕をぽんぽんと叩いた。「このごろストレスとのつきあい方がとてもうまくなったから。ねえ、こうしたらどう？」

「覚悟しろよ、トゥルイット」エライアスが横からちゃちゃを入れた。

デイヴィスはあてつけがましくエライアスに背を向けていた。チャリティのほうしか見ようとしない。「どうしろと？」

「あなたたちふたりはおたがいのことをもっとよく知る必要があるんじゃないかしら。どうやら基本的な意思の疎通が欠けているわ」

「思ったより意思の疎通ははかれているよ、チャリティ」エライアスが言った。「きみの弟さんはおれの顔をぶん殴りたかった。おれとしてはぶん殴ってほしくなかった。じつに単純明快だ」

チャリティはそしらぬ顔で時計を見た。「五時半過ぎ。エライアス、もうお店を閉めてデイヴィスを町のコーヒーショップにでも連れていったら？　いわば、中立地帯ね。ふたりでお茶でも飲んでくるといいわ」

エライアスはデイヴィスと目を合わせた。露骨にいやな顔をされた。無理もない。こっちだってごめんこうむりたい。

「お茶？」念のために訊く。

チャリティはそうだというように微笑んだ。「じっくりと意思の疎通をはかることね。そうすればふたりのあいだのわだかまりも消えるわよ。いってらっしゃい。オーティスはわたしが預かるわ」

オーティスが自分の名前を聞きつけ、ぶつぶつ言った。

デイヴィスは警戒心をむきだしにした。「チャリティ、ぼくがここに来たのはウィンターズとお茶を飲むためじゃない。姉さんがこの男の悪だくみに引きずりこまれないようにするためなんだ」

チャリティが目をまるくする。「あなたとエライアスがおたがいにわかりあおうとすることが、わたしにとっては大切なの」

エライアスはデイヴィスが気の毒に思えてきた。そろそろ自分の出番だ。レジ台から出て、デイヴィスの肩を叩いた。「あきらめろ、トゥルイット。こうなると勝ち目はない。さあ、意思の疎通をはかりにいこう」

デイヴィスは反抗した。「お茶を飲むような気分じゃない」

「おれもだ。それよりもいいところがある。コーヴ・タヴァンまで歩いていこう。ビールでも奢るよ」

デイヴィスはためらった。「ぼくは――」

エライアスはチャリティの前で立ちどまり、わがもの顔で唇に軽くキスした。そしてポケットからスチール製のキーリングを取りだし、彼女に手渡した。「はい。鍵をかけておいてくれ」

「いいわ」チャリティがにっこりする。「ありがとう、エライアス。わざわざ気を遣ってくれて感謝しているわ」

「おれのことは」と警告する。「可愛いなんて言うなよ」

彼女は目をぱちくりさせた。「ちょっとこだわりすぎなんじゃない?」

「それがおれだよ。なにごとにもこだわるやつ」エライアスは戸口のほうへとデイヴィスを小突いた。

最後にもう一度チャリティに渋い顔を向け、デイヴィスはしぶしぶと歩きだした。

「家で待ってるわ」チャリティが背後から呼びかけた。

エライアスはちらりと振り返った。「店を閉めるとき、オーティスを忘れないように」

彼女は鼻に皺を寄せた。「人聞きの悪い」

「ヘッヘッ」


あわてて家に帰ってもしょうがない。エライアスとデイヴィスはしばらく帰ってこないだろう。チャリティは埠頭の手すりにもたれ、ふたりが町に向かって歩いていくのを見送った。その姿もまもなく霧にまぎれてしまった。

エライアスとデイヴィスには話し合わなければならないことがたくさんある。ビールの二、三杯も飲めば、ふたりの仲もほぐれるかもしれない。こうしてふたりを送りだしたことがよい結果につながるといいのだが。

おもむろに手すりから離れ、チャームズ・アンド・ヴァーチューズにオーティスを迎えにいった。こんな時間になっても店には自分しかいないとなれば、不安がっていることだろう。見捨てられるのではないかという恐怖感にまた取り憑かれているかもしれない。オーティスは機嫌のいいときでも愛すべき鳥とは言いがたい。ストレスがたまったときは、手のつけようがない。

埠頭の床板にチャリティの足音が響いた。もう六時だ。クレイジー・オーティス桟橋の店はどこも閉まっている。客の姿はどこにも見えない。回転木馬もひっそりとしている。駐車場にはデイヴィスのジャガーとエライアスのジープと彼女のトヨタ車がとまっているのみだ。チャリティはふと立ちどまり、埠頭の杭《くい》に波があたる音に耳を澄ませた。上げ潮がひそやかな音をたてている。こうして桟橋でひとり波の音に耳を傾けていると、古い伝説にあるように、ほんとに波のささやく音が聞こえてきそうだ。

エライアスとデイヴィスが友だちになってくれることが大切なのだ。

チャリティは肩に力が入っているのに気づいた。わざと伸びをして肩のこわばりをほぐす。何度か腹式呼吸して気持ちを落ち着けた。そしてまたチャームズ・アンド・ヴァーチューズに向かって歩きだす。

「心配しないで、オーティス、わたしがまだいるから」店のドアを開け大声で呼びかけた。

「まだ見捨てられたわけじゃないわよ」

オーティスが止まり木で不満の声をあげた。

「しばらくわたしの店にいてね。前みたいにコートラックにとまっていていいわよ」

「ヘッヘッヘッ」

チャリティはレジ台の奥に行き、古いタオルを引っぱりだした。以前、オーティスの爪から肌を守るのに使っていたものだ。それを腕に巻き、オーティスのほうに差しだす。「乗って。餌の皿を持ってくるから」

オーティスは不満げながらも腕に飛び乗ってきた。チャリティは気合いを入れた。腕にずしりときた。「悪口言うつもりはないけど、オーティス、あなたちょっと太ったんじゃない?」

オーティスが目を剝いた。

チャリティは餌用の皿を持ち、また店の入口に向かった。「鳥かごも取ってこなきゃね」

「正直に言えよ、ウィンターズ。こんな田舎でなにをやってる? おまえらしくもない」

デイヴィスがビールをあおり、ブース席にふんぞり返った。「謎の海外投資家にウィスパリング・ウォーターズ・コーヴの町をまるごと売りつけようと勝手だが、チャリティのことは傷つけてもらいたくない」

「海外の投資家もむかしのようにはいかない。海沿いの物件という殺し文句さえあれば、どんな取引もまず成立した時代もあったが、それも過去の話だ」

エライアスは片手でビールグラスを握り、コーヴ・タヴァンのまばらな客をぼんやりと眺めた。まだ六時半だというのに、仕事帰りの会社員や店員たちはすでに店を出たあとだった。ウィスパリング・ウォーターズ・コーヴでは家族持ちは夕食時間が早い。

この時間まで残っているのは、トラック運転手や観光客、町では少数派の独身者たちだ。

「答えが聞きたいんだよ、ウィンターズ。答えを聞くまで帰らないぞ。チャリティはいろいろあったんだ」

「知っている」

「姉さんが全部話したのか？　どんな経緯でトゥルイット・デパートを引き継ぎ、泥沼状態にあった会社を独力で建てなおしたか？」

エライアスはグラスを握りしめた。「彼女の力で会社がよみがえったということは承知している。北西部で事業に携わっている者なら誰でも知っているだろう」

「ああ、それはそうだが、姉さんが会社を建てなおすために日夜ぶっとおしで働いたことまでは知られていない。メレディスもぼくもまだ大学生だった。年も若いし経験もないし、あのころはたいして助けになれなかった」

「知っている」

「日常業務の全責任を負ったのはチャリティだ。姉さんはトゥルイットの経営方針を上から下まで改革した。マーケティングやマネジメントの才能には目をみはるものがあるよ」

エライアスは微笑んだ。「全社員にフェザーダスターを支給したんじゃないか？　掃除にはうるさいからな」

「これは笑いごとじゃない。ぼくの姉の話をしているんだぞ」

「うん」

「姉さんは家族に対する責任感からトゥルイットを救うことに取り憑かれていた。あの会社はメレディスとぼくのものだと言ってね。あれは遺産なんだ。姉さんがぼくたちのために守ってくれたというわけだ」

「いかにもチャリティらしい」

デイヴィスの顔が曇った。「もともとデパート経営なんかやりたくもなかったんじゃないかな。あれだけ多くの社員に対する責任があるかと思うと、夜もろくろく眠れないと言っていたことがあるものな。あれほどの責任感がなければ、父が死んだあと、トゥルイットを売却していたと思う」

「うん」

「逆に、メレディスとぼくはいっぺんで仕事のとりこになった。大学を出るとすぐトゥルイットに入ったよ。でも当然、経営のほうはまだチャリティがやっていた。会社が姉さんを必要としていたんだ。業績は急激に伸びた。その矢先、ブレット・ロフタスが合併話を持ちかけてきた」

「その話の続きは知っている」

「メレディスもぼくもふたりはお似合いだと思った。みんなが理想のカップルだと思ったのに」

「ロフタスは彼女にはでかすぎる」

デイヴィスが眉をひそめた。「なんだって？」

「なんでもない」

「婚約パーティーの夜までは順調にことが運んだ。あれからもう一年になる」デイヴィスはエライアスの顔色をうかがった。「この話はもう聞いているんだろう？」

「うん」

「チャリティをよく知る者からすれば、思いもかけないことだった。あの姉さんからは考えられない。まるきり姉さんらしくもない。たがはずれたとでもいうか。それも出席者の面前で。当事者であるぼくたちはとにかく信じられなかった」

「頭がどうにかなったと言っていた」

「一種の神経症だよ」デイヴィスがため息をつく。「こんなことは言いたくないが、メレディスもぼくもあの晩はじめて悟った。チャリティにとってトゥルイットの経営がどれほどの重圧となっていたか」

「お姉さんのことはもう心配しなくていい、トゥルイット。彼女はもう大丈夫だ。本屋をやっていくことに生き甲斐を感じている。それが天職とまで言っている」

「まあ、そっちにとっては天職じゃないな」デイヴィスが探るような目で見る。「だからなぜあのくだらない雑貨屋をやっているふりをする？」

「わかってないな、トゥルイット。おれはふりなんかしてない」エライアスはゆっくりと息を吐いた。「ほかにも言っておくべきことがある」

「なんだ？」

「おれはチャリティと結婚するつもりだ。彼女がいいと言ってくれれば」

　七時半を過ぎたとき、チャリティは集中しようにもできそうにない注文書の作成をついに放棄した。声に出してため息をつき、ペンを放りだすと椅子の背にもたれた。上半身をよじってオーティスと面と向かいあう。

「あの爪のかけらが頭から離れないのよ、オーティス。クリムゾン・ジェニファーが」コートラックでうとうとしていたオーティスが、片目を開けてじろりとにらんだ。

「ひまわりの種をどれだけ賭けてもいい。ジェニファーはリック・スウィントンと関係があった」

このまま居眠りさせてはもらえそうにないと悟ったのか、オーティスはもう片方の目も開けて羽を広げた。

「みんなが判で押したように言うの。レイトン・ピットにはグウェンとスウィントンを殺害する完璧な動機があったと。あのふたりのせいでなにもかも失うことになったわけだから。年の離れた二番めの奥さんまでもね。でもそれを言うなら、ジェニファーだって同じことだわ」

「ヘッヘッヘッ」オーティスがコートラックのてっぺんから餌の吊してある棒へと飛び移った。

「ジェニファーはお金目当てでレイトンと結婚したというのがもっぱらの見方よ。レイトンでさえそう思ってる。そこにレイトンの前妻が彼を破滅に追いこむ計画を抱いて乗りこんできた。その計画は、リック・スウィントンという有能な助手を得て、実行に移された。結果？　レイトン・ピットは破滅に追いこまれた。ジェニファーが離婚の訴えを起こしても、なにも手にすることはできないでしょうね」

オーティスが頑丈なくちばしで種を砕く。

チャリティは前に身を乗りだし、膝の上で腕組みした。「動機の強さを考えるなら、ジェニファーもレイトンも似たり寄ったりよ。彼がすべてを失ったとき、彼女もすべて失った。どちらの事件に関しても、彼女のアリバイは調べてもいないはずよ」

オーティスは食べ終わり、いつもの居場所に戻った。目が半分閉じている。

「ねえ、オーティス、やっぱりおかしいと思う」チャリティは立ちあがり、部屋のなかを行ったり来たりした。「事実に目を向けることよ。ジェニファーがレイトン・ピットの財産をねらっていたとするわね。それを奪おうとした者はいずれも殺され、当のレイトンは逮捕された。不思議だと思わない？」

返事はない。

「居眠りしている場合じゃないでしょ。なんとかしなきゃ。レイトン・ピットが無実だということになれば、こっちは大変よ。わたしにはわかってるの。タイバーンはまたエライアスに疑いの目を向けるって」

オーティスはどうでもいいのか、またうとうとしはじめた。

「考えれば考えるほど、気に入らない」チャリティはコートラックの前で足をとめた。「そうか。タイバーンに話してみればいいんだわ。せめてジェニファーのアリバイくらいは調べてもらってもいいはず。不安に脅える市民のまっとうな要請というものよ」

チャリティは古タオルをつかみ、腕に巻いた。「さあ、オーティス、エライアスとデイヴィスはいつ帰ってくるかわかったものじゃない。あなたとわたしでタイバーンを探しにいきましょう」

オーティスは不満の鳴き声を漏らしたが、タオルの巻かれた腕に飛び乗った。

チャリティが顔をしかめる。「そろそろ食事の量に気をつけたほうがいいわ、オーティス。中年太りのオウムなんて見られたものじゃないわよ」

腕にオーティスを乗せたまま、チャリティは明かりを消し、玄関に鍵をかけた。霧がいちだんと濃さを増していた。二時間もしないうちに町全体がすっぽりと厚い靄《もや》に包まれている。埠頭が異様に打ち沈んで見えた。手すりの向こうは見えないが、足元で波が暗くささやく音がする。悪夢の一場面を歩いているような気分だった。

「しっかりつかまっているのよ、オーティス」震えあがるほどではないが、湿った空気はやはり肌を刺す。オーティスにジャケットをかけてやりながら、チャームズ・アンド・ヴァーチューズへと急いだ。「あとでケージに暖かい毛布をかけてあげる。それから車に入れてヒーターをつけてあげる。もう少しの辛抱よ」

オーティスが低く鳴く。気分を害したような声だ。おれはそんな意気地なしじゃない、これしきの霧はなんともない。

「男にはありがちなこと」店の前までくると、エライアスに渡されたキーリングを取りだす。「自分がいかにマッチョか誇示しようとする」

ドアを開けてなかに入った。チャームズ・アンド・ヴァーチューズの店内は昼間でも薄暗いが、いまは漆黒の闇に包まれている。

ドアのそばにある電灯のスイッチを手探りした。「エライアスに何度も照明を明るくするように言ったんだけど」

「ヘッヘッヘッ」

「あなたはいつも彼の肩を持つんだから」そしてスイッチをつける。ずらりと並んだ陳列棚が弱い明かりに鈍く光った。雑然とした棚の向こうまではとても光が届かない。たしかに雰囲気はある。こちらの好みとはかけ離れているが。チャリティは身震いしながらオーティスを店の奥に連れていった。レジ台もはっきりとは見えない。

ふと刺激臭がした。「オーティス、ガソリンの臭いがしない?」

家を出て霧のなかに足を踏みだしたときの、あのぞくりとするような不安感にまた襲われた。全身におののきが走る。オーティスにもそれがつたわったらしい。腕の上で体をこわばらせている。

「ああ、どうしよう」この感覚は身に覚えがある。「これでまたパニックの発作がぶり返したら。いやだわ。このところあんなに調子がよかったのに」

「それはうらやましい」ジェニファー・ピットが奥の事務所から出てきた。手元の銃がぎらりと光る。「こっちはさっぱりよ」

チャリティはその場にくぎづけになった。オーティスも同様だ。ふたりそろって長身のジェニファーを見上げた。

家庭用ジムで鍛えあげた完璧な肢体、いつもながらジェニファーはウィスパリング・ウォーターズ・コーヴにはおよそ場違いに見えた。カリフォルニア式のボリュームあるヘアスタイルが、一分の隙もなく化粧を施した顔を縁取っている。シルクの白いシャツの上にぴったりしたスエードの赤いベストをはおり、銀の鋲《びょう》をちりばめたジーンズを穿いている。頭のてっぺんにはサングラスが乗っかっていた。

いつもと違うのは、生々しい怒りをおびた目だ。

「これじゃあんまりよ」ジェニファーがつぶやく。「あれだけ必死に工作したのに。五十万ドル持って町を出るつもりだった。五十万ドル。それも全部水の泡。わたしの計画も。なにもかも」

チャリティはしばらく言葉も出なかった。「ジェニファー、大丈夫。落ち着いて」

「あのグゥエンって女が復讐をもくろんだわけよね?」ジェニファーは目をぎらぎらさせた。「レイトンは大口の取引をものにしてみせると口癖のように言っていた。だからしばらくようすをうかがうことにした。今度のは半端じゃないって言うから。これほどの大取引はあとにも先にもないって。確実に金が入るとわかった時点でさよならするつもりだった」

「銃を置いて。もう終わったの、ジェニファー」

「でもいよいよというところでリックに真相を明かされたのよ。グゥエンにはたくらみがあった。罠をしかけ、レイトンをおびき寄せ、復讐を遂げる」

「宇宙船がやってくるはずだったあの晩、彼女と対決したのね?」チャリティがそっと語りかける。「彼女がモーターハウスにいるのを見つけ、撃ち殺した」

「殺すつもりはなかった。でもあの女はわたしを嘲笑った。ばか呼ばわりした。レイトンからはびた一文引きだせないと言った。そのあげくにわたしをひっぱたいた。はずみで銃が暴発したのよ」

「事故よ」チャリティは間髪入れずに言った。「殺したんじゃない」

「ちょっと脅かしてやろうと思っただけなのに。レイトンからくすねた金をこっちにもまわせとね。あれはわたしの金だったのよ。そのために一年間じっと堪え忍んだんだから。あの汚らわしい手で体に触られるとどんな気持ちがしたか。いやだった。いやでいやでたまらなかったけど、喜んでるふりをした」

「リック・スウィントンのほうはましだったの？」

「リック？　あのろくでなしのこと？」ジェニファーは残忍な笑みを浮かべた。「あの男と寝たのは、グウェンがウィスパリング・ウォーターズ・コーヴでなにをやっているか探るためよ。先月、あの女が町に現われたときから、なにかたくらんでることはわかってた。リックも最後には口を割ったけどね」

「でもそのころにはもう手遅れだった」

「手遅れだったわよ」ジェニファーは銃を上げた。「この町ではいつもそう。逃げるつもりが、足をすくわれた」

「気持ちはわかる」チャリティがなだめた。「気持ちはわかるわ、ジェニファー」オーティスを乗せた腕がわなわな震えた。震えているのはどちらなのだろう。ふたりそろってパニックの発作に襲われたのかもしれない。この状況では無理もない。

「あの女が死んだあと、スゥイントンのやつときたら、わたしをゆすろうとしたわ」

「ゆする？　なにをネタに？」チャリティはあっと思った。「ああ、わかった。録音テープね」

「そう、録音テープ。あの女に会いにいったとき、テープがまわっていたのよ。あのときは知らなかった。そのテープには一部始終が録音されてる。あれを聞けばわたしがグゥエンをやったことは一目瞭然よ」

「リックが遺体を発見したときにテープも見つけた？」

「あの男は抜け目がない。どさくさにまぎれて自分の懐におさめてしまったのよ。あのモーターハウスじゃなにからなにまで録音されてることを知ってたのね。最初はウィンターズが口止め料を要求してきたように見せかけたわ」

チャリティは呆気に取られた。「エライアスが？」

「グゥエンの脈を取るときにテープを見つけたんだろうと言ってね。なにしろ、ウィンターズはしばらく遺体のそばにいた。テープレコーダに気づいて、テープを懐にしまうぐらいの時間があったはずだと」

「エライアスが気づいたのは、テープレコーダが空っぽだったことだけよ。あとでそう聞いたわ」

「脅しを受けるとすぐ、リックの仕業だと気づいた。ウィンターズは無関係だということがわかった」

チャリティが咳払いする。「エライアスもそれを聞いたら喜ぶわ。彼が誠実な人間であることを信じてくれたんだもの」

「ばかね、誠実なのは彼じゃない。あなたよ」

「わたしが？」と声をうわずらせる。「それとこれとどういう関係があるの？」

「あなたは彼と肉体関係がある。そんなことみんな知ってるわ。だから気づいたの。あなたが寝るような男なら、証拠を盗んで他人をゆするようなやつじゃないって」

チャリティは開いた口がふさがらなかった。「なるほど」

「逆に」とジェニファーが続ける。「ゆすりはリック・スウィントンの得意とするところよ。いかにもあの男らしい。ばかなやつ。わたしが知らないとでも思ったのかしらね」

「だから殺した」

「指示されたとおり、約束の金はロッシターの廃屋の裏のポーチに置いた。そのまま立ち去ったけど、車は途中で隠し、すぐに引き返してリックが現われるのを待った。あの男はのこのこ現われたわよ」

「彼と面と向かったの？」

ジェニファーは口元をゆがめた。「後悔するぞとわめきちらしたわ。自分の身になにかあったら、復讐の手はずはととのえていると。でもわたしは信じなかった」

「あなたは彼を撃ち殺し、遺体を崖から投げ捨てた」

「もちろん、岸に打ちあげられることはわかっていた。ふたりともレイトンがやったように見せかけるには、遺体が見つかったほうが楽だもの。それが今朝になって、リックの言ったことはほんとだったとわかった。あいつのシアトルの弁護士から速達が届いたのよ。そこにはリックの直筆でなにをやったか書かれていた。あの男ときたら」

チャリティの体をまたしてもおののきが走った。「どういうこと？ リックはなにをしたの？」

ジェニファーの顔に動揺がよぎった。「テープをこのチャームズ・アンド・ヴァーチューズのどこかに隠したのよ。ここなら絶好の隠し場所だと書いてあった。万一見つかれば、ウィンターズには証拠隠滅の罪がかかることを想定していたのよ」

「あんまりだわ。ジェニファー、わたしの話を聞いて」

「わたしはテープを探しにきたの」ジェニファーは雑然とした、薄暗い店内を必死に見まわした。「でもこれじゃとても見つかりっこない」

「そうよ。とても無理。逃げて、ジェニファー。逃げられるうちに逃げて。ぐずぐずしないで」

「いいえ。ぬかりはない」と両手で銃を握りしめる。「あらかじめ手は打ってある。ここにガソリンがある。この店も埠頭もまるごと燃やしてしまう。あのテープは永久に出てこない」

チャリティはすさまじいパニックに襲われそうになった。オーティスの爪がタオルを突き破りそうなほど強く腕に食いこむ。CEO時代を思い出し、ありったけの威厳をこめて言った。

「ジェニファー、よく聞きなさい。いますぐここから出ていけば、あなたは逃げることができる。わざわざ火をつければ、一生この町から逃れることはできない」

「黙って。あなたには死んでもらうわ。知られたからには生かしておくことはできないでしょ?」ジェニファーは目を細め、ねらいを定めた。

チャリティは身がまえた。わきによけるつもりだった。弾から身をかわせるとは思えないが、ほかに取るべき道はない。

そのときオーティスが甲高い鳴き声をあげた。広大なジャングルにいても聞こえるよう、耳をつんざくような、すさまじい声だった。

生まれもっての本能がそうさせたのかもしれない。

チャリティはオーティスがまさしく意味のある言葉をしゃべるのを聞いた。

「ムクイノトキガキタ」その声は怖いほどヘイデン・ストーンを思わせた。

オーティスはチャリティの腕から飛び立った。羽を猛烈にばたつかせ、鋭いくちばしを大きく開け、ジェニファーの驚愕した顔めがけて突っこんだ。

19

水面にくっきりと映る姿は深い真実を孕《はら》んでいる。

——『水の道にて』ヘイデン・ストーンの日記より

ジェニファーは金切り声をあげた。獰猛《どうもう》なくちばしと爪が顔に突っこんできたのだから無理もない。とっさに銃を捨て、手で顔をおおう。身をよじり、よろめきながらわきによけた。オーティスの短い羽では急に向きをかえることはできない。勢いあまってジェニファーを通り越した。そのままさっそうと事務所の戸口に突っこんでいった。

奥の小部屋で激突音がしたが、オーティスの具合を見にいっている時間はない。チャリティは銃に飛びつこうとした。カウンターの向こうの床に転がっている。

「だめ。やめて」銃を目にするなり、ジェニファーが猛然と走りだした。

ジェニファーのほうが銃に近い。かといって、外に逃げだす余裕もない。こうなったらジェニファーよりも先に銃を拾うしかない。

チャリティはレジ台に両手をつき、無我夢中で飛び越えた。

そしてジェニファーの上に着地した。ふたりして床に転げ落ちる。ジェニファーがすぐ上になり、チャリティの首を絞めようとした。

両手が首にまわされる。

チャリティは喘ぎ、必死でジェニファーの指をはずそうとした。だが力が及ばない。ジェニファーのほうが上背も体重もある。

一瞬、頭のなかがまっ白になった。首をぐいぐい絞めつけられ、これでもう終わりかと思った。

すると、エライアスに教わったばかりの護身術が思い浮かんだ。彼がすぐ真横に立ち、あの穏やかな低い声で指示を与えてくれたような気がした。

〝押し寄せる波をさえぎろうとしてはいけない。かわりに、新しい水路を築けばよい〟。

チャリティはジェニファーにあらがうのをやめた。意志に反して、相手の手首を離す。そして両手を真上に向けると、ジェニファーの目を突いた。

ジェニファーは悲鳴をあげ、うしろにのけぞった。

チャリティはジェニファーの手がゆるんだ隙に大きく息を吸った。目の端でレジ台の下に置かれた懐中電灯をとらえる。手を伸ばし、懐中電灯をつかむと、ジェニファーの頭めがけて振り下ろした。

ジェニファーはふたたび悲鳴をあげ、逃れようとした。懐中電灯が頬にあたって、もがいている。

もう一度振り下ろすと、今度は脳天を直撃した。ジェニファーが横にくずおれる。チャリティも床に転がり、よろよろと立ちあがろうとした。膝立ちになったとき、騒々しい足音が聞こえてきた。

「いったいなにがあったんだ?」デイヴィスが声を張りあげた。

「離してったら」ジェニファーがめそめそ泣いている。「離してよ」

チャリティはまばたきして正気に返った。

「大丈夫か?」エライアスが訊いた。片手でジェニファーをつかまえ、こちらを見下ろしている。その顔は冷たい怒りに燃えていた。

「ええ。ええ、大丈夫だと思う」チャリティはそろそろと立ちあがった。足ががくがくし、レジ台に手をついて体を支えなければならなかった。

エライアスはジェニファーから手を離し、チャリティに触れた。

ジェニファーは力なく床にくずおれた。そして両手で頭を抱え、泣き崩れた。

チャリティはエライアスを見つめた。「足音が聞こえた。デイヴィスだと思ったのに」

「ぼくはここだよ」デイヴィスがレジ台のこちら側にやってきた。「エライアスのほうがひと足早かったんだ」彼はチャリティの顔に手を触れた。「なんてことだ。信じられない。大丈夫?」

チャリティはうなずき、弱々しく微笑んだ。「オーティスとエライアスのおかげよ。あら、いやだ、それで思い出した。オーティスのようすを見にいかなきゃ」

オーティスが暗い事務所から威張った足取りで出てきた。羽こそ逆立っているものの、見たところ無傷だ。オーティスは立ちどまり、誰かが止まり木に上げてくれるのを平然と待った。

チャリティは賞賛のまなざしを向けた。「こんなこともあるのね。オーティスはジェニファーに体当たりしたのよ。彼女はわたしに銃を突きつけていた。オーティスが注意をそらしてくれたの。おかげで反撃のチャンスができた。みなさん、あの鳥はわたしの命の恩人です」

エライアスは夜明け前に目を覚ました。しばらく横になったまま、フトンの片側がからっぽなのをつくづく意識した。チャリティはタイバーンの長々とした事情聴取を終えると、デイヴィスと一緒に自分の家に帰っていった。エライアスはしかたなくオーティスだけを道連れに帰宅した。

かつてはオーティスがいればそれでいいと思ったこともあった。だが、こうして夜明けの空が淡いグレーに染まるのを見ていると、もうそうもいかないと思う。

心のダムが決壊したのだ。孤独という川がとめどもなく流れる。激流が思い出したくもない記憶をよみがえらせる。これは前にも経験したことがある。荒れ狂う流れを食いとめる方法ならば知っている。

だが今度ばかりは精神修養によって過去を封じこめることはしない。そのかわり、水面に映る姿をつぶさに見据えることにした。

まず、布でおおわれる前の母親の土気色の顔が見えた。次に、悲嘆に暮れる祖父母の姿がゆらりと浮かんだ。愛娘を失った悲しみに暮れるあまり、孫にまで気を配る余裕はない。決してくることのない手紙を待ちわびる自分の姿も見えた。父親がニヒリ島で一緒に暮らさないかと言ってくれる手紙を。

冷淡な祖父に頼みこんでニヒリ島までの飛行機代を出してもらった。小型機で島に着き、飛行場の出迎え客のなかに夢中で父の顔を探した。すると、味わい深い目をした男がこちらに向かって歩いてきた。ヘイデン・ストーンの口から父親の死を告げられた。

過去の記憶がゆっくりと流れ去っていく。そしてまた果てしない闇に消えた。エライアスはフトンから立ちあがり、ジーンズとシャツを身につけた。

彫刻細工を施したチェストを開け、ヘイデンの日記を取りだす。

オーティスが足音を聞きつけ、覆いをかけたケージのなかで低く鳴いた。

「寝てろ」エライアスがそっと語りかける。「今日はおまえも大変だったんだ」

オーティスは静かになった。

ポーチに出るとマットを持ち、庭に降りた。空はすっかり明るくなっている。今朝は霧も出ていない。

池のそばに座り、日記の最後のほうのページを開けた。

〃今朝、エライアスに最後にどうしてもつたえておかなければならないことを考えた。その時間があるかどうかはわからない。夜中にまた胸が苦しくなった。わが人生なる川もじきにまた海に合流することだろう。

しかし、エライアスは若く強い。わたしとは異なり、深海のごとき冷たさに心を毒されてはいない。彼にはまだ人生を渇望する力がある。

復讐の愚かさに目覚めれば、彼も自由になれる。自由になれば、もっとも重要なことを教えてくれる女性にめぐり合えることだろう。人間には本来タル・ケック・チャラ以上に必要なものがあることをわかってもらいたい。わたしは彼に強くなることを教えてきた。しかし、ほんとうの幸福を求めるのであれば、水の道を越えていかなければならない。愛に対して心を開くことを学ばなければならない〟。

エライアスは日記を閉じて池をのぞきこんだ。明け方の空を映し、池の表面は灰色にくすんでいる。なんの変哲もない水にしばらく見入っていた。

ささやくような上げ潮の音と海鳥の鳴き声にまじって、彼女の足音がした。チャリティが庭の入口に姿を見せた。

彼女には血の通った存在感がある。はじめてチャームズ・アンド・ヴァーチューズにやってきたときもやはりそう思った。クリップボードを手にして、クレイジー・オーティス桟橋の店主たちとの共同戦線をもちかけられた。

チャリティが庭の門を開けてこちらにやってくる。昨夜の騒動にもかかわらず、その姿は熱帯の海のようにきらきらと輝いている。エライアスは身のうちに湧きおこる欲望にあらがおうとはしなかった。本来の自分にあらがう理由はどこにもない。

「ここだよ、チャリティ」

チャリティはその声に振り向き、彼が池のそばに座っているのを見て顔をしかめた。「まだ日も昇っていないのに。濡れた草の上で瞑想するにはちょっと早いんじゃない?」

「瞑想向きの時間だと思うが。こんな早朝にどうした?」

チャリティはしかめ面でこちらにやってくる。「あまりよく眠れなくて。あなたとオーティスがどうしているか見にいこうかと思ったの」

「どっちも元気だ。オーティスはまだ寝ている」

「デイヴィスもよ。ここで朝食をとると書き置きしてきたわ」とエライアスの横で足をとめた。「さっきはなにを考えていたの? タル・ケック・チャラの先生はどうしてこんなに変人なんだろうとか?」

「いや」

「少しはユーモアのセンスも身につけなきゃね、エライアス」

「そのうち」

「わかった。それでなにを考えていたの?」

「きみにどうやって結婚を申し込もうかと」

チャリティは目をまるくした。「まあ」

「タル・ケック・チャラには結婚に関する項目が抜けていてね」

「あの水の思想にはいくつか漏れがあると言ったじゃない。とにかく申し込んでみれば？」

エライアスはゆっくりと立ちあがった。体のなかで満ち潮を感じた。彼女に拒絶されれば、冷たい深海に押し流されてしまうだろう。そうなれば二度と岸にたどり着くことはできない。

「愛している」彼は言った。「結婚してくれ。お願いだ」

チャリティの目が輝いた。「ええ」そして彼の腕に飛びこんできた。「ええ、もちろん結婚してあげる。愛しているわ、エライアス」

そのとたん、彼女は声をあげて笑った。さざ波の軽さ、早瀬の勢い、滝のきらめきをしのばせる声。

エライアスは彼女の体に両手をまわし、髪に顔をうずめた。「なにがそんなにおかしい？」

「これで正式に婚約したわけでしょ？　なのにパニックに陥らない」

「つまりおれはちょうどいい大きさということか？」

「ぴったりよ。まさしくぴったり」

エライアスは池に目をくれた。朝陽が水面に射す。水面はもう灰色ではない。そこには、チャリティを腕に抱く姿がゆらゆらと映っていた。


十時ちょっと前、エライアスは違和感のあった陳列台を懐中電灯で照らした。「ここがどうもしっくりこない」

「まともな照明にすれば、ぐっとよくなるわよ」チャリティが揚げ足をとる。

エライアスはちらりと振り返った。チャリティはお茶を手にして、陳列台に腰かけていた。長いコットンのドレスの下で片足をさかんにぶらぶらさせている。目が潑剌《はつらつ》と輝いている。デイヴィスがその横で、ビーのラテを片手にくつろいでいた。

ほかの店主たちが、ニューリンとアーリーンもまじえ、レジ台に寄り集まっている。彼らもいちようにラテを手にしていた。オーティスは止まり木で果物のかけらをかじっていた。

「チャームズ・アンド・ヴァーチューズのような店には雰囲気が重要だということがまだわかってないようだな」エライアスはプラスチック製のハンバーガーを指でつついた。

「そんなの言い訳よ。照明がよくなれば、きちんと掃除しなきゃならなくなるものね」

「照明が暗いとたしかにほこりは隠れるよ」ニューリンが助け船を出した。

「ありがとう、ニューリン。おれのマーケティング案を理解してくれるやつがいてうれしいよ」

「なにがマーケティング案だ」デイヴィスがぼそりと言う。「ぼくはいまだに信じられないんだ、ウィンターズ。シアトルのやつらは誰も信じないだろう。あのファー・スィーズの社長が、ウィスパリング・ウォーターズ・コーヴの埠頭で雑貨屋をやっているとは」

「これが天職なんだ」

「マーケティング案なんかどうでもいい」テッドが珍しくTシャツにすっぽり隠れた太鼓腹を叩く。今日の標語は〝臨死体験をした。五分で戻った〟。「話はそれで全部か？　ジェニファー・ピットが口論中にグゥエンを殺し、そのあげく、犯行現場のテープでゆすりをかけてきたスゥイントンも殺した」

「そういうこと」チャリティが答えた。「それから彼女はレイトンの車のトランクに銃を隠し、犯人に仕立てあげた。でもピット家には銃が二丁あった。昨夜使ったのはもうひとつの銃よ」

ヤッピーはラテを飲み干した。「レイトン・ピットは今朝釈放されたそうだ。そりゃあもうほっとしたことだろう。殺人罪にくらべれば破産なんぞ屁みたいなもんだ」

ラディアンスが悲しげに首を振った。「こう言っちゃなんだけど、ジェニファーがいなくなるのは残念だわ。彼女にはずいぶんお世話になったもの。彼女がいなかったら、ウィスパリング・ウォーターズ・コーヴの女性に爪のおしゃれを楽しんでもらうのに、どれだけ時間がかかったことか」

「ジェニファー・ピットといえば」ハンク・タイバーンが戸口に現われた。「井戸端会議に花を添える情報があるぞ」

チャリティは上目遣いに見た。「クレイジー・オーティス桟橋商店主組合の会合中よ、タイバーン署長」

「またそんなことを」タイバーンは満面の笑顔を浮かべ、こちらにやってきた。「わたしには井戸端会議に見えたが。また日を改めて出なおそうか?」

「来たからには」とビー。「言うべきことは言ったほうがいいわ」

「そうくると思ったよ」

エライアスは手元から顔を上げない。「ジェニファー・ピットのことでなにかわかったのか？」

「まず、彼女の名前はジェニファーではない」

レジ台のまわりではっという声がした。エライアスは微笑し、あいかわらず棚の商品を探っていた。

「じゃあ、本名は？」アーリーンがたまらずに訊く。

「ジャニス・ミラー。またはジェニー・マーティン。またはジェシカ・リード。カリフォルニアで結婚詐欺による指名手配中だった。ばかな中年男どもを手玉に取り、合計十万ドル近い金を騙し取っていたらしい」

ヤッピーが口笛を吹いた。「じゃあ、この町にやってきて、レイトン・ピットを騙してやろうとしたものの、自分のほうが手玉に取られてしまったというわけか。どうりでグゥエンのやったことがわかったときに怒ったはずだよ」

チャリティはタイバーンの顔を見た。「彼女には殺人罪が科せられたの？」

「まだ。さしあたっては、暴行罪やらその他の軽犯罪で拘留中だ。殺人罪となるともう少々複雑だね」

「でも彼女は自分の口からあのふたりを殺したと言ったのよ」

「まあ、いまはひとことも言わないがね。ぴたりと口を閉ざしている。弁護士の到来を待っているそうだ。とりあえず、これからまた二件の犯行現場の検分にいってくるよ。うまくいけば、有力な証拠が出てくるかもしれん」

「ちょっと待った、タイバーン」エライアスが偽のフレンチフライの山に手を突っこんだ。「その検分とやらは、幸先のいいことになりそうだ」懐中電灯の光が厚みのある封筒をとらえた。「どうりで違和感があると思ったはずだ」

チャリティが期待顔で彼を見る。「なにを見つけたの？」

「リック・スゥイントンの最後の悪あがき」エライアスはタイバーンに向かって封筒を投げた。「こいつはあんたのものだ」

タイバーンが宙でとらえた。中身の感触に眉をひそめる。無言で封筒を破ると、なかからカセットテープが出てきた。「こりゃ驚いた」

チャリティがまじまじと目を見開く。「グゥエン・ピットが殺されたときの？」

「スゥイントンはこの店にテープを隠したと言ったんだろう？」とエライアス。

「ええ。でもよくその場所がわかったわね？」

エライアスがにやりとした。「昨日、プラスチック食品のほこりが減っているのに気づいたんだ。やつがいじったということだ」

「このがらくたのなかでよく気づいたな？」デイヴィスがばかにしたように店内を見まわす。

「いい店主ならそれぐらいわかる」

「たいした注意力だ」タイバーンがほとほと感心して言った。

「ああ」ニューリンも相槌を打つ。「ほんとすごいよ、エライアス」

「ありがとう」エライアスは懐中電灯をレジ台にしまった。

「だからといって」チャリティが警告した。「掃除をしなくてもいいということにはなりませんからね、エライアス。掃除の行き届いた店こそが商売繁盛の秘訣よ」

デイヴィスが苦笑した。「姉さんの言うことは聞いたほうがいいぞ、ウィンターズ。商売にかけては、チャリティは達人なんだ」

「彼女の達人技にはいつも敬服しているよ」

「ヘッヘッヘッ」クレイジー・オーティスが甲高い声で鳴いた。

20

過去と未来の川が永遠に合流しているというのは事実だ。しかし賢明な覚悟があれば流れを変えることができる。
――『水の道にて』ヘイデン・ストーンの日記より

結局、クレイジー・オーティス桟橋商店主組合は満場一致で採決をくだした。今年二度めの結婚披露宴においては、埠頭への一般住民の立ち入りを禁止しない。逆に、町じゅうの住民を披露宴に招待する。

誰も予想だにしなかったことに、文字どおりウィスパリング・ウォーターズ・コーヴの全住民が披露宴に詰めかけた。埠頭は立錐《りっすい》の余地もないほどだった。十月のさわやかな陽射しが入り江の水面に躍った。

エライアスはあまりの人出に目をみはった。「八月の宇宙船騒ぎのときよりもすごいな」

「あたりまえだろう、ウィンターズ？」ハンク・タイバーンが藤色のアイシングのかかったクッキーをたいらげ、埠頭に群がる人込みを眺めた。「きみはこの町に落ち着くと判断されたんだ。きみの手がけた埠頭の改装計画もだんだんと成果が現われてきている。週末の人出は十月になっても依然として絶えない。しかも、きみとこちらのきれいな花嫁さんはこの町で世紀の犯罪を解決したんだ。立派な有名人だよ」

「この夏はいろいろあったわね」チャリティが感無量の面もちで言った。

「宇宙船騒ぎってなに？」メレディスが三人の話しこむチャームズ・アンド・ヴァーチューズの前にやってきた。

「話せば長くなる」タイバーンが答えた。「忘れるのがいちばんだ」

「要するにあなたのお姉さんとエライアスは地元のヒーローだということ」フィリス・ダートムアもそばにやってきて、エライアスとチャリティに向かってパンチのグラスを掲げた。

「話は違うけれど、空き店舗に借り手がついたみたいね」と新しい看板のかかった三軒の店に顎をしゃくる。

エライアスはフィリスの目線を追った。ニューリンとアーリーンがファー・スィーズ社の零細企業向けローンによって開いたカードショップに加え、パン屋とアロマテラピーの店も入ることになった。アロマテラピーのほうはうまくいくのか疑問だが、クレイジー・オーティス桟橋ではなにが起こってもおかしくない。

「これでもうレイトンもクレイジー・オーティス桟橋をめぐってわたしたちと揉めることもないわね」チャリティが言う。

「そんなことできるもんですか。彼はあなたがたに多大な借りがあるんだもの」フィリスがパンチを口に運び、まずそうに顔をしかめた。「あなたとエライアスがいなければ、いまごろは殺人罪で裁判にかけられていたところよ。わたしとしては、彼はいまに復活すると思う。あの不動産の知識は相当なものよ」

チャリティは笑った。「クレイジー・オーティス桟橋をブティックやアートギャラリーの寄せ集めにするのはまず無理だけど、埠頭はこのままでもちゃんとやっていけるわよ。ねえ、オーティス？」

店先に運びだされた止まり木の上で、オーティスはぶつぶつと鳴いていた。枝を横歩きしては、チャリティのウエディングドレスの袖を虎視眈々《こしたんたん》とねらっている。袖にはクリスタルがちりばめられていた。

「だめ、やめて」チャリティはあわててあとずさった。「よくもそんな。このドレスは高かったのよ。トゥルイットを通したから、まけてはもらったけどね。破られでもしたら大変だわ」

オーティスはさも傷ついたような顔をした。

チャリティは鼻に皺を寄せた。

エライアスはそれを見て笑みがこぼれた。かつてこれほどの幸福感や満足感にひたったことがあっただろうか。輝かしいウエディングドレス姿のチャリティは息を呑むほど美しかった。二時間前、弟と腕を組んで教会の通路に現われたときは、しばし目がくぎづけになった。

海に降り注ぐ陽光も同じだ。または湖に射す月光。これまで求めていたものがことごとくその姿に凝縮されている。蛇行した人生の川というものにまた思いを馳せる。最後には、すべてを変えてくれるこの女性にたどり着いた。

フィリスが大きくため息をつき、エライアスを残念そうに見た。「つまり、お金持ちの海外投資家がこの町に世界規模のリゾート施設をつくるという噂は、つかのまの夢だったわけね？」

「確実に言えることは」とエライアス。「むかし馴じみの客でここにリゾート建設を計画しているやつはいない。少なくともおれの知るかぎりでは。だが、まあ、おれも近ごろコンサルティング業界のことには疎《うと》い。クレイジー・オーティス桟橋にかかりきりで、海外投資家のことまで気がまわらなかった」

ヤッピーがエライアスの背後から声をかけた。「おい、どうする？　あの男がまたこっちにやってくるぞ。テッドがさっき見つけたんだ。この前あんたを殴りつけたやつだ」

チャリティがとっさに振り向いた。「ジャスティン・キーワース？　まあ、彼だわ、エライアス。なにしにきたのかしら？」

エライアスはジャスティンが人込みのあいだをゆっくりと歩いてくるのを見つめた。「訊いてこよう」とパンチのグラスをそばのベンチに置く。

ヤッピーが横目で見た。「助太刀がほしいか？」

「今度はおれだけで大丈夫だと思う。助けが必要になれば、知らせるよ」

テッドとニューリンもそばにやってきた。

「必要なときはすっ飛んでいく」とテッド。

「ありがとう」エライアスはジャスティンに向かって歩いていった。

チャリティがたっぷりしたスカートを両手でつかみ、急いであとを追いかけた。「わたしも一緒に行くわ、エライアス」

エライアスは反対しなかった。ジャスティンの父親がついに自殺を遂げたと聞かされることにでもなれば、チャリティがそばにいてくれたほうがいい。

だから彼女の手を取った。チャリティはにっこりと笑ってみせた。その笑顔は言葉よりも雄弁だった。

エライアスとチャリティが自分のほうにやってくるのを見て、ジャスティンは足をとめた。ふたりの顔を見くらべ、かすかに眉をひそめる。

「どういうことなんだ?」ジャスティンはチャリティのドレスを見つめた。「結婚したのか?」

「うん」エライアスはチャリティとともに立ちどまった。「なんの用だ、キーワース?」

ジャスティンは居心地悪そうにした。「ちょっと内輪の話なんだ、ウィンターズ。どこか場所を変えて話せないか? 時間は取らせない」

チャリティが怖い顔をした。「だめ。あなたたちふたりきりにはさせられない。わたしの見るかぎり、あなたはまたエライアスをやっつけにきたのよ。このわたしがそんなまねはさせない。よりによって結婚式当日に」

ジャスティンが顔を赤くした。「なにもやっつけにきたわけじゃない。ウィンターズに話があっただけだ」

「父親のことだな？」エライアスが穏やかに訊く。

「ああ」

「大丈夫だ」エライアスはチャリティがぎゅっと手を握ってくるのを感じた。「どんな話があるにせよ、チャリティの前で言ってもらってかまわない」

ジャスティンはチャリティのかたくなな表情にもう一度目をくれ、いくら言っても無駄だと悟った。「話というのは、親父が……回復してきた。いまは精神療法を受けている。薬物療法もだ。仕事の話が出るようになってきたよ」

エライアスの顔に安堵の表情が広がった。大きく息を吸う。「それはよかった」

「あんたがシアトルまで会いにきたあと、親父と話しこんだんだ」ジャスティンはエライアスの目を真っ向から見据えた。「全部聞いたよ。あんたの親父さんのこと。墜落事故のこと。全部」

エライアスがうなずく。「なるほど」

「なぜあんたがああいうことをしたのかようやくわかった」そこでためらいを見せる。「ひとつだけわからないことがあるんだ」

「なんだ？」

「すべては計画どおりに運んでいた。親父の会社の環太平洋部門は全滅してしかるべきだった。だがあんたは土壇場で手を引いた。そして、おれが親父の自殺未遂の話をしたあと、親父に会いにいった。あんたは親父を諭《さと》してくれたそうじゃないか。あんたの親父さんの二の舞を演じるなと」

「彼がちゃんと聞いていたとは思わなかった」

「親父の耳には入っていたんだ」ジャスティンは陽光に輝く入り江に目をやり、またエライアスに視線を戻した。「親父はおれのつくった会社とキーワース・インターナショナルを合併したがっている。おれがCEO。親父は社長」

「強力な経営陣だな。話に乗るのか？」

「考慮中だ。ああ、たぶん乗る。親父は国際輸送にかけては詳しいからな。虫の好かない野郎だが、経験は腐るほどある。親父から学ぶことも多いだろう。あっちもおれにいろいろ教えたがってるし。遅蒔《おそま》きながら、おれに商売のコツを教えてやれるなどと抜かしているよ」

「手遅れにならないうちでよかった」

「どうなることやら」ジャスティンは両手をポケットに突っこみ、エライアスをもう一度じっくりと見た。「それでもやっぱり知りたい。なぜ親父の会社を転覆させる計画から手を引いたんだ？　しかもなぜわざわざ親父を見舞いにいった？」

チャリティが答えを引きとった。「汚れた水のなかを泳ぐのは誰しもいやよ。エライアスは川を浄化することにしたの」

ジャスティンは怪訝そうな顔をした。「この話と汚れた川となんの関係があるんだ？」

「水にかかわること」チャリティの口調はおごそかだ。「意識をより高め、それが水の本質とどうかかわるか悟るには、何年もの自己鍛錬が必要よ。けれど、悟りへの近道をしたければ、テッズ・インスタント・フィロソフィー・Tシャツで小粋なTシャツを買うといい。埠頭の向こう側で販売中よ」

ジャスティンは困惑顔でエライアスを見た。

エライアスがにやりとする。「彼女の言うことは気にしないでくれ、キーワース。深遠な哲学的思考に陥ると、なにを言っているのかさっぱりわからなくなる。一緒にビュッフェテーブルに行こう。ウエディングケーキをひと切れと人生最悪の味がするパンチをごちそうするよ」

「おれはビールでけっこう」

「ツイてるな。ビールも多少はある」

月光を浴びて銀色に光る夜の入り江は満ち潮だ。エライアスはチャリティの肩を抱き、崖沿いに立ったまま、波のささやきに耳を傾けた。

「なにを考えているの？」

「はじめてきみにキスしたときのこと。キャンプ場跡地で柵越しにヴォイジャーズを見下ろしていた。覚えているか？」

「もちろん。あのときは驚いたでしょ？」チャリティが忍び笑いを漏らす。「わたしもすっかり夢中になって」

「すぐに立ちなおったよ」

「そうね」と含みのある言い方をする。「時間はかかったけど、しっかり立ちなおった」そして横を向くと、彼の首に両手をまわした。「これから埠頭はどんどんよくなるわね？」

「来年の夏までみんな安泰だろう」エライアスは彼女の腰を両手で抱いた。女らしい曲線の感触が心地よい。

「これでようやく、町議会もあきらめてくれた。空き店舗もあっという間に埋まった。あの改装計画のおかげよ。売上も去年の三倍増し」

「その顔はなにか新しいことをやろうとしているな？」

チャリティが顔を輝かせる。「どうしてわかるの？」

「CEOの座は降りても、それらしい雰囲気はぬぐえないということさ。今回のプロジェクトはなに？」

「そろそろ赤ちゃんをつくることに取り組んでもいいかなと思って」

エライアスは呆然と彼女を見つめた。チャリティをはじめて腕に抱いたときのように困惑した。「赤ちゃん？」

「異議あり？　あなたならすてきなパパになれるわ。オーティスというベビーシッターもいるし」

とんだ不意打ちに、エライアスはしばらく言葉も出なかった。「異議なし」小さな声でようやく言う。

チャリティは微笑んだ。

エライアスは彼女をぴったりと抱き寄せ、入り江を眺めた。

銀色の月光が波間を照らした。その瞬間、エライアスはめったに見ることのできないものを垣間見た。未来の姿。それは光り輝いていた。

過去という水の道が未来と渾然《こんぜん》一体となって流れていく。ヘイデン・ストーンの言うことはやはり正しかった。

「なにを考えているの？」

「ヘイデンが日記に書き残したこと」

「どんなこと？」

「ほんとうの幸福を知るには、愛に対して心を開かなければならない」

「ようやく教訓が活かされたわね」

「学ぶということはつくづく難しい」エライアスは顔をかがめてチャリティにキスした。

訳者あとがき

このところ生粋のロマンス作家が次つぎとミステリあるいはサスペンスの分野に進出している。ひとくちにロマンティック・サスペンスといっても、かなり幅が広い。ロマンス色よりもミステリ色の濃い作家もいれば、その逆もまたしかり。どちらをよしとするかは、ひとえに読者の好みによるところだろう。

ロマンス小説ファンにはすでにおなじみのジェイン・アン・クレンツ、彼女の場合はまぎれもなく後者にあたる。つまりサスペンスの要素よりはロマンスの要素が強いということだ。というより、ロマンス小説ここにありといっても過言ではない。サスペンスはいわば引き立て役、この作品の真骨頂はあくまでロマンス的展開にある。

アメリカン・ロマンスを地でいくこの作品、じつは従来のロマンス小説とは大きく異なる点がある。それは謎の男、エライアス・ウィンターズの存在だ。これまでのヒーロー像とは相容れない、独特の雰囲気を醸《かも》しだす男、彼こそがこの小説のいっぷう変わった魅力ともなっている。

エライアスは過去のトラウマにがんじがらめになっている。父親は仕事上のトラブルで事故死、母親はそれを苦に自殺、ヘイデン・ストーンというこれまた謎の男に第二の父親がわりをつとめてもらう。

ヘイデンにハリウッド映画のカラテの師匠かなにかを連想する読者も少なくないだろう。実際、ヘイデンはタル・ケック・チャラというカンフーともカラテともテコンドーともつかぬ武術の達人である。タル・ケック・チャラとは、この武術、思想、武器の総称でもある。

エライアスはヘイデンの影響を色濃く受けている。なにかにつけて禅問答のようなせりふを吐く。冷静沈着にして寡黙。当然のごとくにベジタリアン。しかも趣味は料理。ジェンダー思想をおよそ超越した人物で、マッチョなアメリカン・ヒーローとはほど遠い存在だ。

エライアスは〝水のささやく入り江《ウィスパリング・ウォーターズ・コーヴ》〟で再出発をはかろうとする。名うてのブローカーであった彼が雑貨屋の店主に転身したとあって、思わぬ噂《うわさ》がまことしやかに流れる。そしてヒロイン、チャリティもこの噂に翻弄されることになる。

チャリティもエライアス同様、家族企業のCEOの座をなげうち、ウィスパリング・ウォーターズ・コーヴにやってきた。誰もがうらやむ古典的ヒーロー、ブレット・ロフタスとの婚約を破棄した彼女は、東洋的静謐《せいひつ》さを秘めた雑貨屋店主に惹かれていく。

がむしゃらに働き、富と名声を手にしたはずのふたりが、癒しを求めてやってきたのが、ウィスパリング・ウォーターズ・コーヴというわけだ。彼らにとって、ロフタスに象徴される〝大きい〟という概念はもはや過去の遺物にすぎない。

小さな町で小さな店を営み小さな幸せにひたる。洋の東西を問わず、キャリア志向で突っ走ることに疑問を覚える人が増えてきた、そんな時代の流れをうまくとらえた作品であり、本国アメリカでベストセラーになったのもなるほどうなずける。

さて、東洋人であるわれわれ読者としては、本文中に登場する小道具に注目せずにはいられない。たとえば、エライアスの居住空間。家具はローテーブルにクッション、ベッドではなくフトン。食事はカトラリーではなく箸を使う。ファーストフードならぬスローフードが主食で、とくにソバがお気に入りのようだ。

やはり好物のイタリア料理はさておき、なんとも和風の空間だ。禅思想を彷彿《ほうふつ》とさせるタル・ケック・チャラといい、エライアスの寡黙な人柄といい、全体には東アジアのイメージが目に浮かぶ。かと思いきや、ニヒリという言葉にはなにやらスワヒリ語の響きがあるし、タル・ケック・チャラには東南アジアの響きがある。

これらを集約したものがジェイン・アン・クレンツいうところの〝環太平洋〟なのだろう。それはまたわれわれ日本人のイメージする〝アジア〟と重なるものがある。この作品を読めばおのずとわかるとおり、〝アジア〟的なものがとても肯定的に書かれている。これもまたロマンス小説としては注目に値するのではないか。

そのうちアジアを舞台としたロマンス小説が登場するのではないかと、ひそかな期待を抱かずにはいられない。

ザ・ミステリ・コレクション

ささやく水《みず》

[著　者]　ジェイン・アン・クレンツ

[訳　者]　中村 三千恵

[発行所]　株式会社 二見書房
東京都文京区音羽 1−21−11
電話 03（3942）2311［営業］
03（3942）2315［編集］
振替 00170−4−2639

[印　刷]　株式会社堀内印刷所
[製　本]　明泉堂

落丁・乱丁本はお取り替えいたします。
定価は、カバーに表示してあります。

ISBN4−576−02052−8
http://www.futami.co.jp